BASTEI
LÜBBE

Von Inga Lindström sind bisher bei Bastei Lübbe Taschenbücher erschienen:

Sehnsuchtsland	15 213
Mittsommerliebe	15 304
Sommernachtsklänge	15 694

Über das Buch:

In diesem Buch finden Sie drei neue, in sich abgeschlossene Liebesgeschichten aus Schweden, die vom ZDF verfilmt wurden:

In den Netzen der Liebe
Auf den Spuren der Liebe
Das Geheimnis von Svenaholm

Über die Autorin:
Inga Lindström ist verheiratet mit einem Bildhauer und Mutter einer Tochter. Sie pendelt zwischen Großstadt und Land. Nachdem sie Jura und Anglistik studiert und einige Jahre als Journalistin gearbeitet hatte, wandte sie sich dem Theater zu. Sie arbeitete bald auch als Dramaturgin für verschiedene Fernsehproduktionsgesellschaften. Und fing schließlich an, selbst Drehbücher zu schreiben.

Inga Lindström

NORDLICHT-TRÄUME

Liebesgeschichten aus Schweden

BASTEI LÜBBE

BASTEI LÜBBE TASCHENBUCH
Band 16 265

1. Auflage: Mai 2009

Bastei Lübbe Taschenbücher ist ein Imprint der Verlagsgruppe Lübbe

Originalausgabe:

Titelabbildung: getty-images Deutschland GmbH
Umschlaggestaltung: Nadine Littig
Satz: Urban SatzKonzept, Düsseldorf
Druck und Verarbeitung: Norhaven A/S
Printed in Denmark
ISBN 13: 978-3-404-16265-9

In den Netzen der Liebe

Die Sonne zauberte goldene Reflexe auf den Bottenvikken. Seeschwalben zogen elegant über die Wasseroberfläche, auf der Suche nach ihrem Frühstück. Der Schrei einer Möwe zerriss die morgendliche Stille, gefolgt von einem lauten Fluch.

»Mist, zu spät!« Paula hastete die steinerne Treppe hinunter und steuerte direkt den gedeckten Frühstückstisch an. Zu einem ausgiebigen Frühstück blieb keine Zeit mehr, also griff sie nach dem gefüllten Milchkrug und setzte ihn an den Mund. Gierig trank sie die frische Milch.

»Paula!«

Paulas Augen weiteten sich kurz, als sie die empörte Stimme ihrer Nichte hinter sich vernahm.

»Aus dem Krug. Das tut man doch nicht«, schimpfte Gitta weiter.

Paula setzte den Krug ab und wischte sich über die Lippen, bevor sie sich ihrer Nichte zuwandte. »Ich weiß«, nickte sie schuldbewusst. »Ich habe es nur so schrecklich eilig. Du, ich muss los.« Sie wandte sich schon zum Gehen, überlegte es sich dann aber noch einmal. »Verrate bitte nichts deiner Mama«, bat sie Gitta mit einem Augenzwinkern und fühlte sich dabei keinen Tag älter als ihre zehnjährige Nichte.

In den Augen des Mädchens war der Triumph deutlich zu sehen. Sie stemmte beide Hände in die Hüften und verlangte: »Aber nur, wenn du mich mal wieder mitnimmst.«

Es war sinnlos, Gitta gegenüber die strenge Tante herauszukehren. Paula wusste das genau und versuchte es dennoch. Sie hob mahnend den Zeigefinger. »Erstens, mein liebes Kind, ist das Erpressung, und ich glaube, das mag deine Mama noch weniger als das Trinken aus dem Krug. Und zweitens habe ich dir doch schon gesagt, dass du in den Ferien mal wieder mitkommen kannst ...«

»... und drittens will ich das sowieso nicht. Das wisst ihr beide sehr gut.« Agneta kam die Treppe herunter, eine hübsche Frau, ebenso blond wie Paula. Im Gegensatz zu ihrer Schwester, die eine Latzhose und ein kariertes Hemd trug, war Agneta elegant in Rock und Bluse gekleidet. In der rechten Hand hielt sie einen Korb mit Milchbrötchen, in der anderen die gefüllte Teekanne. Sie stellte beides auf den Tisch und setzte sich auf einen der weißen Bistrostühle.

Agneta wirkte weitaus reifer als Paula, und das lag nicht nur an den paar Jahren Altersunterschied zwischen ihnen. Agneta hatte früh Verantwortung übernehmen müssen, als die Eltern der Schwestern bei einem Autounfall ums Leben gekommen waren. Während die damals fünfzehnjährige Paula nach der Zeit des Trauerns ihr normales Leben einfach weiterleben konnte, zur Schule ging und sich wieder mit Freunden traf, musste Agneta die Verantwortung für das Hotel, das die Eltern ihnen hinterlassen hatten, und eine Schwester im Teenageralter übernehmen. Das hatte sie beide geprägt und ihr Verhältnis zueinander bestimmt. Also fühlte Paula sich jetzt ebenso ertappt wie Gitta. Wie immer in solchen Situationen, hielten Paula und Gitta eisern zusammen.

Paula stellte sich hinter ihre Nichte und legte ihr die Hände auf die Schultern, als sie erwiderte: »Ach, Schwesterherz, wir haben doch nur mal so geredet. Rein theoretisch.«

Agneta nahm ein Milchbrötchen aus dem Korb und bestrich es mit frischer Konfitüre. Sie lächelte kurz, doch als sie antwortete, war ihre Miene wieder ernst. »Und praktisch habe ich nicht vergessen, dass Gitta letztes Jahr über Bord gegangen ist. So was soll nie wieder vorkommen.«

Sie waren damals gemeinsam mit der Lotta, Paulas Boot, hinaus aufs Meer gefahren. Paula hatte nur einen Moment nicht aufgepasst. Gitta hatte sich über die Reling gelehnt, weil sie glaubte, einen Fisch gesehen zu haben. Als die Welle das Boot aus dem Wasser gehoben hatte, hatte sie sofort das Gleichgewicht verloren.

Paula hatte sich dichter an Gitta geschmiegt, ihr Geplänkel von eben schien völlig vergessen. Wie so oft, wenn es darum ging, sich gegen Agneta durchzusetzen, waren sie sich völlig einig.

Paula verdrehte genervt die Augen, als sie daran zurückdachte, wie sehr sie beide gelacht hatten, als Gitta völlig durchnässt, aber ohne jede Angst wieder neben ihr gesessen hatte. »Sie hatte doch eine Schwimmweste an.« Beinahe gleichzeitig sagte Gitta: »Paula hat mich doch sofort wieder rausgezogen.«

In diesem ganz speziellen Punkt blieb Agneta jedoch unerbittlich. »Wenn du dir endlich eine Hilfe leisten könntest und nicht alles alleine machen müsstest, könnten wir vielleicht noch mal darüber reden. Aber so ... Nein, ganz sicher nicht!«

Paula wusste, dass dies nicht der richtige Zeitpunkt war, sich zu streiten. Nicht nur, weil sie es jetzt wirklich eilig hatte, sondern weil sie genau wusste, dass sie Agneta im Augenblick nicht umstimmen konnte. Noch einmal drückte sie Gitta ganz fest. »In drei oder vier Jahren vielleicht, Kleine, okay?«

Gitta nickte nur kurz und setzte sich schmollend zu ihrer Mutter an den Frühstückstisch.

»Ich muss jetzt los«, rief Paula. »Euch noch einen wunderschönen Tag. Bis später.« Im Gehen hob sie kurz die Hand zum Gruß, bevor sie in den schmalen Pfad einbog, der um das Haus herum zum Schuppen führte. Ein dumpfer Geruch schlug ihr entgegen, als sie die Tür zum Schuppen aufstieß. Nur durch die geöffnete Tür und die schmalen Ritzen zwischen den Holzlatten fiel etwas Licht auf dieses Sammelsurium an ausgedienten Möbeln, die von Staub und Spinnweben überzogen waren. Ein altes Fischernetz hing von der Decke herab. Neben den Gartengeräten hatten die Fahrräder der Rondahls ihren Platz.

Paula zog ihr Fahrrad heraus, schloss die Schuppentür und schwang sich auf den Sattel.

Obwohl es jetzt wirklich ziemlich spät war und die Zeit drängte, fühlte sich Paula auf der Fahrt zum Hafen völlig gelöst und entspannt. Sie liebte diese morgendlichen Fahrten. Den Anblick der roten Holzhäuser im Licht der Morgensonne, inmitten blühender Gärten. Dunkelblauer Rittersporn, Rosen in allen möglichen Rottönen, dazwischen die gelben Farbkleckse des Alpenmohns. Das Dunkelgrün der hohen Fichten am Horizont wurde aufgelockert vom hellgrünen Flirren der Birken.

Dann bog sie in die Straße ein, die zum Hafen führte. Fröhlich winkte sie einem Angler zu, der auf einer Bank vor einem der Bootsschuppen saß und seinen frühen Fang begutachtete. Als sie an den Steg kam, an dem ihr altes Fischerboot vertäut lag, fuhr sie langsamer. Ihre Miene nahm einen schuldbewussten Ausdruck an, als sie Hannes erblickte, der gerade Kisten in eine Barkasse trug. Es war ihr peinlich, dass ausgerechnet der alte Seemann mal wieder Zeuge ihrer Unpünktlichkeit wurde.

»Hej, Hannes«, rief sie ihm zu, als sie vom Fahrrad stieg, »alles gut?«

»Wie immer«, brummte Hannes, »und du bist spät dran wie immer.«

Paula sprang auf ihr Boot und setzte die Kappe auf, die an der Tür zum Führerhaus hing. Verlegen grinste sie zu Hannes hinüber. »Verschlafen«, gab sie unumwunden zu. »Ich weiß, das gehört sich nicht für einen Fischer. Aber ich kann mich einfach nicht ans frühe Aufstehen gewöhnen.« Während sie sprach, begann sie damit, ihr Boot klarzumachen.

»Du hättest ja weiter im Hotel arbeiten können«, neckte Hannes sie. »Da hättest du später aufstehen können.«

»Ja, klar!« Paula sah auf, grinste zu Hannes hinüber. »Das war aber auch der einzige Vorteil. Hätte ich weiter diese Büroarbeit machen müssen ...« Sie unterbrach sich, dachte kurz an den Versuch, ihre Schwester bei der Leitung des Hotels zu unterstützen. Sie waren damals beide sehr schnell übereingekommen, dass die trockene Büroarbeit für Paula nicht das Richtige war. Agneta übernahm alleine die Verantwortung, während es Paula hinaus auf das Meer zog. Agneta hatte sie damals finanziell unterstützt, als sie sich ihr eigenes Fischerboot gekauft hatte.

Paula hatte sich anfangs dagegen gewehrt und behauptet, sie würde das ganz alleine schaffen. Doch darauf hatte Agneta sich nicht eingelassen. Immerhin stand Paula ein Teil aus den Einnahmen des Hotels zu.

Letztendlich war Paula froh über die Hartnäckigkeit ihrer Schwester gewesen. Mit dem finanziellen Zuschuss hatte sie sich ihre Lotta kaufen können. Das Boot, auf das sie so stolz war und mit dem sie jetzt als Fischerin ihren Lebensunterhalt verdiente.

Allerdings würde das mit dem Lebensunterhalt heute nicht mehr viel werden, wenn sie nicht endlich zusah, dass sie aus dem Hafen hinauskam.

»Bis später dann, Mädchen«, hörte sie Hannes rufen, »und guten Fang wünsch ich dir.«

Paula schüttelte die Gedanken an die Vergangenheit ab und öffnete die Tür zum Führerhaus. »Bis später, Hannes«, rief sie zurück, bevor sie den Motor einschaltete. Sicher steuerte sie die Lotta aus dem Hafen.

Agneta und Gitta saßen immer noch am Frühstückstisch. Eine ganze Weile hatte Agneta ihre Tochter beobachtet. Das Schweigen des Mädchens und der schmollende Gesichtsausdruck verrieten, dass sie immer noch beleidigt war.

»Du hast gesagt, du verstehst mich«, stimmte Agneta einen versöhnlichen Ton an.

»Tu ich ja auch«, brach es aus Gitta heraus. »Aber ich bin kein Baby mehr.«

Agneta stand auf und kam um den Tisch herum. Sie beugte sich zu ihrer Tochter hinab und nahm sie in die Arme. »Aber du bist meine Einzige, und will einfach nicht, dass dir was passiert.«

Agneta drückte ihre Tochter ganz fest und registrierte erleichtert das schwache Lächeln auf ihrem Gesicht. Schließlich wandte das Mädchen den Kopf und küsste sie auf die Wange.

Nach dem Frühstück machten auch Agneta und Gitta sich mit den Fahrrädern auf den Weg. Gittas Schule lag nicht weit vom Hotel entfernt, sodass sie einen großen Teil des Weges nebeneinander herfahren konnten.

Gitta hatte ihren Ärger inzwischen vollkommen vergessen und plapperte munter drauflos. Ihr Weg führte vorbei an hellgelben Rapsfeldern, an blühenden Wiesen, die nach Gras und Kräutern dufteten. Als der große Bauernhof und die Kuhweide in Sicht kamen, trat Gitta ein wenig heftiger in die Pedale und überholte ihre Mutter. An der Weide hielt sie an und sprang vom Rad. Sie streckte eine Hand voll Klee über den Stacheldraht, den sie vor der Abfahrt gepflückt hatte.

»Hej, Maja, hej, Billi!«, lockte sie die Kühe.

»Wir sind spät dran, komm weiter!«, drängte Agneta im Näherkommen, hielt aber neben Gitta an und stieg ebenfalls vom Rad.

»Gleich«, erwiderte Gitta. »Ich will ihnen nur den Klee geben. Den mögen sie.«

»Die haben auch Klee auf der Weide. Jetzt komm, sonst bist du wieder zu spät.« Ein wenig genervt beobachtete Agneta, dass Gitta erst einmal ausgiebig eine der Kühe streichelte, die neugierig näher gekommen war. »Hej, meine Hübsche«, sagte sie zärtlich. »Ich komme heute Mittag wieder vorbei.«

Agneta seufzte erleichtert auf, als Gitta sich nach ihrem Rad bückte und es aufheben wollte. Ausgerechnet in diesem Moment hielt ein Wagen neben ihnen, der ihr nur zu bekannt war. Gitta ließ ihr Rad prompt wieder fallen und rannte zur Fahrertür, die sich gerade öffnete. »Hej, Gunnar«, rief sie erfreut.

Agneta teilte die Freude ihrer Tochter keineswegs. Trotzdem bemühte sie sich um ein Lächeln, als der attraktive Mann aus dem Wagen stieg.

»Na, ihr zwei«, grüßte er, doch obwohl sein Gruß beide einschloss, lag sein Blick unverwandt auf Agneta.

»Grüß dich, Gunnar.« Ihr Tonfall war ebenso unverbindlich wie ihr Lächeln.

»Kommt, ich nehme euch mit«, schlug Gunnar vor. »Wir packen die Räder hinten in den Kofferraum.«

»Das ist nicht nötig, wir sind doch schon fast da.« Agneta schüttelte den Kopf. Auf keinen Fall wollte sie mit Gunnar fahren und dann alleine mit ihm im Wagen sitzen, wenn sie Gitta an der Schule abgesetzt hatten. Denn sicher würde er dann auch darauf bestehen, sie noch zum Hotel zu bringen.

Gitta blitzte ihre Mutter wütend an. »Ich will aber mit Gunnar fahren.«

»Gitta!«, versuchte Agneta ihre Autorität geltend zu machen, doch dieses Mal klang es eher hilflos und das bemerkte offensichtlich auch Gunnar. Zumindest hätte man seinen amüsierten Blick so deuten können. Er schaute sie immer noch an, mit diesem Lächeln, das so viele widersprüchliche Gefühle in ihr auslöste. Sie wollte das nicht und begann, sich über ihn zu ärgern. Auch wenn sie genau wusste, wie ungerechtfertigt ihr Ärger war.

Gitta hingegen ignorierte ihre Mutter nun vollständig. »Was macht Babs?«, wollte sie von Gunnar wissen. »Wie geht es dem Kälbchen.«

Langsam wandte Gunnar den Blick, konzentrierte sich nun auf Gitta. »Wenn du willst, kannst du nach der Schule vorbeikommen und es dir ansehen.« Er schaute wieder auf, blickte Agneta ins Gesicht. »Du könntest sie dann abholen«, schlug er vor. »Ich koche uns was Feines und danach spielen wir was. Oder wir machen uns einfach einen netten Abend.«

Gitta nickte begeistert, doch Agneta ließ ihre Tochter erst gar nicht zu Wort kommen. »Ach, Gunnar, ich habe einen Job. Vor elf bin ich nicht zu Hause. Wieso tust du immer so, als wüsstest du das nicht?«

Das Lächeln auf seinem Gesicht verschwand. Ganz dicht trat er an sie heran, sodass sie den Duft seines Aftershaves wahrnehmen konnte. »Vielleicht, weil es mir anders lieber wäre«, sagte er. »Gib endlich deinen Job auf und ihr beide zieht zu mir. Dann wäre alles viel einfacher.« Bei diesen Worten zog ein Lächeln über sein Gesicht.

Agneta wusste, dass er jedes dieser Worte auch so meinte. Trotzdem tat sie, als wäre es nicht mehr als ein Scherz. Allerdings kostete es sie einige Mühe, amüsiert zu wirken, als sie erwiderte: »Genug Unsinn geredet für heute.« Übergangslos wandte sie sich ihrer Tochter zu: »Gitta, wir müssen wirklich weiter.«

Gitta sagte kein Wort mehr, doch ihr Gesicht wirkte traurig, als sie sich nach ihrem Rad bückte und es endlich wieder aufhob.

»Tut mir leid«, entschuldigte Gunnar sich bei Agneta. »War wohl blöd von mir.«

»Schon okay«, winkte Agneta ab und drängte ihre Tochter

gleich wieder zur Eile. Nicht nur, weil es nun wirklich höchste Zeit war, sondern weil sie sich dieser Situation endlich entziehen wollte. Sie schaute Gunnar noch einmal an, registrierte wieder dieses Lächeln, mit dem er sie beobachtete.

»Bis dann, Gunnar«, sagte sie hastig und stieg aufs Rad. Sie wandte sich nicht mehr um. Auch nicht, als sie ihre Tochter zu Gunnar sagen hörte: »Aber ich komme schon bei dir vorbei.«

Agneta fuhr weiter. Noch bis zur nächsten Wegbiegung spürte sie seine Blicke in ihrem Rücken.

Das kleine Fischerboot hüpfte auf den Wellen hin und her, trotzdem bewegte Paula sich auf ihm so sicher wie an Land. Sie war zufrieden mit dem bisherigen Fang und auch jetzt zappelten wieder eine Menge Fische in dem Netz, das sie gerade an Bord zog.

Die silbrigen Fische landeten in einer der bereitstehenden Kisten. Paula wollte das Netz wieder auswerfen, als eine wundervolle weiße Jacht ihre Aufmerksamkeit auf sich zog. Unter vollen Segeln kam sie schnell näher. Als sie auf der gleichen Höhe mit der Lotta war, konnte Paula die beiden Personen an Bord der Jacht sehen.

Zuerst erblickte sie nur die Frau, die sich auf dem Deck sonnte. Eine langbeinige, braungebrannte Schönheit im Bikini. Dann fiel ihr Blick auf den Mann am Ruder.

Wie gebannt starrte Paula zu ihm hinüber, ohne dass es ihr bewusst wurde. Er war so ganz anders als all die Männer, die sie aus Holmsund kannte – jung, groß und ebenso braungebrannt wie seine Begleiterin. Doch während sie lange, dunkle Haare hatte, bildete sein blondes Haar einen ganz besonderen Kontrast zu seiner gebräunten Haut. Lässig steuerte er die Jacht in Richtung des Holmsunder Hafens.

Plötzlich wandte er den Kopf, schaute ihr direkt in die Augen. Paula hätte es später nicht erklären können, was in diesem Moment in ihr vorging. Es war ihr unmöglich, den Blick von ihm zu wenden, und ihm schien es ebenso zu gehen.

Unverwandt schauten sie sich an, ernst, doch als sie lächelte, zog auch über sein Gesicht ein Lächeln. Dann war die Jacht vorbeigezogen, noch einmal drehte sie sich um, schaute Paula unverwandt an, bis die Entfernung zu groß war.

Mattias Niklasson schaute immer noch hinter sich. Nur gut, dass in diesem Augenblick kein anderes Boot seinen Weg kreuzte. Er bemerkte nicht einmal, dass Silke sich aufsetzte, ihre Sonnenbrille abnahm und ihn belustigt beobachtete. Erst als sie ihn ansprach, drehte er sich wieder um.

»Wer war das?«, wollte Silke wissen.

»Keine Ahnung«, grinste Mattias verschmitzt, »ich kenne sie nicht.« Noch einmal drehte er sich um, doch er konnte jetzt nicht viel mehr erkennen als ein kleines Fischerboot, das auf den Wellen schaukelte.

Silke grinste immer noch, als sie sich wieder auf das Deck legte. »Wann sind wir denn in Holmsund?«

»Dauert nicht mehr lange«, erwiderte Mattias, in Gedanken war er immer noch bei der blonden Fischerin. Er hatte es noch nie zuvor erlebt, dass alleine der Anblick einer Frau ihn so fesselte.

Silke hatte die Augen geschlossen und ließ sich wieder von der Sonne bescheinen. »Ich verstehe ja nicht, wieso es ausgerechnet Holmsund sein muss. Du hättest die Segel sicher auch in Stockholm bekommen.«

»Kann sein«, erwiderte Mattias ungerührt und erklärte zum wiederholten Male, warum es ausgerechnet Holmsund sein musste. »Meine Familie hat seit jeher die Segel von Per Larsson in Holmsund machen lassen. Sie sind hervorragend.«

»Ist ja auch egal.« Silke wechselte das Thema. »Hast du dich eigentlich schon entschieden?«

Mattias wusste nicht, was sie mit dieser Frage meinte, bis sie sich wieder aufsetzte und ihn anschaute. »Was wir nächsten Winter anbieten«, klärte sie ihn auf. »Neuseeland oder Karibik?«

»Ich weiß es noch nicht.« Mattias lächelte. »Aber Neuseeland wäre schon mal wieder spannend.«

»Mir ist das eigentlich egal. Du musst dich nur endlich entscheiden.« Plötzlich hatte Silke genug vom Sonnenbaden und war in Gedanken wieder ganz bei den geschäftlichen Angelegenheiten. »Die Prospekte hätten vorgestern schon in Druck gehen sollen.«

Mattias lachte ungerührt. »Nur keine Panik, alles wird gut.«

Silke warf ihm einen genervten Blick zu. »Du hast Zeit, bis wir in Holmsund sind. Ich fahre dann sofort nach Stockholm und regle alles.«

Das Hotel *Holmsund* lag auf einer Anhöhe. Schon in der dritten Generation war es jetzt in Familienbesitz. Das schöne alte Gebäude hoch oben über dem Bottenvikken leuchtete in strahlendem Weiß. Es war nicht sonderlich groß, wirkte aber mit seinen Dachgauben urgemütlich. Die Hotelgäste, die hier einkehrten, fühlten sich immer sehr wohl, was vor allem an der familiären Atmosphäre lag.

Ein schmaler Weg führte vom Hotel hinunter bis zum Wasser, der in einem Landungssteg und einer Terrasse endete, die über das Wasser hinausragte.

Henning, der das Hotel mit Obst und Gemüse belieferte, solange Agneta zurückdenken konnte, hatte vor einer halben

Stunde angelegt. Sie überließ es ihrem Koch Nils, die Waren auszusuchen, während sie selbst auf der Terrasse des Hotels die Tische abwischte. Als die beiden Männer mit den gefüllten Kisten nach oben kamen, schaute sie auf.

»Hej, Henning«, begrüßte sie den Gemüselieferanten, »die Sachen sehen ja wieder sehr gut aus.« Sie griff nach einer der Tomaten. Genießerisch schnupperte sie daran, bevor sie sich an ihren Koch wandte. »Du musst mal wieder deine Tomatensuppe machen, Nils.«

Nils stimmte ihr zu und ging weiter, gefolgt von Henning. »Wenn du mich brauchst, Agneta«, rief er seiner Chefin noch zu, »ich bin ...«

»... in der Küche«, fiel Agneta ihm lachend ins Wort. »Ich weiß. Hej«, wandte sie sich gleich darauf der Postbotin zu, die in diesem Moment mit dem Rad vorfuhr.

»Hej, Agneta«, grüßte die junge Frau fröhlich zurück. »Ist nicht viel heute.«

»Macht nichts«, erwiderte Agneta und warf einen flüchtigen Blick auf die Briefumschläge, die ihr die Postbotin in die Hand drückte. »Weniger Briefe heißt weniger Rechnungen.« Aber auch weniger Vorbestellungen von Gästen, fügte sie in Gedanken hinzu. Aber das waren ihre eigenen Sorgen und die behielt sie für sich. Schließlich musste sie sich wegen der Hotelreservierungen in den nächsten Wochen auch gar keine Gedanken machen. Sie waren zwar nicht ausgebucht, aber es gab doch einige Reservierungen.

»Na dann, bis morgen«, die Postbotin machte sich bereits wieder auf den Weg.

Agneta betrachtete die Post genauer, blätterte durch die Briefe. Sah ganz so aus, als wären es auch heute Morgen fast nur Rechnungen, bis auf diesen Brief von einer Firma namens *Niklasson Fiskprodukt*.

Agneta hatte noch nie von dieser Firma gehört. Einen Augenblick betrachtete sie die Absenderadresse, bevor sie die Schultern zuckte und die Briefe erst einmal ungelesen beiseitelegte. Zuerst musste die Terrasse fertig werden. Danach musste sie sich zusammen mit Erika um die Zimmer der Gäste kümmern, Nils beim Eindecken der Tische helfen und irgendwann danach würde sich auch Zeit für die Post finden.

Silke hatte sich inzwischen umgezogen. In dem eleganten Kostüm war sie ganz die erfolgreiche Geschäftsfrau. Sie stand vorn am Bug, als Mattias einen Anlegesteg ansteuerte. Die Segel hatte er längst eingeholt und den Motor eingeschaltet.

Ein älterer Mann beobachtete, wie die Jacht in den Hafen einlief. Als es sich dem Steg näherte, fing er geschickt das Tau auf, das Silke ihm zuwarf.

Die hochhackigen Schuhe hatte sie ausgezogen und hielt sie in der Hand, als sie von der Jacht auf den Steg sprang. Sie warf ihr langes Haar zurück und ging zu dem Mann, der jetzt die Jacht vertäute. Sie bedankte sich für seine Hilfe und fügte hinzu: »Schön ist es hier bei Ihnen.«

»Hmm«, nickte der Mann und wollte dann wissen: »Wo kommt ihr her?«

»Aus Kopenhagen«, berichtete Silke Malmund bereitwillig. »Unser letzter Cruise ging von der Ägäis über Sizilien nach Porto.«

»Aha«, nickte der Mann, »ihr fahrt also Touristen.«

Sie nickte. Stolz lag in ihrem Blick und auch in ihrer Stimme. »Luxus-Segeltörns. Sehr beliebt!«

Mattias hatte das kurze Gespräch verfolgt. Inzwischen war auch er auf den Steg gesprungen und langsam näher gekommen. Ihm fiel auf, dass der ältere Mann nicht sonderlich beeindruckt wirkte von dem, was Silke ihm erzählte.

Mattias betrachtete den Mann genauer. Etwas an ihm kam ihm bekannt vor. Plötzlich zog ein Grinsen über sein Gesicht. »Hannes? Kennst du mich noch?«

Hannes schaute ihm prüfend ins Gesicht, überlegte einen Augenblick und lächelte plötzlich. »Mattias, natürlich.«

Die beiden Männer, die sich mindestens zehn Jahre lang nicht mehr gesehen hatten, schüttelten einander die Hand. Beide waren sie älter geworden, doch sofort bestand wieder diese Vertrautheit zwischen ihnen, die es immer gegeben hatte.

»Na, arbeitest du immer noch bei deiner Mutter?«, wollte Hannes wissen.

»O Gott, nein«, schüttelte Mattias entschieden den Kopf. »Das ist nichts für mich. Ich habe was anderes aufgebaut.«

»Segeltörns.« Hannes nickte in Silkes Richtung. »Ich habe gerade davon gehört. Und das geht?«

»Sehr gut sogar«, beteuerte Mattias, »und vor allem macht es Spaß.«

»So, ich werde dann mal sehen, dass ich meinen Zug erwische«, mischte Silke sich in die Unterhaltung ein. »Ich rufe dich an«, sagte sie zu Mattias gewandt.

»Okay, bis dann«, nickte Mattias ihr zu.

Silke hatte sich bereits zwei Schritte entfernt, als sie sich noch einmal umwandte. »Und du bist sicher, dass du nicht nach Stockholm kommen möchtest? Du könntest mich abholen.« Ihr Lächeln hatte bei diesen Worten etwas Lockendes.

Mattias zwinkerte ihr grinsend zu. »Fahr doch lieber mit dem Zug, okay?«

Silke schnitt eine Grimasse in seine Richtung, bevor sie sich abwandte und nach einem Abschiedsgruß in Hannes Richtung endgültig ging. Beide Männer schauten ihr nach.

»Hübsch, deine Freundin«, meinte Hannes ein wenig anzüglich.

»Sie ist nicht meine Freundin«, schüttelte Mattias den Kopf.

»Natürlich nicht«, erwiderte Hannes ironisch. Er glaubte ihm offenbar kein Wort. »Ihr fahrt nur zusammen über die Weltmeere.« Hannes lachte und Mattias grinste zurück. Er verzichtete darauf, Hannes lang und breit zu erklären, dass Silke tatsächlich nicht mehr als seine Assistentin war. Ganz am Anfang, da hatte sich mal was entwickelt zwischen ihnen. Sie hatten aber beide sehr schnell festgestellt, dass sie nicht zusammenpassten und eine Beziehung ihr geschäftliches und freundschaftliches Einvernehmen gefährden könnte. Seither waren sie gute Freunde und Geschäftspartner, die sich blind aufeinander verlassen konnten. Beide hatten hin und wieder kurze, lockere Beziehungen mit anderen Partnern gehabt. Es war nie etwas Ernstes gewesen. Es hatte deshalb aber auch keine Eifersüchteleien zwischen ihnen gegeben. Für beide war das der zusätzliche Beweis, dass ihre Gefühle füreinander über Freundschaft nicht hinausgingen.

Das hinderte Silke dennoch nicht daran, hin und wieder mit ihm zu flirten, vor allem im Beisein anderer. Ihr machte es Spaß, anderen etwas vorzumachen, Mattias war es egal.

Hannes schien das Thema auch nicht weiter zu interessieren. »Wie geht es denn deiner Mutter?«, wollte er von Mattias wissen.

»Gut, hoffe ich.« Die beiden Männer gingen langsam nebeneinander über den Steg. Kurz legte Mattias eine Hand auf Hannes Schulter, als er erklärend hinzufügte: »Wir haben nicht sehr viel Kontakt.«

»Und es gefällt ihr, dass du lieber Kapitän spielst, als ihre Firma zu übernehmen?«, hakte Hannes weiter nach.

»Die Firma ist ihr Ding«, stellte Mattias klar, »und die Schiffe sind meins.«

Der behagliche Eindruck, den das Hotel *Holmsund* bereits von außen machte, setzte sich auch im Inneren fort. Die hellen, sanft abgetönten Farben der Wände bildeten einen heiteren Hintergrund zu den weißen Türen und dem ebenfalls weißen Tresen. Auf einem kleinen, halbrunden Tisch an der Wand stand eine Lampe, die in der Nacht brannte für die Spätheimkehrer unter den Gästen. Agneta hatte einen riesigen Strauß Gladiolen, ebenfalls in Gelb und Weiß, in einer großen Vase arrangiert. Es war ihr wichtig, dass es ständig frische Blumen im Hotel gab, und sie kümmerte sich stets persönlich darum. Auch die Schale mit dem frischen Obst, die auf dem Tresen bereitstand und aus der sich jeder bedienen konnte, war Agnetas Idee gewesen.

Eigentlich müsste mehr Personal eingestellt werden, um alle anfallenden Arbeiten zu erledigen. Zeit für Gitta blieb ihr da kaum noch. Oft genug hatte Agneta ihrer Tochter gegenüber ein schlechtes Gewissen. Aber sie konnte sich nun einmal zusätzliches Personal nicht leisten.

Es waren Gedanken, die sie inzwischen täglich quälten, die sich nicht einfach so verdrängen ließen.

Mit einem tiefen Seufzer griff Agneta nach der Post. Sie hatte diesen ominösen Brief von Niklasson Fiskprodukt im Laufe des Morgens völlig vergessen. Wahrscheinlich nur Werbung, vermutete sie, und riss den Umschlag auf.

Doch es war keine Reklame in dem Umschlag, sondern ein an sie persönlich gerichtetes Schreiben. Agneta las den Brief, konnte nicht fassen, was da stand, und las ihn gleich ein zweites Mal. Nur kurz sah sie auf, als ein Gast seinen Zimmerschlüssel auf den Hoteltresen legte, nickte ihm geistesabwesend zu, bevor sie den Brief noch ein drittes Mal las.

»Das gibt es doch nicht. Das ist ja ...« Sie brach ihr Selbstgespräch ab, starrte immer noch fassungslos auf den Brief in ihrer Hand.

»Was gibt es nicht, Mama?« Gitta, die gerade hereinkam, hatte gehört, was ihre Mutter gesagt hatte. Sie ließ die Schultasche von der Schulter gleiten, stellte sich neben Agneta und schaute nun ebenfalls auf den Brief.

»Niklasson«, sie las, was im Briefkopf stand, »kennen wir die?«

»Ganz und gar nicht«, erwiderte Agneta kopfschüttelnd.

»Und was wollen die dann von uns?« Gitta nahm sich einen Apfel aus der Obstschale. Sie wollte gerade herzhaft hineinbeißen, hielt jedoch überrascht inne, als ihre Mutter grimmig antwortete: »Nichts! Nur unser Hotel kaufen.«

Der Motor tuckerte zwar noch, klang aber so, als würde er jeden Moment aussetzen. Qualm stieg aus dem Maschinenraum.

Paula war froh, dass ihre Lotta es noch bis zum Anlegesteg schaffte. Hannes hatte ihre Einfahrt in den Hafen beobachtet und sofort gemerkt, dass etwas nicht stimmte. Sofort kam er angelaufen, als Paula die Lotta vertäute.

»Hej«, rief er schon von weitem. »Das klingt aber gar nicht gut.«

Paula richtete sich auf. Verzweifelt schaute sie Hannes an. »Es hat vor einer halben Stunde angefangen. Plötzlich hat er gestottert, dann kurz ausgesetzt. Ich habe ihn gerade noch einmal angekriegt, aber jetzt läuft er nur noch mit halber Kraft.«

Hannes kratzte sich nachdenklich den Kopf. Dabei fiel sein Blick auf die gefüllten Fischkisten an Bord. »Guter Fang«, meinte er.

»Wenigstens etwas«, erwiderte Paula niedergeschlagen. Die Sorge um ihr Boot wog im Moment schwerer als die Freude über den erfolgreichen Morgen.

»Soll ich mir den Motor mal ansehen?«, schlug Hannes vor.

»Ja«, Paula lachte erleichtert. »Das wäre toll.«

Hannes stand bereits auf der Lotta und öffnete die Luke zum

Motor. »Hoffentlich ist es nicht Schlimmes«, rief Paula. »Eine kostspielige Reparatur wäre das Letzte, was ich jetzt gebrauchen kann.« Sie hatte kein gutes Gefühl, auch wenn Hannes seelenruhig erwiderte: »Ach, Frauen! Dass ihr immer gleich an das Schlimmste denken müsst.«

Paula grinste schwach, verzichtete aber auf eine Antwort. Stattdessen lud sie einige der Fischkisten auf den großen vorderen Gepäckträger ihres Fahrrads. Es gehörte zu ihrem Beruf, den gefangenen Fisch auch zu verkaufen, und zwar so schnell wie möglich. Inzwischen hatte sie sich einen guten Kundenstamm aufgebaut, sodass sie sicher sein konnte, den Fang des heutigen Morgens loszuwerden. Eine der Fischkisten hatte sie für das Hotel reserviert.

Zuerst belieferte Paula das Restaurant am Hafen. Gutgelaunt bog sie danach vom Kai in Richtung Innenstadt ab. Ein wenig zu schwungvoll nahm sie die nächste Kurve, übersah dabei den Mann, der gerade aus der Werkstatt eines Segelmachers kam. Sie wäre mitsamt ihrem Rad umgekippt, wenn er nicht schnell zugegriffen und sie gehalten hätte.

»Mist«, fuhr Paula ihn an, »können Sie nicht gucken, wo Sie gehen?«

»Tut mir leid, ich habe Sie nicht kommen ...« Er unterbrach sich, als sich ihre Blicke trafen, und auch Paula, die eben noch so wütend gewesen war, lächelte jetzt. »Hej, Sie sind doch ...«, einen Moment lang zweifelte sie daran, dass es solch einen sonderbaren Zufall geben konnte, »... der mit der tollen Jacht. Tut mir leid, dass ich Sie angefaucht habe. Ich sah meinen Fisch schon einen Moment lang auf dem Boden liegen.«

»Die Fischerin«, jetzt erkannte auch er sie. »Was für ein Zufall.«

Eine kurzen Moment lang schauten sie sich intensiv in die Augen. Paula hatte das Gefühl, dass er ebenso verlegen war wie sie selbst. Verflixt, so sag doch was, dachte sie und suchte verzweifelt nach Worten. Es war noch nie vorgekommen, dass sie die Gegenwart eines Mannes sprachlos gemacht hatte.

»Und?« Er war es, der zuerst wieder reagieren konnte. »War es ein guter Fang? Was fangen Sie hauptsächlich?«

»Ach, eigentlich alles, was mir ins Netz geht.« Paula bemerkte selbst, dass sie zu schnell sprach. Viel zu schnell. Und sie gestikulierte nervös. »Forellen, Schollen ...« Paula brach erneut mitten im Satz ab, atmete ganz tief durch, um ihr aufgewühltes Innenleben wieder unter Kontrolle zu bekommen. Sie brauchte ein paar Sekunden, bis es ihr gelang. Nur das schnelle Schlagen ihres Herzens ließ sich nicht so einfach beruhigen. Trotzdem klang ihre Stimme wieder ruhig, als sie fragte: »Was machen Sie denn hier in Holmsund?«

Mattias wies mit dem Daumen hinter sich auf die Tür, aus der er eben gekommen war. »Per Larsson ist mein Segelmacher. Diese Fische da ...«, wechselte er das Thema, indem er auf die obere Kiste auf dem Träger ihres Fahrrades zeigte. »Verkaufen Sie die auch?«

»Nein«, erwiderte Paula seelenruhig, »ich fange sie nur zu meinem Vergnügen.« Gleich darauf lachte sie. Über ihre eigene Bemerkung ebenso wie über sein verdutztes Gesicht. »Natürlich verkaufe ich die. Davon lebe ich.«

»Würden Sie mir einen davon verkaufen?« Mattias grinste sie an.

Paula hob einen Finger in die Höhe: »Sie wollen *einen* Fisch kaufen?«

Das Grinsen auf Mattias' Gesicht wurde noch breiter, als er zustimmend nickte.

Paulas Augen funkelten übermütig. »Und was wollen Sie damit machen? Ihn zur Erinnerung an mich ausstopfen lassen?«

Beide mussten lachten, keiner konnte den Blick vom anderen

abwenden. Es dauerte einen Augenblick, bevor Mattias sich wieder gefangen hatte.

»Kochen«, schlug Mattias vor, »oder braten.«

»Sagen Sie bloß, Ihre Bikinifreundin ist ein Küchenwunder.« Ziemlich gespannt wartete Paula auf seine Antwort. Vielleicht war die braungebrannte Schönheit auf der Jacht nicht nur seine Freundin, sondern sogar seine Frau.

Mattias verstand nicht gleich. »Meine Bikini...« Gleich darauf schien ihm aufzugehen, wen sie damit gemeint hatte. Er schüttelte den Kopf. »Nein, das Küchenwunder bin ich. Wollen Sie es nicht mal miterleben?«

Paula hatte immer noch nicht in Erfahrung gebracht, was ihn mit der Bikinischönheit verband. Sie hoffte, dass es nichts Ernstes war, aber natürlich hatte sie genau gesehen, wie er mit ihr geflirtet hatte. Sie nahm einen der Fische aus der oberen Kiste und packte ihn sorgfältig ein. Zeit genug, um über ihre Antwort nachzudenken. Sie wollte ihn wiedersehen – sehr gern sogar.

»Wieso nicht«, stimmte sie zu, als sie ihm den eingepackten Fisch überreichte. »Sie können mich ja mal einladen.«

»Dazu müsste ich Ihren Namen wissen«, reagiere er sofort. »Und Ihre Telefonnummer.«

Sie schaute ihm direkt ins Gesicht. »Ich bin Paula«, sagte sie einfach, »und Sie finden mich am Hafen.« Ein wenig Mühe sollte er sich schon geben, einen kleinen Beweis liefern, dass er sie wirklich wiedersehen wollte.

Als er ihr seinen Vornamen nannte, schauten sie sich lange an, ihre Blicke verloren sich ineinander ...

»Jetzt muss ich aber wieder los, bevor mein Fisch schlecht wird.« Paula umfasste den Lenker ihres Fahrrades ganz fest und schob es langsam an ihm vorbei. »Bis dann.«

»Bis dann«, erwiderte Mattias und trat langsam einen Schritt zur Seite, um sie vorbeizulassen.

Ein wenig bedauerte Paula es schon, dass er sie einfach so gehen ließ. Nur ein Dankeschön für den Fisch rief er ihr noch nach.

Bis zur nächsten Straßenecke widerstand Paula der Versuchung, doch dann drehte sie sich schnell noch einmal um. Ein wenig hatte sie befürchtet, dass er einfach weitergegangen war, dass er die beiden kurzen Begegnungen mit ihr bereits aus seinem Gedächtnis gestrichen hatte. Doch er stand noch da, schaute ihr lächelnd nach. Noch ein kurzer Blickkontakt, ein letztes Winken und Paula bog in die nächste Straße ein.

Sie war in Hochstimmung, als sie die nächsten Stammkunden aufsuchte. Mit der letzten Kiste auf dem Träger machte sie sich auf den Weg zum Hotel. Diese Kiste wollte sie bei Agneta abgegeben, bevor sie zurück zur Lotta fuhr, um den restlichen Fisch abzuholen.

Der Weg führte am Wasser vorbei bis zum Landungssteg des Hotels. Auch hier unten am Wasser standen Tische, an denen man essen konnte. Agneta hatte soeben damit begonnen, die Tische für die Gäste vorzubereiten.

»Hej, Agneta!« Paula sprang vom Rad und stellte es ab. Beschwingt lief sie auf ihre Schwester zu. »Das war ein super Fang heute. Unsere Gäste werden begeistert sein.«

Nur kurz schaute Agneta auf, schien überhaupt nicht gehört zu haben, was Paula gesagt hatte. Stattdessen befestigte sie die Tischdecke auf dem Tisch vor ihr mit Klammern. Ganz so, als könnte an diesem strahlenden Sommertag noch ein heftiger Sturm aufkommen.

Paula betrachtete ihre Schwester besorgt. »Was ist denn los? Du bist ja ganz blass.«

Agneta richtete sich auf und zog einen Brief aus ihrer Jackentasche. Sorgfältig faltete sie ihn auseinander, bevor sie ihn Paula reichte.

»Was ist das? Ein Liebesbrief?«, schmunzelte Paula.

»Lies«, forderte Agneta sie kurz und mit unbewegter Miene auf.

Also las Paula. Ihr Gesicht verzog sich zu einem spöttischen Lächeln, als sie das Angebot des Kaufinteressenten für das Hotel las. Sie gab Agneta den Brief zurück. »Die spinnen ja«, war alles, was sie dazu zu sagen hatte. Für Paula war das Thema damit erledigt. »Du, ich habe ein paar Forellen gefangen ...«

»Hast du die Summe gesehen?«, fiel Agneta ihr ins Wort. Sie hielt Paula den Brief noch einmal hin, tippte mit dem Zeigefinger auf die Stelle.

Paula zuckte mit den Schultern: »Ja, klar!«, aber es interessierte sie nicht im Geringsten. Doch dann hörte sie ihre Schwester sagen: »Das ist eine Menge Geld. Davon könnte man sich eine sichere Existenz aufbauen.« In diesem Moment wurde Paula bewusst, wie sehr ihre Schwester von dem Gedanken eingenommen war, das Hotel zu verkaufen.

»Du hast eine sichere Existenz«, sagte sie empört. »Das Hotel ist deine sichere Existenz. Und meine auch, falls du das vergessen haben solltest.«

Agneta wandte Paula den Rücken zu und begann damit, Servietten zu falten, die sie in die bereitstehenden Gläser drapierte. Es klang, als würde sie zu einem kleinen Kind sprechen, dem man eine Sache schon Hunderte Male erklärt hatte, als sie sagte: »Ich könnte mir einen normalen Job suchen, mit normalen Arbeitszeiten. Ich müsste nicht jeden Monat damit rechnen, dass wir pleitegehen.«

»Du übertreibst, das müssen wir doch nur jeden zweiten Monat.« Paula war nicht bereit, auch nur einen Augenblick lang ernsthaft über das Kaufangebot nachzudenken. »Aggi, was ist denn los? Da winkt einer mit einem bisschen Kohle und schon stellst du alles in Frage?«

»Das ist nicht ein bisschen Kohle.« Agneta schüttelte den Kopf. »Das ist ...«

»... absoluter Quatsch«, fiel Paula ihrer Schwester aufgebracht ins Wort. Sie folgte Agneta, die von Tisch zu Tisch ging, um noch einmal die Servietten zu überprüfen.

»Das Hotel gehört zu unserem Leben.« Eindringlich sprach Paula auf Agneta ein. »Wir haben doch abgemacht, dass wir es nicht verkaufen werden. Niemals! Ich meine, dann wäre doch Papas ganze Arbeit umsonst gewesen und die von Großvater Stefan auch.«

»Du hast gut reden, du bist auf dein Schiff abgehauen.« Agneta sagte das ganz ruhig und beherrscht, was Paula nur noch mehr aufbrachte. »Mit deiner Unterstützung, wenn ich dich erinnern darf. Du hast mich sogar darin bestärkt, die Lotta zu kaufen.«

»Ich weiß ja, ist ja auch okay.« Agneta hielt einen Augenblick inne, sie seufzte schwer. »Nur irgendwie ist es zurzeit ein bisschen mühsam.«

»Ach, komm, hör doch auf.« Paula schüttelte verständnislos den Kopf. »Es ist Arbeit, ja, aber es macht doch auch Spaß.« Ganz dicht stellte sie sich jetzt neben ihre Schwester. »Agneta, hör zu, an einen Verkauf wird überhaupt nicht gedacht. Eher expandieren wir.« Sie hatte das nur so dahingesagt, um ihre Schwester zu beruhigen. Aber warum eigentlich nicht, warum nicht expandieren? Die Idee begann sie zu begeistern. »Ja, das ist es überhaupt. Wir werden ...«

Das Klingeln ihres Handys brachte sie aus dem Konzept. »Moment mal.« Sie schaltete das Handy ein, hielt es ans Ohr und meldete sich.

»Hannes«, rief sie erfreut, als sie seine Stimme am anderen Ende der Leitung hörte. Unmittelbar darauf verdüsterte sich jedoch ihre Miene. Es war keine gute Nachricht, die sie da gerade von Hannes erhielt. »Was?«, rief sie wie unter Schock. »Ach nein, bitte nicht«, sagte sie schließlich nur noch leise und es klang sehr verzweifelt.

Paula hatte ihrer Schwester nur eine kurze Erklärung abgegeben. Jetzt drängte es sie danach, so schnell wie möglich zum Hafen zu kommen. Sie hatte Hannes versprochen, sich sofort auf den Weg zu machen.

Hannes sah auf, als sie mit ihrem Rad über die Planken des Steges fuhr. Sie hatte ihre Fahrt kaum gebremst, als sie auch schon absprang. »Das kann nicht sein, Hannes«, ihre Stimme war ein einziges Flehen. »Sag, dass es nur ein Scherz war.« Paula stellte das Fahrrad ab.

Hannes hatte beide Hände in die Hüften gestützt. »Mit so was mache ich keine Scherze, tut mir leid.« Hilflos sah er hinunter auf den Motorblock. »Der Motor ist hinüber.«

Paula kam näher und sah vom Steg aus auf ihn hinab. Sie war nicht bereit, Hannes' Diagnose einfach so hinzunehmen. »Aber der Motor läuft doch noch.«

»Nicht mehr lange«, schüttelte Hannes den Kopf. »Ich denke mal, alle Lager sind durch.«

Paula wollte immer noch nicht aufgeben, sich nicht mit dem Gedanken befassen, was das für sie bedeutete. »Die kann man doch ersetzen.«

Hannes, der sich wieder über den Motorblock gebeugt hatte, sah auf. »Lohnt sich nicht«, sagte er und sprach damit aus, was sie bereits gefürchtet hatte. »Das kostet mehr als ein neuer Motor.«

Wütend trat sie gegen eine Taurolle. »Mist, verdammter, was mache ich denn jetzt?«

Offenbar hatte Hannes sich darüber bereits Gedanken gemacht. »Ich habe einen Freund in Stockholm«, überlegte er laut. »Sein Sohn hat eine kleine Werkstatt, und der hat vielleicht einen guten gebrauchten Motor.«

Paula starrte mutlos vor sich hin. »Am besten verkaufe ich den Kahn«, sagte sie leise.

»Blödsinn«, schüttelte Hannes den Kopf. »Was willst du denn machen ohne deine Lotta?«

Paula zuckte mit den Schultern. »Keine Ahnung. Vielleicht zurück ins Büro.« Sie tat sich selbst sehr leid in diesem Moment.

Hannes lachte laut, ja, er schien sie regelrecht auszulachen. Sie packte die Fischkisten auf den Fahrradträger, die Hannes bereits auf den Steg gestellt hatte, um besser an den Motorblock zu kommen. Als sie ging, sagte sie nur: »Ich muss den restlichen Fisch ausliefern.

Hannes lachte immer noch. »Tu das«, sagte er. »Ich rufe inzwischen meinen Freund an.«

Am Ende des Kais, direkt am Wasser, war das Fischgeschäft von Björn Olsson. Gedankenverloren fuhr Paula an den schmucken Holzhäusern vorbei, achtete nicht auf die Geschäfte, die ihre Türen einladend weit geöffnet hatten. Obst und Gemüse wurde neben Ansichtskarten und Zeitungen angeboten. Das Rauschen der Wellen und das Kreischen der Möwen bildeten den Hintergrund zu der idyllischen Stimmung, die das Dorf wie immer ausstrahlte. Paula aber nahm heute nichts von alledem wahr.

Das Gespräch mit Agneta, deren Überlegungen, das Hotel zu verkaufen, nagte ebenso an Paula wie die Probleme mit ihrem Boot. Sie hatte sich Agneta gegenüber so zuversichtlich gezeigt, sogar von Expansion gesprochen. Dabei fühlte sie sich inzwischen selbst ziemlich mutlos und wusste nicht, wie es weitergehen sollte.

Am Fischgeschäft hielt sie an, stieg vom Rad und hob mit beiden Händen die gefüllte Fischkiste an. Als sie sich umdrehte, stand ein Fußgänger direkt neben ihr. Unsanft stießen sie zusammen und diesmal ließ sie die Kiste fallen. Die Fische und das

Eis, das Paula zum Frischhalten ihrer Ware benutzte, verteilten sich auf dem Boden.

»Mist, verdammter ...«, fluchte Paula zum zweiten Mal an diesem Tag, während der Passant gleichzeitig eine Entschuldigung hervorstieß. Die beiden schauten sich an, und auf Paulas Gesicht erschien augenblicklich ein Lächeln. Mit einem Mal war der ganze Ärger der vergangenen Stunden vergessen. »Sie schon wieder«, sagte sie vergnügt.

Auch Mattias strahlte vor Freude über dieses Wiedersehen. »Ich scheine heute wirklich blind zu sein.«

Er schaute ihr tief in die Augen. Paula spürte den schnellen Schlag ihres Herzens. Es gefiel ihr, wie er sie ansah, machte sie aber gleichzeitig auch schrecklich verlegen. Sie wusste nicht, was sie sagen sollte, und so bückte sie sich, um den Fisch aufzuheben. Dummerweise schien er in genau diesem Moment auf die gleiche Idee gekommen zu sein. Er beugte sich ebenfalls hinab. Hart und schmerzhaft stießen ihre Köpfe zusammen.

»Au«, stieß Paula hervor und presste eine Hand gegen ihren Kopf.

»Schon wieder Entschuldigung«, brach es aus ihm heraus. Er schaute sie prüfend an. »Tut es weh?«

»Überhaupt nicht«, behauptete Paula, obschon sie die Stelle immer noch deutlich spürte, an der sein Kopf auf den ihren geprallt war. Sie bückte sich erneut, achtete diesmal jedoch sorgsam darauf, nicht wieder mit ihm zusammenzustoßen.

»Schade!« Mattias ging ebenfalls in die Hocke und wollte ihr beim Einsammeln der Fische helfen. Paula hielt sofort inne und lachte ungläubig auf. »Was?«

»Na ja«, setzte er zu einer Erklärung an, während er gleichzeitig Fische vom Boden aufklaubte und in die Kiste warf. »Wenn es weh getan hätte, müsste ich was gutmachen. Vielleicht würden Sie sich ja dann zum Essen einladen lassen.« Er kniete immer noch auf dem Boden, während er sie erwartungsvoll anlächelte.

Paula antwortete nicht sofort. Sie legte die letzten Fische zurück in die Kiste, bevor sie ihm ernst in die Augen schaute. Er gefiel ihr. Sehr sogar, trotzdem lehnte sie ab. »Heute nicht.« Sie erhob sich und hielt die Fischkiste in den Händen.

Auch Mattias stand wieder auf. »Wann dann?«, wollte er wissen.

Paula dachte einen Augenblick nach, sprach schließlich ganz offen das aus, was sie gerade empfand. »Keine Ahnung, ehrlich gesagt. Ich weiß nicht, ob ich für so was gerade den Kopf frei habe.«

Paula fühlte Traurigkeit in sich aufsteigen, nachdem sie die Worte ausgesprochen hatte. Das war es dann wohl. Wahrscheinlich würde sie ihn jetzt nie wiedersehen. Aber es war richtig so. Glaubte sie zumindest ...

Bevor sie es sich doch noch anders überlegen konnte, ging sie ganz schnell an ihm vorbei. Diesmal wandte sie sich nicht mehr um. Sie spürte auch so, dass er ihr nachschaute.

Ein wenig außerhalb von Holmsund, inmitten blühender Sommerwiesen lag Gunnars Hof. Ein gepflegtes Anwesen. Die Nebengebäude und Ställe hatten den gleichen roten Anstrich wie das Haupthaus. Strohballen waren an der Scheunenwand hochgestapelt, daneben stand der Traktor. Kühe grasten auf den mit groben Holzbalken eingezäunten Weiden oder lagen im Schatten unter den Obstbäumen. Oskar, der Hahn auf dem Hof, wachte sorgsam über seine Hennen, die auf den Wiesen nach Würmern suchten. Der Duft des Sommers lag in der Luft. Die dunkelgrüne Baumgrenze erstreckte sich in der Ferne, begrenzte die riesige Landfläche, die Gunnar gehörte.

Gitta war gleich nach der Schule zum Hof gefahren. Sie war gerne hier, denn Gunnar zeigte ihr immer wieder, dass sie willkommen war. Jetzt saß sie im Gras neben dem erst wenige Tage alten Kälbchen und streichelte es.

»Es ist so süß. Hast du ihm schon einen Namen gegeben?«

Gunnar, der auf der anderen Seite neben dem Kalb kniete, schüttelte den Kopf. »Ich habe schon Hunderten von Kühen einen Namen gegeben. Mir fällt langsam nichts mehr ein. Hast du vielleicht eine Idee?«

Nachdenklich schaute Gitta das Kalb an. »Es hat Augen wie meine erste Puppe. Sie hieß Clara.« Fragend schaute sie zu Gunnar auf. »Können wir es Clara nennen?«

»Von mir aus«, Gunnar stimmte sofort zu. Er stupste das Kälbchen an. »Na, wie gefällt dir dein Name, Clara?«

»Ich wünschte, ich könnte es mit nach Hause nehmen«, seufzte Gitta.

»Agneta würde sich freuen«, Gunnar schmunzelte. »Zu ihrem ganzen Stress auch noch eine Kuh im Haus.«

»Dann müssen wir eben zu dir ziehen«, stellte Gitta entschieden fest. Eigentlich war doch alles ganz einfach, nur die Erwachsenen machten es immer so schrecklich kompliziert. Nun ja, nicht alle Erwachsenen. Gunnar schien das ähnlich zu sehen, wie sie selbst. Er nickte zustimmend. »Von mir aus. Du weißt, wie sehr mich das freuen würde.«

Auch Gitta nickte. Es war nicht Gunnar, der alles so kompliziert machte, es war in erster Linie ihre Mutter. Sie wollte etwas erwidern, doch in diesem Augenblick klingelte Gunnars Handy.

»Gunnar Omberg«, meldete er sich und sagte gleich darauf laut für Gitta: »Agneta!«

Gitta schüttelte hastig den Kopf, woraufhin Gunnar schnell sagte: »Ja, sie war kurz hier. Aber sie ist schon wieder auf dem Weg nach Hause. Wegen der Hausaufgaben, hat sie gesagt.« Er zwinkerte Gitta zu und wechselte das Thema. »Aber sag mal, was ich fragen wollte. Wie sieht es am Wochenende aus? Wir könnten baden gehen und grillen, danach ins Kino ...«

Offensichtlich wurde er am anderen Ende von Agneta unterbrochen. Gitta beobachtete, wie Gunnar, der eben noch gelächelt hatte, wieder ernst wurde. »Natürlich, wenn du keine Zeit hast«, sagte er schließlich. »Schade! Du weißt, ich will dich nicht drängen, aber ...«

Gunnar unterbrach sich mitten im Satz, Agneta hatte ihn offensichtlich wieder nicht zu Ende sprechen Lassen. Gitta könnte sich gut vorstellen, wie enttäuscht er war, sie war es schließlich selber. »Ja, bis bald, Agneta«, beendete er das Gespräch.

Paula liebte diese stille Stunde am Abend, wenn alle Arbeit erledigt war und sie in Ruhe ein wenig in der Zeitung blättern konnte. Wie immer saß sie am Esszimmertisch, in diesem freundlichen Raum mit seinen hellen Möbeln, den sie so besonders mochte. Durch die geöffnete Tür konnte sie in die Küche schauen.

Paula rührte sich nicht, als sie hörte, wie die Haustür geöffnet wurde. Sie wusste, dass es Agneta war, die sich nach einem langen Arbeitstag ebenfalls hier einfand, um ein wenig zu reden.

»Hej, Schwester. Ist Gitta schon im Bett?«

Paula sah nur kurz von der Zeitung auf. »Sie schläft wie ein Murmeltier.«

Agneta zog sich einen Stuhl heran und ließ sich erschöpft darauf nieder.

»Und wie war dein Tag noch?«, fragte Paula.

»Stressig«, stöhnte Agneta. »So ist es doch«, fuhr sie fort, als Paula die Zeitung zusammenfaltete und sie anschaute. »Eigentlich läuft es gut, aber ich bin am Abend immer dermaßen fertig, dass ich mich manchmal frage, ob das wirklich für den Rest meines Lebens so weitergehen soll.« Agneta lehnte sich zurück, starrte ins Leere. »Ich weiß nicht, vielleicht sollten wir das Hotel doch verkaufen.«

»Blödsinn«, fuhr Paula sie an. »Es ist im Hotel wie auf dem Schiff. Wir müssen dahin kommen, dass wir uns ein paar Leute mehr leisten können. Du bist doch nur deswegen so erschöpft, weil du alles alleine machst.«

Agneta schien ihr überhaupt nicht zuzuhören. Noch während Paula sprach, war sie in die Küche gegangen, um die angebrochene Flasche Wein aus dem Kühlschrank zu holen. Jetzt kam sie zurück und setzte sich wieder zu Paula an den Tisch.

»Wir können ja Nils und Erika kaum bezahlen. Vielleicht haben wir uns einfach übernommen. Das Hotel und das Schiff.« Sie wollte wieder aufstehen, um die Gläser zu holen, doch Paula war schneller.

Sie ging zur Anrichte und nahm zwei Weingläser herunter. »Meine Güte, Aggi«, sagte sie nachdrücklich, als sie zum Tisch zurückkehrte. »Bloß weil da einer mit so einem Angebot daherkommt, kannst du doch nicht dein ganzes Leben in Frage stellen. Du liebst das Hotel doch. Es war immer dein Traum, es eines Tages zu übernehmen. Es ist so ein tolles, kleines und hübsches Hotel. Wir müssen nur ein bisschen durchhalten. Dann wird es eines Tages ein Geheimtipp und eine Goldgrube.«

Agneta hörte ruhig zu, während sie gleichzeitig den Wein einschenkte. »Du hast ja recht«, seufzte sie, doch es klang wenig überzeugend. Sie trank einen Schluck und starrte vor sich hin.

»Manchmal frage ich mich wirklich, warum ich es mir so schwermache«, sagte sie nach ein paar Sekunden nachdenklichen Schweigens. »Ich müsste einfach nur Gunnar heiraten und ich hätte das schönste Leben.«

Paula nickte noch, während die Schwester sprach. »Und warum tust du es nicht endlich? Er liebt dich. Und Gitta. Außerdem ist er nett und so aufmerksam.«

»Ja«, erwiderte Agneta schon wieder gereizt, obwohl sie doch selbst mit diesem Thema angefangen hatte. »Er würde mir die Luft zu Atmen nehmen. Ich müsste zu ihm ziehen, das Hotel aufgeben. Immer nur für ihn da sein.«

»Hat er das gesagt?« Paula konnte sich das beim besten Willen nicht von Gunnar vorstellen. »Das ist doch klar«, sagte Agneta im Brustton der Überzeugung. »Er braucht eine Frau an seiner Seite, und da komme ich ihm gerade recht.«

Na also, Gunnar hatte nichts in dieser Richtung je zu ihrer Schwester gesagt. Agneta sprach von den Erfahrungen, die sie früher gemacht hatte, nicht mehr und nicht weniger.

»Wann hörst du endlich auf, den Männern zu misstrauen«, sagte Paula. »Es sind nicht alle so wie Erik.«

Nur selten wurde der Name von Gittas Vater in diesem Haus erwähnt. Paula war sich ganz sicher, dass ihre Schwester für diesen Mann keine Gefühle mehr hegt. Aber die Art und Weise, wie Erik sie gedemütigt und ausgenutzt hatte, nagte immer noch an ihr. Sie hatte es ausgehalten, selbst seine Seitensprünge, weil sie diesen Mann geliebt hatte. Dann kam Gitta auf die Welt und Erik machte keinen Hehl daraus, wie wenig in dieses hilflose, kleine Wesen interessierte. Die Kälte, mit der er seine eigene Tochter behandelt hatte, musste für Agneta schockierend gewesen sein. Als sie dann endlich in der Lage gewesen war, sich von ihm zu trennen, hatte er zum Abschied Agnetas sämtliche Ersparnisse und die gesamten Einnahmen des Hotels geraubt.

Es war eine harte Zeit für sie alle gewesen, oftmals hatten sie am Rande des Ruins gestanden. Aber sie hatten es geschafft. Gemeinsam hatten sie sich durchgekämpft. Paula konnte nur vermuten, wie sehr die Erinnerungen ihrer Schwester heute noch zusetzten.

Wie immer ließ Agneta sich auch jetzt nichts von alledem anmerken. »Ich frage mich, wie du da so sicher sein kannst«, war alles, was sie Paula antwortete. Dann wandte sie sich zum Gehen, so als sei alles zu diesem Thema gesagt.

»Du, ich bin hundemüde. Lass uns schlafen gehen.« Sie küsste Paula auf die Wange und wollte hinaus, doch Paula hielt sie noch einmal zurück.

Agneta blieb stehen, drehte sich zögernd um. Ihre Miene ließ deutlich erkennen, wie wenig ihr daran gelegen war, noch weiter über Gunnar oder Erik zu reden. Doch es war etwas völlig anderes, was Paula gerade durch den Kopf ging.

»Diese Firma, Niklasson, was wollen die eigentlich mit unserem Hotel? Die stellen doch Fischkonserven her.«

Agneta lehnte sich gegen den Türrahmen. »Nils hat sich umgehört«, berichtete sie. »Die planen, hier ihre neue Firmenzentrale zu bauen.«

Paula schaute kurz aus dem Fenster. Obwohl es bereits sehr spät war, wurde es draußen nicht richtig dunkel. Sie konnte hinuntersehen bis zur Bucht.

»In Holmsund«, sagte sie dann. »Warum das denn?«

Agneta zuckte nur kurz mit den Schultern und ging dann nach oben.

Paula blieb noch ein paar Minuten am Tisch sitzen, bevor sie ebenfalls aufstand. Nachdenklich stellte sie die Weinflasche zurück in den Kühlschrank und die beiden benutzten Gläser in die Spüle. Danach ging sie hinauf in ihr eigenes Zimmer. Sie schaltete das Licht nicht an, die Mittsommernacht ließ genug Helligkeit ins Zimmer.

Langsam ging sie zum Fenster, schlang ihre beiden Arme um den Körper, als würde sie frieren. Doch ihr war nicht kalt, ganz im Gegenteil. Sie liebte diesen Ausblick auf die Bucht. Alles schien in ein unwirkliches, dunkles Blau getränkt. Der Himmel, das Meer. Dazwischen der dunkle Schatten des Uferstreifens.

Ein Segelboot dümpelte einsam auf dem Wasser. Das Licht auf dem Boot strahlte die weißen Segel an.

Unwillkürlich musste Paula an Mattias denken. Sie lächelte, doch als sie an die letzte Begegnung mit ihm dachte, an ihre eigenen Worte, da spürte sie nur noch tiefe Traurigkeit.

Es war, als spürte er ihre Gedanken auf dem Deck seiner Jacht. Mit einem Glas Wein in der Hand starrte er gedankenverloren auf das Meer. Um diese Zeit war es bereits recht still im Hafen. Nur das Plätschern des Wassers war zu hören. Leise schaukelte die Jacht.

Mattias' Gedanken waren in diesem Moment ganz bei Paula. Er fragte sich, was sie wohl gerade machen würde. Wie schade war es, dass sie seine Einladung nicht angenommen hatte. Es war so unerwartet gewesen. Er hatte doch deutlich gespürt, dass sie bei ihrer ersten Begegnung nicht uninteressiert gewesen war. Hatte er sich so täuschen können? Wahrscheinlich war es nicht mehr als sein eigener Wunsch gewesen.

Das Klingeln seines Handys riss ihn aus seinen Gedanken. Auf dem Display erkannte er die Nummer seiner Mutter. Er schaltete das Handy ein, meldete sich. »Mutter, wie geht es dir?«

Henrike Niklasson antwortete nicht sofort. Ihre Stimme klang verhalten, als sie schließlich antwortete: »Ich brauche deine Hilfe, Mattias.«

»Was kann ich für dich tun?« Noch nie hatte seine Mutter ihn um Hilfe gebeten. Das passte auch so gar nicht zu dieser selbstbewussten und zumeist ziemlich eigenwilligen Konzernchefin.

»Nicht am Telefon«, bat Henrike Niklasson. »Ich habe gehört, dass du in Holmsund bist. Könntest du morgen nach Stockholm kommen?«

»Morgen? Ich hatte eigentlich nicht vor, nach Stockholm zu kommen.«

»Bitte, Mattias«, bat Henrike leise. »Ich würde dich nicht darum bitten, wenn es eine andere Möglichkeit gäbe.«

Das klang dringend und ziemlich geheimnisvoll. Er konnte im Moment ohnehin nichts anderes tun, als auf die neuen Segel und Silkes Rückkehr aus Stockholm zu warten. »Okay, wenn es so wichtig ist.«

»Danke!« Henrike war hörbar erleichtert. »Vielen Dank.«

»Gut, wir sehen uns dann morgen. Bis dann, gute Nacht.«

Als Mattias das Handy wieder ausgeschaltet hatte, war er noch nachdenklicher als zuvor. Er hatte keine Ahnung, was er von diesem Anruf halten sollte.

Wie jeden Abend schaute Agneta vor dem Schlafengehen noch einmal nach ihrer Tochter. Gitta hatte die Augen geschlossen, aber sie schlief noch nicht. »Ich habe das Kälbchen Clara genannt«, murmelt sie schlaftrunken, als Agneta sie noch einmal richtig zudeckte. »Es ist so süß.«

»Das kann ich mir vorstellen.« Agneta beugte sich über ihr Kind und küsste es liebevoll auf die Wange. »Jetzt schlaf gut, Süße. Bis morgen.«

Aber Gitta war in Gedanken immer noch bei dem Kälbchen. »Du musst es dir ansehen, ja?«

Agneta verspürte nicht die geringste Lust, Gunnars Hof zu besuchen. »Wenn ich mal Zeit habe«, erwiderte sie ausweichend. Noch einmal küsste sie ihr Kind. »Träum was Schönes.«

»Mama, warum heiratest du Gunnar eigentlich nicht?«

Die Frage traf Agneta so unvorbereitet, dass sie einen Augenblick brauchte, um darauf zu antworten. »Findest du nicht, dass das meine Sache ist?«

»Nein«, widersprach Gitta. »Ich mag ihn und ich will, dass wir zu ihm ziehen. Er hat uns lieb.«

Aus der Sicht eines Kindes war alles so einfach. Aber die Realität des Lebens sah nun einmal anders aus. »Ich habe keine Lust, jetzt mitten in der Nacht darüber zu reden.«

Agneta wusste genau, dass Gitta diese Antwort nicht zufrieden stellte. Aber wie sollte sie ihrem Kind etwas erklären, was sie nicht einmal für sich selbst in Worte fassen konnte. Zweifellos war Gunnar ein netter Kerl, doch mehr konnte für sie nie daraus werden. Sie würde nie wieder einen Mann so nahe an sich heranlassen, dass er sie verletzen konnte. Diese schlimme Erfahrung in ihrem Leben, die sie Erik verdankte, sollte sich niemals wiederholen.

Der unglückliche Ausdruck in den Augen ihrer Tochter schmerzte Agneta, aber sie wusste, dass es besser so war. »Uns geht es doch gut hier mit Paula«, sagte sie und streichelte Gitta noch einmal sanft die Wange. »Ich wüsste nichts, wieso wir das ändern sollten. Gute Nacht, Schatz.«

Es war später Vormittag als Mattias am nächsten Tag in Stockholm eintraf. Er bekam sofort ein Taxi und nannte die Firmenadresse seiner Mutter.

Mattias hatte auf dem Rücksitz Platz genommen. Es war länger als zwei Jahre her, seit er zuletzt hier gewesen war. Es hatte ihm nicht gefehlt, trotzdem stellte sich ein vertrautes Gefühl ein, als das Taxi in den mittelalterlichen Stadtkern, den Gamla Stan einbog. Er konnte einen Blick auf das Königliche Schloss werfen, fuhr an wunderschönen Kirchen vorbei, durch pittoreske, kopfsteingepflasterte Gässchen, die scheinbar zu schmal waren, um zwei entgegenkommende Fahrzeuge durchzulassen.

Das Hafenviertel dominierten die imposanten, großbürgerlicher Häuser, die im achtzehnten und neunzehnten Jahrhundert entstanden waren. Historische Gemäuer, hinter deren Fassaden sich moderne Bürokomplexe verbargen. Die Firma seiner Mutter war in einem dieser Gebäude untergebracht. Die Lagerhalle neben dem Bürogebäude war erst nachträglich, aber im gleichen Stil wie das Haupthaus erbaut worden. Eine breite Treppe führte zum Bürogebäude. Alles wirkte gepflegt, ganz so wie Mattias es in Erinnerung hatte.

Nachdem Mattias aus dem Taxi gestiegen war und bezahlt hatte, betrachtete er einen Augenblick lang das Firmengebäude, in dem er selbst eine Zeit lang gearbeitet hatte. Er brauchte einen Augenblick, um sich zu sammeln, bevor er die Schultern straffte und auf das Bürogebäude zuging.

»Mattias«, vernahm er eine Stimme hinter sich und drehte sich um. Arbeiter, die er noch von früher kannte, kamen auf ihn zu. Ihre Freude über das Wiedersehen war unverkennbar.

»Hej, Mattias!«

»Hej, lange nicht gesehen.«

»Hej, Mattias! Wie geht es dir?«

»Gut siehst du aus.«

Mattias sah in strahlende Gesichter, schüttelte Hände, bis Sven Wiegand dazukam, der Assistent seiner Mutter. Sven Wiegand war etwa in Mattias' Alter. Modisch, elegant gekleidet. Sein Auftreten ließ keinen Zweifel daran, dass er von seiner eigenen Wichtigkeit überzeugt war.

»Hej, Mattias! Gut, dass Sie da sind.«

»Hallo, Sven«, grüßte Mattias. Seine Begrüßung war weit reservierter als die der Arbeiter. »Was ist los? Warum will sie mich so dringend sehen?«

»Es ist wirklich sehr wichtig«, wich Sven Wiegand einer direkten Antwort aus, »aber das soll sie Ihnen selbst sagen.«

Sven begleitete Mattias bis zu Henrikes Büro. Sie stand am Fenster, schaute hinunter auf den Werkshof, doch als Sven und Mattias eintraten, wandte sie sich um.

Mattias betrachtete seine Mutter prüfend. Sie sah aus wie immer, aber es entging ihm keineswegs, dass sie bei seinem Anblick erleichtert aufatmete.

»Hallo, Mattias«, sagte sie leise.

Sie schauten sich an, Mattias spürte mit einem Mal Freude in sich aufsteigen über dieses Wiedersehen, und wie er an der lächelnden Miene seiner Mutter erkannte, schien es ihr nicht anders zu gehen. Er beugte sich vor, küsste sie rechts und links auf die Wange, bevor er sie noch einmal von Kopf bis Fuß musterte. »Du siehst gut aus.«

»Der Schein trügt«, winkte Henrike ab. »Willst du einen Kaffee?«

»Gern«, nickte Mattias. Er war gespannt darauf, wann Henrike endlich zur Sache kommen würde. Es passte so gar nicht zu ihr, nicht gleich auf den Punkt zu kommen.

»Ich mache das schon«, bot sich Sven Wiegand an, der sich bis dahin im Hintergrund gehalten hatte und nun das Büro verließ.

»Danke, dass du sofort gekommen bist«, sagte Henrike, als sie mit Mattias alleine war. »Ich weiß, dass dir das nicht leichtgefallen ist.«

Mattias entfernte sich ein paar Schritte von seiner Mutter, sah sich im Büro um. Auch hier hatte sich nichts verändert, war noch alles so, wie er es in Erinnerung hatte. Der hohe Raum mit den sandfarbenen Wänden, die zur Hälfte mit Holz getäfelt waren. Eine antike Truhe stand an der Wand, darüber ein altes Schwarz-Weiß-Foto in einem schlichten Rahmen, das den Konzern zu Gründungszeiten zeigte. Ein Segelschiff in Modellbaumaßen thronte auf der Kommode.

Der Schreibtisch in der Mitte des Raumes stammte aus der

gleichen Epoche wie die Kommode. Neben dem Fenster stand jedoch ein hochmoderner Computertisch mit einer gläsernen Platte.

Henrike sagte kein Wort, beobachtete nur ihren Sohn, der sich lange und gründlich umschaute.

Mattias spürte die Blicke seiner Mutter. Er drehte sich zu ihr um. »Also, Mama, was ist so dringend, dass du über deinen Schatten gesprungen bist?«

Henrike begab sich auf die andere Seite des antiken Schreibtisches, der nun wie eine Barriere zwischen ihnen stand. »Ich brauche deine Hilfe, Mattias. Na ja, ich bin ziemlich erschöpft in letzter Zeit.« Sie hatte den Kopf gesenkt. Mattias, der seine Mutter nur als aktive und sehr agile Person kannte, ahnte, wie schwer es ihr fiel, eine Schwäche auch nur zuzugeben. Geschweige denn, deshalb um Hilfe zu bitten.

Henrike lachte nervös. »Burnout-Syndrom nennt man das wohl.« Als sie fortfuhr, schaute sie Mattias offen ins Gesicht. Ihr Blick war ernst. »Jedenfalls sagt mein Arzt, dass es so nicht weitergeht. Er will, dass ich ein paar Wochen ausspanne.«

Mattias schüttelte verständnislos den Kopf. »Gut, du brauchst Urlaub. Aber was hat das mit mir zu tun? Du bist die Chefin und wirst es dir wohl erlauben können, eine Weile wegzufahren.«

»Solange Peter noch da war, konnte ich die Firma unbesorgt verlassen.«

Peter Glaser war der Geschäftsführer des Konzerns gewesen. Mattias hatte sich gut mit ihm verstanden, als er selbst noch hier gearbeitet hatte. Er hörte zum ersten Mal, dass Peter nicht mehr da war. Er setzte sich auf den Stuhl vor Henrikes Schreibtisch. »Peter ist nicht mehr da?«

Henrike schüttelte den Kopf. »Er hatte ein gutes Angebot aus Italien«, fügte sie erklärend hinzu. Henrike setzte sich auf die andere Seite des Schreibtisches. »Wie auch immer«, sie kam auf ihr eigentliches Anliegen zurück. »Du erinnerst dich doch an meine beste Freundin Ilsa?«

Mattias nickte, und Henrike fuhr fort: »Ilsa hat eine vierwöchige Jeeptour durch das australische Outback gebucht. So weit weg von hier wie möglich. Kein Radio, kein Fernsehen, nichts. Ich fürchte, ich werde das machen müssen.«

Allmählich begriff Mattias, was seine Mutter von ihm wollte. »Und ich …«, begann er zögernd, ohne den Satz jedoch zu Ende zu bringen. Das übernahm Henrike für ihn. »Ja«, nickte sie entschlossen, und jetzt lag wieder ein wenig der früheren Autorität in ihrer Stimme. »Du sollst mich vertreten.«

Es war das Letzte, worauf Mattias Lust verspürte. In diesem Büro eingesperrt zu sein. Entscheidungen treffen zu müssen und sich dabei immer zu fragen, ob seine Mutter damit auch einverstanden sein würde.

Henrike beugte sich über den Schreibtisch. »Ich bitte dich herzlich darum, Mattias. Tu mir den Gefallen. Es sind doch nur vier Wochen. Würdest du das für mich tun?«

Den letzten Satz brachte sie mit einer solchen Eindringlichkeit hervor, dass Mattias seine Mutter erschrocken anschaute. Er erkannte Angst in ihren Augen, und mit einem Mal wurde ihm klar, dass ihre gesundheitliche Situation wahrscheinlich noch sehr viel ernster war, als sie es vor ihm zugegeben hatte. Er empfand plötzlich heftiges Mitleid mit ihr und ein Gefühl der Zuneigung, das er schon vor langer Zeit verloren geglaubt hatte.

»Bist du sicher, dass ich das könnte? Ich bin schon so lange aus der Firma raus.«

Henrike stand auf. Sie ging zum Fenster und wandte ihm den Rücken zu. Ihre Stimme ebenso wie ihre Miene waren wieder kühl und beherrscht, als sie erwiderte: »Wenn ich einen anderen wüsste, hätte ich ihn gefragt.«

Mattias erhob sich jetzt auch. Er war unschlüssig. Am liebsten hätte er rundheraus abgelehnt, aber er brachte es nicht übers Herz. Zumal er genau wusste, welche Überwindung es seine Mutter gekostet hatte, ihn um Hilfe zu bitten. »Gut«, lenkte er ein. »Ich mache es. Für vier Wochen und keinen Tag länger!«

Strahlend wandte sich Henrike ihm zu. »Natürlich nicht. Denkst du, ich würde es länger als vier Wochen aushalten, von hier weg zu sein?«

Als Sven mit einem Tablett in der Hand zurückkam, durchzog das Aroma von frisch gebrühtem Kaffee den Raum.

»Wir haben Glück, Sven. Mattias ist bereit, uns zu helfen«, sagte Henrike.

Sven Wiegands Miene blieb unbewegt. »Das ist gut zu hören«, sagte er und stellte das Tablett auf dem Tisch ab.

»Sehr gut ist das«, bekräftigte Henrike. Mattias' Zustimmung schien sie zu beflügeln. »Also, dann lass uns über die Dinge reden, die wichtig sind. Ich habe alle Unterlagen schon vorbereiten lassen. Du musst wissen, wie wir dastehen, und ...«

»Wann willst du fliegen?«, fiel Mattias seiner Mutter ins Wort.

Henrike sortierte die Unterlagen, nahm weitere Papiere entgegen, die Sven ihr reichte. Jetzt schaute sie auf. »Ilsa hat den Nachtflug gebucht.«

»Heute?« Mattias lachte fassungslos. »Du warst dir anscheinend ziemlich sicher, dass ich zusage.«

»Ehrlich gesagt, gar nicht«, gab Henrike zu. »Allerdings hatte ich es gehofft. Diese Firma wird schließlich einmal dir gehören. Lass uns gleich anfangen.« Ihr Ton wurde wieder sachlich und sehr geschäftstüchtig. »Ich habe dir noch eine Menge zu erklären.«

Langsam tuckerte die Lotta auf die Skeppsholmsbron zu. Paula atmete erleichtert auf, als sie die alte Brücke sah, mit der die Skeppsholmeninsel mit dem Festland verbunden war. Nicht weit hinter der Brücke lag ihr Ziel, dann hatte sie es tatsächlich geschafft. Dabei war sie unterwegs mehrfach davon überzeugt gewesen, es nicht mehr bis Stockholm zu schaffen. Einige Male hatte der Motor ausgesetzt. Jedes Mal hatte es länger gedauert, ihn wieder anzuwerfen. Paula hatte jeden Gedanken daran verdrängt, was sie machen sollte, wenn es ihr nicht mehr gelingen würde. Sie hatte es geschafft. Nur noch ein ganz kurzes Stück musste die Lotta durchhalten, auch wenn der Motor inzwischen so heiß gelaufen war, dass er qualmte.

Paula bemerkte den Mann auf der Brücke nicht. Er telefonierte, als das laut tuckernde und qualmende Fischerboot seine Aufmerksamkeit auf sich zog. Plötzlich begann er zu winken, lief er los.

Paula bemerkte auch das Motorboot nicht, das sich der Lotta näherte. Sie hatte genug damit zu tun, ihr Boot in der Fahrrinne zu halten und gleichzeitig darauf zu achten, dass ihr der Motor so kurz vor dem Ziel nicht wieder ausging.

»Hallo!«

Paula fuhr erschrocken hoch. Mattias stand auf dem schmalen Steg neben dem Führerhäuschen und grinste breit. Das Motorboot, das ihn hergebracht hatte, folgte der Lotta mit gedrosselter Kraft.

»Was machen Sie denn hier?«, fragte Paula verblüfft.

»Was machen Sie denn hier?«, erwiderte Mattias.

Paula wies auf den qualmenden Motorblock. »Mein Motor ist im Eimer«, erklärte sie.

»Das sehe ich«, schmunzelte Mattias und wedelt mit der Hand, um den Rauch zu vertreiben, der aus dem Boot stieg.

Auch Paula konnte jetzt lächeln. Sie fühlte sich nicht mehr allein, und das war ein schönes Gefühl. »Ich bin auf dem Weg zu Henner Hansson«, fuhr sie mit ihrer Erklärung fort. »Er hat einen Motor für mich.«

»Kann ich mitkommen?«, fragte Mattias.

»Ja, klar«, erwiderte Paula. Sie war immer noch verblüfft über sein plötzliches Erscheinen. »Ich freue mich«, sagte sie und sie meinte es von ganzem Herzen.

Die Fahrt bis zu der Werft dauerte kaum zehn Minuten. Tapfer hielt die Lotta durch, ohne dass der Motor noch einmal aussetzte. Die Werft war nicht sonderlich groß. Schiffe wurden hier nicht gebaut, lediglich Reparaturen ausgeführt. Obwohl Henner noch sehr jung war, hatte er sich bereits einen Namen gemacht. Normalerweise hätte Paula warten müssen. Nur Hannes verdankte sie es, dass Henner sich den Motor sofort anschaute. Er benötigte für seine Diagnose nur wenige Minuten.

»Hannes hatte recht, da ist nichts mehr zu machen.« Henner sprang von der Lotta auf den Steg. Paulas Nervosität war kaum zu übersehen. Vor genau diesen Worten hatte sie sich gefürchtet.

»Du hast Glück«, fuhr Henner fort, »ich habe da was Passendes für dich.« Henner beugte sich zu einem Motorblock hinunter und legte eine Hand auf das Teil. »Fünf Jahre alt, top in Schuss. Wenn du willst, baue ich ihn dir heute noch ein.«

»Und was kostet mich das?«, erkundigte sich Paula zaghaft.

Henner richtete sich wieder auf. »Keine Sorge, ich mache dir einen guten Preis. Hannes' Freunde sind auch meine Freunde. Ich brauche so vier bis fünf Stunden, dann kannst du wieder losfahren.«

»Okay, dann mach das.« Paula brachte ein Lächeln zustande. Auch wenn Henner ihr einen Sonderpreis machte, würde diese Reparatur ein großes Loch in ihr Budget reißen. Dazu kam der Verdienstausfall von heute.

Paula war immer noch sehr geknickt. Wahrscheinlich sah Mattias ihr das an. »Komm, lass uns was essen gehen«, schlug er vor und benutzte auf einmal das vertrauliche Du. Wie selbstverständlich kam es über seine Lippen und genauso empfand Paula es es auch. »Du siehst aus, als hättest du noch nicht mal gefrühstückt.«

Paula lachte, aber sie spürte selbst, dass es ein sehr trauriges Lachen war.

»Na, komm schon.« Mattias griff nach ihrer Hand. »Oder willst du hier fünf Stunden herumstehen und warten?«

»Okay«, gab Paula lachend nach. »Aber bevor wir essen, will ich mir was ansehen. Und du sagst mir, wieso du in Stockholm bist.« Auch sie brachte das Du ohne Mühe über die Lippen. Es fiel ihr nicht einmal auf.

Paula war völlig versunken in den Anblick des gewaltigen Kriegsschiffes. Es war noch imposanter, als sie es in Erinnerung gehabt hatte. Erbaut aus massivem Eichenholz, geschmückt mit Hunderten von Statuen. Fratzenhafte Gesichter, römische Krieger, Löwen, Nixen, griechische Götter und Figuren, die einfach der Fantasie entsprungen waren und auf Kriegsgegner furchteinflößend wirken sollten.

»Sie ist so beeindruckend«, seufzte Paula. »Auf so einem Schiff wäre ich gern gefahren.«

»Aber nicht auf der Vasa«, Mattias spielte darauf an, dass das Schiff bereits bei seiner Jungfernfahrt untergegangen war. Ganze zwanzig Minuten soll die erste Fahrt gedauert haben, bevor es versunken war und viele Seeleute mit sich in den Tod gerissen hatte.

Mehr als dreihundert Jahre hatte es auf dem Grund des Meeres gelegen, bis es geborgen und nach einer gründlichen Restaurierung im Vasa-Museum ausgestellt worden war.

»Ein bisschen größenwahnsinnig waren sie ja schon«, stimmte Paula ihm zu. »Aber sieh dir nur mal an, wie sie gebaut ist.« Begeistert zeichnete sie die Formen des Schiffes bei diesen

Worten mit den Händen nach. »Diese Form, so elegant und schwungvoll. Das letzte Mal war ich auf einem Schulausflug hier. Ich habe danach nächtelang von der Wasa geträumt. Ich war ein Matrose und da oben ...«

»Matrose?«, fiel Mattias ihr amüsiert ins Wort. Sie drehte sich zu ihm um, sie standen jetzt ganz nah beieinander.

»Im siebzehnten Jahrhundert standen die Frauen hinter dem Herd«, behauptete Mattias frech. »In die Welt sind nur die Männer hinausgefahren.«

»Es war ja auch nur ein Traum, und da war ich die Königin der Meere.« Paulas Augen funkelten, sie breitete die Arme aus, als würde sie den Seewind in ihrem Gesicht spüren.

»Das bist du auch heute«, erwiderte Mattias, der plötzlich ganz ernst geworden war.

Paula wich seinem Blick aus. »Ja, klar«, erwiderte sie. »Auf meiner alten Lotta mit dem kaputten Motor.«

Mattias berührte ihr Kinn, hob ihr Gesicht an, sodass sie ihn wieder anschaute. »Es kommt nicht auf das Schiff an«, sagte er leise, »sondern darauf, wer am Steuer steht.«

Sie sprachen beide nicht mehr, schauten sich nur noch in die Augen. So dicht standen sie voreinander, dass sie den Atem des anderen spüren konnten. Ihre Köpfe bewegten sich sacht aufeinander zu, und wie selbstverständlich fanden sich ihre Lippen.

Hand in Hand schlenderten sie später durch die schmalen Straßen der Gamla Stan. Sie überquerten den Stortorget Platz im Herzen der Altstadt. Touristen und Einheimische gaben sich hier ein buntes Stelldichein, flanierten gemächlich an den Schaufenstern vorbei oder spazierten in kleinen Gruppen plaudernd umher. Die meisten Bänke auf dem Platz waren besetzt.

Paula war schon oft in Stockholm gewesen, doch sie genoss

es, die Stadt an seiner Seite neu zu entdecken. »Hunger«, stöhnte sie, als sie den verführerischen Duft aus einem der Restaurants unterhalb der Djurgardsbron wahrnahm.

»Na, endlich«, erwiderte Mattias lächelnd. »Mir knurrt schon seit Stunden der Magen.«

Das Restaurant, in das er sie führte, besaß eine rundlaufende Terrasse, die direkt über dem Wasser erbaut war. Sie ergatterten sogar einen freien Tisch direkt am Geländer.

Paula schaute sich verträumt um. Am gegenüberliegenden Kai lagen einfache Schifferboote neben teuren Jachten vertäut. Segelboote neben den großen Fähren. Darüber erstreckte sich der Strandvägen mit den beeindruckenden Häusern aus der Gründerzeit. Ein Touristenboot mit den breiten Stuhlreihen an Deck zog gemächlich vorbei. Möwen flogen dicht über der Wasseroberfläche, bevor sie wieder hinauf in die Höhe stießen.

»Schön«, seufzte Paula wohlig.

»Wunderschön.« Mattias sah ihr unverwandt ins Gesicht. »Weißt du, dass du meinen Tag gerettet hast?«

»Und du meinen«, sagte Paula leise. Sie kam ihm entgegen, als er sich über den Tisch beugte, um sie wieder zu küssen. Sie spürte seinen Mund auf ihren Lippen. Nichts anderes war wichtig. Nur sie beide, hier und jetzt.

Viel zu schnell hörte er auf, sie zu küssen. Zumindest kam es Paula so vor. Sie schaute ihn an, wollte wissen: »Wieso bist du eigentlich wirklich hier? Du hast doch nicht gewusst, dass ich hierherkomme.«

»Geschäftlich«, erwiderte Mattias kurz, so als wäre das völlig nebensächlich. »Ich habe hier was zu erledigen.«

Eigentlich war es für Paula auch gar nicht so wichtig, warum er da war. Hauptsache, er war da, saß hier bei ihr. Der Himmel spannte sich blau über Stockholm, die Sonne schien. Der Tag war perfekt. Umso mehr, da sie heute Morgen wegen des kaputten

Motors und des Verdienstausfalls ziemlich deprimiert aus Holmsund aufgebrochen war.

Sie bestellten beide Scholle, dazu einen bunten Salat. Das Essen war hervorragend. Danach brachte Mattias sie zurück in Henners Werkstatt. Arm in Arm schlenderten sie über den Steg zur Lotta.

Henner war gerade dabei, mit einem seiner Arbeiter die Luke zum Motor zu verschließen. Es sah ganz so aus, als wären sie gerade mit der Arbeit fertig geworden.

»Da bist du ja, Paula«, grüßte Henner. »Ist alles wieder okay. Der Motor ist drin und du kannst wieder fahren.«

»Super«, freute sich Paula, fragte aber gleich darauf mit einem kleinen Seufzer nach der Rechnung.

Henner zog ein beschriebenes Blatt aus seiner Arbeitshose und gab es an Paula weiter. »Überweise es einfach bei Gelegenheit.«

Mit klopfendem Herzen faltete Paula das Blatt auseinander, um dann gleich noch einmal aufzuseufzen. Diesmal allerdings vor Erleichterung. Der Betrag war weitaus geringer, als sie befürchtet hatte. Sie strahlte Henner an. »Danke.«

Henner lachte nur. »Na dann, gute Fahrt. Und wenn wieder was ist, komm einfach vorbei.«

»Okay«, nickte Paula. Sie winkte Henner noch einmal zu, als er sich verabschiedete und ging. Jetzt war sie alleine mit Mattias. Ein wenig wehmütig war ihr schon zumute, weil die schönen Stunden mit ihm vorbei waren.

»Also, ich muss dann jetzt los.« Sie hatte sich ihm zugewandt, wünschte sich, er würde sie überreden, noch zu bleiben.

Mattias griff nach ihren Händen. »Es war wunderschön mit dir. Sehen wir uns wieder?«

»Ja«, nickte Paula sofort. »Wann?«

»Ich rufe dich an, sobald es geht«, versprach Mattias.

»Geht es nicht früher?«

Mattias lachte. »Doch, bestimmt«, nickte er. »Ich glaube, ich vermisse dich jetzt schon.« Wieder zog er sie in seine Arme, küsste sie so, dass Paula sehr schnell begriff, wie schwer ihm selbst der Abschied fiel. Er musste es ihr nicht noch einmal versichern. Sie wusste auch so, dass sie sich bestimmt ganz bald wiedersehen würden.

Mattias blieb am Kai stehen, bis Paula und ihre alte Lotta, die jetzt wieder ruhig und sicher über das Wasser zog, nicht mehr zu sehen waren. Er hätte sie nicht fahren lassen, wenn er selbst mehr Zeit gehabt hätte. Er hatte seiner Mutter aber versprochen, an diesem Nachmittag noch einmal zu ihr ins Büro zu kommen, damit sie ihn über die wichtigsten Geschäftsvorgänge vor ihrem Abflug aufklären konnte.

Große Lust verspürte Mattias dazu nicht. Schon gar nicht auf die vier Wochen, die jetzt vor ihm lagen. Silke war auch nicht sehr begeistert gewesen, als er sie angerufen hatte, um ihr mitzuteilen, dass sie den nächsten Törn alleine vorbereiten müsse. Allerdings hatte sie Verständnis gezeigt, als er ihr erklärte, dass es um die Gesundheit seiner Mutter ging.

Henrike erwartete ihn bereits in ihrem Büro. Ohne Umschweife kam sie zur Sache, zog mal diese, mal jene Akte aus dem Chaos, das inzwischen auf ihrem sonst so geordneten Schreibtisch herrschte. Je knapper die Zeit wurde, umso hektischer wurde Henrike. Es schien ganz so, als hätte sie Angst, etwas Wichtiges zu vergessen.

»Also, dann werde ich mal gehen«, sagte sie schließlich, ohne wirklich Anstalten zu machen, das Büro zu verlassen. Immer noch kramte sie in den Unterlagen herum. »Ich denke, über das Wichtigste haben wir geredet.«

»Ich wünsche dir viel Spaß, Mutter.« Mattias versuchte sie in ihrer betriebsamen Hektik ein wenig zu bremsen. »Pass auf dich auf und erhole dich gut.«

»Ich hoffe, ich kann das. Wenn man bedenkt, dass das mein erster Urlaub seit zehn Jahren ist.« Sie hielt kurz inne. »Eigentlich weiß ich gar nicht, ob mir das so guttut. Ich habe die Firma noch nie allein...«

»Geh jetzt, sonst verpasst du den Flieger.« Er umfasste ihre Schulter und drängte sie mit sanfter Gewalt in Richtung Tür. »Mach dir keine Sorgen, es wird schon nichts passieren.«

Henrike schien davon nicht wirklich überzeugt zu sein. »Aber du warst so lange nicht mehr hier.«

Mattias hinderte seine Mutter daran, noch einmal an den Schreibtisch zurückzukehren. »Mutter, geh jetzt. Ich kriege das hin.«

Als wäre das sein Stichwort gewesen, betrat in ebendiesem Augenblick Sven Wiegand das Büro. Mattias wies auf den Assistenten seiner Mutter. »Sollte ich Fragen haben, ist Sven ja auch noch da.«

Nur ein flüchtiges Lächeln zog über Svens Gesicht, bevor er sich seiner Arbeitgeberin zuwandte. »Ihr Fahrer wartet, Frau Niklasson.«

Henrike seufzte tief. Zum ersten Mal, seit Mattias an diesem Nachmittag zu ihr ins Büro gekommen war, zeigte sich die Andeutung eines Lächelns auf ihrem Gesicht. »Ich danke dir«, sagte sie.

Mattias beugte sich zu seiner Mutter herab, küsste sie zum Abschied auf die Wange. »Gute Reise.«

Henrike ging zur Tür, wandte sich noch einmal um. »Vielleicht kann ich ja doch mein Handy mitnehmen.«

»Ich habe mich erkundigt«, schüttelte Sven Wiegand den Kopf. »Keine Chance. Es gibt im Outback kein Netz. Auf Wiedersehen, Frau Niklasson. Gute Reise.« Er reichte Henrike die Hand.

Ein letzter bedauernder Blick zurück zu ihrem Schreibtisch, und endlich verließ Henrike das Büro, während Sven Wiegand zum Schreibtisch ging und das Chaos offenbar mit einem Blick erfasste. »Ich sehe, Sie haben einiges besprochen.« Er zog eine schwarze Mappe aus dem Wust der Akten. »Haben Sie auch hierüber gesprochen?«

Mattias trat näher und blickte auf die Mappe, die Sven Wiegand aufschlug. »Was ist das?«

Sven faltete den Bauplan auseinander, der ganz oben in der Mappe gelegen hatte. Der Entwurf eines bekannten Stockholmer Architekten sah bereits auf dem Papier beeindruckend aus. »Die Pläne für die neue Firmenzentrale«, erklärte Sven Wiegand. »Sie wird in einem kleinen Ort stehen. Ich weiß nicht, ob Sie ihn kennen.« Fragen sah er Mattias an, als er den Namen des Ortes nannte: »Holmsund!«

Als Paula zum Hotel kam, stand Agneta gerade auf dem Steg und verabschiedete Gäste, die heute abreisen würden. Als die Gäste in das Taxiboot eingestiegen waren, ging Agneta ihrer Schwester entgegen. »Hej, Paula, alles okay mit deinem Boot.«

Paula begann plötzlich zu rennen, lief auf ihre Schwester zu und hob sie schwungvoll in die Luft. »Alles okay«, jubelte sie. »Alles superokay.«

Agneta lachte auf. »Was ist los? Du strahlst doch nicht so, weil du einen neuen Motor bekommen hast. Hast du in der Lotterie gewonnen?« Agneta umfasste die Schultern ihrer Schwester und ging gemeinsam mit ihr hoch zum Hotel.

»Fast«, erwiderte Paula und ließ ihre Schwester noch ein bisschen zappeln. »Was ist toller als ein Haufen Geld?«

»Puh«, stöhnte Agneta. »Keine Ahnung.«

Paula warf lachend den Kopf zurück. »Typisch du. Aber ich sage dir, es gibt was viel Tolleres.«

Paula bemerkte, wie ihre Schwester sie immer wieder von der Seite anschaute, während sie nebeneinander die steinernen Stufen zum Hotel hinaufstiegen, die durch die verwilderte Parkanlage des Hotels nach oben führten. Plötzlich schien Agneta zu begreifen.

Agneta blieb stehen. »Hast du dich verknallt?«

Paula lachte verlegen, ging ein paar Schritte weiter, bevor sie ebenfalls stehen blieb. »Also, verknallt würde ich nicht sagen«, erwiderte sie gedehnt. Sie verstummte, bis Agneta sie einholte und sich vor sie hinstellte.

»Ach, Aggi, ich habe mich verliebt.« Nachdem Paula es einmal gesagt hatte, sprudelte es geradezu vor Begeisterung aus ihr heraus. »In einen supersüßen Mann. Er ist einfach umwerfend. Er ist unglaublich. Er sieht gut aus, ist charmant, einfach alles.« Paula strahlte über das ganze Gesicht. In Gedanken war sie nur noch bei Mattias, als sie weiterging.

»Du fährst für einen Tag nach Stockholm und lernst Mister Right kennen?« Agneta war ihr gefolgt und lachte ungläubig. »So was gibt es doch gar nicht.«

»Doch, das gibt es«, widersprach Paula, »außerdem habe ich ihn gestern hier kennengelernt und heute zufällig in Stockholm wiedergetroffen.« Paula war wieder stehengeblieben und strahlte ihre Schwester an. »Ich meine, das ist doch unglaublich. Das ist ...« Ihr fehlten die Worte, um das auszudrücken, was sie empfand. Paula hob die Hände, ließ sie wieder fallen.

»Natürlich«, nickte Agneta ironisch. »Das ist Fügung, so wie im Film.«

»Ach, du nimmst mich nicht ernst. Aber du wirst schon sehen«, sagte sie gleich darauf voller Überzeugung. »Er wird dir gefallen.« Das Klingeln des Handys lenkte sie ab. Sie schaltete es ein und meldete sich. Sie spürte selbst, dass sich ihre Wangen verfärbten, als Mattias sich am anderen Ende meldete. Vor Freude, aber auch vor Verlegenheit, weil Agneta dabei war.

»Ich vermisse dich«, sagte Mattias.

»Ich dich auch«, erwiderte Paula leise. Den belustigten Blick ihrer Schwester ignorierte sie. Immerhin besaß Agneta so viel Taktgefühl, sich diskret zurückzuziehen, während Paula weiter mit Mattias telefonierte. Er bat sie um ein Wiedersehen am nächsten Morgen.

»Morgen früh? Nein, ich kann nicht«, sagte Paula voller Bedauern. Sie hätte ihn so gerne wiedergesehen, hatte jetzt schon schreckliche Sehnsucht nach ihm. Aber in ihrer Tasche befand sich Henners Rechnung. Abgesehen von allen anderen finanziellen Verpflichtungen, denen sie nachkommen musste. »Ich kann nicht noch einen Tag verlieren«, versuchte sie ihm zu erklären.

»Ich habe einen Termin in Holmsund«, versuchte Mattias sie zu überreden. »Danach muss ich zurück nach Stockholm. Bitte, Paula, überlege es dir noch einmal. Ich will dich sehen. Es ist doch eine Ewigkeit her, seit wir uns zuletzt gesehen haben. Ich weiß schon gar nicht mehr, wie du aussiehst.«

Paula vernahm das leichte Schmunzeln in seiner Stimme, spürte aber auch, dass es ihm ernst war. Wie sollte sie ihm da noch widerstehen. Sie wollte es ja auch gar nicht, wollte ihn selbst so schnell wie möglich wiedersehen.

»Ich versuche es«, versprach sie ihm.

»Okay« freute sich Mattias, »vielleicht bis dann.«

So früh am Morgen war Paula noch nie zu ihrer Arbeit aufgebrochen. Es war die Stunde zwischen Traum und Tag. Die Sonne ging gerade über der Bucht auf, ließ die wenigen Wolken am dunkelblauen Himmel golden aufleuchten. Die Wasseroberfläche des Bottenvikken wirkte dunkel und träge, glitzerte nur dort silbern, wo sie von den ersten Sonnenstrahlen getroffen wurde.

Hannes saß vor einem Bootshaus auf der Bank. Er blätterte in einer Zeitung und trank schwarzen Kaffee aus einem alten Emaillebecher.

Paula grinste, als sie auf ihrem Fahrrad in den Weg einbog, der auf den Steg zuführte. Hannes hatte sie noch nicht bemerkt. Erschrocken blickte er auf, als sie neben ihm scharf abbremste.

»Morgen, Hannes!«

»Hej, ist etwas passiert? Es ist noch nicht mal fünf.«

»Ich weiß.« Paula strahlte über das ganze Gesicht. »Ich habe einfach das Gefühl, ich mache heute einen guten Fang. Da muss ich einfach früh raus.«

Hannes blickte skeptisch zu ihr auf. Paula lachte. »Guck mich nicht so an. Es ist alles in Ordnung. Es geht mir gut.« Es war viel mehr als das. Sie hätte die ganze Welt umarmen können an diesem Morgen.

Hannes ließ sich von ihrer guten Laune nicht anstecken. »Pass auf dich auf«, rief er ihr brummig nach. »Wer so drauf ist wie du, wird leicht unvorsichtig.«

Paula blieb stehen, schaute über die Schulter zurück. »Und wenn schon«, lachte sie, »vorsichtig ist langweilig.«

Agneta hatte sich Unterlagen aus dem Hotel mitgenommen, um den ganzen Bürokram, zu dem sie tagsüber nicht kam, zu Hause zu erledigen. Bis tief in die Nacht hatte sie gearbeitet, obwohl sie an diesem Morgen schon wieder früh hinausmusste.

An diesem Morgen radelte Agneta alleine los, weil für Gitta die ersten beiden Unterrichtsstunden ausfielen. Vorn im Korb lagen die Akten, hinten auf dem Fahrrad stand ein Brett mit Rosentöpfen, die sie heute Morgen auf den Tischen der Hotelterrasse verteilen wollte.

Agneta ließ ihre Tochter nicht gerne allein im Haus zurück, aber es wurden früh am Morgen neue Gäste erwartet. Sie konnte Erika und Nils die ganze Arbeit im Hotel nicht alleine überlassen.

Gitta war richtig böse geworden, als Agneta sie immer wieder ermahnte, nur ja niemanden ins Haus zu lassen, wenn sie alleine war, und Butter und Milch nach dem Frühstück in den Kühlschrank zu stellen, pünktlich zur Schule zu gehen und die Haustür gut hinter sich abzuschließen.

»Ich bin kein Baby mehr«, hatte Gitta wieder und wieder gesagt.

Natürlich war Gitta kein Baby mehr. Agneta trat eifrig in die Pedale, doch ihre Gedanken verweilten bei ihrem Kind. Wahrscheinlich werde ich mir noch Sorgen um sie machen, wenn sie längst erwachsen ist. Sie lächelte, als daran dachte.

In den letzten Tagen hatte Agneta immer einen anderen, längeren Weg zum Hotel gewählt, um nicht an Gunnars Hof vorbeifahren zu müssen. Heute Morgen hatte sie es aber so eilig, dass sie den kürzeren Weg nahm. Als sie Gunnars Hof passierte, trat sie ein wenig schneller in die Pedale und hoffte inständig, dass er ihr nicht zufällig begegnete.

»Agneta, warte!«

Sie hatte ihn auf dem hohen Traktor gleich neben der Scheune nicht sofort gesehen, wo er zusammen mit einem seiner Arbeiter Reparaturarbeiten ausführte. Jetzt kam Gunnar angelaufen und stellte sich ihr in den Weg, sodass sie abbremsen musste.

»Du, ich habe es ziemlich eilig«, wehrte sie sofort ab.

»Ich weiß, keine Zeit, wie immer.« Seine Stimme klang sachlich, während seine Augen etwas ganz anderes verrieten. »Trotzdem wollte ich dich was fragen. Nächste Woche gibt es ein Konzert in Stockholm. Soul, du kennst doch diese tolle Band.«

Agneta war überrascht. »Woher weißt du, dass ich auf Soul stehe?« Sie hatte die Frage kaum ausgesprochen, da wusste sie die Antwort bereits, noch bevor er etwas sagen konnte. Sie warf den Kopf in den Nacken, lachte laut auf. »Natürlich, von Gitta.«

Gunnar bestätigte weder, dass er diese Information von Gitta hatte, noch bestritt er es. »Ich mag Soul doch auch«, sagte er. »Komm, Agneta, lass uns hinfahren. Wir könnten vorher essen gehen und anschließend ein bisschen bummeln. Es würde dir guttun, mal rauszukommen. Du hast immer so viel Stress.«

Es war verlockend, das gestand Agneta sich selbst ein. Dennoch dachte sie nicht einen Augenblick ernsthaft darüber nach, sein Angebot anzunehmen. »Wieso willst du mich einfach nicht verstehen? Ich kann das einfach nicht.«

Tatsächlich schüttelte Gunnar verständnislos den Kopf. »Ach, hör doch auf. Du kannst nicht mit einem Mann, der dich mag, in ein Popkonzert gehen? Wie lange soll das noch so gehen?«

»Ich weiß es nicht?« Agneta presste ärgerlich die Lippen aufeinander. Sie zog eine der Akten aus dem Körbchen, das vorn an ihrem Fahrradlenker befestigt war. »Ich weiß nur, dass das hier ...«

Gunnar nahm ihr die Akte aus der Hand. »Du weißt, dass ich dich liebe. Vergiss das Hotel. Werde meine Frau und zieh mit Gitta zu mir auf den Hof. Du wirst das schönste Leben haben, das verspreche ich dir.« Seine Stimme klang eindringlich, sein Blick war flehend.

Agneta wandte den Kopf zur Seite. Sie wusste genau, sie würde schwach werden, wenn sie ihn weiter anschaute. Sie wusste nicht, was sie sagen sollte.

Gunnar umfasste ihre Schulter. Durch und durch ging ihr diese Berührung, ebenso wie der heisere Klang seiner Stimme. »Wieso willst du nicht?«

»Das weißt du ganz genau«, erwiderte Agneta hart. Sie schaute ihn wieder an, ignorierte den Schmerz in seinen Augen, den sie selbst irgendwo tief in ihrem Innern empfand. »Weil mein Leben gut so ist, wie es ist. Und weil es keinen Grund gibt, daran etwas zu ändern.«

Sie schüttelte seine Hand von ihrer Schulter und trat heftig in die Pedale. Nur weg von hier, bevor er ihr ansah, wie verwirrt sie ihn Wirklichkeit war. Wie kurz sie davorstand, alle Vernunft über Bord zu werfen und nur noch ihrem Gefühl zu gehorchen.

Agneta war immer noch aufgewühlt, als sie am Hotel ankam. Sie klemmte sich die Akten unter den Arm und nahm das Brett mit den Rosen in beide Hände. Die Anspannung in ihrem Gesicht wich einem geschäftsmäßigen Lächeln, als sie den attraktiven Mann erblickte, der unterhalb der Hotelterrasse stand und zum Hotel hochblickte. »Hej«, grüßte er.

»Hej«, grüßte Agneta zurück und fügte sofort hinzu: »Wir haben leider noch geschlossen. Unser Mittagstisch beginnt um zwölf.« Früher gab es auch Frühstück für Gäste von außerhalb, aber mittlerweile war die Arbeit für die drei Leute nicht mehr zu schaffen. Deshalb hatte Agneta vor einem Jahr beschlossen, dass das Frühstück nur noch für die Hotelgäste hergerichtet wurde. Agneta ging weiter, während sie sprach. Es wartete jede Menge Arbeit auf sie, und sie hatte es eilig.

Der attraktive Mann ging darauf nicht ein. Fragend schaute er sie von der Seite an, während er neben ihr herging. »Frau Rondahl?«

Jetzt hielt Agneta doch inne, wandte sich ihm zu. »Ja?«

»Mein Name ist Niklasson«, stellte er sich vor. »Ich würde gerne kurz mit Ihnen reden.«

»Hallo, Herr Niklasson.« Agneta musste keinen Augenblick nachdenken, brachte diesen Namen sofort mit dem Kaufangebot für das Hotel in Verbindung. Sie blieb unverändert freundlich, musste sogar ein wenig schmunzeln, als sie sich vorstellte, wie Paula jetzt an ihrer Stelle reagiert hätte. Ziemlich temperamentvoll und ganz bestimmt nicht sehr freundlich.

Agneta stellte das Brett mit den Rosen auf einem der Tische ab, bevor sie sich Niklasson wieder zuwandte. »Ich denke nicht, dass wir etwas zu besprechen haben. Meine Antwort ist nein.« Sie lächelte ihn unverbindlich an. Für sie war das Gespräch beendet und sie begann damit, gebrauchtes Geschirr und Gläser von einem der Tische auf ein Tablett zu stellen.

Mattias gab so schnell nicht auf. »Leider kann ich das so nicht gelten lassen. Das Grundstück, auf dem Ihr Hotel steht, ist zu wichtig für uns. Ohne das Grundstück können wir nicht bauen. Dürfte ich Ihnen unser Angebot noch einmal erläutern?«

Agneta hörte ihm zwar zu, hielt in ihrer Arbeit jedoch nicht inne. Als sie das Tablett mit den Gläsern hochhob und weiterging, blieb Mattias an ihrer Seite. Also blieb sie stehen, wandte sich ihm zu, sodass das Tablett in Agnetas Händen die nötige Distanz zwischen ihnen wiederherstellte, als sie sagte: »Ich glaube, ich habe mich nicht deutlich genug ausgedrückt. Ich will nicht mit Ihnen reden, Herr Niklasson, denn ich werde mein Hotel nicht verkaufen. Weder an Sie noch an irgendjemanden sonst.«

Mattias öffnete den Mund, doch bevor er etwas sagen konnte, kam Gitta angelaufen und hängte sich freudestrahlend bei Agneta ein. »Hej, Mama, ich habe eine Zwei plus in der Mathearbeit.«

»Toll«, freute sich Agneta mit ihrer Tochter, »das müssen wir unbedingt feiern.« Kurz nur nickte sie Mattias noch zu. »In diesem Sinne«, verabschiedete sie sich knapp und wandte ihm den Rücken zu. Zusammen mit Gitta ging sie zur Treppe, die hinauf zum Hotel führte.

»Frau Rondahl«, rief er hinter ihr her. Agneta wandte sich kurz um, entfernte sich aber gleichzeitig weiter von ihm.

»Bitte lassen Sie sich unser Angebot doch noch einmal durch den Kopf gehen. Wir sind auch bereit, weiter über den Preis zu verhandeln.«

Agneta sagte nichts mehr dazu, schaute auch nicht mehr zurück. Es war besser, wenn er ihr Gesicht nicht sah und womöglich die Zweifel darin entdeckte, die sie trotz ihrer klaren Absage empfand. Er war sogar bereit, über den Preis zu verhandeln. Noch mehr zu bezahlen, als er ohnehin schon angeboten hatte. Keine finanziellen Sorgen mehr, mehr Zeit für ihr Kind. Nie wieder Angst vor dem Morgen haben müssen. Davor, dass etwas Unvorhergesehenes passierte und mit einem Schlag alles vernichtete, wofür sie jetzt Tag für Tag hart kämpfte. Nein, sie durfte sich jetzt nicht umdrehen, weil dann die Gefahr bestand, dass sie der Versuchung, der Sehnsucht nach einem sorglosen Leben doch noch nachgab.

Paula hatte mit ihrer Prognose am frühen Morgen recht behalten. Es war ein guter Tag, die Netze waren voller Fische und so schwer, dass sie alle Mühe hatte, sie an Bord zu holen. Ausgerechnet jetzt klingelte das Handy. Eine ganze Weile ließ Paula es läuten, zog weiter mit aller Kraft an den Netzen. Wer immer sie da anrief, schien sie allerdings dringend sprechen zu wollen. Das Klingeln riss nicht ab.

»Mist«, fluchte Paula und ließ das Netz zurück ins Wasser fallen. Sie zog ihr Handy aus der Brusttasche ihres Overalls und las auf dem Display den Namen ihrer Schwester. Ihre Stimme klang gereizt, als sie sich meldete. »Ja, Aggi, was gib es denn?«

»Dieser Niklasson ist gerade da gewesen«, erwiderte Aggi.

»Ja, und?« Paula wusste sofort, wer gemeint war, auch wenn sie das Thema für sich längst abgeschlossen hatte. Ein wenig ärgerte sie sich sogar darüber, dass Agneta sie deshalb bei der Arbeit störte.

»Du, der will das Angebot sogar erhöhen.«

»Ja und, Aggi, was soll das?«, erwiderte Paula genervt. »Wir waren uns doch einig.«

»Und wenn er nicht lockerlässt? Wenn er sogar verdoppelt? Ich finde wirklich, wir sollten uns das noch einmal überlegen.«

»Wir sollten überhaupt gar nichts«, rief Paula in den Hörer. »Bitte, hör auf. Der Typ soll gefälligst woanders bauen und nicht auf unserem Grundstück. Der wird sich an uns noch die Zähne ausbeißen.«

Paula wollte nicht länger mit der Schwester über die Möglichkeit eines Verkaufs diskutieren. Für sie stand fest, dass das niemals in Frage kommen würde. »Aggi, ich muss weiterarbeiten«, beendete sie kurzerhand das Gespräch und schaltete das Handy einfach aus, ohne auf eine Antwort ihrer Schwester zu warten.

Paula war sauer. Sauer auf Aggi, weil sie das Angebot auch nur in Erwägung zog, aber ganz besonders auf diesen Niklasson, der einfach nicht aufgab.

Wenn er uns nicht endlich in Ruhe lässt, werde ich ihm einmal in aller Deutlichkeit sagen, dass er uns endlich in Ruhe lassen soll, nahm Paula sich fest vor. In Gedanken malte sie sich bereits aus, was sie diesem Kerl alles an den Kopf werfen würde, steigerte sich dabei regelrecht in ihre Wut hinein. Das wiederum verlieh ihr eine solche Kraft, dass es ihr beinahe mühelos gelang, die vollen Netze über die Bordwand zu hieven.

Der Anblick des außerordentlichen Fangs steigerte ihre Laune jedoch sofort wieder. So voll waren ihre Netze noch nie gewesen. Vielleicht sollte sie es sich wirklich angewöhnen, morgens so früh hinauszufahren, auch wenn das bedeutete, vor Tagesanbruch aufstehen zu müssen.

Noch einmal warf sie die Netze aus und auch diesmal war das Ergebnis überaus erfreulich. In Gedanken rechnete Paula bereits aus, was ihr der Fang des heutigen Vormittages einbringen würde. Wenn sie den ganzen Sommer über so erfolgreich war, hätte sie den Motor für die Lotta schnell abbezahlt.

Als die Sonne hoch am Himmel stand, holte Paula die Netze zum letzten Mal für diesen Tag ein und machte sich auf den Rückweg. Inzwischen war sie wieder blendender Laune. Vor ein paar Stunden war sie noch schrecklich wütend auf diesen aufdringlichen Niklasson gewesen, inzwischen dachte sie schon nicht mehr an ihn. Erst recht nicht mehr, als sie mit der Lotta in die Bucht einfuhr, die Geschwindigkeit verlangsamte und an den Steg heranfuhr.

Schon von weitem hatte sie Mattias gesehen, der es sich mit einer Zeitung in der Hand neben den Fischkisten gemütlich gemacht hatte. Als er die Lotta hörte, faltete er die Zeitung zusammen und ging ihr entgegen.

Paula stellte den Motor ab und lief an den Bug. »Hallo, du!« Lachend warf sie ihm das Ende des Taus zu.

»Hej«, erwiderte Mattias den Gruß. »Du siehst aus, als hättest du Anglerglück gehabt.«

Paula blitzte ihn übermütig an. »Sag so etwas nie zu einem Fischer. Ich angle nicht, ich fische. Das ist ein Riesenunterschied.«

Mattias zog sie an sich. Glücklich schlang Paula beide Arme um seinen Hals. Vielsagend lächelte sie ihn an. »Aber in einem hast du recht. Ich habe heute wirklich einen guten Fang gemacht.«

Ihre Blicke versanken ineinander. Paula hatte das Gefühl, dass sie beide nichts sagen mussten. Dass der eine auch so verstand, was der andere empfand. Sie war es, die zuerst wieder sprach.

»Sag mal, was machst du hier eigentlich noch? Ich dachte, du wärst schon längst wieder auf dem Rückweg nach Stockholm.«

»Ich muss wohl über Nacht bleiben. Mein Termin war …« Mattias stockte kurz, als würde er nach den richtigen Worten suchen. »… ein bisschen schwierig«, beendete er den Satz schließlich.«

»Über Nacht? Aha …« Paula schmiegte sich an ihn. Verschmitzt lächelte sie. »Na, so ein Pech.«

»Finde ich gar nicht«, grinste Mattias. »Ich bin sogar ganz froh, dass es nicht geklappt hat. Hast du heute Abend Zeit für mich?«

Paula hatte Mattias' Einladung zum Abendessen ausschlagen müssen. Der Mittwochabend gehörte der Familie und ganz besonders Gitta. Selbst Agneta machte mittwochs pünktlich Feierabend im Hotel.

Also hatte Paula sich für später mit Mattias auf seiner Jacht verabredet. Jetzt saß sie mit Agneta und Gitta am Esstisch im Wintergarten. Die Sonne stand bereits tief, aber es war immer noch hell genug, sodass der herrliche Lüster über dem Tisch nicht eingeschaltet werden musste.

Gitta stand auf und begann damit, das benutzte Geschirr zusammenzustellen. »Und dir hat mein Omelett wirklich geschmeckt? Sei ehrlich, Paula«, sagte sie, bevor sie das Geschirr hinüber in die Küche trug.

Auch Paula stand jetzt auf und half ihrer Nichte beim Abdecken des Tisches. »Du steigerst dich von Mittwoch zu Mittwoch«, versicherte sie. Mittwochabend war Gittas Abend. Selbst Agneta, die sonst immer erst sehr spät aus dem Hotel nach Hause kam, machte mittwochs pünktlich Feierabend.

»Du bist schon fast so ein guter Koch wie Nils«, fuhr Paula fort. »Bald kannst du ihm in der Küche helfen.« Paula stellte das Geschirr ab und nahm ihre Nichte in den Arm.

»Will ich aber gar nicht«, sagte Gitta bestimmt. »Ich werde Bauer.«

»Was?« Agneta, die noch am Tisch saß, blickte ihre Tochter überrascht an. »Ich dachte, du willst wie Paula Kapitän werden.«

Gitta kam zurück an den Tisch und nahm den letzten Teller. »Bauer ist toll«, versicherte sie. »Gunnar wird mir alles beibringen. Er hat gesagt, ich hätte Talent, und Talente soll man nicht vergeuden.«

Paula sagte kein Wort, schaute nur aufmerksam ihre Schwester an. Agnetas Miene verriet jedoch nicht, was sie dachte oder fühlte. Sie zog ihre Tochter an sich. »Hast du wahrscheinlich auch, aber auch für viele andere Sachen. Gunnar sieht das ein bisschen zu einseitig.«

»Was hast du denn eigentlich gegen Gunnar? Er ist doch so nett.«

»Ach, Gitta, nicht schon wieder. Ich habe keine Lust, mit dir ständig mein Leben zu diskutieren.« Agneta war jetzt sichtlich genervt. Dem schmunzelnden Blick Paulas wich sie aus. Gitta hingegen schaute bedrückt auf den Teller in ihren Händen.

Agneta schien ihren heftigen Ton Gitta gegenüber schon wieder zu bereuen. Ihre Stimme klang jetzt weitaus sanfter. »Und was dein Leben angeht, du hast so viele Talente. Wir werden sehen, was daraus wird, ja?«

Gitta lächelte bereits wieder. Sie umarmte ihre Mutter. »Du wirst schon sehen, alles wird wieder gut.« Gitta schaute zu ihrer Tante, als sie grinsend hinzufügte: »Sagt Paula immer.«

Ein paar Minuten später wünschte Gitta ihrer Mutter und der Tante eine gute Nacht, bevor sie nach oben ging.

Paula hatte noch Zeit. Gegen dreiundzwanzig Uhr wollte sie

sich mit Mattias treffen. Sie nahm ihr Weinglas vom Tisch und trat ans Fenster. Verträumt blickte sie hinaus. Unter ihr breitete sich der blühende, ein wenig verwilderte Garten aus, dahinter glitzerte das Wasser des Bottenvikkens. »Was für ein schöner Abend«, seufzte sie. Ihre Gedanken waren bei Mattias. Sie freute sich auf ihn.

»Noch mal zu diesem Angebot, Paula. Ich finde, wir sollten mit Niklasson noch mal reden.«

Paula fuhr herum. Mit wenigen Worten hatte Agneta es geschafft, ihre romantische Stimmung zu zerstören. »Sollten wir nicht«, sagte sie scharf. »Lass uns lieber überlegen, ob wir nicht vergrößern. So ganz exklusiv.«

Agneta stand auf und trat ebenfalls ans Fenster. Sie schaute aber nicht hinaus, sondern stemmte die Hände in die Hüften und schaute Paula an. »Das kannst du gleich vergessen. Ich habe mich noch mal umgehört. Die anderen rechts und links haben auch schon verkauft.« Sie wandte sich ab, starrte nachdenklich vor sich hin. »Ich meine, so viel wie Niklasson bietet, wäre es auch regelrecht dumm, es nicht zu tun.«

Paula hatte ihre Schwester ausreden lassen, sie dabei jedoch verständnislos angesehen. »Das gibt es doch gar nicht«, fuhr sie jetzt auf. »Hallo, was ist denn plötzlich los mit dir? Man könnte ja meinen, du willst abhauen. Hör zu, mir ist die Stimmung nicht geheuer, in der du gerade bist.«

»Was für eine Stimmung?« Agneta spielte die Ahnungslose, konnte ihrer Schwester dabei aber nicht in die Augen sehen.

»Agneta, komm, mach mir doch nichts vor. Du willst nicht weg von hier, du willst weg von Gunnar. Da kommt dir dieser Niklasson als Ausrede gerade recht.«

»Ich weiß gar nicht, was du willst.« Auch Agneta wurde jetzt lauter. »Mir geht es gut«, behauptete sie. »Ich ...«

»Es geht aber nicht nur um dich«, fiel Paula der Schwester

heftig ins Wort. Gleich darauf senkte sie die Stimme wieder. »Es geht auch um Gunnar. Er macht sich Hoffnungen. Er denkt, du wirst dich irgendwann für ihn entscheiden. Agneta, das ist nicht fair.«

Agnetas Augen füllten sich mit Tränen. »Das kann sein«, nickte sie. »Das ist wirklich nicht fair.«

Agneta wandte sich ab und lief aus dem Zimmer. Seufzend schaute Paula ihr nach. Sie ahnte, was in Agneta vorging, und wusste genau, warum sie nicht über ihren Schatten springen konnte. Dabei war Paula sich ganz sicher, dass Agneta Gunnar mochte. Wahrscheinlich sogar sehr viel mehr, als sie es sich selbst eingestand.

Paula ballte die Fäuste, als sie an den Menschen dachte, der alles in Agnetas Leben kaputt gemacht hatte. Der alles zerstört und ihrer Schwester vor allem die Fähigkeit genommen hatte, auf ihr Gefühl zu hören und wieder einem Mann zu vertrauen. Sie wünschte ihrer Schwester so sehr, dass sie sich auch endlich wieder einmal verlieben würde, sich auf ihre eigenen Gefühle einlassen könnte.

Paula dachte an Mattias. Ein sanftes Lächeln glitt über ihr Gesicht. Sie war selbst so verliebt, so glücklich ...

Ihr Blick fiel auf die Uhr. Mattias! In einer Viertelstunde wollten sie sich treffen. Sie hatte über der Auseinandersetzung mit Agneta tatsächlich die Zeit vergessen.

Sie war zu spät, aber das hatte sie in Kauf genommen. Sie wollte schön sein an diesem Abend. Schön für Mattias, und so hatte sie sich noch die Zeit genommen, sich herzurichten. Er würde sie heute Abend zum ersten Mal in einem Kleid sehen. Ein geblümtes Sommerkleid, das ihre schmale Figur umspielte. So stand sie auf dem Steg und beobachtete Mattias, der gerade Champagner in einen Kühler stellte. Zwei Gläser hatte er schon bereitgestellt.

Agneta zog ihre Stöckelschuhe aus und sprang vom Steg auf die Jacht. Mattias wandte sich um, seine Augen leuchteten auf.

»Hej«, rief Paula. Ein bisschen nervös, aber sehr, sehr glücklich. »Sind schon Sterne zu sehen?«

»Noch nicht, aber ich habe dir welche bestellt.« Mattias reichte ihr die Hand und führte sie zu der gepolsterten Bank im Heck der Jacht. Paula setzte sich und schaute in den Himmel. »Wow«, sagte sie leise. Alles war so wunderschön. Der Hafen, der im Licht der Mittsommernacht wie verzaubert wirkte. Das Plätschern des Wassers, die sanfte, salzige Brise. Und natürlich Mattias, hier neben ihr, der ihr eines der Champagnergläser reichte. Er schaute sie an, beugte sich vor. Sein Mund berührte ihre Lippen zu einem zärtlichen Kuss.

Mattias griff nach der Champagnerflasche und wollte die Gläser füllen, doch Paula hatte eine viel bessere Idee. Sanft nahm sie ihm die Flasche aus der Hand, beugte sich zu ihm vor: »Komm, lass uns in See stechen«, flüsterte sie ein wenig atemlos, ganz nah an seinem Gesicht.

Mattias küsste sie noch einmal liebevoll, bevor er ohne ein weiteres Wort zum Steuer griff.

Paula blieb auf der Bank sitzen und beobachtete Mattias versonnen, der die Jacht ruhig und sicher aus dem Hafen steuerte. Als die Lichter von Holmsund nicht mehr zu sehen waren, ankerte Mattias auf dem offenen Wasser. Jetzt gab es nur noch sie beide hier draußen, umgeben von der endlosen, sanften See.

Die Jacht schaukelte kaum merklich auf den Wellen. Mattias hatte sich wieder zu ihr gesetzt und ihr den Champagner gereicht. Einen Moment lang schauten sie sich an. Sein Blick wurde ernst, als er ihr das Glas aus der Hand nahm und es neben seines auf das Dach der Kabine stellte. Ganz selbstverständlich schmiegte Paula sich in seine Arme. Sie öffnete leicht ihre Lippen, als er seinen Mund auf den ihren senkte. Sofort ließ sie sich mitreißen von seiner Leidenschaft. In diesem Moment wollte sie nichts anderes als diesen Mann. Und doch hielt sie ihn zurück, als er vorsichtig den schmalen Träger ihres Kleides über ihre Schulter streifte und seine Hand sanft über die zarte Haut ihrer nackten Schulter strich.

»Moment«, sagte sie leise. »Nicht so schnell. Heute bin ich nur zum Sternegucken hier.«

»Und morgen?«, wollte Mattias wissen. »Oder übermorgen?«

»Sehen wir, was mit uns geschieht«, flüsterte Paula, doch als er sie wieder küsste, da wusste sie, dass sie nicht länger warten wollte. Nicht bis morgen, und schon gar nicht bis übermorgen.

An diesem Morgen war Agneta besonders früh losgefahren. Heute war sie sogar froh darüber, dass Gitta erst später zur Schule musste und sie deshalb nicht begleiten konnte.

Je näher sie Gunnars Hof kam, desto langsamer wurde sie. Sie musste es einfach hinter sich bringen, aber leicht fiel es ihr nicht.

Als ihr ein Traktor entgegenkam, schaute sie angespannt auf den Fahrer. Wenn Gunnar jetzt wegfuhr, brauchte sie noch nicht mit ihm zu reden ...

Es war nicht Gunnar, der hinter dem Lenkrad saß, sondern einer seiner Arbeiter. Agneta fuhr weiter bis auf die Wiese vor der Scheune, die ein wenig abseits von dem hübschen, rot gestrichenen Bauernhaus stand. Sie stieg vom Rad, feilte in Gedanken immer noch an den Sätzen, die sie Gunnar sagen wollte, doch in genau diesem Augenblick kam er mit einem Angestellten aus der Scheune.

»Agneta. Na, so was.« Ein strahlendes Lachen zog über sein Gesicht. Er drückte dem Arbeiter hinter sich die Tüte mit

Kraftfutter, die er getragen hatte, in die Hand und rief Agneta zu: »Ich wasche mir schnell die Hände. Ich bin gleich wieder da.«

»Ich muss dir was sagen, Gunnar.«

Agnetas Stimme klang so ernst, dass Gunnar, der sich bereits auf dem Weg zum Haus befand, wieder stehen blieb und sich ihr zuwandte. Langsam kam er auf sie zu. Er lächelte nicht mehr, in seinem Blick lag vielmehr Wachsamkeit. Er schien zu ahnen, dass sie ihm nichts Gutes zu sagen hatte.

Agneta redete nicht lange drumherum. Sie wollte es so schnell wie möglich hinter sich bringen. Und doch zitterte ihre Stimme leicht, als sie sagte: »Ich habe über uns nachgedacht«, sagte sie, als er vor ihr stand. »Das mit uns hat keinen Sinn. Du musst das endlich akzeptieren. Ich will nicht, dass du dir Hoffnungen machst.«

Gunnar wollte ihre Erklärung nicht einfach so hinnehmen. Er versuchte, sich ihr zu näher, doch sie wich ihm sofort aus.

»Aber ...«, begann er, doch Agneta ließ ihn nicht ausreden.

»Ich meine das ernst, es ist sinnlos.« Sie schüttelte den Kopf. »Ich will nicht, dass wir uns wiedersehen, und Gitta wird auch nicht mehr hierherkommen. Es geht einfach nicht. Du musst das einsehen, Gunnar, es geht nicht.«

Sie konnte den Schmerz in seinen Augen nicht ertragen. Nicht dieses Gefühl, das sie selbst dabei empfand. Abrupt wandte sie sich um und ging zu ihrem Fahrrad. Gunnar folgte ihr.

»Du sagst immer, es geht nicht«, in seiner Stimme lag Verzweiflung. »Dabei versuchst du es nicht einmal. Und warum? Nur wegen dieses Reinfalls mit Erik?«

Agneta sagte kein Wort mehr. Sie schaute ihn nicht einmal an. Sie wollte sich auf ihr Fahrrad setzen, wollte dieser Situation so schnell wie möglich entfliehen, doch Gunnar hinderte sie daran. Mit beiden Händen hielt er den Lenker fest, während er verbittert fortfuhr. »Verdammt noch mal, Agneta, ich bin nicht

Erik. Ich verstehe einfach nicht, wieso du nicht einfach deinen ganzen Mut zusammennimmst und uns wenigstens eine Chance gibst.«

Jetzt schaute Agneta ihn an. Jedes seiner Worte traf sie tief, aber sie konnte nicht, durfte nicht … »Und wenn es dann nicht funktioniert«, rief sie und wunderte sich selber, das sich ihre Stimme dabei fast überschlug. »Nein«, sie schüttelte heftig den Kopf, riss den Lenker aus seinen Händen. »Auch wenn du es nicht verstehst, es geht nicht.« Nur schnell aufsteigen und weg, nur weg! Gott sei Dank, er hielt sie nicht mehr auf, sonst hätte er die Tränen gesehen, die sie jetzt nicht mehr aufhalten konnte.

Noch nie zuvor in ihrem Leben war sie so verliebt, so glücklich gewesen. Paula schloss die Augen, genoss die Brise, die ihre Haut streichelte und durch ihr Haar fuhr. Die Möwen über dem Bottenvikken begrüßten kreischend den neuen Morgen. Sie schmiegte sich an Mattias, der seine Jacht soeben am Steg vertäut hatte und sie von hinten fest umschlungen hielt. Er küsste ihr Ohr, ihre Wange, schmiegte sein Gesicht an ihres.

»Schade, dass es schon vorbei ist«, seufzte Paula. »Ich würde am liebsten gleich wieder lossegeln.« Sie beugte den Kopf nach hinten, Mattias suchte ihre Lippen. Die Nacht war unbeschreiblich gewesen. Es fiel ihr unendlich schwer, sich von ihm zu lösen. »Die Arbeit ruft«, sagte sie leise.

Mattias lachte. Doch er ließ sie erst nach einem weiteren leidenschaftlichen Kuss gehen.

Wütend wischte Agneta sich die Tränen aus dem Gesicht. Sie hatte die richtige Entscheidung getroffen. Alles war gut so.

Obwohl Agneta sich selbst immer wieder versicherte, dass

alles gut und richtig gewesen war, nagte da doch etwas an ihr, das sie nicht verdrängen konnte. Heute konnte sie sich nicht einmal an dem Blick erfreuen, der sich ihr auf dem Weg zum Hotel bot. Die ansteigende Straße führte an der Bucht vorbei. Unter ihr lagen einige grün bewaldete, unbewohnte Inselchen. Das Wasser der Bucht war ebenso blau wie der wolkenlose Himmel.

Zu Agnetas Stimmung hätte es weitaus besser gepasst, wenn alles grau in grau gewesen wäre. Das Klingeln des Handys riss sie aus ihren trüben Gedanken. Sie hielt an, schaltete es ein und meldete sich.

Es war Nils, der sie aus dem Hotel anrief. »Ich bin schon unterwegs«, sagte sie, hielt jedoch inne, als er sie aufgeregt unterbrach und ihr berichtete, dass sie dringend bei der Bank erwartet wurde.

»Die Bank?«, hakte Agneta verwundert nach. »Haben die gesagt, was sie wollen.«

Nils konnte ihr keine Antwort darauf geben, also beschloss sie, sofort bei der Bank vorbeizufahren.

Zehn Minuten später saß sie dem Filialleiter ihrer Hausbank gegenüber. Er hatte sie in sein Büro bringen lassen, blätterte verlegen in den Unterlagen, die vor ihm auf dem Schreibtisch lagen. Eigentlich war es ziemlich eindeutig gewesen, was er da eben gesagt hatte. Trotzdem schüttelte Agneta verständnislos den Kopf.

»Ich verstehe nicht, was soll das heißen?«

»Das heißt«, erklärte Bankdirektor Langen noch einmal, »dass Ihr gesamtes Darlehen in einem Monat fällig wird. Tut mir leid, Frau Rondahl.«

Agneta hatte das Gefühl, alles würde über ihr zusammenbrechen. Jetzt war das eingetreten, wovor sie sich so lang schon gefürchtet hatte. Sie war unfähig, einen klaren Gedanken zu fassen, schüttelte den Kopf. »Aber das können Sie doch nicht einfach so machen. Mein Kredit hat eine Laufzeit von fünf Jahren, davon sind nicht einmal zwei Jahre vorbei.«

»Vorausgesetzt, Sie zahlen die Zinsen pünktlich.« Es war ihm anzusehen, wie unbehaglich er sich bei dieser Auskunft fühlte.

»Ich war vielleicht ein oder zweimal im Rückstand und habe bisher alles wieder aufgeholt.« Bisher hatte der Bankdirektor immer Verständnis gezeigt, wenn sie die Zinsen nicht ganz pünktlich zahlte. Agneta verstand einfach nicht, wieso das plötzlich anders sein sollte.

»Es war viermal«, stellte der Bankdirektor richtig.

Agneta beugte sich ein wenig über den Schreibtisch. »Wenn Sie mich jetzt zwingen, alles auf einmal zurückzuzahlen, kann ich mein Hotel dichtmachen.«

»Es tut mir leid, Frau Rondahl, aber ich bin auch nur ein kleiner Filialleiter. Die Entscheidungen werden woanders getroffen.«

»Wo denn?«

»In unserer Zentrale in Stockholm.« Er seufzte tief und Agneta spürte, dass es nicht nur eine Floskel war. Es tat ihm wirklich leid, sie mit dieser Nachricht konfrontieren zu müssen.

»Ich kann wirklich nichts machen«, versicherte er. »So gerne ich es persönlich auch wollte. Ich bin schließlich oft genug Gast in Ihrem Hotel gewesen.«

Agneta war am Boden zerstört. »Das hilft mir jetzt auch nichts mehr«, sagte sie wütend und erhob sich. Jedes weitere Wort erübrigte sich.

Agneta hätte später nicht zu sagen gewusst, wie sie von der Bank zurück ins Hotel gekommen war. Dabei hätte sie sich diese peinliche Situation ersparen können. Sie hätte nur auf Niklassons Angebot eingehen müssen. Aber das konnte sie ja immer noch ...

Mit der Kündigungserklärung in der Hand betrat sie das

Hotel. Sie war so in Gedanken versunken, dass sie Nils nicht bemerkte, der ihr in den Speisesaal folgte.

Wieder und wieder ging ihr das Gespräch mit Bankdirektor Langen durch den Kopf. Warum nur zeigte die Bank auf einmal diese Härte? Was steckte dahinter.

Agneta spürte Wut in sich aufsteigen. Sie zerknüllte den Umschlag mit dem Kündigungsschreiben. Natürlich änderte das auch nichts. Sie fühlte sich hinterher nicht einmal besser.

»Magst du reden?«, vernahm sie Nils' Stimme in ihrem Rücken.

»Was soll ich noch reden, ich bin am Ende«, erwiderte Agneta wütend und den Tränen nahe. Sie drehte sich zu Nils um. »Die Bank will den Kredit innerhalb eines Monats zurück. Das ist absolut unmöglich.«

»Die wollen den Kredit zurück?« Nils zeigte sich ebenso fassungslos, wie Agneta es eben in Bankdirektor Langens Büro gewesen war. »Aber das können die doch nicht einfach so.«

Agneta lachte bitter. »Eine Bank, Nils, eine Bank kann alles!« Sie ließ sich auf einen Stuhl fallen und strich den zerknüllten Umschlag wieder glatt. Sie musste nachdenken, musste überlegen, was sie jetzt noch tun konnte.

Die Sterne bedeckten den samtig dunklen Himmel. Das Rauschen der Wellen war zu hören, das Plätschern des Wassers, wenn es gegen den Bootsrumpf klatschte. Mattias streckte die Arme aus, als Paula sich über ihn beugte. Er wollte sie sanft in seine Arme schließen, doch seine Hände griffen ins Leere, und im gleichen Moment schreckte ihn eine disharmonische Tonfolge auf.

Verwirrt blickte er sich um. Es war nicht Nacht, sondern heller Tag. Er war auf seiner Jacht eingeschlafen, all die schönen Bilder aus seinem Traum waren verschwunden, nur das schrille Klingeln brach nicht ab.

Mattias brauchte noch ein paar Sekunden, bis er begriff, dass es sein Handy war. Seine Stimme klang noch verschlafen, als er sich meldete.

»Guten Tag«, grüßte der Assistent seiner Mutter am anderen Ende der Leitung. »Hier ist Sven Wiegand. Ich wollte nur fragen, wie es in Holmsund gelaufen ist.«

»Sie hätten mir sagen sollen, dass diese Frau Rondahl ein Hotel betreibt. Sogar ziemlich erfolgreich, wie es aussieht. Kein Wunder, dass sie es nicht verkaufen will.«

»Nun ja«, erwiderte Sven Wiegand ironisch. »So erfolgreich nun auch wieder nicht.«

»Was wollen Sie damit sagen?« Mattias war jetzt hellwach.

»Nichts«, lautete Svens knappe Antwort.

»Ich werde noch mal mit ihr reden«, sagte Mattias. »Aber erst will ich ihr noch ein wenig Zeit lassen, um über die Sache nachzudenken.«

»Aber nicht zu viel Zeit, bitte. Ihre Mutter will mit dem Bau möglichst bald beginnen.«

Mattias lachte spöttisch. »Ja, natürlich. Und was meine Mutter will, das geschieht.«

Wahrscheinlich hatte Agneta zuerst versucht, sie über Handy zu erreichen. Geklingelt hatte es jedenfalls nicht. Erst als Paula mit der Lotta angelegt hatte, entdeckte sie die SMS. *Muss dich sofort sprechen, Agneta.*

Paula hatte daraufhin sofort versucht, ihre Schwester anzurufen, doch jetzt erreichte sie Agneta nicht. Die Nachricht ihrer Schwester beunruhigte sie so sehr, dass sie zum Hotel radelte, noch bevor sie sich um den Fang des Tages gekümmert hatte. Als sie Agneta auch dort nicht antraf, fuhr sie nach Hause.

Die Hintertür stand weit offen. Paula lief ins Haus. »Agneta?«, rief sie laut. Eine Antwort erhielt sie nicht.

Vielleicht war Agneta ja oben. Paula wollte die Treppe hochlaufen, doch als sie an der offenen Tür des Wohnzimmers vorbeikam, sah sie Gitta mit verweintem Gesicht auf dem Sofa sitzen.

»Hej, Süße.« Paula betrachtete das Mädchen aufmerksam. »Ist Agneta nicht da? Im Hotel haben sie gesagt, sie sei nach Hause gegangen.«

Gitta ging nicht direkt auf die Frage ihrer Tante ein. »Sie hat mir verboten, zu Gunnar zu gehen«, sagte sie unter Tränen.

»Was?« Paula war überrascht. Sie kam näher und setzte sich neben ihre Nichte. Sie legte einen Arm um Gitta und zog das Mädchen an sich. »Das kann ich mir aber nicht vorstellen. Das hat sie bestimmt nicht so gemeint.«

»Sie hat gesagt, wenn ich da noch einmal hingehe, dann gibt es Ärger«, wiederholte Gitta die Worte ihrer Mutter. Dicke Tränen rollten über ihre Wangen.

»Aha«, nickte Paula. Sie ahnte, was Agneta mit diesem Verbot bezweckte, doch Gitta gegenüber erwähnte sie nichts davon. Im Moment war es wichtiger, Agneta zu finden.

»Weißt du denn, wo Agneta jetzt ist?«

Gitta schüttelte den Kopf. »Ist mir auch egal, wo sie ist.«

Paula schmiegte ihr Gesicht an das Gesicht des Mädchens. »Wie sage ich immer?«, versuchte sie ihre Nichte aufzumuntern. »Alles wird gut, darauf kannst du dich verlassen.«

Doch dieses Mal riefen ihre Worte nicht die gewohnte Wirkung hervor.

Es war eine plötzliche Eingebung gewesen, die Paula wieder aus dem Haus trieb. Auf einmal glaubte sie zu wissen, wo ihre Schwester war. Sie lief den schmalen Weg hinter dem Haus hinunter, bis zu dem Felsen, der bis ins Wasser ragte. Ihren Kummerfelsen hatten sie diese Stelle als Kinder immer genannt. Schon damals waren sie hierher geflüchtet, wenn eine von ihnen Ärger in der Schule oder zu Hause hatte, nach einem Streit mit Freundinnen oder dem ersten Liebeskummer. Zusammen hatten sie hier gesessen und versucht, sich gegenseitig nach dem Verlust der Eltern zu trösten. Agneta hatte hier während ihrer Ehe mit Erik viele traurige Stunden verbracht.

Der Weg führte abwärts, die Sicht wurde von Bäumen und Sträuchern verdeckt. Als sie unten ankam, sah Paula, dass sie mit ihrer Vermutung richtiggelegen hatte. Agneta saß auf dem Kummerfelsen und blickte mit trostloser Miene auf das Meer.

Langsam kam Paula näher, setzte sich neben Agneta. »Und?«, fragte sie leise. »Was ist passiert?«

»Die Bank hat den Kredit gekündigt.« Agneta klang eher wütend als deprimiert. »Ach, Paula, das hängt mir alles so zum Hals raus. Immer dieses Damoklesschwert über uns. Immer diese Frage, ob wir es den nächsten Monat schaffen. Vielleicht kommt diese Kündigung ja genau zur richtigen Zeit.«

»Was meinst du damit?«, fragte Paula alarmiert.

»Denk doch mal nach. Wenn wir das Angebot von diesem Niklasson annehmen, können wir den Kredit zurückzahlen. Es bleibt sogar noch genug Geld, um uns was Neues aufzubauen.«

Paula war immer noch nicht bereit, auch nur über die Möglichkeit eines Verkaufs nachzudenken. »Und was willst du Neues anfangen? Und wo? Meine Güte, Aggi, du lebst doch hier. Das Hotel ist dein Leben. Gitta geht hier zur Schule.«

»Gitta kann überall zur Schule gehen«, winkte Agneta ungeduldig ab. »Und was das Hotel betrifft ...« Sie machte eine kurze Pause, bevor sie leise sagte: »... manchmal muss man sich halt von seinen Träumen verabschieden, wenn es zu schwierig ist.«

»Nein«, Paula schüttelte erbittert den Kopf. »Zuerst muss man kämpfen. Wenn du willst, rede ich mit der Bank. Und mit diesem Niklasson.« Paula kannte den Mann nicht, und doch fühlte sie in diesem Augenblick so etwas wie Hass auf ihn. Während Agneta hier um ihre Existenz kämpfte, glaubte er, sich mit seinem Geld alles kaufen zu können.

Nicht mit uns, dachte Paula aufgebracht. Nicht, solange ich es verhindern kann. »Der soll uns gefälligst in Ruhe lassen«, stieß sie wütend hervor.

Paula stand vor dem alten Standspiegel, der schon ihrer Großmutter gehört hatte, und schminkte sich sorgfältig die Lippen. Mit Bedacht hatte sie das Kleid ausgewählt, das sie jetzt trug. Dunkel, elegant und schlicht – und mit einem Ausschnitt, der eine ganze Menge erahnen ließ. Die blonden Haare hatte sie zurückgebunden.

Agneta umrundete ihre Schwester mit skeptischer Miene. »Glaubst du wirklich, so etwas wirkt auf Direktor Langen?«

»Probieren kann ich es ja mal«, grinste Paula und schaffte es so immerhin, ihre Schwester zum Lächeln zu bringen.

Paula war nervös wegen der bevorstehenden Unterredung mit Direktor Langen, aber sie machte sich trotzdem sofort auf den Weg. Sie gehörte nicht zu den Menschen, die etwas Unangenehmes vor sich herschoben, sondern brachte es lieber gleich hinter sich.

Sie ging zu Fuß und legte sich unterwegs zurecht, was sie Bankdirektor Langen sagen wollte. Sie glaubte einfach nicht, dass er als Filialdirektor überhaupt keinen Einfluss auf die Entscheidung der Zentrale in Stockholm hatte.

Paula überquerte die Wiese vor dem altehrwürdigen Bankgebäude, das aus roten Backsteinen erbaut war. Wie aus dem Boden gewachsen stand plötzlich Mattias vor ihr, den Arm voller zartroter Rosen.

»Hej, was machst du denn hier?« Paula war überrascht und sie freute sich sehr über das unerwartete Wiedersehen.

Mattias überreichte ihr den Strauß. »Das waren die schönsten Blumen im ganzen Laden, da konnte ich einfach nicht widerstehen.«

»Wie schön, danke.« Paula war gerührt. Sie steckte die Nase zwischen die Blütenköpfe, zog tief den süßen Duft ein, bevor sie ihm den Strauß zurückgab. Mattias schaute sie völlig entgeistert an.

Paula lachte laut. »Entschuldige«, erklärte sie, »aber ich kann die Rosen schlecht mit in die Bank nehmen.« Paula fand es unpassend, mit einem Blumenstrauß zu einer geschäftlichen Unterredung zu erscheinen, die möglicherweise nicht sonderlich erfreulich verlaufen würde.

»Gott sei Dank.« Mattias lächelte. »Ich dachte schon, du willst sie nicht. Ich wollte sie ohnehin auf dein Boot legen, als kleine Überraschung. Soll ich?«

»Ja.« Paula nickte. »Du könntest auch auf mich warten. Es wird wahrscheinlich nicht lange dauern.«

»Das geht leider nicht, ich habe gleich selbst einen Termin.«

Paula nickte verständnisvoll, obwohl sie ein bisschen enttäuscht war. Mattias strich ihr sanft über die Wange, bevor er sich vorbeugte und sie küsste.

»Ich muss jetzt los«, sagte Paula schließlich.

»Ja, ich auch.« Doch beide gingen nur einen Schritt, dann

wandten sie sich wieder einander zu. Paula lachte vergnügt, als er sie noch einmal an sich zog, um sie zu küssen.

Gerade hatte Agneta die telefonische Stornierung eines Stammgastes entgegengenommen, als ausgerechnet der Mann an die Rezeption trat, an den sie bereits den ganzen Morgen dachte. Oder vielmehr an dessen Angebot für das Hotel.

»Hej«, grüßte er freundlich, als Agneta das Gespräch beendet hatte.

»Herr Niklasson, ich habe Ihnen doch schon gesagt, dass ich nicht verkaufe.« Agneta hoffte inständig, dass er in ihrer Stimme nicht die Unsicherheit hörte, die sie empfand. Mehr denn je zweifelte sie daran, ob es richtig war, das Angebot abzulehnen.

Mattias ließ seine Blicke durch den Raum schweifen. »Ich kann ja verstehen, dass Sie dieses wunderschöne Hotel nicht aufgeben wollen, aber ...«

Ganz unvermittelt stieg plötzlich ein schrecklicher Verdacht in Agneta auf. Ja, das würde vieles erklären, worüber sie sich in der letzten Zeit so sehr den Kopf zerbrochen hatte. Ihre Stimme war ein wenig zu laut, als sie Mattias unterbrach: »Stecken Sie hinter der Kündigung unseres Kredites?«

Mattias schaute sie verblüfft an. »Bitte?«

»Könnte doch sein.« Agneta war sich mit einem Mal ganz sicher, dass es genau so gewesen sein musste. Es musste schließlich einen Grund geben, dass die Bank mit einem Mal so hart reagierte.

»Niklasson ist eine einflussreiche Firma«, fuhr sie fort. »Sie haben sicher Kontakte zur Zentrale nach Stockholm, und wenn Niklasson will, dass uns der Kredit gekündigt wird ...«

Mattias brachte ein erzwungenes Lächeln zustande. »Sie haben wirklich eine rege Fantasie, das muss ich schon sagen. Nein«, schüttelte er ganz entschieden den Kopf, »zu solchen Methoden greife ich nicht.«

Ihr Vorwurf schien ihn wirklich getroffen zu haben. Ohne ein weiteres Wort zu sagen, drehte er sich um und ging davon.

Agneta schaute ihm nach, bis Nils neben sie trat. Er hatte die letzen Worte mitbekommen. »Hej«, sagte er mitfühlend und legte eine Hand auf ihren Rücken. »Vielleicht hat Paula ja Glück in der Bank.«

Einen winzigen Hoffnungsschimmer gab es noch. Paula war alles, worauf sie jetzt noch vertrauen konnte. So wie dieser Niklasson gerade reagiert hatte, erschien es Agneta unwahrscheinlich, dass er sein Angebot weiter aufrechterhielt oder sogar noch erhöhte.

So oder so, sie hielt es im Hotel nicht länger aus. Paula hatte zwar nicht gewollt, dass ihre Schwester sie zur Bank begleitete, aber sie hatte bestimmt nichts dagegen, wenn sie vor der Bank auf sie warten würde.

Doch Agneta musste nicht auf ihre Schwester warten. Als sie auf das Bankgebäude zuging, stürmte Paula bereits zur Tür hinaus. Sie sah schrecklich wütend aus. Bankdirektor Langen folgte ihr und rang hilflos die Hände.

»Warten Sie, Paula. Sie müssen das verstehen. Mir sind da die Hände gebunden.«

»Ich verstehe überhaupt gar nichts«, fuhr Paula ihn über die Schulter hinweg an, ohne ihren Schritt zu verlangsamen. »Ich verstehe nur, dass Sie Agneta und mich ruinieren wollen.«

Sie griff nach Agnetas Hand, die in diesem Moment bei ihr war. Beide gingen weiter, ohne dem Bankdirektor auch nur einen weiteren Blick zu gönnen.

»Es hat nicht geklappt, nicht wahr?« Eigentlich war es überflüssig, dass Agneta diese Frage stellte. Paulas Verhalten, ihr wütender Gesichtsausdruck verrieten alles.

»Er ist so ein Idiot«, stieß Paula hervor.

Agneta seufzte tief. »Was sollen wir denn jetzt machen?«, fragte sie mutlos.

»Keine Ahnung, ich muss erst mal Luft schnappen.« Paula atmete tief ein und aus, doch offensichtlich hatte sie immer noch nicht aufgegeben. »He, Agneta, mir fällt schon was ein«, versprach sie. »Lass den Kopf nicht so hängen.«

So wie sie war, in ihrem eleganten Kleid und mit den Stöckelschuhen, ging Paula hinunter zum Hafen. Sie musste hinaus auf Meer, die Wellen unter dem Boot spüren, sich den salzigen Wind um die Nase wehen lassen. Nur so würde sie wieder einen klaren Kopf bekommen.

»Hej, Hannes«, rief sie im Vorbeigehen.

Hannes, der ein Ruderboot reparierte, schaute auf. »Hej, Paula, was ist los?« Er kannte sie viel zu gut und schien ihr anzusehen, dass etwas nicht stimmte.

Paula konnte jetzt nicht mit ihm darüber reden. Sie konnte mit niemandem reden. Sie wollte einfach nur alleine sein. »Keine Ahnung, ich muss nachdenken«, antwortete sie.

Paula zog die Stöckelschuhe aus und sprang mit nackten Füßen in ihr Boot. Kurz berührte sie die Rosen, die Mattias in einem Eimer vor das Führerhaus gestellt hatte. Es könnte alles so schön sein. Sie war so glücklich mit Mattias. Warum konnte nicht auch der Rest in ihrem Leben stimmen?

Doch sie biss die Zähne zusammen. Sie startete den Motor und steuerte die Lotta durch das Hafenbecken hinaus in die offene See, dann stellte sie den Motor ab und ging an Deck. Leise schaukelte die Lotta auf den silbrig schimmernden Wellen.

Hier war Paula völlig alleine. Nur ganz weit am Horizont waren die Umrisse eines Segelschiffes zu erkennen, das sich schnell entfernte.

Paula nahm die Rosen aus dem Eimer, drückte sie fest an sich. Sie versuchte, sich an die glücklichen Momente mit Mattias zu erinnern und alles andere, Unerfreuliche, aus ihren Gedanken zu verdrängen.

Es gelang ihr nicht. Alles in ihrem Kopf drehte sich nur um die Frage, wie es jetzt weitergehen sollte. Sie hatte Agneta versprochen, dass ihr etwas einfallen würde. Allerdings war Paula sich nicht sicher, ob sie dieses Versprechen auch einhalten konnte. Sie starrte aufs Wasser. Nachdenklich und sehr traurig ...

Sie saß an einem der Tische im Speisesaal und starrte vor sich hin. Sie bemerkte Nils nicht einmal, als der mit einem Stapel blauer Tischdecken hereinkam.

Nils ging neben ihr in die Hocke und legte einen Arm um ihre Schultern. »He, jetzt lass dich bitte nicht so hängen.«

»Was soll ich denn sonst tun.«

Beide schauten sie auf, als Gunnar den Speisesaal betrat. Nils richtete sich wieder auf.

»Hej«, grüßte Gunnar ein wenig verlegen. »Das Mädchen am Empfang hat gesagt, dass ich dich hier finde.«

»Was willst du denn hier?«, fragte Agneta kurz angebunden.

»Reden.« Gunnar kam näher. »Ich werde nicht akzeptieren, was du gesagt hast.«

Agneta sprang auf. »Ich will nichts mehr hören«, rief sie unbeherrscht aus. »Könnt ihr mich nicht einfach alle in Ruhe lassen.« Sie stürmte aus dem Speisesaal. Ratlos schaute Gunnar ihr nach.

»Es geht ihr nicht gut«, entschuldigte Nils Agnetas Verhalten.

»Kannst du mir sagen, was hier los ist?«, wollte Gunnar wissen.

»Ja.« Nils nickte. »Agneta hat Schwierigkeiten mit der Bank. Die wollen plötzlich den kompletten Kredit zurück, und Agneta hat Angst, dass sie alles verliert.«

»Wieso hat sie mir nichts davon erzählt.« Gunnar war sichtlich erschüttert.

»So ist sie eben, will alles alleine schaffen.« Nils machte eine kurze Pause, bevor er leise hinzufügte: »Das müsstest du doch am besten wissen.«

Lange war Paula nicht auf dem Wasser geblieben. Irgendwann hatte sie einfach einsehen müssen, dass ihr diesmal keine Eingebung zuflog, mit der sie das Hotel retten konnte.

Als sie zurück in den Hafen kam und mit der Lotta anlegte, sah sie am Ende des Steges Mattias, der neben Hannes saß und offensichtlich auf sie gewartet hatte.

Paula nahm den Rosenstrauß aus dem Eimer. »Schön, dich zu sehen«, sagte sie.

Mattias vertäute die Lotta sorgfältig, bevor er sich aufrichtete und sie an sich zog. »Ich habe mir Sorgen gemacht. Hannes meinte, du wärst ziemlich durcheinander gewesen.«

Hilflos schaute Paula zu ihm auf. »Hast du Zeit? Ich brauche jemanden zum Reden.«

Mattias war still geworden, er schien zu spüren, dass sie etwas Ernstes bedrückte. Langsam gingen sie nebeneinander zum Ufer hinunter und dann am Strand entlang. Lange schwiegen sie nur.

Mattias ließ Paula ganz in Ruhe, schaute sie nur immer wieder aufmerksam von der Seite an und hielt ihre Hand, wenn sie gedankenverloren aufseufzte.

»Sag mir, was dich bedrückt«, brach er nach einer Weile das Schweigen. Er hielt sie ganz fest. »Wer macht dir solchen Kummer? Ich gehe hin und verprügele ihn.«

Er schaffte es tatsächlich, sie zumindest ein bisschen aufzuheitern. Paula lachte leise auf. »Du bist süß, aber ich glaube, damit ist mir auch nicht geholfen. Oder hast du dich schon einmal mit einer Bank geprügelt?«

»Du hast Ärger mit der Bank?« Mattias schien geradezu erleichtert. Sanft strich er ihr mit dem Zeigefinger über die Wange. »So etwas lässt sich doch regeln. Ich dachte schon, es ist etwas Ernstes.«

»Es ist was Ernstes«, erwiderte Paula heftig. Sie entfernte sich einen Schritt von ihm, da klingelte ihr Handy.

»Entschuldige«, murmelte Paula. Sie holte das Handy aus ihrer Handtasche und sah auf dem Display, dass Nils versuchte, sie zu erreichen.

»Hallo, Nils«, meldete sie sich.

»Paula, du musst sofort kommen«, hörte sie den Koch sagen. »Schnell!«

»Was ist denn los?«, Paulas Stimme überschlug sich beinahe, doch Nils meldete sich nicht mehr. Die Leitung war tot. »Ich glaube, er hat aufgelegt«, sagte Paula verwirrt. »Ich muss sofort los.«

»Soll ich mitkommen?«, bot sich Mattias an und seine Miene war besorgt.

»Nicht nötig.« Paula winkte ab. Die Ereignisse dieses Tages waren selbst für sie inzwischen zu viel. Sie wusste nicht mehr, wo ihr der Kopf stand. »Ich melde mich«, rief sie Mattias hastig zu. »Bis später.«

»Bis später«, rief er ihr nach, doch das bekam Paula schon nicht mehr mit.

Paula lief die ganze Strecke bis zum Hotel. Sie nahm eine Abkürzung über einen schmalen Weg und erreichte nach wenigen Minuten das Hotel von der Rückseite her. Panik griff nach ihr, als sie die beiden Feuerwehrwagen sah und die vielen Feuerwehrleute, die hektisch umherliefen.

Dann bemerkte Paula die rußgeschwärzte Küchentür, die

weit offenstand. Nicht weit davon entfernt standen Nils und Agneta. Sofort lief sie zu den beiden, und als sie den Namen ihrer Schwester rief, überschlug sich ihre Stimme beinahe.

»Was ist passiert?«, rief sie und die Panik hatte sie immer noch fest im Griff. Ihr Herz klopfte hart gegen ihre Rippen. Die Anspannung hatte ihren ganzen Körper erfasst.

»Ich weiß auch nicht, was passiert ist.« Nils musste rufen, um den Lärm, den die Feuerwehrmänner machten, zu übertönen. »Plötzlich gab es eine riesige Stichflamme und der neue Herd hat gebrannt. Die Feuerwehr sagt, die Leitung sei defekt gewesen. Ich habe sofort angefangen zu löschen.«

»Gott sei Dank warst du da«, sagte Paula zu Nils, als ihr klar wurde, dass dank des schnellen Handelns von Nils nichts Schlimmeres passiert war. Trotzdem war dieser neue Schicksalsschlag entschieden zu viel für sie alle.

Agneta fiel Paula um den Hals, die beiden Schwestern hielten sich ganz fest.

»Ich verstehe das nicht«, sagte Paula. »Die Leitungen sind bei der Renovierung doch alle neu eingezogen worden. Wie können sie da defekt sein.«

»Ich verstehe es doch auch nicht«, sagte Agneta mit Tränen in den Augen.

»Schlechtes Material, schlechte Isolierung, da kann so etwas schon mal vorkommen.« Einer der Feuerwehrleute hatte gehört, was sie gesagt hatten. »Ich würde sagen, Sie müssen sämtliche elektrische Leitungen erneuern lassen. Wird ganz schön was kosten.«

Verzweiflung lag in Agnetas Stimme, als sie sagte: »Hört das denn gar nicht mehr auf? Alles geht plötzlich schief.«

»Jetzt hör aber auf, solche Sachen passieren halt.« Paula wusste selbst, wie wenig überzeugend das in den Ohren ihrer Schwester klingen musste, langsam, aber sicher begann sie, Agnetas Verzweiflung zu teilen.

»Du hast doch gehört«, fuhr Agneta sie an. »Das sind wieder neue Kosten. Woher sollen wir das denn nehmen? Ich habe das Gefühl, irgendwer will, dass ich hier weggehe.«

Paula starrte ihre Schwester sekundenlang sprachlos an. »Was willst du damit sagen? Glaubst du, dass das kein Unfall, sondern Brandstiftung war?«

»Nein«, widersprach Agneta sofort. »Das habe ich nicht gemeint.«

Bei Paula allerdings hatte sich der Gedanke inzwischen festgesetzt. »Aber vielleicht hast du ja recht«, überlegte sie laut.

»Niklasson liegt sehr viel daran, dich loszuwerden.«

Agneta schüttelte den Kopf, starrte verzweifelt auf das Hotel. Das Feuer war gelöscht, doch die Folgen dieser neuen Katastrophe würden für sie unüberwindbar sein. Trotzdem glaubte sie nicht, dass Niklasson für dieses Desaster verantwortlich war. »Ach, Quatsch, das sind doch keine Verbrecher.«

»Das vielleicht nicht, aber knallhart sind die sicherlich«, erwiderte Paula nachdenklich.

Agneta wirkte mit einem Mal ganz ruhig. Ihr Gesicht war schneeweiß. »Ich sag dir was, Paula, es ist genug. Ich gebe endgültig auf.« Damit wandte sie sich um und ging davon.

Paula ahnte, dass ihre Schwester zum Kummerfelsen gehen würde, und sie wusste, dass sie dort alleine sein wollte.

Mattias stieß die Tür zu Henrikes Büro auf. Sven Wiegand folgte ihm und sagte mit eindringlicher Stimme: »Sie hat ausdrücklich gesagt, sie will nicht gestört werden.«

»Das ist mir egal, ich muss mit ihr reden.« Mattias trat hinter den Schreibtisch seiner Mutter. Aufgebracht schaute er den Sekretär seiner Mutter an. »Sven, wir leben im 21. Jahrhundert. Da wird es doch wohl möglich sein, eine Person im australischen Busch an den Hörer zu bekommen.«

Sven Wiegand zuckte resignierend mit den Schultern. »Ich tue, was ich kann«, versprach er. Er wandte sich zur Tür, drehte sich aber noch einmal um. »Darf ich fragen, was so wichtig ist?«

»Es geht um Holmsund.« Mattias blickte Sven Wiegand ernst an. »Wir müssen uns eine Alternative überlegen.«

»Eine Alternative«, echote Sven Wiegand fassungslos. Er kam zurück an den Schreibtisch. »Das ist völlig unmöglich. Wissen Sie, wie viel Geld wir schon in dieses Projekt gesteckt haben? Pläne, Architekten, Kauf der Grundstücke. Mattias, Ihre Mutter rechnet fest damit, dass Sie das hinkriegen.«

Sven Wiegands Stimme hatte einen aggressiven Ton angenommen, doch Mattias blieb völlig ruhig. »Da irrt sich meine Mutter. Agneta Rondahl wird niemals verkaufen.«

»Sind Sie sicher, dass Sie schon alles versucht haben?«

Allmählich hatte Mattias genug davon, sich vor dem Assistenten seiner Mutter rechtfertigen zu müssen. Henrike hatte ihm die Leitung übertragen, also lag es auch in seinem Ermessen, Entscheidungen zu treffen. »Sven«, reagierte er genervt, »was soll das?«

Sven Wiegand tigerte aufgebracht durch Henrikes Büro. Für ihn schien die Lösung ganz einfach zu sein. »Es gibt verschiedene Möglichkeiten, jemanden unter Druck zu setzen. Man könnte zum Beispiel ...«

»Sehen Sie«, fiel Mattias ihm scharf ins Wort. »Das genau ist der Grund, weshalb ich nicht mehr in dieser Firma bin. Ich werde keinen Druck ausüben. Auf niemanden!«

Auch Sven Wiegand hatte sich inzwischen wieder beruhigt. Seine Stimme klang eisig, als er erwiderte: »Das tut mir sehr leid für Ihre Mutter. Sie hat große Pläne.«

»Entweder kriegen Sie irgendwie eine Verbindung zu ihr oder ich werde hier die Entscheidungen treffen, die ich für richtig halte«, erwiderte Mattias ebenso kühl und blickte Sven Wiegand fest in die Augen. Er war es hier, dem Henrike während ihrer Abwesenheit die Leitung des Unternehmens übertragen hatte. Auch wenn es Sven Wiegand missfallen mochte, er würde sich damit abfinden müssen.

Sven Wiegand hatte daraufhin wortlos das Büro verlassen, doch Mattias blieb noch eine ganze Weile regungslos und nachdenklich hinter seinem Schreibtisch sitzen. Er wusste mit einem Mal, was er tun musste. Entschlossen erhob er sich. Er musste noch einmal nach Holmsund fahren.

Mattias musste plötzlich über sich selbst lachen. Den geschäftlichen Teil könnte er innerhalb weniger Minuten telefonisch erledigen, aber das wollte er nicht.

Holmsund übte eine geradezu magische Anziehungskraft auf ihn aus. Er mochte diesen Ort, diese ganz besondere Atmosphäre. Es gab Menschen dort, die er bereits seit seiner Kindheit kannte und die auch ihn wiedererkannt hatten. Bis zu seinem sechzehnten Lebensjahr hatte er alle Ferien zusammen mit seiner Mutter in Holmsund verbracht. Komisch, dass er Paula und ihrer Schwester dabei nie begegnet war.

Vielleicht war es auch gar nicht so verwunderlich. Er hatte die meiste Zeit auf dem Wasser verbracht, wenn er in Holmsund gewesen war. Dort hatte er seine Liebe zum Segeln entdeckt. Es war eine Liebe gewesen, die sein Leben in den vergangenen Jahren bestimmt hatte. Ob in Holmsund ein zweites Mal die Weichen für sein zukünftiges Leben gestellt werden würden?

Mattias hielt es nicht länger hinter dem Schreibtisch seiner Mutter.

Es war später Nachmittag, als er das Hotel betrat. Er hatte sich bereits telefonisch mit Paula für den Abend verabredet. Vorher wollte er aber unbedingt noch das Gespräch mit Agneta Rondahl hinter sich bringen.

»Ich hoffe, es hat Ihnen bei uns gefallen«, sagte Agneta zu einem Gast, der gerade abreisen wollte.

»Es war wunderbar«, versicherte die Frau und wandte sich zum Gehen. Als Agneta sich umwandte, erstarb das Lächeln auf ihrem Gesicht.

»Herr Niklasson. Gut, dass Sie kommen. Ich wollte Sie heute noch anrufen.«

»Ich habe mir über diese ganze Sache noch mal Gedanken gemacht«, begann er ernst.

»Sie müssen nichts mehr sagen.« Agneta wirkte sehr entschieden. »Ich verkaufe.«

Die ganze Zeit hatte er sich darum bemüht, und ausgerechnet heute, wo er beschlossen hatte, den Plan seiner Mutter zu ändern, war Agneta Rondahl zum Verkauf bereit. »Aber darum geht es mir nicht mehr«, versicherte er. »Meine Firma hat beschlossen ...«

»Ich habe mich entschieden«, fiel Agneta ihm rüde ins Wort. Ihre Lippen umspielte ein zynisches Lächeln, als sie hinzufügte: »Freuen Sie sich, es läuft doch alles nach Ihren Wünschen. Und jetzt entschuldigen Sie mich bitte.«

Paula freute sich auf den Abend. Eigentlich hatte sie gar nicht damit gerechnet, Mattias an diesem Tag noch wiederzusehen. Sie hatte sogar ein bisschen Angst gehabt, dass er nach ihrem letzten Treffen keine Lust mehr haben würde, sie zu sehen. Er hatte sich die Zeit genommen, ihre Probleme anzuhören, und sie hatte ihn ohne jede Erklärung stehen lassen.

Aber sie hatte in diesem Moment ja auch noch nicht geahnt, was geschehen war. Aber heute Abend würde sie ihm alles erklären. Er hatte wieder angerufen, und das zeigte schließlich, dass ihm wirklich etwas an ihr lag.

Gerade als Paula vor dem Haus auf ihr Fahrrad steigen wollte, kam Gitta angeradelt. »Hej, Paula, wo willst du denn hin?«

»Ich habe einen Termin.« Natürlich wusste sie, dass sie ihrer Nichte nichts vormachen konnte.

»Mit deinem Verliebten?« Gitta lächelte verschmitzt.

Paula wollte Gitta auch gar nicht anschwindeln. »Hm«, machte sie, was alles bedeuten konnte. »Du, ich muss jetzt los.«

Gitta griff in ihren Lenker. »Ist er nett?«

»Sehr nett.« Paula lachte.

»Wann zeigst du ihn uns.« Wie alle Mädchen in ihrem Alter, liebte Gitta romantische Liebesgeschichten, und neugierig war sie sowieso.

»Bald«, versprach Paula.

Gittas Augen blitzen. »Ich könnte ja mitkommen und ihn mir ansehen.«

Paula stupste mit dem Zeigefinger auf Gittas Nasenspitze. »Das könntest du nicht tun«, sagte sie bestimmt. »Aber mach dir keine Sorgen, er ist wirklich sehr nett.«

»Das will ich doch hoffen. Ich mag nämlich keine doofen Männer im Haus.«

»Ich auch nicht«, grinste Paula. »Darauf kannst du dich verlassen.« Länger ließ sie sich von Gitta aber nicht aufhalten. Sie schwang sich auf ihr Fahrrad und fuhr davon.

Mattias hatte auf der Jacht auf sie gewartet und kam ihr sofort entgegengelaufen, als er sie auf ihrem Fahrrad ankommen sah. Paula stellte das Rad ab und flog ihm in die Arme. »Ich bin so froh, dich zu sehen. Bei mir geht im Augenblick alles drunter und drüber. Wenn du nicht wärst, würde ich glauben, es hätte sich alles gegen uns verschworen.«

»Uns?« Fragend schaute Mattias sie an.

»Ich meine damit meine Schwester und mich.« Für den Augenblick musste das als Erklärung reichen. Später würde sie ihm mehr erzählen. Jetzt wollte sie sich einfach nur in seinen Armen geborgen fühlen. Seine Nähe spüren, die Ruhe, die er ihr vermittelte. Sie lachte begeistert, als er sie hochhob und herumwirbelte. Es kam ihr vor, als wäre sie seit Ewigkeiten nicht mehr so unbeschwert gewesen.

Gitta hatte ihrer Tante nachgeschaut, bis sie hinter der Wegbiegung verschwunden war. Die Neugierde ließ ihr keine Ruhe. Sie wollte den Mann unbedingt sehen, in den sich Paula verliebt hatte.

Gitta wusste genau, dass sie um diese Zeit eigentlich zu Hause sein musste. Ihre Mutter würde mit ihr schimpfen, wenn sie erst später kam. Sie überlegte nur kurz, ob sie bereit war, das in Kauf zu nehmen, um den neuen Freund ihrer Tante zu sehen.

Wenn sie sich ganz doll beeilte, würde es sowieso nicht allzu spät werden. Schließlich wollte sie ja nur einen kurzen Blick auf den Mann werfen.

Also schwang sich Gitta auf ihr Fahrrad und folgte Paula heimlich und in großem Abstand. Einige Male verlor sie Paula deshalb aus den Augen, aber ihr wurde sehr schnell klar, dass ihre Tante zum Hafen fahren würde. Als sie Paula auf dem Steg sah, versteckte sie sich hinter einem der Bootshäuser und guckte vorsichtig um die Ecke. Sie sah, wie ein Mann auf Paula zulief, wie er sie in die Arme schloss und küsste. Als der Mann aufschaute, konnte sie sein Gesicht sehen.

Gitta öffnete den Mund, konnte den erstaunten Ausruf aber gerade noch zurückhalten. Sie kannte diesen Mann. Und mit dem knutschte Paula hier herum?

Gitta hatte genug gesehen. Sie schnappte sich ihr Fahrrad und fuhr so schnell sie konnte nach Hause. Die ganze Zeit hatte sie die Szene auf dem Steg vor Augen, das Gesicht des Mannes und ihre

Tante in seinen Armen. Sie war völlig außer sich, als sie zu Hause ankam und ins Haus stürmte. »Mama!«

Agneta saß im Wintergarten über einen offenen Ordner gebeugt. Sie schaute auf. »Gitta, ich muss dir was sagen.«

Gitta hörte ihre Mutter gar nicht. »Mama, weißt du, in wen Paula verliebt ist? In den Mann, der dir das Angebot gemacht hat.«

Agnetas Augen weiteten sich vor Überraschung. »In Niklasson? Das kann nicht sein. Woher willst du das überhaupt wissen.«

Gitta ärgerte sich, weil Agneta ihr nicht glaubte. »Ich habe ihn doch im Hotel gesehen. Und mit diesem Mann trifft sich Paula gerade am Hafen.«

»Bist du dir da ganz sicher«, vergewisserte sich Agneta. »Vielleicht sieht Paulas Freund ja nur so ähnlich aus.«

»Mama«, erwiderte Gitta genervt, »ich bin kein Baby mehr. Ich habe ihn gesehen, und Paula hat ihn geküsst.«

Paula hielt Mattias umfangen. Sie schmiegte ihr Gesicht an seinen Rücken und streichelte liebevoll über seine Brust. »Weißt du eigentlich, dass du momentan der einzige Lichtblick in meinem Leben bist? Die Sache mit dem Hotel nimmt langsam schreckliche Ausmaße an.«

»Mit welchem Hotel?«

»Ich bin noch gar nicht dazu gekommen, dir das alles zu erzählen. Es geht um das *Holmsund* am Hafen. Agneta und ich haben es geerbt. Es gehört seit Generationen unserer Familie. Plötzlich will die Bank uns ruinieren. Weißt du, was für mich die Lotta ist, das ist für Agneta das Hotel. Ich verstehe das alles nicht.«

Mattias befreite sich aus ihrer Umarmung und drehte sich zu ihr um. »Ich wusste nicht, dass du etwas mit dem Hotel zu tun hast.«

Paula hatte ihm überhaupt nicht zugehört. Sie wollte ihm endlich alles erzählen, hier und jetzt. »Und dann ist da noch diese Firma, die sie vertreiben will. Wegen so einer blöden Konzernzentrale.«

»Hör zu, Paula, ich muss dir unbedingt was sagen. Ich …«

Offensichtlich schien es kaum eine Begegnung zwischen ihnen zu geben, in der ihr Handy nicht klingelte. »Warte«, nickte Paula ihm zu. Als sie auf dem Display Agnetas Namen sah, kamen sofort die Erinnerungen an den Brand in ihr hoch. Hoffentlich keine weitere Horrornachricht.

»Agneta, was ist?«, meldete sie sich.

»Paula, weißt du eigentlich, wen du da gerade küsst?«

»Was? Was soll das, Agneta? Spinnst du?«

»Frag ihn nach seinem Namen«, forderte Agneta sie auf.

»Aggi, geht es dir nicht gut?« Paula war fassungslos. »Hast du etwas …«

»Er heißt Niklasson«, fuhr Agneta dazwischen. »Mattias Niklasson.«

Paula ließ die Hand, in der sie das Handy hielt, langsam sinken. Sie schaute Mattias an, immer noch unfähig, das zu begreifen, was Agneta da gerade gesagt hatte.

Mattias streckte die Hand nach ihr aus. »Paula, bitte lass dir alles erklären.«

»Agneta sagt, dass du Niklasson heißt«, sagte Paula tonlos.

»Ja.« Mattias nickte.

»Sag, dass das nicht wahr ist.« Paula schüttelte den Kopf, ihre Augen füllten sich mit Tränen. »Bitte, sag, dass das nicht wahr ist.«

»Es tut mir leid. Ich wusste nicht, dass sie deine Schwester ist und es sich um euer Hotel handelt.«

Alles in ihr war wie betäubt. Der Schmerz würde wahrscheinlich später kommen. Paula versuchte immer noch, zu begreifen, was so unbegreiflich war. »Du bist der, der uns ruinieren will? Deswegen hast du dich an mich rangemacht.«

»Nein, das ist nicht wahr.« Mattias schüttelte den Kopf. »Ich habe dich vorher kennengelernt. Da wusste ich noch nicht, dass meine Mutter vorhatte, die Konzernzentrale nach Holmsund zu verlegen.«

Paula glaubte ihm kein Wort mehr. Sie hielt es in seiner Nähe nicht mehr aus, wollte nur noch weg. »Ich gehe!«

»Paula, bitte!« Er hielt sie am Arm fest. »Ich bin doch selber ganz geschockt. Du musst mir einfach glauben.«

»Ich muss gar nichts«, fauchte Paula ihn an. »Nur eines, weg von dir.« Sie riss sich los, schnappte ihre Tasche und sprang vom Boot auf den Steg.

»Paula, bitte«, vernahm sie seine Stimme hinter sich. »Paula!«

Sie drehte sich nicht mehr zu ihm um, wollte ihn nie wieder sehen. Nur noch nach Hause, sich in ihrem Zimmer verkriechen, bevor der Schmerz so stark wurde, dass sie zusammenbrach.

Sie hoffte, dass sie unbemerkt in ihr Zimmer kam, doch Agneta hatte offensichtlich auf sie gewartet. »Paula.«

Paula blieb stehen, wandte sich langsam um. »Ich habe nicht gewusst, wer er ist«, brach es aus ihr heraus. Sie fühlte sich schuldig, ohne schuldig zu sein. »Ich habe es nicht gewusst, das musst du mir glauben. Sonst hätte ich mich doch nie in ihn verliebt.« Ihre Stimme brach, sich schluchzte ungehemmt. Verzweifelt klammerte sie sich an Agneta, als die sie in den Arm nahm.

Agneta seufzte tief auf. »Ich weiß genau, wie sich das anfühlt.«

»Ich bin so blöd«, weinte Paula. »Wie konnte ich nur?«

Agneta umfasste ihre Schulter und schob sie sanft ein Stück von sich, um ihr ins Gesicht sehen zu können. »Vielleicht ist es ja nur ein blöder Zufall«, überlegte sie. »Möglicherweise hat er wirklich nicht gewusst, wer du bist.«

Paula war durch nichts zu beruhigen. In ihre Enttäuschung mischte sich nun Wut. »Wie konnte ich nur so gutgläubig sein? Er wollte über mich ans Hotel kommen, das ist doch sonnenklar.«

Mattias widerstand dem Impuls, Paula hinterherzulaufen und noch einmal mit ihr zu reden. Er hatte es ja bereits auf dem Boot versucht. Sie war nicht bereit gewesen, ihm überhaupt zuzuhören. Wahrscheinlich musste er ihr erst Zeit lassen.

Er verstand Paula, aber es tat ihm dennoch entsetzlich weh, dass sie ihm nicht glauben wollte.

Noch vor ein paar Stunden hatte er sich von Holmsund wie magisch angezogen gefühlt. Jetzt hielt ihn nichts mehr. Es gab da einige Dinge, die er klären musste.

Mattias verbrachte eine unruhige Nacht im Haus seiner Mutter. In dem Haus, in dem er aufgewachsen war. Die Stille zerrte an seinen Nerven. Er schlief immer wieder kurz ein, um gleich darauf hochzuschrecken. Trotzdem fühlte er sich stark, als er am nächsten Morgen zur Firma fuhr. Er traf am Eingang mit Sven Wiegand zusammen.

»Haben Sie meine Mutter gefunden?«, fragte er nach einem knappen Gruß.

»Tut mir leid, ich habe es gestern den ganzen Tag versucht«, behauptete Sven Wiegand. »Ich habe sogar mit dem Reiseveranstalter und der australischen Polizei gesprochen, aber die konnten mir auch nicht weiterhelfen.«

»Okay, dann eben nicht«, sagte Mattias entschlossen. »Jetzt ziehe ich die Sache eben alleine durch.« Er wandte sich ab und wollte ins Bürogebäude gehen.

»Was soll das denn heißen?«, rief Sven Wiegand ihm argwöhnisch nach.

Mattias kam zurück. »Das Bauvorhaben in Holmsund wird gestoppt«, sagte er in einem Ton, der keinen Widerspruch duldete.

Sven starrte ihn entgeistert an.

»Also bitte, rufen Sie den Architekten an«, forderte Mattias den Assistenten seiner Mutter auf.

Auch diesmal sagte Sven Wiegand kein Wort. In seinem Blick lag ein Ausdruck, den Mattias nicht deuten konnte. Es war ihm allerdings auch egal, was dieser Mann über ihn dachte.

Als Sven sich wortlos abwandte, hielt Mattias ihn zurück. »Etwas möchte ich noch wissen. Haben wir etwas damit zu tun, dass Agneta Rondahl der Kredit gekündigt wurde?«

Sven Wiegand lächelte ihn hochmütig an.

»Also«, hakte Mattias noch einmal nach, »wer hat das veranlasst? Sie? Meine Mutter?«

Sven Wiegand setzte sich in Bewegung. Mattias ging neben ihm her, schaute ihn von der Seite an. Er würde nicht nachgeben, bevor er die Antwort bekam, die er haben wollte.

»Ihre Mutter doch nicht«, endlich bequemte sich Sven zu einer Antwort. »Ich hatte Erkundigungen eingezogen und so erfahren, dass Frau Rondahl die kostspielige Renovierung des Hotels nur über einen Kredit finanzieren konnte.«

»Und dann haben Sie ein wenig die Verbindung zu unserer Bank spielen lassen«, zählte Sven eins und eins zusammen. »Womit haben Sie der Bank gedroht, Sven?«

Sven Wiegand blieb stehen und wandte sich ihm zu. »Hören Sie, Mattias, diese neue Konzernzentrale in Holmsund ist das Lieblingsprojekt Ihrer Mutter.«

»Ich fragte womit?«, wiederholte Mattias seine Frage scharf. »Haben Sie damit gedroht, dass wir unsere Geschäfte in Zukunft mit einer anderen Bank abwickeln?«

»Das war doch nur eine Vorsichtsmaßnahme, falls Sie in

Holmsund keinen Erfolg haben sollten.« Svens geringschätziges Lächeln machte ihn noch wütender.

»Sie sind also davon ausgegangen, dass ich scheitern würde«, reagierte Mattias prompt.

»Ich hatte das Hotel gesehen, Frau Rondahl und ihre Tochter.«

»Lauter nette Menschen«, nickte Mattias.

Die beiden Männer hatten den Hof des Firmengebäudes nebeneinander überquert. Jetzt blieb Sven Wiegand stehen und schaute Mattias ins Gesicht. »Ja«, bestätigte er. »Ich nahm an, dass Sie es nicht über sich bringen würden, die Rondahls zu vertreiben.«

»Da haben Sie richtiggelegen. Ich bin eben nicht so.«

»Was wollen Sie denn jetzt sagen?«, fragte Sven Wiegand von oben herab. »So herzlos? Es geht hier nicht ums Herz, es geht ums Geschäft.«

Mattias maß den Mann mit einem langen Blick. Schließlich nickte er. »Bei Ihnen mag das wohl so sein.« Damit ließ er Sven Wiegand endgültig stehen.

Noch im Gehen zog Mattias sein Handy aus der Tasche. Keine Nachricht war eingegangen, wie er mit einem Blick feststellte. Er wählte Paulas Handynummer, doch er kam nicht einmal dazu, ihr eine Nachricht auf der Mailbox zu hinterlassen. Wahrscheinlich hatte sie seinen Namen auf dem Display gelesen und das Handy einfach abgeschaltet.

Mattias gab nicht auf. Er wählte die private Nummer der Rondahls, doch auch hier ging niemand ans Telefon. Aber immerhin schaltete sich der Anrufbeantworter ein.

»Paula?«, rief Mattias in den Hörer. »Geh bitte ran. Du kannst doch nicht ernsthaft annehmen, dass ich dir und deiner Schwester schaden wollte.«

Paula stand neben dem runden Tischchen, auf dem Telefon und Anrufbeantworter standen. Sie hörte, was Mattias sagte, nahm den Hörer aber nicht ab. Sobald er fertig war, löschte sie die Ansage.

»Ruf mich bloß nie wieder an«, murmelte sie.

»Wer war das?« Agneta war hereingekommen, hatte Paulas Worte mitbekommen.

»Niemand.« Paula ging an Agneta vorbei, ohne sie anzusehen, doch Agneta folgte ihr sofort.

»Ganz schön hartnäckig, dieser Niemand.«

Paula lehnte sich müde gegen den Türrahmen. »Der Firma Niklasson geht es ja schließlich auch um etwas.«

»Und wenn es ihm um dich geht?«

Ausgerechnet Agneta musste das sagen, schließlich war sie es, die jegliches Vertrauen in die Männer verloren hatte. Sie musste doch am besten verstehen, wie enttäuscht Paula war und dass sie allen Grund der Welt hatte, Mattias zu ignorieren. Sie wollte nichts mehr von ihm hören. Er sollte sie einfach nur in Ruhe lassen, umso schneller konnte sie ihn vergessen.

»Ich will nicht mehr über ihn reden«, sagte sie kurz angebunden. Sie wollte sich so schnell wie möglich in ihr Zimmer verkriechen und ihre Ruhe haben

Doch genau in diesem Moment betrat Gunnar das Zimmer. Mit ihm hat sie hier wirklich am wenigsten gerechnet, und es überraschte sie selbst, wie sehr sie sich freute, ihn zu sehen. Ein wenig vergaß sie ihren Kummer und lächelte ihn an. »Hej, Gunnar.«

»Ich hoffe, ich störe nicht.« Gunnars Frage war an beide Schwestern gerichtet, doch er hatte nur Augen für Agneta. »Ich muss mit euch reden«, fuhr er fort. »Ich habe gehört, was passiert ist, und ich weiß, dass ihr daran denkt, euer Hotel aufzugeben.«

»Ich nicht«, sagte Paula schnell. »Nur Agneta, der Feigling.«

Agneta wandte den Kopf, sagte aber kein Wort.

»Ich wollte euch einen Vorschlag machen«, sagte Gunnar.

»Und der wäre?« Agneta stand am Fenster, die Hände ineinander verschränkt. Ihre ganze Haltung drückte Ablehnung aus.

»Ihr wisst, dass ich dieses Jahr meinen Hof erweitern wollte. Ich wollte die Stallungen von Henriksson dazukaufen und meinen Milchkuhbestand erweitern. Das Geld dafür habe ich zusammen.« Er schaute zuerst Paula an, die direkt neben ihm stand, und dann wieder zu Agneta, bevor er feierlich sagte: »Ich werde es euch leihen.«

»Das Geld für deinen Hof?« Agneta schüttelte verständnislos den Kopf. »Wieso solltest du das tun?«

Paula hätte ihre Schwester am liebsten geschüttelt. Es war doch ganz klar, dass es nur einen einzigen Grund gab, warum Gunnar ihnen helfen wollte. Konnte Agneta das denn nicht endlich begreifen?

»Ihr braucht das Geld dringender als ich«, antwortete Gunnar auf Agnetas Frage. »Meine Erweiterungspläne kann ich um ein oder zwei Jahre verschieben.«

»Das ist sehr nett von dir, Gunnar, aber das können wir leider nicht annehmen«, sagte Agneta leise.

»Natürlich könnt ihr das.« Gunnar ging auf Agneta zu, stellte sich vor sie hin. Er schaute sie liebevoll an. »Agneta, du musst keine Angst haben, dass ich dich damit irgendwie kaufen will oder so etwas Ähnliches. Ich will euch wirklich nur helfen, als Freund.«

Paula hatte bisher schweigend zugehört, doch jetzt mischte sie sich in das Gespräch ein. »Gunnar, ich bin wirklich sprachlos über deine Großzügigkeit, vielen Dank.« Die Blicke, die Agneta ihr zuwarf, waren eindeutig. Paula schluckte schwer und dann sagte sie: »Aber Agneta hat recht, wir können dein Angebot nicht annehmen. Mach dir keine Sorgen, wir schaffen das auch alleine.«

Gunnars Enttäuschung war nicht zu übersehen. »Das hoffe ich«, sagte er. »Und falls nicht, bin ich da. Ich helfe euch gerne.« Er schaute Agneta noch einmal mit einem langen Blick an, nickte Paula anschließend zu. »Dann gehe ich mal wieder. Bis dann.«

Er hatte kaum das Haus verlassen, da ging Paula auf ihre Schwester los. »Der Mann liebt dich. Du bist so was von bescheuert, weißt du das eigentlich?«

Als das Telefon klingelte, achteten weder Paula noch Agneta darauf. Agneta wandte nur den Blick ab und verschränkte die Arme vor der Brust. Deutlicher konnte sie Paula nicht zu verstehen geben, dass sie nicht mir ihr über dieses Thema diskutieren wollte.

»Verdammt, Aggi, ist dir eigentlich klar, dass du gerade die Chance deines Lebens verpasst.«

Doch bevor Agneta antworten konnte, schaltete sich der Anrufbeantworter ein, Mattias' Stimme war zu hören. »Paula? Glaubst du wirklich, ich könnte jetzt so tun, als wäre nie etwas zwischen uns gewesen? Da irrst du dich. Ich werde alles dransetzen, dieses blöde Missverständnis zwischen uns aufzuklären.«

Paula stürmte aus dem Haus. Sie hielt es einfach nicht mehr aus. Mattias' Anrufe ließen sie nicht zur Ruhe kommen. Die Erinnerung an die schönen Stunden mit ihm standen in einem zu krassen Gegensatz zu dem, was er ihr angetan hatte. Sie konnte die Erkenntnis, dass sie für ihn nur Mittel zum Zweck gewesen war, einfach nicht ertragen. Könnte sie doch all das, was sie immer noch für ihn empfand, einfach aus ihrem Herzen verbannen.

Zuerst wollte sie zur Lotta, um wieder hinaus aufs Meer zu

fahren. Doch auf dem Weg zum Hafen wurde ihr klar, dass sie damit nur neue Erinnerungen heraufbeschwören würden. Zu viel hatte die Lotta für ihre Beziehung bedeutet. Sie hatte ihn dort das erste Mal gesehen. Um den Motor reparieren zu lassen, war sie mit der Lotta in Stockholm gewesen, und dort hatte er sie das erste Mal geküsst.

Die Lotta ...! Plötzlich hatte Paula eine Idee, die sie nicht mehr losließ. Sie musste darüber gründlich nachdenken, in aller Ruhe.

Paula machte kehrt. Jetzt war nicht mehr der Hafen ihr Ziel, sondern diese ganz besondere Stelle am Wasser. Der sonnenwarme Felsen schien bereits auf sie zu warten.

Paula ließ sich darauf nieder, schaute auf das sanft bewegte Wasser. Agneta hatte einmal behauptet, auf diesem vorspringenden Felsen, der ein Stück ins Wasser reichte, wäre es wie auf einem Schiff. Doch auf einem Schiff waren die Bewegungen des Meeres zu spüren, die Luft war salziger. Die endlose Weite des Meeres verlieh ihr jedes Mal das Gefühl grenzenloser Freiheit. Es würde schwer sein, dass alles aufzugeben.

Aber sie würde es aufgeben. Eben war es noch eine vage Idee gewesen, doch je länger Paula darüber nachdachte, umso klarer wurde ihr, dass es die einzige Möglichkeit war, das Hotel zu retten.

Es tat weh, zerriss ihr fast das Herz, doch nachdem sie den Entschluss einmal gefasst hatte, würde sie es auch tun.

Plötzlich war Agneta da. Setzte sich neben sie und legte einen Arm um ihre Schulter. »Ich dachte, das sei mein Kummerfelsen.«

»Ich habe ihn mir mal kurz ausgeliehen.« Mühsam drängte Paula die Tränen zurück, als ein Fischerboot draußen vorbeidampfte. Doch sie hatte sich entschieden. »Ich werde die Lotta verkaufen.«

»Was?« In Agnetas Stimme schwang eine Mischung aus Überraschung und Entsetzen mit. »Wieso das denn? Du kannst doch die Lotta, deinen Traum, nicht verkaufen.«

»Lass uns nicht mehr darüber reden, ich habe mich entschieden.« Paula blickte immer noch unverwandt auf das Wasser.

Agneta schwieg eine ganze Weile, musste das, was sie gehört hatte, erst einmal verarbeiten. »Ich habe nicht gewusst, dass dir unser Hotel so wichtig ist«, sagte sie schließlich.

»Das ist es dir doch auch«, erwiderte Paula tonlos. Sie machte eine kurze Pause, bevor sie leise fortfuhr: »Und wenn du nicht so viel Angst hättest, würdest du einfach die Hilfe des Mannes annehmen, der dich liebt. Aber das kannst du wohl wirklich nicht.«

Paula war sich nicht sicher, was ihre Worte bei Agneta auslösten. Agneta jedenfalls fragte nur: »Was ist mit Mattias? Liebst du ihn?«

Paula verschränkte die Arme vor der Brust. »Den Niklasson nicht«, sagte sie mit finsterer Miene. Gleich darauf lächelte sie wehmütig. »Aber in den Mattias vom Boot oder den aus Stockholm, in den habe ich mich richtig verliebt. Er war so offen und warmherzig. Ich hätte niemals gedacht, dass er lügt.«

»Aber vielleicht ist es ja wahr. Vielleicht hat er wirklich nicht gewusst, dass du meine Schwester bist.«

»So ein Quatsch«, reagierte Paula heftig. »Natürlich hat er das gewusst. Wahrscheinlich hat er sich kaputtgelacht über uns und unsere kleinen Sorgen.«

Agneta gab nicht auf. »Und wieso versucht er dann dauernd, dich zu sprechen? Wenn er wirklich so ein Idiot ist? Und wenn er nicht auch in dich verliebt wäre ...«

»Hör auf!« Paula wollte es nicht mehr hören. »Das Kapitel ist für mich abgeschlossen.

Agneta ließ sie ein paar Minuten in Ruhe, doch für sie war das Kapitel keineswegs abgeschlossen. »Ist schon komisch«, meinte sie nachdenklich. »Wenn man sieht, mit welcher Leidenschaft du für dieses alte Hotel kämpfst. Und um deine große Liebe? Um die willst du gar nicht kämpfen?«

Paula spürte, dass Agneta sie von der Seite anblickte. Sie wandte den Kopf, schaute ihre Schwester ebenfalls an und war mit einem Mal sehr nachdenklich.

Paula hielt es nicht mehr auf dem Kummerfelsen. Sie musste nachdenken, und das konnte sie immer noch am besten auf der Lotta, weit draußen auf dem Meer. Sie versuchte einfach, den Gedanken daran zu verdrängen, dass es wahrscheinlich ihre letzte Fahrt auf ihrem Boot sein würde.

Mattias ging während des Telefonats in Henrikes Büro auf und ab. »Ja, Herr Holgerlund, gehen Sie mal von fünftausend Quadratmetern aus«, sagte er zu seinem Geschäftspartner am anderen Ende der Leitung. »Für unsere Firmenzentrale. Das Grundstück muss unbedingt am Wasser liegen und voll erschlossen sein. Das wäre es erst einmal. Ich höre dann von Ihnen?«

Der Makler versprach ihm, sich so schnell wie möglich zu melden. Er war optimistisch, dass er genau das finden würde, wonach Mattias suchte.

Obwohl das Gespräch beendet war, behielt Mattias den Hörer noch in der Hand. Er überlegte, ob er Paula noch einmal anrufen sollte.

Aber dann entschied er sich dagegen. Es machte keinen Sinn, sie wieder anzurufen. Sie nahm ja doch keinen seiner Anrufe entgegen. Von Angesicht zu Angesicht musste er ihr gegenüberstehen, dann würde er sie schon dazu bringen, im zuzuhören. Sie musste ihn einfach anhören ...

Es war kein leichter Schritt für Agneta, trotzdem hatte sie nicht lange darüber nachdenken müssen. Wenn Paula sogar bereit war, ihre geliebte Lotta zu verkaufen, konnte sie doch auch über ihren Schatten springen.

Gunnar war nicht auf dem Hof. Enttäuscht wollte Agneta zurück zum Hotel fahren. Sie war sich nicht sicher, ob sie noch einmal den Mut aufbringen würde, hierherzukommen. In dem Moment, als sie gerade auf ihr Fahrrad steigen wollte, kam er in seinem Wagen auf den Hof gefahren. Agneta ließ das Rad sofort fallen und lief ihm entgegen.

Gunnar war sichtlich überrascht, sie zu sehen. »Agneta?«

Agneta schluckte einmal, und dann gleich darauf noch einmal. Es war weitaus schwerer, als sie sich das vorgestellt hatte. Wenn sie es jetzt nur nicht verderben würde ...

»Hast du das ernst gemeint, dass du uns das Geld leihen willst«, platzte sie gleich mit ihrer Frage heraus.

Gunnar lächelte. »Ja«, erwiderte er einfach.

»Wieso willst du das tun?« Agneta vertraute seinen Motiven immer noch nicht. Dabei hatte sie sich fest vorgenommen, genau diese Frage nicht mehr zu stellen und ihm einfach nur zu vertrauen. Wenn ihr das doch nur nicht so unendlich schwerfallen würde.

»Weil ich begriffen habe, wie wichtig das Hotel für dich ist«, erwiderte Gunnar ernst. »Weil es zu dir gehört, und weil ich mir Holmsund ohne das Hotel und ohne dich nicht vorstellen kann.«

»Und wenn ich ... wenn wir ... das Angebot annehmen?«, stammelte Agneta.

Gunnar verstand sie sofort und wiederholte, was er schon bei seinem ersten Angebot versichert hatte. »Du musst keine Angst haben. Ich werde es nicht gegen dich benutzen.« Er schmunzelte, wurde gleich darauf wieder ernst. »Wirklich, Agneta, es wird dich zu nichts verpflichten.«

Agneta atmete tief durch. »Also gut«, nickte sie und tatsächlich glaubte sie ihm mit einem Mal. Sie spürte, wie sie ihm das erste Mal vertraute, wie sie die plötzliche Gewissheit erfüllte, dass er sie tatsächlich nicht ausnutzen würde. »Wenn du mir das Geld leihen willst, nehme ich dein Angebot gerne an. Aber mit Vertrag und Zinsen und allem Drum und Dran.«

»Okay.« Gunnar lächelte sie liebevoll an. »Dann freue ich mich, dass ich dir helfen darf.«

Obwohl er genau wusste, dass sie nicht rangehen würde, versuchte Mattias es ein weiteres Mal. Aber Paula meldete sich tatsächlich nicht. Diesmal verzichtete er darauf, auf den Anrufbeantworter zu sprechen. Er schaltete sein Handy aus, dachte kurz nach. Schließlich setzte er sich in seinen Wagen und fuhr los.

Mattias war nervös. So viel hing von dem Gespräch mit Paula ab. Es war entscheidend für sein ganzes Leben ... und für ihres.

Paula steuerte die Lotta in Ufernähe Richtung Stockholm. Als ihr Handy klingelte, schaute sie erst auf das Display. Verwundert sah sie die Nummer der Bank im Display. Direktor Langen meldete sich am anderen Ende der Leitung und bat Paula darum, sofort in die Bank zu kommen.

»Tut mir leid, Direktor Langen. Ich kann jetzt nicht in die Bank kommen. Ich bin auf dem Weg nach Stockholm.«

Natürlich machte sie sich Gedanken darüber, was Direktor Langen jetzt schon wieder von ihr wollte. Aber was konnte schon noch Schlimmer passieren als die Kündigung des Kredits. Im Augenblick gab es für Paula etwas viel Wichtigeres.

Kaum hatte er Stockholm verlassen, trat er aufs Gaspedal. Es war ein schöner Tag, das Verdeck seines Sportwagens hatte er heruntergelassen. Zu seiner Rechten lag das Meer. Das Ufer war von schattenspendenden Bäumen gesäumt. An einer Stelle aber standen keine Bäume und er hatte freien Blick auf das Wasser. Hart trat Mattias auf die Bremse.

Das gibt es doch nicht, schoss es ihm durch den Kopf. Die ganze Zeit über hatte er an Paula gedacht, und da war sie, ganz in seiner Nähe und doch unerreichbar. Das Fischerboot, das er von der Straße aus sehen konnte, war zweifellos die Lotta. Wild drückte er auf die Hupe und Paula schien zu reagieren. Mattias rechnete damit, dass sie ihn nicht beachten, einfach weiterfahren würde. Dann aber sah er, wie die Lotta drehte und zurückfuhr. Er startete seinen Wagen wieder, blieb auf gleicher Höhe mit dem Fischerboot. Wenige Kilometer weiter war ein Steg, an dem Paula anlegen konnte.

Mattias bremste am Straßenrand, ließ den Wagen einfach stehen und rannte hinunter zum Steg. Laut rief er dabei ihren Namen.

»Mattias«, rief Paula zurück. Sie winkte ihm zu, konnte es kaum abwarten, bis das Boot am Steg lag. Sie sprang vom Boot, lief ihm entgegen ... und dann stand sie vor ihm, ernst blickten sie sich an. Mattias zog sie an sich. Ganz fest schlang Paula ihre Arme um ihn, wie um ihm zu zeigen, dass sie ihn nie wieder loslassen wollte.

Mattias befreite sich aus ihrer Umarmung. »Ich werde nicht zulassen, dass so ein blödes Missverständnis mein ganzes Leben zerstört.«

»Dein ganzes Leben? Und was ist mit meinem?«

Mattias schmunzelte und da musste auch Paula lächeln. Doch so einfach würde sie ihn nicht davonkommen lassen. »Du bist mir eine Erklärung schuldig.«

Mattias nickte. »Ich werde dir alles erklären. Aber zuerst muss ich dir etwas anderes sagen. Paula, ich liebe dich. Ich werde dich nie wieder gehen lassen.

Mehr wollte Paula in diesem Moment nicht von ihm hören. Sie schmiegte sich an ihn, hob ihr Gesicht, damit er sie endlich küsste.

Eng umschlungen gingen sie später am Meer entlang. Das Wasser plätscherte ans Ufer, das Geschrei der Möwen begleitete sie. Sie hatten sich ausgesprochen. Endlich waren all ihre Fragen beantwortet, das Missverständnis geklärt. Paula konnte Mattias endlich glauben, dass er wirklich nicht gewusst hatte, wer sie war.

»Und wie wird es jetzt weitergehen?«, wollte sie wissen.

»Erst einmal werde ich einen neuen Platz für die Zentrale suchen«, antwortete Mattias. »Dann werde ich die eine oder andere Veränderung in der Firma vornehmen.«

»Soll das heißen, du bleibst?«, strahlte Paula ihn an. »Ich dachte, du magst die Arbeit in der Firma nicht.«

Ganz fest schloss Mattias sie in seine Arme. »Das dachte ich auch.« Sie gingen weiter, bis zum felsigen Uferrand. Dort setzten sie sich nebeneinander.

»Aber etwas hat sich verändert«, fuhr Mattias fort. »Ich habe mich verändert«, sagte er. »Jedenfalls habe ich keine Lust mehr, um die ganze Welt zu segeln. Das würde ich gar nicht aushalten.« Wie um seine Worte zu bekräftigen, hatte er seine Hand sanft auf Paulas Rücken gelegt. Sie spürte seine Wärme und wusste, dass nun wirklich alles gut werden würde.

»Und was ist mit deinen Schiffen?«

»Ich bin sicher, Silke wird das hervorragend managen.«

»Und deine Mutter?«

Mattias grinste, auch er hatte Sicherheit gewonnen, wusste

nun, wohin sein Weg führen würde. »Sie wollte mich immer in der Firma, jetzt wird sie sich mit mir auseinandersetzen müssen.«

Agneta hatte einen herrlichen Strauß Rosen mitgebracht, als sie zurück ins Hotel kam. »Na, gefallen sie dir?«, fragte sie Nils, der während ihrer Abwesenheit an der Rezeption gestanden hatte.

»Ja, sie sind schön«, nickte Nils.

»Ich dachte, rosa würde gut aussehen«, lächelte Agneta verschmitzt.

»Soll das heißen, du bleibst?«, fragte Nils, obwohl er die Antwort bereits ahnte.

Agneta zog die verblühten Blumen aus der Vase auf dem Tresen. »Es ist mein Hotel«, sagte sie. »Das kann ich doch nicht einfach so im Stich lassen.«

»Super, Agneta, großartig«, sagte Nils voller Tatendrang. »Pass auf, jetzt geht es erst richtig los.«

Agneta lachte ihm zu und ordnete die Rosen in der Vase.

»Hej, ihr zwei«, vernahm sie Paulas Stimme hinter sich. Sie wandte sich um, glaubte, ihren Augen nicht zu trauen. Paula und Mattias Niklasson standen vor ihr, Arm in Arm.

»Aggi, was ist denn hier los?«, wollte Paula wissen.

»Was wohl, ich bleibe«, sagte Agneta. »Und ich werde nicht zulassen, dass du deinen Traum aufgeben musst. Ich habe Gunnars Angebot angenommen.«

Paula stürmte auf ihre Schwester zu, umarmte sie. Ganz fest drückte Agneta sie an sich, schaute zu Mattias hinüber. »Und Ihr Angebot lehne ich hiermit endgültig ab.«

Freundlich lächelte Mattias Agneta zu. »Ich habe unser Angebot doch schon längst zurückgezogen. Niklasson wird sich einen anderen Platz suchen.« Er beugte sich zu Paula hinüber und küsste sie auf die Wange.

»Ich bin ja so froh. Ich kann euch gar nicht sagen, wie sehr ich mich freue. Alles kann jetzt so bleiben, wie es ist.«

Paula wurde mit einem Mal ganz ernst. »Bist du sicher? Wirklich alles?«

Agneta wusste sofort, worauf Paula anspielte, und das erste Mal seit so langer Zeit machte ihr der Gedanke keine Angst mehr.

Paula lachte. »Wie lange willst du eigentlich noch so blöd sein? Den ersten Schritt hast du doch schon gemacht.«

Gunnar hatte so behutsam, so liebevoll mit ihr gesprochen. Sie hatte ihm aus ganzem Herzen glauben können, dass seine Absichten gut waren, dass er sie liebte, aber sie nicht besitzen wollte. Sie hatte sich nicht mehr bedrängt gefühlt und die Angst, wieder enttäuscht zu werden, war gewichen. Als sie auf dem Heimweg die wunderschönen Rosen gesehen hatte, die jetzt hier vor ihr in der Vase standen, hatte sie gespürt, wie glücklich sie war. Sie besaß beinahe keine Erinnerung mehr daran, je so glücklich gewesen zu sein.

»Du hast ja recht.« Agneta seufzte tief. »Ich glaube, ich muss noch mal los. Ich habe noch was Wichtiges zu erledigen.«

Zum zweiten Mal an diesem Tag fuhr sie auf den Hof. Gunnar hatte sie bereits gesehen. Äußerlich wirkte er ruhig wie immer, doch in seinem Inneren tobte ein Sturm der Gefühle. Wie oft war er enttäuscht worden, wie lange hatte er gewartet, um das Herz dieser Frau zu gewinnen, die er so unendlich liebte. Die so eigensinnig sein konnte, aber zugleich ihr Leben so fest in den eigenen Händen hielt. Wie lange schon hoffte er, sein Leben mit ihr gemeinsam verbringen zu können. Was, wenn sie es sich wieder anders überlegt hätte, das Geld ablehnen, das Hotel verlieren und Holmsund verlassen würde. Gunnar wusste nicht, ob er eine weitere Enttäuschung würde ertragen können.

Langsam ging sie auf ihn zu. »Liebst du mich wirklich?«, fragte sie ganz unvermittelt und ein wenig atemlos.

Gunnar vermochte nichts zu sagen, Tränen der Erleichterung stiegen in ihm auf und nahmen ihm den Atem.

Agneta trat noch einen Schritt näher. »Ich habe ziemlich wacklige Knie«, gestand sie. »Könntest du mich festhalten?«

Gunnar ging einen Schritt auf sie zu, immer noch nicht in der Lage, etwas zu sagen. Unendlich gerührt schaute er ihr in die Augen.

»Und lass mich nie wieder los«, flüsterte Agneta.

»Nie mehr«, war das Einzige, was Gunnar sagen konnte, bevor seine Stimme brach. Aber seine Arme hielten sie ganz fest, als er sie küsste.

Was kann es Schöneres geben, als das Glück mit Freunden zu teilen. Agneta und Paula gaben auf der Terrasse des Hotels ein großes Fest und alle hatten sie sich um den Tisch versammelt. Agneta und Gunnar, Paula und Mattias. Ganz besonders Gitta strahlte vor Glück. Sie konnte es immer noch nicht fassen, dass ihre Mutter und Gunnar endlich zusammengefunden hatten.

Begeisterte Rufe waren zu hören, als Nils den Fisch auf einer großen Platte servierte.

»Seht euch das an«, rief Agneta fröhlich aus, »so einen Fisch kriegt nur einer hin. Mein Koch Nils.«

»Und ich habe ihn gefangen«, ergänzte Hannes, der ebenfalls gekommen war.

Agneta schaute Gunnar an. »Ich kann immer noch nicht glauben, dass jetzt alles gut ist.« Sie beugte sich zu Gunnar hinüber, küsste ihn zärtlich. Seit sie sich selbst eingestanden hatte, dass sie diesen Mann liebte, waren jegliches Misstrauen, jegliche Angst vor einer neuen Bindung verflogen. Und sie war sehr froh, dass sie jetzt sein Geld nicht mehr benötigte. Die Bank hatte ihre Kündigung zurückgezogen.

Als ein Motorboot mit hoher Geschwindigkeit auf die Anlegestelle des Hotels zufuhr, schauten alle auf. Mattias erhob sich, als das Boot näher kam und er beobachten konnte, wie die Frau und der Mann an Bord sich zärtlich küssten. Seine Augen spiegelten das große Erstaunen, das dies in ihm auslöste.

»Mutter!«, Mattias ging auf die Frau zu, als sie aus dem Boot stieg. »Ich dachte, du bist noch in Australien.«

»Da werde ich auch bald wieder sein.« Henrike sah erholt und sehr glücklich aus. »Ich bin nur gekommen, um meine Sachen zu packen und endlich das zu tun, was ich will«, glücklich strahlte sie den Mann an ihrer Seite an, »zusammen mit dem Mann, den ich liebe.«

»Ich verstehe nicht ganz.« Mattias wirkte verwirrt.

»Mattias, darf ich dir John vorstellen«, sagte Henrike und sprach weiter, während sich die beiden Männer die Hände schüttelten.

»Ich habe ihn auf dem Flug nach Sydney getroffen. Seitdem ist er nicht mehr von meiner Seite gewichen.« Sie nahm John in die Arme und küsste ihn.

»Mutter, das ist Paula«, sagte er und legte Paula liebevoll eine Hand auf die Schulter. Es war ihm deutlich anzusehen, wie sehr er sich über das Glück seiner Mutter freute.

»Ich muss schon sagen, dass ist eine …«

»… Überraschung, nicht wahr«, fiel Henrike ihm lachend ins Wort. »Nicht nur du bist für Überraschungen gut, mein Junge.« Henrike blieb stehen und umarmte ihren Sohn. »Ich wusste immer schon, dass du ein Herz für unsere Firma hast. Ich bin sicher, sie ist bei dir in guten Händen.«

Mattias küsste seine Mutter auf die Wange, bevor er sich wieder Paula zuwandte.

Agneta und Gustav hatten Gitta in ihre Mitte genommen, die

nun all die Menschen um sich hatte, die sie liebte. Ihre Fröhlichkeit war zurückgekehrt nach all den Aufregungen in der letzten Zeit. Als das aufgeregte Plaudern um sie herum für einen Moment verstummte, sagte sie: »Das nächste Kälbchen, das geboren wird, taufen wir Henrike. Weil sie an dem ganzen Schlamassel schuld war.«

Auf den Spuren der Liebe

Das ist der erste Tag von deinem neuen Leben, dachte Caroline und wusste, dass sie sich damit selbst Mut zu machen versuchte. Aber ihr war beklommen zumute, als sie das Gerichtsgebäude verließ. Mit dem Mann, der gerade nach ihrer Hand griff, war sie bis vor wenigen Minuten verheiratet gewesen. Caroline zog ihre Hand nicht zurück. Sie wussten beide, dass es nicht mehr als eine freundschaftliche Geste war. Nebeneinander schritten sie die steinerne Treppe hinunter.

Die Gerichtsverhandlung hatte kaum eine halbe Stunde gedauert. Caroline und Thomas waren sich einig gewesen, Kinder gab es keine, und da sie bereits seit zwei Jahren getrennt lebten, hatte es sich bei ihrer Scheidung um eine reine Formsache gehandelt.

Caroline musste daran denken, dass es bei ihrer Hochzeit in Strömen geregnet hatte. Heute, am Tag ihrer Scheidung, strahlte die Sonne von einem wolkenlos blauen Himmel auf Stockholm hinab.

»Das war es dann wohl. War doch gar nicht so schlimm, oder?« Thomas schaute sie unsicher an. Sie hatten beide übereinstimmend festgestellt, dass sie nicht zusammenpassten. Aber Thomas war derjenige gewesen, der auch diesen letzten, endgültigen Schritt hatte gehen wollen.

»Ich habe es mir schlimmer vorgestellt«, gab Caroline zu. »Was machst du denn jetzt?« Sie hatte die Frage kaum ausgesprochen, da sah sie eine junge Frau wie ein übermütiges Kind über das Kopfsteinpflaster hüpfen. Der kindliche Eindruck wurde noch unterstrichen durch den roten, herzförmigen Luftballon, den sie an einer Schnur hinter sich herzog. »Da kommt Emma«, stellte Thomas ihr seine neue Freundin vor.

Thomas wandte den Kopf. Auf seinem Gesicht machte sich ein stolzes Lächeln breit, als die weitaus jüngere Frau sich bei ihm einhakte und fragte: »Hej, mein Liebster, alles okay?«

Nur flüchtig nickte Emma der Exfrau ihres Freundes zu und schmiegte sich ganz eng an Thomas, um die Besitzverhältnisse unmissverständlich zu dokumentieren. »Komm, mein Schatz, ich habe uns einen Tisch im *Iceberg* reserviert.«

»Also, dann ...« Thomas wirkte verlegen, schien nicht recht zu wissen, was er noch sagen sollte. »Ich vermute, du hast keine Lust, uns zu begleiten?«, fragte er Caroline.

Caroline schüttelte schnell den Kopf, und das nicht nur, weil Emmas Blick deutlich verriet, dass sie Caroline auf keinen Fall dabeihaben wollte.

Caroline war nicht eifersüchtig auf die neue Frau an Thomas' Seite, aber dieses betont kleinmädchenhafte Getue von Emma ging ihr auf die Nerven. Zum Glück musste sie sich keine Ausrede einfallen lassen. »Es geht leider nicht. Ich bin praktisch schon auf dem Weg nach Mariefred. Du weißt schon, dieses neue Projekt.«

»Ach ja, das habe ich vergessen.« Thomas lächelte, drückte sie liebevoll an sich. »Alles Gute. Viel Spaß in Mariefred.« Er hielt ihre Hand immer noch fest, während Emma ihn an seiner anderen Hand weiterzog.

War er immer noch hin- und hergerissen zwischen ihr und Emma, zwischen Vergangenheit und Zukunft? Wie auch immer, für sie war er jetzt ein Teil ihrer Vergangenheit. Jetzt und hier war der richtige Ort und Zeitpunkt, sich zu lösen. Behutsam entzog Caroline ihm ihre Hand.

Doch ganz offensichtlich fiel es Thomas in diesem Moment

viel, viel schwerer als ihr, einen endgültigen Schlussstrich zu ziehen. Sosehr Emma auch an ihm zog, er blieb stehen und schaute Caroline an. »Du weißt ja, wenn etwas ist ...«

»Ja, ich weiß.« Caroline nickte. »Ich kann dich immer anrufen.«

»Komm, Schatz.« Immer ungeduldiger zerrt Emma an seinem Arm. Thomas schaute Caroline noch ein letztes Mal intensiv an, bevor er nachgab und sich von Emma mitziehen ließ.

Caroline schaute den beiden nach und stellte erleichtert fest, dass es sie nicht sonderlich berührte. Sie liebte Thomas nicht mehr und deshalb tat es auch nicht weh.

»Caroline! Hej, Caroline.«

Caroline fuhr herum. Nur wenige Meter von ihr entfernt am Straßenrand stand an einen Kombi gelehnt Andreas, ihr bester Freund aus Studientagen. Caroline lachte und flog auf ihn zu. Andreas fing sie auf, wirbelte sie herum. »Tut mir leid, ich stand im Stau. Sonst wäre ich schon früher bei dir gewesen.«

»Wo kommst du denn her?« Caroline konnte es nicht fassen, dass er wirklich vor ihr stand. Es war Jahre her, seit sie sich das letzte Mal gesehen hatten. Telefoniert hatte sie aber erst vor ein paar Wochen mit ihm, um ihm mitzuteilen, dass ihr neues Projekt sie ausgerechnet nach Mariefred führen würde. Dabei hatte sie auch von ihrer Scheidung erzählt.

»Von zu Hause, woher denn sonst?« Er streichelte mit dem Zeigefinger über ihre Wange. »Du hast doch nicht geglaubt, dass ich dich an deinem Schicksalstag alleine lasse?«

»Aber das gibt es doch nicht?« Caroline schüttelte den Kopf. »Du bist meinetwegen den ganzen Weg hierher gefahren?«

»Klar doch, bin ich. Aufstehen um fünf, Abfahrt um zehn nach fünf, und jetzt bin ich hier. Um dich zu trösten und dir zu sagen, dass du in deiner schweren Stunde nicht alleine bist.«

Caroline schmiegte sich an ihn. »Du bist so süß.«

»Und natürlich, um dich in unser schönes Mariefred zu bringen«, fügte Andreas schmunzelnd hinzu. »Du kannst dir nicht vorstellen, wie sehr ich mich freue, dass der Tourismusverband ausgerechnet dich wegen dieser Bären-Sache zu uns schickt.«

»Ja, ist das nicht toll?« Caroline lächelte. »Ich habe auch all meinen Charme eingesetzt, um dieses Projekt zu bekommen.« Lachend setzte sie sich auf den Beifahrersitz, als Andreas ihr die Wagentür öffnete.

Sie fuhren zuerst zu Carolines Wohnung, um ihre bereits gepackten Koffer abzuholen. Den Weg von Kungsholmen nach Södermalm musste sie Andreas nicht erklären, obwohl er seit dem Studium nur noch zu kurzen Stippvisiten nach Stockholm gekommen war. Nur stockend kamen sie über die Västerbron voran.

Caroline machte es nichts aus. Sie hatte es nicht eilig und genoss den Blick auf den Riddarfjärden. Kleine Motorboote schossen über das Wasser, und weiße Segelschiffe glitten elegant vorbei. Ein voll besetzter Ausflugsdampfer tuckerte gemütlich über den See.

Caroline wohnte immer noch in der Wohnung oberhalb des Söder Mälarstrandes, die sie zusammen mit Thomas ausgesucht und eingerichtet hatte. Obwohl sie ihr zu groß und auch zu teuer war, hatte sie sich bisher noch nicht zu einem Umzug entschließen können.

Die Einrichtung trug vor allem Thomas' Handschrift. Er liebte edles, kostbares Design, während Caroline vor allem Wert auf Gemütlichkeit legte. Von allen Fenstern aus hatte man eine traumhafte Aussicht über das Wasser hinweg bis zur Gamla Stan, der romantischen Altstadt Stockholms auf der anderen Uferseite. Andreas genoss den Blick, während Caroline sich schnell umzog.

Caroline warf keinen Blick zurück, als sie die Wohnung verließ und die Tür hinter sich zuzog. Sie freute sich auf das, was vor ihr lag, und das war vor allem der neue Auftrag in Mariefred.

Während ihres Studiums hatte sie einen Großteil der Semesterferien in Mariefred verbracht, zusammen mit anderen Studenten, die zu ihrem und Andreas' gemeinsamen Freundeskreis gehörten.

Andreas' Eltern hatten zu dem Zeitpunkt, als Caroline ihn kennenlernte, schon nicht mehr gelebt. Die beiden hatten ihm und seinem Bruder Sven eine wundervolle Villa direkt am See vererbt. Die beiden Brüder wohnten immer noch gemeinsam in dem Haus. Sie hatten es in zwei getrennte Wohnungen unterteilt. In der einen lebte Andreas, die andere bewohnte Sven mit seiner Frau Kerstin und der gemeinsamen Tochter Lisa. Trotz der Nähe zu seinem Bruder und dessen Familie schien Andreas sich einsam zu fühlen. Zumindest hatte Caroline den Eindruck, als er ihr unterwegs über sich erzählte.

Andreas war bereits seit zwei Jahren geschieden. Im Gegensatz zu Caroline hatte er sehr unter der Trennung von seiner Frau gelitten, aber inzwischen schien er es überwunden zu haben. Er sprach nicht viel von Annagret, sondern mehr über die Zeit, die er und Caroline gemeinsam erlebt hatten. »Weißt du noch ...«, »kannst du dich noch erinnern ...« Sie lachten über frühere Erlebnisse, tauschten sich über die Freunde aus, zu denen sie noch Kontakt hatten, während draußen die zauberhafte Landschaft an ihnen vorbeiflog.

Die Straße nach Mariefred führte direkt am Mälarsee mit seinen vielen Inseln und Inselchen vorbei. Manche waren winzig klein, und dennoch war ein Haus darauf erbaut worden. Boote mit weißen Segeln zogen über das Wasser.

Caroline hatte das Fenster auf ihrer Seite geöffnet. Der Fahrtwind ließ ihr langes, dunkles Haar flattern.

»Wir waren schon eine tolle Truppe«, stellte Andreas fest, »bis du uns abhandengekommen bist. Durch Heirat. Und jetzt ...?«

»Bin ich nicht mehr verheiratet. Und soll ich dir was sagen, es geht mir gut.« Genauso war es auch. Caroline fühlte sich hervorragend.

»Großartig.« Andreas schaute kurz zu ihr hinüber, bevor er sich wieder auf die Straße konzentrierte. »Ich war ohnehin immer der Meinung, dass Thomas der Falsche für dich ist.«

»Ja«, seufzte Caroline, »aber am Anfang war es herrlich mit ihm. Letztendlich waren wir wohl doch zu unterschiedlich.« Sie schaute Andreas an und grinste. »Nicht so wie wir beide. Eigentlich haben wir uns doch nie gestritten. Oder?«

»Warum auch, wir passen perfekt zusammen.« Andreas verzog keine Miene. »Warum hast du eigentlich nicht mich geheiratet.« Wieder schaute er kurz zu ihr hinüber, bevor er seine Frage selbst beantwortete. »Gib es zu, weil ich im Hochzeitsfrack keine so gute Figur wie Thomas gemacht hätte.«

Caroline lachte. »Das wird es wohl sein. Im Frack kann ich mir dich einfach nicht vorstellen.«

Tatsächlich kannte Caroline ihren Jugendfreund Andreas nur in legerer Kleidung. Er bevorzugte Jeans und leichte Hemden mit offenem Kragen, während Thomas immer sehr viel Wert auf elegante Anzüge gelegt hatte. Unterschiedlicher als Andreas und Thomas konnten zwei Männer wohl kaum sein.

Es war gut, dass ihr neues Leben gleich mit einem neuen Auftrag begann, der sie in die Nähe ihres besten Freundes brachte. Obwohl sich ihr Kontakt in den vergangenen Jahren auf Glückwünsche und Grußkarten zu den Festtagen beschränkt hatte, neben einigen wenigen Telefonaten, waren sie sich kein bisschen fremd geworden. Entspannt lehnte Caroline sich zurück. Sie freute sich auf die Zeit in Mariefred.

Mariefred hatte nichts von seinem reizvollen Charme, seiner beschaulichen Ruhe verloren. Kein Vergleich zu der regen Betriebsamkeit Stockholms. Schon von weitem waren die roten Mauern von Schloss Gripsholm zu sehen. Im Vorbeifahren sah Caroline die altertümlichen Kanonen vor dem Schloss.

Nicht weit von der Villa entfernt besaßen die Sunvalls ein Ferienhaus direkt am See. Hier würde Caroline während ihres Aufenthalts wohnen.

Caroline hatte Andreas gesagt, dass sie erst morgen mit der Arbeit beginnen wolle. Der Tag stand ihr also noch zur freien Verfügung, und so lud Andreas sie ein, ihn zu der Geburtstagsfeier seiner Nichte zu begleiten. Vorher wollte er aber nur kurz Lisas Geschenk abholen. Er tat dabei so geheimnisvoll, dass Caroline richtig neugierig wurde.

Carolines Spannung nahm noch zu, als Andreas etwa einen Kilometer außerhalb von Mariefred in die unbefestigte Zufahrt eines Bauernhofes einbog. Dessen Haupthaus war nicht sonderlich groß, wirkte aber sehr gepflegt mit seinem roten Anstrich. Ein Traktor stand vor Scheune und Stallungen des Anwesens, das von einem lichten Birkenwäldchen eingerahmt wurde.

Mats, der Besitzer, erwartete sie bereits. Er führte Caroline und Andreas auf die Weide vor der Scheune. Ein winziges Zicklein zupfte Grashalme und ließ sich durch die Ankömmlinge nicht stören. Mats nahm die Zwergziege auf den Arm. Das Tier hielt ganz still, war offensichtlich den Umgang mit Menschen gewohnt. Um den Hals trug es ein Halsband mit einer kleinen Glocke. Andreas hatte die kleine Ziege schon vor ein paar Wochen als Geburtstagsgeschenk für seine Nichte ausgesucht.

Entzückt streichelte Caroline das Tier. »Wieso bist du nicht mein Onkel? Für so ein Geschenk hätte ich dich geliebt.«

Andreas grinste. »Nichts leichter als das. Mats«, wandte er

sich fragend an den Bauern, »das Zicklein hat doch sicher noch eine Schwester oder einen Bruder?«

Der große, schwere Mann mit dem ernsten Gesichtsausdruck schüttelte den Kopf. »Tut mir leid, aber sie sind alle schon verkauft.« Er drückte Andreas die Ziege in den Arm.

»Zu schade.« Caroline kraulte den struppigen Ziegenbart. »Aber ehrlich gesagt hätte ich auch nicht gewusst, was ich mit einer Ziege in meiner Stockholmer Stadtwohnung anfangen sollte.« Alleine die Vorstellung einer kleinen Ziege zwischen ihren Designermöbeln bereitete ihr Spaß.

Andreas wollte wissen, was Mats für die Ziege bekäme, doch der Bauer hörte überhaupt nicht mehr zu. Seine Aufmerksamkeit galt ausschließlich dem hochgewachsenen, dunkelhaarigen Mann, der soeben um die Scheune herumkam.

»Ach nein, der Herr Förster«, sagte Mats voller Ironie, und sein Gesichtsausdruck war alles andere als freundlich, als er auf den Mann zuging. »Hej, Justus!«, rief er laut.

Caroline achtete nicht auf Mats und den Fremden. Sie war völlig gefangen von der süßen kleinen Ziege und beugte sich zu ihr hinab, als Andreas sie auf den Boden setzte. Sofort rupfte das Tier wieder Grashalme und zermalmte sie zwischen seinen Zähnen.

Caroline hatte es schon einige Mal bedauert, dass sie kein Haustier halten konnte. Sie war den ganzen Tag unterwegs und oftmals führten ihre Aufträge sie für mehrere Tage von Stockholm weg. Zu Hause am Siljan-See, wo sie zusammen mit ihrem Bruder und ihrer Schwester aufgewachsen war, hatte es viele Tiere gegeben. Aber das gehörte wohl auch zu einem Haushalt, in dem zwei Tierärzte lebten. Carolines Vater übte diesen Beruf immer noch aus, unterstützt wurde er inzwischen durch Carolines älteren Bruder Jon. Für einen flüchtigen Augenblick empfand Caroline so etwas wie Heimweh. Es war lange her, seit sie die Eltern das letzte Mal besucht hatte.

»Hej, Mats, was kann ich für dich tun?«, fragte der Fremde, den Mats Justus genannt hatte.

»Was du für mich tun kannst?« Mats Stimme wurde lauter. »Mir sind schon wieder vier Schafe gerissen worden von deinen Bären. Abschaffen sollst du diese verdammten Viecher.«

Plötzlich wurde die Unterredung zwischen den beiden Männern interessant. Caroline erhob sich und drehte sich um.

»Wo sollen deine Schafe denn gerissen worden sein? Waren sie im Wald?«, fragte der Fremde.

»Auf der Wiese am Fluss. Alle in einer Nacht.« Mats ereiferte sich zunehmend, unterstrich seine Wort mit erhobenem Zeigefinger. »Ich sage es dir, diese verdammten Viecher müssen weg.«

»Jetzt hör aber auf, Mats, ich habe es dir schon so oft erklärt.« Auch wenn der Mann sich alle Mühe gab, sachlich zu bleiben, schwang doch gereizte Ungeduld in seiner Stimme mit. »Die Bären sind so scheu, dass selbst ich sie nur selten zu sehen bekomme. Die haben im Wald alles, was sie brauchen. Die trauen sich nicht auf eine Weide in der Nähe des Dorfes.«

»Meine Schafe sind trotzdem tot«, sagte Mats wütend.

Die beiden Männer musterten sich. Mats hatte beide Hände zu Fäusten geballt. Der Fremde war offensichtlich nicht bereit, Mats' Aussage widerspruchslos hinzunehmen. »Ich bin sicher, dir wird der Schaden ersetzt. Aber begreif doch endlich, Mats, es sind nicht die Bären. Es sind diese verwilderten Hunde, die die Schafe reißen.«

Andreas ging zu den beiden Männern hinüber, mischte sich in das Gespräch ein. »Das habe ich auch schon gehört, Mats. Die verwilderten Hunde sind viel gefährlicher als ...«

»Was weißt du denn schon?«, fiel Mats ihm aufgebracht ins Wort. »Ihr habt überhaupt keine Ahnung. Bloß weil du ein Studierter bist«, sagte er aufgebracht, »kannst du hier keine neuen Sitten einführen. Hier gab es noch nie Bären.« Mats entzog sich dem Gespräch, indem er sich einfach umwandte und davonstapfte.

»Mats, warte.« Andreas eilte dem Bauern nach, zog dabei seine Geldbörse aus der Hosentasche. »Du hast das Geld für das Zicklein noch nicht bekommen.«

Es war Mats anzusehen, dass er nur widerwillig stehen blieb. Während die beiden Männer das Geschäftliche regelten, ging Caroline auf den Fremden zu. Sie hielt die kleine Ziege am Halsband fest. Das Tierchen trottete anstandslos neben ihr her.

Der Mann schaute sie schmunzelnd an. »Passen Sie nur gut auf das Tier auf. Nicht, dass es auch noch von meinen wilden Bären gerissen wird.«

Caroline lächelte. »Ich bin übrigens Caroline Ekmann. Ich glaube, wir haben miteinander telefoniert.« Mittlerweile glaubte sie zu wissen, wer dieser Mann war. Justus Falkenberg, Förster in Mariefred und verantwortlich für das Bärenprojekt, zu dem sie eine Stellungnahme abgeben sollte.

»Ach, Sie sind das.« Er erwiderte ihren Händedruck. »Ich dachte, Sie kommen erst morgen.«

»Ich hatte Glück, Andreas hat mich mitgenommen. Sagen Sie, wie ist das denn nun mit den Bären? Sind die wirklich so gefährlich?«

»Nicht für die Menschen.« Justus Falkenberg schüttelte den Kopf. »Und auch nicht für die Schafe von Mats. Sie sind viel zu scheu, um sich in die Nähe von Menschen zu wagen.«

Caroline hätte das Gespräch gerne fortgesetzt. Sie bedauerte es beinahe, dass Andreas jetzt dazukam. »So, Caroline, können wir?«, fragte er.

»Ja, klar«, nickte Caroline.

Andreas nahm die kleine Ziege auf den Arm und trug sie zum Auto. Caroline verabschiedete sich von Mats, der das aber nicht mehr registrierte. Sie folgte Andreas zum Wagen, als ihr noch etwas einfiel »Wann können wir uns treffen?«, fragte sie Justus Falkenberg im Gehen.

»Wann Sie wollen«, erwiderte Justus Falkenberg. »Am besten kommen Sie zu mir, da habe ich alle Unterlagen.«

»Gut«, stimmte Caroline zu. »Ich melde mich. Spätestens morgen früh.

»Bis dann.« Justus nickte ihr lächelnd zu. Ihre Blicke trafen sich ...

Caroline lächelte nachdenklich, als sie Andreas zu seinem Wagen folgte.

Es war ein wenig wie nach Hause kommen. Sie konnte die Sunvall-Villa bereits sehen. Eine Kiesauffahrt umschloss ein großzügiges Grasrondell und mündete in einen breiten Platz vor dem Haus. Steinstufen führten zu der Veranda, deren weiße Säulen einen Balkon trugen.

Das dunkle Rot, so hatte Caroline die Farbe des Hauses in Erinnerung, war im Laufe der Jahre heller geworden.

Lautes Lachen und Kindergeschrei waren bereits in dem Moment zu hören, als sie aus dem Wagen stiegen. Caroline folgte Andreas, der die kleine Ziege auf dem Arm trug, um das Haus herum.

Hinter dem Haus erstreckte sich eine gepflegte Rasenfläche bis zum See. Hohe Buchen am Ufer schufen Schatteninseln. Dazwischen lag das weiße Boothaus mit seinem Steg, der weit ins Wasser hinausragte.

Bunte Lampions und Girlanden hingen in den Bäumen. Auf zwei langen Tischen türmten sich verlockende Leckereien. Kuchen, Törtchen, Smörrebrod, eine riesige Schüssel mit Erdbeeren. Auf allen Tischen verteilt standen Teller mit Schärenplätzchen, die Kerstin selbst gebacken hatte, ebenso wie den riesigen

Kärnmjölkkaka, einen Buttermilchkuchen, an den Caroline sich noch von früheren Besuchen erinnern konnte. Für die Erwachsenen wurde Kaffee gereicht, die Kinder bekamen Milch und Kakao.

Kerstin freute sich sehr, Caroline wiederzusehen. Die beiden Frauen umarmten sich zur Begrüßung, bevor sie ihre Tochter herbeirief, um sie Caroline vorzustellen, die die kleine Tochter von Kerstin und Sven heute zum ersten Mal sah.

Lisa begrüßte Caroline nur flüchtig, denn ihre ganze Aufmerksamkeit galt der kleinen Ziege. Als sie hörte, dass es sich um ihr Geburtstaggeschenk handelte, jauchzte sie auf und schloss das Tier in die Arme.

»Dafür wird dich Lisa bis an ihr Lebensende lieben.« Kerstin freute sich sichtlich über die Begeisterung ihres Kindes. Schmunzelnd musterte sie ihren Schwager von der Seite. »Aber was ich von der Ziege halte, das interessiert dich wohl überhaupt nicht.«

Andreas grinste Kerstin an. »Lässt dich das glückliche Gesicht deines Kindes das bisschen Dreck nicht vergessen, Schwägerin?«

»Typisch Mann.« Kerstin zwinkerte Caroline zu. Es herrschte eine fröhliche, ausgelassene Stimmung. Die Kinder spielten auf dem Rasen, drehten sich im Ringelreihen zu einem Lied. Das Geburtstagskind spielte allerdings nicht mehr mit. Lisa interessierte sich nur noch für ihre Ziege. Niemand achtete auf den blonden Mann, der um die Ecke bog und auf die Festgesellschaft zusteuerte.

»Hallo miteinander!«

Die beiden Frauen und Andreas unterbrachen ihre Unterhaltung und Andreas rief seinem Bruder eine freundliche Begrüßung zu. Caroline fiel sofort auf, wie sich Kerstins Miene beim Anblick ihres Ehemannes verfinsterte.

»Papa!« Lisa lief auf den Mann zu, der sie mit einem Arm auffing und hochhob, da er den anderen Arm hinter dem Rücken versteckt hielt. »Schau mal, was ich dir mitgebracht habe.« Er ließ Lisa noch eine Weile zappeln, bevor er ihr die Puppe zeigte. »Herzlichen Glückwunsch zu deinem Geburtstag, mein Schatz.«

»Danke.« Lisa freute sich, aber das Geschenk ihres Onkels übertrumpfte immer noch alles andere. »Guck mal, was Andreas mir geschenkt hat.«

Lisa lief wieder zu der Ziege hinüber. Sven folgte ihr, blieb vor Kerstin stehen. »Tut mir leid, dass ich so spät bin«, entschuldigte er sich. Als er sie auf den Mund küssen wollte, wandte Kerstin sich ab, sodass er nur ihre Wange streifte.

»Lisa kann sich doch freuen, dass du überhaupt auf ihrem Geburtstag erscheinst«, sagte sie frostig.

Caroline konnte sich noch gut daran erinnern, wie die beiden sich kennengelernt hatten. Kerstin und Sven waren so verliebt ineinander gewesen, hatten sich ständig umarmt und geküsste. Es überraschte sie, wie die beiden jetzt miteinander umgingen. Besonders Kerstin strahlte eine spürbare Kälte aus, seit Sven da war, und Caroline war ein wenig unangenehm berührt, dass sie dieser unerfreulichen Szene zwischen dem Ehepaar beiwohnen musste.

Sven warf seiner Frau einen traurigen Blick zu, doch als er sich umwandte, lächelte er bereits wieder. Als Bürgermeister von Mariefred hatte er es wahrscheinlich gelernt, nach außen hin zu repräsentieren und sich seine wahren Gefühle nicht anmerken zu lassen, »Hej, Caroline.« Mit ausgestreckter Hand kam er auf sie zu.

»Hej, Sven«, erwiderte Caroline seinen Gruß. »Wie geht es dir.«

»Danke, gut.« Sven wechselte sofort das Thema. »Ich weiß, du bist wegen der Bären hier. Ich hoffe, du redest nicht nur mit diesem Falkenberg. Es gibt bei uns nämlich unterschiedliche Meinungen zu seinem Projekt.« Sven hob die Hände zu einer abwehrenden Geste, wie um seinen Worten Nachdruck zu verleihen. »Wir sind nämlich nicht alle dafür.«

»Könnt ihr das nicht später besprechen?« Kerstin blickte verärgert. »Kümmere dich doch erst einmal um Lisa.«

Der Einwurf seiner Frau schien Sven einen Augenblick lang zu irritieren, es dauerte jedoch nur Sekunden, bis er bereits wieder lächelte. »Aber ja, mein Schatz.« Er drehte sich um und ging zu seiner Tochter.

Andreas hatte das Gefühl, seinen Bruder verteidigen zu müssen. »Der Job als Bürgermeister ist eben ziemlich stressig.«

Kerstin ließ das nicht gelten. »Weißt du, wann er das letzte Mal so richtig Zeit für uns hatte?«

Andreas öffnete den Mund, doch Kerstin wandte den Kopf, als wolle sie kein weiteres Wort über dieses Thema hören.

Andreas folgte seinem Bruder. Sven kniete neben der Ziege und bewunderte sie ausgiebig. Grinsend schaute er zu Andreas auf. »Väter lieben es, wenn sie vom Patenonkel ausgestochen werden.«

Caroline stand ein wenig abseits und war ganz die stille Beobachterin. Sie hörte, was gesagt wurde, aber genauso registrierte sie all das, was nicht ausgesprochen wurde.

Andreas kam zu ihr. »So ist er, mein Bruder«, sagte er, als würde das alles erklären. Caroline allerdings wurde das Gefühl nicht los, dass es hier eine Menge ungeklärter Fragen gab. So weit es Kerstin und Sven betraf, ging sie das nichts an. Aber auch das Bärenprojekt schien weitaus mehr Fragen und Probleme aufzuwerfen, als sie erwartet hatte.

Eine Stunde später war die Geburtstagsfeier vorbei. Die kleinen Gäste wurden von ihren Eltern abgeholt. Andreas wollte Caroline zum Ferienhaus bringen. Sven ließ es sich nicht nehmen, die beiden zu begleiten.

Das rote Holzhaus lag direkt am Seeufer, ganz in der Nähe der Sunvall-Villa. Eine hölzerne Terrasse auf der Rückseite war über das Wasser gebaut. Flirrend fiel das Sonnenlicht durch das Laub der Birken und zauberte ein verwobenes Muster auf die Rasenfläche, die bis zum Ufer reichte. Das leise Plätschern des Wassers vermischte sich mit dem allgegenwärtigen Vogelgezwitscher.

Auf der anderen Seite des Sees waren bewaldete Hügel zu sehen. Caroline lief bis ans Ufer. »Wundervoll! Solche Aufträge liebe ich.« Übermütig wirbelte sie herum. »Gibt es hier auch ein Fahrrad für mich?«

»Gleich hinter dem Haus.« Andreas hatte die Terrassentüren weit geöffnet und brachte ihr Gepäck ins Haus. Sven trat zu Caroline und schaute ebenfalls über den See. Ihn bewegte jedoch offenbar etwas anderes als die traumhafte Aussicht.

»Caroline, ich hoffe sehr auf deine Unterstützung. Wir wollen dieses Bärenprojekt hier nicht.«

Caroline wandte sich ihm zu. »Ehrlich gesagt bin ich ziemlich überrascht, Sven. Ich kenne andere Gemeinden, die haben ähnliche Projekte, und die Leute sind froh darüber. Sie haben damit eine neue Touristenattraktion gewonnen.«

»Touristenattraktion.« Sven lachte spöttisch auf. »Du glaubst doch selbst nicht, dass Touristen kommen, wenn sie sich unsicher fühlen müssen. Falkenberg muss weg. Ich will, dass das Oberforstamt ihn versetzt, und ich hoffe, dass du mir die Argumente dafür lieferst.«

Svens rigorose Ablehnung des Projekts war mehr als verwunderlich. Caroline betrachtete ihn prüfen, doch er wich ihrem Blick aus.

»Zunächst werde ich mir ein eigenes Bild machen«, sagte sie schließlich. Es war Sven anzusehen, dass ihm diese Antwort missfiel. Er kam aber nicht dazu, noch etwas zu sagen, weil in diesem Moment sein Bruder wieder aus dem Haus kam.

»Wo bleibt ihr?« Andreas stand in der offenen Terrassentür. Er wollte Caroline das Haus von innen zeigen.

Genau zum richtigen Zeitpunkt, fand Caroline. Sie spürte, dass Sven sich gerne noch ein wenig länger über das Bärenprojekt ausgelassen hätte, aber im Moment wollte sie nichts mehr darüber hören.

Über die Terrasse betrat Caroline das Haus. Ein hübsches Wohnzimmer mit hellen Möbeln und eine praktische Küche nahmen die untere Etage ein. Oben gab es ein Schlafzimmer mit einem angrenzenden Bad.

Andreas hatte alles perfekt für sie vorbereitet. Im Kühlschrank befanden sich Lebensmittel für die ersten Tage und auf dem Tisch stand ein riesiger Blumenstrauß. Caroline wusste schon jetzt, dass sie sich hier wohlfühlen würde.

Als sie alles gesehen hatte, stellte sie sich an das Geländer der Terrasse und schaute über den See. Von dieser Aussicht konnte sie einfach nicht genug bekommen. Andreas und Sven gesellten sich zu ihr.

»Es ist ein Traum«, seufzte Caroline.

»Ja, das ist es«, bestätigte Andreas. Caroline spürte, wie er sie dabei anschaute.

Er hatte sich noch nie irgendwo so wohlgefühlt wie hier in Mariefred. Er mochte die Menschen hier, auch wenn er mit seinem Projekt auf einigen Widerstand stieß. Die Arbeit gefiel ihm, ebenso wie die Landschaft rund um Mariefred.

Justus Falkenberg bewegte sich leise durch den Wald, um die Wildtiere nicht zu stören. Seinen Hund Pelle führte er an der Leine.

Tief atmete er die würzige Luft ein. Justus blieb stehen, als er die Lichtung zwischen den Birken erreichte. Hier begann das Bärengebiet.

Pelle, der als Forsthund ausgebildet war, setzte sich zu seinen Füßen. Trotz seiner angespannten Haltung und der gespitzten Ohren, die jedes Geräusch registrierten, verhielt sich der Hund ganz still. Selbst als ein Elch aus dem Unterholz trat und majestätisch die Lichtung überquerte, gab Pelle keinen Laut von sich.

Justus ließ den Elch passieren, bevor er seinen Weg fortsetzte. Immer wieder hielt er kurz inne, lauschte. Plötzlich sah er die Bewegung vor sich. Ein dunkler, massiger Schatten, der zwischen den Baumstämmen kaum auszumachen war. Vorsichtig hob Justus das Fernglas an die Augen.

Auf einem Felsen zwischen den Birken saß Cäsar. Der Braunbär, der erst vor zwei Wochen dazugekommen war. Es schien aber ganz so, als hätte Cäsar sich inzwischen gut in die kleine Bärengruppe integriert.

Langsam ließ Justus das Fernglas wieder sinken und griff nach der Kamera, die er bei seinen Kontrollgängen stets bei sich trug. Mit dem Teleobjektiv schoss er Fotos von Cäsar.

Das Klicken der Kamera schien den Bären nicht zu stören. Einmal hob er den Kopf und schaute kurz in Justus' Richtung. Dann streckte er sich gemütlich aus und ließ sich die Sonne auf den braunen Pelz scheinen.

Justus lächelte zufrieden. Das Bärenprojekt ließ sich gut an. Er war zuversichtlich, dass sich der Widerstand dagegen im Laufe der Zeit auch legen würde

Zuerst war Caroline froh gewesen, dass Sven und Andreas sich verabschiedet hatten. An diesem Tag waren so viele neue Eindrücke auf sie eingestürmt, dass sie etwas Zeit für sich benötigte. Die Scheidung, das Wiedersehen mit Andreas und später auch mit Kerstin und Sven. Der Kindergeburtstag, die Spannungen zwischen Kerstin und Sven und nicht zuletzt die unerfreuliche Szene zwischen Mats und Justus Falkenberg.

In aller Ruhe packte Caroline ihre Reisetasche aus. Danach kochte sie sich einen Kaffee und setzte sich damit auf die Terrasse. Eine ganze Weile genoss sie die idyllische Ruhe.

Nach einer halben Stunde kam sie allerdings zu der Überzeugung, sie hätte sich nun genug ausgeruht. Sie holte die Unterlagen für das neue Projekt hervor, kam damit aber nicht weiter. Sie benötigte erst einige Informationen zum Bärenprojekt von Justus Falkenberg, und mit dem war sie erst morgen verabredet.

Caroline dachte kurz nach, zuckte schließlich mit den Schultern. Sie konnte die nähere Umgebung mit dem Rad erkunden und dabei auch dem Forsthaus einen kurzen Besuch abstatten, auch wenn sie dabei riskierte, dass sie ihn nicht antraf oder ihr Besuch ungelegen kam.

Kein Fahrzeug begegnete ihr, als sie die von Buchen gesäumte Straße entlangfuhr. Die Rapsfelder rechts und links neben der Straße standen in voller Blüte. Nach ein paar Metern bog Caroline in den schmalen Weg ein, der zum Seeufer führte. Tiefe Fahrrillen hatten sich in den unbefestigten Boden eingegraben, die geradewegs zu einem Geländewagen führten, der hinter dem rot gestrichenen Forsthaus geparkt war.

Es war wohl mehr eine Hütte als ein Haus, stellte Caroline bei näherer Betrachtung fest. Holzscheite waren säuberlich an der Hauswand hochgestapelt. Ein Tisch und zwei weiße Stühle standen direkt neben dem Eingang. Es war nicht ganz so komfortabel wie ihr Ferienhaus, aber es gefiel ihr. Es war einfach, schmucklos und passte in die ursprüngliche Landschaft.

Justus Falkenberg bog genau in dem Moment um die Ecke des Hauses, als Caroline vom Rad stieg.

»Hej, Herr Falkenberg.«

»Hej, Frau Ekmann.« Justus kam näher. Lächelnd, aber zweifellos überrascht. »Sind wir nicht für morgen verabredet?«

»Sind wir.« Caroline nickte. »Aber ich hatte Lust auf eine kleine Radtour und bin plötzlich hier gelandet.« Caroline unterbrach sich, schwieg ein paar Sekunden, bevor sie eingestand: »Nicht ganz zufällig. Sie hatten mir ja schon einen Plan geschickt.«

Caroline wusste selbst nicht, warum sie auf einmal so verlegen war. Lag es an seinem Blick, den sie nicht deuten konnte? Sie beugte sich hinab zu Pelle und streichelte ihn. So musste sie Justus Falkenberg wenigstens nicht länger ansehen.

»Auf jeden Fall freue ich mich, dass Sie hier sind«, sagte er. »Trinken wir einen Kaffee zusammen oder müssen Sie gleich zurück.«

Caroline richtete sich wieder auf. »Nein, ich bin vollkommen frei heute. Vielleicht haben Sie ja auch Lust, mir etwas über Ihr Projekt zu erzählen.«

»Sehr gerne.« Justus nickte und ging voran zum Haus. Weit öffnete er die zweiflügelige Holztür und bat sie mit einer Handbewegung hinein.

Der große Raum war Wohnzimmer, Arbeitszimmer, Küche und Esszimmer in einem. Die rohen Holzwände waren weiß gestrichen. Hinter der Tür war eine Garderobe angebracht. Justus leinte Pelle ab und legte die Leine auf den mit Zeitschriften bedeckten Esstisch, bevor er die Kamera und das Fernglas daneben legte.

Der Esstisch stand mit der schmalen Seite an einem Mauervorsprung, der ebenso breit war wie der Tisch. Hinter dem Mauervorsprung war die Küchenzeile. Pelle stand bereits schwanzwedelnd vor dem mit Fotos und Zeitungsausschnitten beklebten Küchenschrank. Ein Fenster über der Küchenzeile gab den Blick auf den See frei. Auch zur Forsthütte gehörte ein Steg am See. Ein weißes Motorboot schaukelte auf dem Wasser.

In der kargen Einrichtung der Hütte fiel sofort der großzügige Schreibtisch mit mehreren Computern und Monitoren auf. Das Regal hinter dem Schreibtisch war randvoll mit Büchern und Aktenordnern.

Während Caroline sich in dem Zimmer umschaute, zog Justus seine Jacke aus und hängte sie an die Garderobe gleich neben dem Eingang.

»Ich hatte Ihnen ja schon am Telefon gesagt, dass es sich um ein Versuchsprojekt handelt. Wir wollen in den Wäldern wieder Tiere ansiedeln, die hier immer schon gelebt haben.«

»Ich weiß, hier haben tatsächlich mal Bären gelebt. Ich habe schon etwas recherchiert.«

»Bis Anfang des letzten Jahrhunderts«, bestätigte Justus. »Im Mai 1905 wurde der letzte Bär getötet, weil der Mensch meinte, es gäbe nur Platz für einen.«

Justus kam näher. Caroline fiel nicht zum ersten Mal auf, wie gut er aussah. Obwohl sie selbst mit ihren eins vierundsiebzig nicht gerade klein war, überragte er sie um einen ganzen Kopf. Sein Gesicht war markant, sein Blick offen und ehrlich. Er trug eine Jeans und einen grünen Pullover. Er wirkt tatsächlich sehr männlich, dachte Caroline.

»Haben Sie schon einmal einen Bären in freier Wildbahn gesehen? Ein beeindruckendes, majestätisches Tier. Er war früher der König der Wälder. Warum sollte man ihm nicht wenigstens einen Teil seines Reiches zurückgeben?« Er zog den Schreibtischstuhl ein Stück vor und machte eine einladende Geste. »Kommen Sie.«

Caroline nahm Platz. Justus beugte sich über sie, um die Tastatur zu bedienen. Kurz darauf war eine Gruppe von fünf Bären auf dem Monitor zu sehen. Justus zeigte auf einen der Bären.

»Das ist Cäsar, das Männchen. Er ist noch nicht lange hier und muss sich erst eingewöhnen.«

»Und Sie sind sicher, dass er völlig ungefährlich ist?«, vergewisserte sich Caroline.

»Ungefährlich?« Justus schüttelte den Kopf. »Nein, das sind Bären nie. Wenn man ihnen zu nahe kommt, wenn sie sich bedroht fühlen oder wenn sie Junge haben, ist das wie bei allen Wildtieren. Sie verteidigen sich.«

Caroline war nachdenklich geworden. »Also könnte es schon zu problematischen Situationen mit Menschen kommen. Der Bürgermeister scheint zu glauben, dass die Touristen aus Angst vor den Bären nicht mehr kommen.«

»Das müssen sich nicht. Kein Mensch muss Angst haben, solange er sich nicht auf verbotenes Gebiet begibt.« Justus schüttelte den Kopf, lächelte sie an. »Aber ist das nicht immer so im Leben?«

Ihre Blicke verfingen sich ineinander und Caroline stellte fest, dass sie sich wohlfühlte in seiner Gegenwart.

Caroline hatte an diesem Abend noch lange auf ihrer Terrasse gesessen. Angst hatte sie nicht, obwohl sie alleine hier draußen war, aber ungewohnt war die Stille schon. In Stockholm pulsierte Tag und Nacht das Leben, mit dem dazugehörigen Geräuschpegel.

Ihre Gedanken kreisten um Justus Falkenberg und sein Bärenprojekt. Seine Begeisterung hatte ansteckend gewirkt. Sie musste sich selbst ermahnen, objektiv zu bleiben. Es gab zwei Seiten, die sie zu betrachten hatte. Es blieben immer noch die Bedenken des Bürgermeisters in Verbindung mit der Behauptung des Bauern Mats, die Bären hätten seine Schafe gerissen.

Auch als Caroline später im Bett lag, dachte sie noch an Justus Falkenberg. Sie gestand sich ein, dass er großen Eindruck auf sie gemacht hatte und sie sich auf das Wiedersehen mit ihm freute.

Es war Caroline nicht bewusst, dass bei den Gedanken an den attraktiven Förster ein Lächeln ihre Lippen umspielte. Dieses wohlige, angenehme Gefühl, das sie am Nachmittag in seiner Gegenwart empfunden hatte, stellte sich auch jetzt wieder ein.

Eine sanfte Brise bewegte die Gardine vor dem weit geöffneten Schlafzimmerfenster. Das Plätschern des Wassers war zu hören. Caroline lächelte immer noch, als sie einschlief.

Es war ein tiefer, traumloser Schlaf, aus dem sie gegen Mitternacht erwachte. Caroline setzte sich auf und machte das Licht an. Sie sah sich einen Augenblick lang in dem Zimmer um. Die Wände umgaben sie in einem zarten Lavendelton, der sich in den Farben der Bettwäsche fortsetzte. Wem immer dieses Haus gehörte, er hatte bei der Einrichtung sehr viel Geschmack bewiesen. Es war genau so, wie Caroline es auch selbst eingerichtet hätte. Ein wenig erinnerte es sie an zu Hause, an ihr Elternhaus in Rättvik.

Caroline stand auf und ging zum Fenster. Groß und rund hing der Mond über dem See und spiegelte sich in der glatten Wasserfläche wider. Da sie Durst verspürte, ging sie hinunter, um sich in der Küche ein Glas Wasser zu holen. Mit dem Glas in der Hand ging sie hinüber ins angrenzende Wohnzimmer und öffnete die Terrassentür weit. Sie trank einen Schluck, lehnte sich gegen den Türrahmen. Die Mitsommernachtssonne tauchte die Nacht in ein geheimnisvolles Licht. Auf der Wasseroberfläche verschmolzen dunkelblaue und goldene Schatten ineinander.

Caroline hob den Kopf, als ein Motorengeräusch die Stille durchschnitt. Kurz darauf sah sie das Motorboot, und es war hell genug, um die Person in dem Boot zu erkennen, die offenbar ein bestimmtes Ziel ansteuerte und sich immer wieder umschaute, als wolle sie sich vergewissern, dass niemand ihr folgte.

Unwillkürlich trat Caroline zurück in den dunklen Schatten

des Hauses, als die Frau in dem Boot hinüberblickte. Selbst aus dieser Entfernung erkannte Caroline Kerstin, und sie sah, wie angespannt Kerstin war. Was machte sie um diese Zeit mitten auf dem See? Wohin wollte sie?

Eine Antwort auf diese Fragen würde sie nicht bekommen. Es ging sie schließlich auch nichts an. Caroline zuckte mit den Schultern. Das Boot war inzwischen nicht mehr zu sehen, nur noch schwach das Geräusch des Motors zu hören, immer leiser, verwehend, blieb nach ein paar Minuten nur noch die Stille der Nacht.

Am nächsten Morgen machte Caroline sich schon früh auf den Weg nach Mariefred. Ein ganzes Stück führte der Weg am Seeufer entlang. Vorbei an Schloss Gripsholm, einem der schönsten Schlösser Schwedens. Der deutsche Schriftsteller Kurt Tucholsky hatte dem imposanten Bauwerk mit seinem gleichnamigen Roman ein literarisches Denkmal weit über die Grenzen Schwedens hinweg gesetzt.

Hier bog Caroline mit ihrem Fahrrad vom Gripsholmvägen in die Kyrkogatan ein, die in einen großen Platz mündete. Sie überquerte den Platz und fuhr geradewegs auf Andreas' Blumen- und Delikatessenladen zu. Auf dem Fensterbrett des Schaufensters standen Töpfe und Schalen, in denen bunte Sommerblumen blühten. Auch auf dem Boden darunter sowie rechts und links neben der Tür hatte Andreas Blumentöpfe und Kübel zu einem fröhlich blühenden Sortiment arrangiert. Im Schaufenster spiegelte sich das Rathaus, das sich gleich gegenüber befand.

Andreas freute sich, sie zu sehen.

»Hej, Caroline. Hast du gut geschlafen?« Er beugte sich über den Lenker ihres Fahrrads, hauchte rechts und links einen Kuss auf ihre Wange.

»Nicht so viel, aber gut.«

»Du, ich würde dich heute Abend ganz gerne zum Essen einladen. Hättest du Lust?«

Caroline nickte. »Klar doch.« Sie wollte noch etwas hinzufügen, als sie eine Frauenstimme hörte, die laut Andreas' Namen rief. Caroline schaute über Andreas' Schulter hinweg in die Richtung, aus der die Stimme kam.

Es war Kerstin, die ein hübsches Kleid und eine Sonnenbrille trug, doch trotz ihres Lächelns wirkte sie nervös und gehetzt. An der Hand zog sie Lisa hinter sich her. Das Mädchen machte sich von der Mutter los und lief auf Andreas zu, um sich von ihm hochheben zu lassen.

»Komm her, meine Kleine.« Andreas drückte seine Nichte an sich.

Langsam kam Kerstin näher. Sie grüßte Caroline, bevor sie sich an Andreas wandte und fragte: »Kannst du mir einen Gefallen tun? Ich muss dringend zum Arzt und Lisas Kindergarten ist heute geschlossen wegen Windpocken. Kann sie bei dir bleiben?«

Andreas stellte Lisa wieder auf den Boden, die sofort in den Laden lief. Besorgt blickte Andreas seine Schwägerin an. »Zum Arzt? Was fehlt dir?«

»Ach, nichts ...« Kerstin strich sich verlegen eine Strähne ihres blonden Haares aus der Stirn. »Ich meine, ich muss zum Zahnarzt. Ich habe eine lockere Füllung. Kannst du auf Lisa aufpassen?«

»Das würde ich ja gerne, aber ich muss noch zu meinem Fischhändler nach Stromberg.« Andreas schüttelte den Kopf. »Tut mir leid.«

Kerstins Stimme klang geradezu verzweifelt, als sie sagte: »Kannst du sie denn nicht mitnehmen?«

Caroline, die schweigend dabeistand, dachte an die vergangene Nacht. Sie ahnte, dass Kerstin nicht die Wahrheit sagte.

Aber was immer sie vorhatte, es schien ihr sehr wichtig zu sein, und plötzlich hatte Caroline Mitleid mit ihr.

»Ich könnte doch auf Lisa aufpassen«, schlug sie vor, als das Mädchen gerade wieder nach draußen kam. »Ich wollte heute Morgen ohnehin ein bisschen die Gegend erkunden.« Sie wandte sich direkt Lisa zu. »Vielleicht hast du ja Lust, mich zu begleiten.«

»Ja.« Lisa nickte eifrig.

»Na also.« Caroline schmunzelte. »Problem gelöst.«

Kerstin wirkte sehr erleichtert und mit einem Mal auch gelöst. »Vielen Dank«, sagte sie und beugte sich zu ihrem Kind hinunter.

»Mach's gut, Mami«, sagte Lisa.

»Bis später.« Ganz fest schloss Kerstin ihr Kind in die Arme, bevor sie ging.

Wie jeden Morgen machte Justus auch an diesem Tag seine Runde durch den Wald. Immer wieder schaute er durch das Fernglas, doch von seinen Bären war nichts zu sehen und es gab keinerlei Hinweise, dass sie sich zu nahe an bewohnte Gebiete heranwagten.

Justus war zufrieden. Mit jedem weiteren Tag war er überzeugter, dass die Gegend hier genau richtig für das Bärenprojekt war. Es gab eigentlich nichts, was dagegen sprach, und er hoffte inständig, dass auch Caroline zu dieser Überzeugung kommen würde und ihr Gutachten für den Tourismusverband entsprechend ausfiel.

Ein Lächeln zog über sein Gesicht, als er an Caroline Ekmann dachte. Sie war ihm vom ersten Augenblick an sympathisch gewesen.

Obwohl Pelle sich immer wieder unruhig umblickte und leise

jaulte, bemerkte Justus nicht, dass er beobachtet wurde, dass ihm jemand heimlich folgte.

Die Schaukel hing in einer hohen Birke direkt am Ufer »Das ist mein Super-Lieblingsplatz«, sagte Lisa und schaukelte langsam hin und her.

Caroline hatte am schilfbewachsenen Ufer gestanden und auf den See geschaut. Jetzt drehte sie sich um und ging zu dem Kind. »Das wäre sicher auch mein Lieblingsplatz, wenn ich hier wohnen würde.«

»Früher sind Mama und ich ganz oft hier gewesen.« Lisas Stimme klang traurig.

Caroline stellte sich neben die Schaukel und stieß sie vorsichtig an. Nicht zu hoch, damit die Kleine nicht herunterfallen konnte. »Kommst du jetzt nicht mehr so oft her? Vielleicht wegen der Bären?«

»Ach was, die Bären sind doch ganz weit weg. Die kommen nicht zu nahe zu den Menschen«, erwiderte das Kind.

»Wer sagt das?«, wollte Caroline schmunzelnd wissen.

»Onkel Justus. Der hat es Papa ganz genau erklärt, als er bei uns war. Ich mag Bären, die sind so süß.«

Ob Justus Falkenberg überhaupt wusste, dass er zumindest in der kleinen Lisa eine Befürworterin seines Bärenprojektes gefunden hatte? Caroline musste lachen. Sie griff nach der Hand des schaukelnden Kindes, das sich an ihr festhielt und im Schwung von der Schaukel sprang. »Komm, lass uns was essen gehen.«

Caroline hatte eine Decke auf dem Seeufer ausgebreitet. Andreas hatte den beiden einige Köstlichkeiten aus seinem Delikatessenladen eingepackt für ihr kleines Picknick am See.

Caroline begann die Tasche auszupacken. Sie blickte auf, als

Justus zusammen mit seinem Hund zwischen den Bäumen hervorkam. »Da haben Sie ja den schönsten Platz am See gefunden.«

Caroline und Lisa blinzelten sich verschwörerisch zu. Justus grinste. »Oder hast du deine Freundin hierher gebracht?«, fragte er Lisa.

Lisa nickte und fragte ihn: »Willst du mit uns essen, Justus?«

»Würde ich gerne, aber ich habe leider keine Zeit, Lisa. Danke für die Einladung.« Er wandte sich Caroline zu. »Und? Haben Sie gut geschlafen in Ihrer ersten Nacht hier bei uns?«

»Wundervoll«, erwiderte Caroline und konnte es nicht lassen, ihn ein wenig aufzuziehen. »Ich habe von Bären geträumt. Sie waren ganz freundlich.«

»Wenn Sie wollen, können Sie die Bären heute Abend in der Realität sehen.« Justus schaute sie erwartungsvoll an. »Haben Sie Lust?«

»Tut mit leid, aber heute Abend kann ich nicht. Da bin ich zum Essen verabredet.«

Obwohl er sich bemühte, es zu verbergen, war Justus die Enttäuschung anzusehen. »Also gut, dann eben morgen oder wann immer Sie wollen.«

Vor ein paar Stunden hatte Caroline sich noch über Andreas' Einladung zum Essen gefreut. Jetzt wäre es ihr lieber gewesen, sie hätte abgesagt. »Ich melde mich bei Ihnen«, sagte sie leise.

»Ich würde mich freuen.« Helle Lichtpunkte leuchteten in seinen braunen Augen. Immer noch schaute er sie an. »Also dann ...« Er räusperte sich. »Ich wünsche euch beiden noch einen schönen Tag. Und dir ein schönes Picknick, Lisa.«

Justus wandte sich um, sein Hund folgte ihm. Caroline schaute den beiden nach, bis sie zwischen den Bäumen verschwunden waren.

Das weiße Motorboot des Försters war am Steg vertäut und schaukelte leicht hin und her. Kerstin machte ihr Boot auf der anderen Seite des Steges fest, bevor sie den Korb aus dem Boot nahm und zur Waldhütte ging.

»Justus«, rief sie laut, und gleich darauf noch einmal. »Justus!«

Eine Antwort erhielt sie nicht.

Sie ging um das Haus herum zur Eingangstür, klopfte laut. Nichts!

Kerstin wusste, dass Justus die Tür niemals abschloss. Sie drehte den Knauf und die Tür ging auf. Noch einmal rief sie nach Justus, obwohl ihr inzwischen klar war, dass sie ihn nicht antreffen würde. Obwohl es nicht abgesprochen war, fühlte sie sich nicht nur enttäuscht, sondern geradezu verletzt, weil er nicht da war. Es war schwer genug gewesen, diesen Ausflug zum Försterhaus zu organisieren. Vor allem, nachdem auch noch der Kindergarten geschlossen worden war und sie nicht gewusst hatte, wo sie Lisa lassen sollte.

Kerstin schluckte die aufsteigenden Tränen hinunter. Sie stellte die Flasche Champagner und die Schale mit den Erdbeeren auf den Esstisch, bevor sie die Hütte wieder verließ. Justus würde schon wissen, wer ihm diese kleine Aufmerksamkeit hinterlassen hatte.

Caroline hatte die Stunden mit Lisa ebenso genossen wie diese. Jetzt brachte sie die Kleine zurück nach Hause. Gemeinsam gingen sie die Auffahrt zum Haus hinauf.

»Ich finde, das sollten wir bald wiederholen. Was meinst du.«

»Ja«, sagte Lisa sofort, doch als sie das Haus erreichten, war für das Kind etwas anderes viel wichtiger. »Ich muss nach Zickzack sehen.« Die Kleine lief um das Haus herum, wo ihre kleine Ziege auf sie wartete.

Andreas hatte die beiden vom Fenster aus gesehen und kam nach draußen. »Wie war dein Tag?«

»Wunderbar.« Caroline kam ihm entgegen. Kurz umarmten sie sich.

»Aber ehrlich gesagt bin ich einen ganzen Tag an der frischen Luft überhaupt nicht mehr gewöhnt. Ich bin ziemlich müde.« Sie ließ sich auf die weiße Bank vor dem Haus fallen. Andreas setzte sich neben sie.

»Willst du, dass wir das Essen verschieben?«

Caroline hatte die Augen geschlossen und streckte ihr Gesicht der Sonne entgegen. »Nein, gar nicht.«

»Ich kenne das«, versicherte Andreas. »Wenn ich eine Weile weg war, macht mir der Sauerstoff bei der Rückkehr tierisch zu schaffen. Dann gehen wir einfach morgen essen. Ist doch kein Problem.«

Caroline öffnete die Augen. Sie wandte den Kopf und lächelte ihm zu. »Dass es Männer wie dich überhaupt noch gibt. Vielen Dank für dein Verständnis.«

Andreas schaute geradeaus. »Jederzeit, und immer wieder gern«, sagte er leise.

Caroline lehnte sich entspannt zurück und schloss die Augen wieder. Sie spürte, dass Andreas sich neben ihr bewegte und sie anschaute.

»Schön, dass du da bist.«

»Finde ich auch«, sagte sie und schaute ihn dabei wieder an.

»Ich meine das ernst. Ich mag dich, sehr sogar.« Andreas war mit einem Mal sehr ernst geworden. Caroline spürte, dass er jedes Wort genau so meinte, wie er es sagte. Es rührte sie, erschreckte sie aber auch ein bisschen. Für sie war Andreas nicht mehr als ein guter Freund, ein sehr guter sogar. Sie hasste die Vorstellung, ihn möglicherweise verletzen zu müssen oder ihn als Freund zu verlieren.

Eine ganze Weile war es still zwischen ihnen, bis Andreas fortfuhr. »Ich habe mich damals in der Uni schon in dich ...«

»Ich mochte dich auch«, fiel Caroline ihm hastig ins Wort, bevor er weitersprechen konnte. »Aber dann kam Thomas.«

»Der Falsche«, nickte Andreas.

Caroline lehnte sich ein wenig vor. Entgegen aller Vernunft war sie plötzlich verärgert. »Mein Gott, woher hätte ich wissen sollen, dass er nicht der Richtige ist.« Sie schwieg, sammelte sich einen Moment, bevor sie leise fortfuhr: »Er ist wie ein Sturm in mein Leben gebrochen. Ich hatte ihm nichts entgegenzusetzen. Aber das eine sage ich dir, so etwas passiert mir nicht mehr. Das nächste Mal sehe ich mir den Mann genau an, bevor ich mich in ihn verliebe.«

Andreas legte einen Arm um ihre Schulter und zog sie an sich. Caroline ließ es geschehen. Sie fühlte sich wohl und geborgen, wie bei einem guten Freund.

Diese Caroline Ekmann ging ihm nicht mehr aus dem Kopf. Sie gefiel ihm. Eine ganz besondere Frau mit einer Ausstrahlung, die ihm unter die Haut ging.

Justus fragte sich, mit wem sie an diesem Abend zum Essen verabredet war.

Wahrscheinlich mit Andreas Sunvall, mutmaßte er. Was war das zwischen den beiden? Waren sie nur Freunde oder war da möglicherweise mehr?

Er dachte noch darüber nach, als er die Tür zur Forsthütte öffnete. Sein Blick fiel sofort auf die Champagnerflasche und die Erdbeeren. Er starrte darauf, seufzte genervt und zog sein Handy aus der Hosentasche. Die Nummer hatte er gespeichert. Bereits nach dem zweiten Klingeln nahm Kerstin das Gespräch an.

»Ich bin's, Justus. Hör mir zu, Kerstin, ich hab dir gesagt, dass ich das nicht will.«

»Aber wir haben uns doch schon so lange nicht mehr gesehen.«

»Es ist sinnlos. Mach es bitte nicht unnötig kompliziert.«

Sie wollte es nicht einsehen. »Aber es kann doch nicht einfach so vorbei sein.«

»Doch, genau das ist es«, erwiderte Justus bestimmt. »Und jetzt lass uns bitte damit aufhören. Mach's gut, Kerstin.«

»Ja, du auch«, sagte sie tonlos.

Justus ging hinüber zum Computer und schaltete ihn ein. Über die Webcam konnte er seine Bären beobachten, doch diesmal empfand er keine Freude dabei. Das Telefonat mit Kerstin brannte ihm immer noch auf der Seele.

Die Sonne stand tief am Himmel. Ganz still verharrte Caroline, als sie das Rudel Rehe auf der Lichtung vor sich sah. Links war der See, vor ihr der dichte Wald. Musste sie jetzt in diese Richtung gehen oder doch eher die Lichtung überqueren.

Sie überlegte noch, als sie ein Rudel Hunde durch das Dickicht jagen sah. Lautlose Schatten, die sie im ersten Moment für Wölfe hielt. Dann war es auch schon wieder vorbei.

Caroline blickte sich um, wusste immer noch nicht, in welcher Richtung sie gehen musste. Vielleicht kam sie ja automatisch an ihrem Ferienhaus an, wenn sie einfach nur das Seeufer entlangging.

»Hej, was machen Sie denn hier?« Wie aus dem Nichts tauchte Justus plötzlich vor ihr auf.

»Es ist mir schrecklich peinlich, aber ich fürchte, ich habe mich verlaufen.«

Lachend kam Justus näher. »Das kann vorkommen bei Stadtmenschen. Ist mir auch schon passiert. Keine Straßenschilder, keine Hinweise, keine Ampeln.«

»Dabei war ich immer überzeugt, ich hätte einen guten Orientierungssinn. Kann sich der zurückbilden, wenn man lange Zeit in der Stadt lebt und ihn nicht einsetzt?«

Justus musste wieder lachen. »Interessante Theorie. Ich denke, es fehlt Ihnen einfach die Übung. Vielleicht sollten Sie mal Ihr GPS ausschalten. Das trainiert den Orientierungssinn ganz sicher.«

»Gute Idee, werde ich mal ausprobieren. Ich meine, falls ich jemals wieder nach Hause komme.« Hilflos schaute sie sich um.

»Keine Sorge, jetzt bin ich ja da. Ich bringe Sie nach Hause.« Er ging voraus, blieb nach ein paar Schritten aber wieder stehen und schaute sie an.

Fragend erwiderte Caroline seinen Blick. »Was ist?«

»Nichts.« Er schüttelte den Kopf, räusperte sich leicht. »Nur schön, dass Sie da sind. Wo Sie doch eigentlich eine Verabredung zum Essen haben.«

»Die wurde verschoben«, erklärte Caroline.

Justus nickte, wirkte nachdenklich. »Und jetzt? Wollen Sie gleich nach Hause? Oder darf ich Ihnen etwas zeigen.«

Nicht einen Moment musste Caroline über ihre Antwort nachdenken. »Gerne«, erwiderte sie spontan.

Caroline war überrascht, wie nah die Forsthütte war, zu der er sie brachte. Wahrscheinlich war sie die letzte halbe Stunde immer im Kreis gelaufen, ohne es zu merken.

Justus führte sie allerdings nicht in die Hütte, wie sie zuerst vermutet hatte, sondern ging daran vorbei hinunter zum See. Er reichte ihr die Hand, um ihr beim Einsteigen zu helfen. Die Berührung seiner Hand, der feste Griff, mit dem er ihre Hand hielt, ließ das Blut hart durch ihre Adern pochen. So etwas war ihr noch nie passiert. Nicht einmal mit Thomas, von dem sie vor wenigen Stunden noch behauptet hatte, dass er wie ein Sturm in ihr Leben gebrochen war. War das jetzt mit Justus Falkenberg genauso?

Nein, zu dieser Überzeugung kam sie, als er sie losließ und sie wieder einen klaren Gedanken fassen konnte. Thomas war ein Sturmwind gewesen, aber bei ihrem Exmann hatte sie nie diese Geborgenheit und Sicherheit empfunden, die Justus ihr vermittelte.

Justus stand neben ihr. Er ließ den Motor an und steuerte das Boot hinaus auf den See. Es war schon spät, aber immer noch hell genug, um alles zu sehen. Das Motorboot passierte eine Stelle am See, wo der Wald bis ans Ufer reichte. Das Blau in der Mitte des Sees ging in Ufernähe in eine Symphonie aus Blau und Grün über.

Justus wies auf eine Stelle. »Dort, zwischen den Bäumen, tritt normalerweise um diese Zeit der Elch heraus. Ein kapitaler Bursche.«

Caroline nahm das Fernglas, das er ihr reichte, und versuchte, etwas um Ufer zu erkennen. »Und die Bären sind keine Gefahr für die Elche?«, wollte sie wissen.

»Sie sind weit weg«, erwiderte Justus. »Wie legen jetzt dort drüben an, müssen dann aber ein ziemliches Stück laufen.«

Sie lächelten einander an. Caroline fühlte sich so wohl wie schon lange nicht mehr. Sie war Andreas doppelt dankbar, dass er ihretwegen das gemeinsame Essen verschoben hatte. Um nichts in der Welt hätte sie diesen Moment neben Justus verpassen wollen.

Justus steuerte das Boot in eine versteckte Bucht und machte es dort an einem Baumstamm, der bis ins Wasser reichte, fest. Wieder reichte er ihr die Hand, als sie ausstieg, und hielt sie länger fest, als es eigentlich nötig gewesen wäre. Es machte sie verlegen und doch bedauerte sie es, als er sie wieder losließ.

Der Wald war hier besonders dicht. Gräser wuchsen hüfthoch zwischen den Bäumen. Ein schmaler Trampelpfad führte vom Ufer tief hinein in das Dickicht bis zu einem Hochsitz.

Justus sagte auf dem ganzen Weg kein Wort, gab kaum ein Geräusch von sich. Caroline versuchte, sich ebenso leise wie er zu bewegen. Gleichzeitig nahm sie ihre Umgebung mit allen Sinnen auf. Sie kam sich vor wie in einem Zauberwald. Einzelne Strahlen der tiefstehenden Sonne, die durch das Laub der Bäume fielen, schufen helle Lichtinseln im schattigen Grün. Vogelgezwitscher, dazwischen der laute Abendgesang einer Amsel.

Als sie am Hochsitz ankamen, stieg Justus die steilen, hölzernen Stufen zuerst hoch, um ihr anschließend zu helfen. Oben angekommen musste sie sich bücken, um unter der schmalen, umlaufenden Brüstung hindurchzukriechen. Die kleine Plattform auf dem Hochsitz war so schmal, dass sich ihre Körper zwangsläufig berührten. Justus schien sich nichts dabei zu denken. Er hatte das Fernglas an die Augen gehoben und beobachtete aufmerksam die Umgebung.

»Können Sie was sehen?«, frage Caroline leise.

»Moment.« Langsam wandte er den Kopf zur Seite. Ein Lächeln glitt plötzlich über sein Gesicht. »Cäsar.«

Justus reichte Caroline das Fernglas und zeigte in die Richtung, in der er den Bären gesehen hatte.

Caroline sah nichts als Bäume, schwenkte das Fernglas ein bisschen nach links und hielt staunend den Atem an. Durch das Fernglas sah sie das Tier so nahe, als würde es unmittelbar vor ihr stehen. Das hier war etwas anderes, als einen Bären über eine Webcam auf dem Monitor zu beobachten.

»Er sieht so imposant aus«, flüsterte Caroline. Langsam ließ sie das Fernglas sinken. »Aber irgendwie auch nett.«

»Ist er auch.« Justus lachte leise. »So nett, wie ein wildes Tier eben sein kann. Aber er ist bestimmt kein Teddybär.«

Als wolle er Justus' Worten zustimmen, ließ der Bär in diesem Moment ein tiefes Brummen hören.

»Danke, dass Sie mich mitgenommen haben. Es ist ein tolles Erlebnis.« Caroline gab Justus das Fernglas zurück. Ihre Finger berührten sich. »Ich habe richtig Gänsehaut.«

Justus schaute auf ihre Finger, die immer noch seine Hand berührten. »Vor Angst?«

»Vor Aufregung«, erwiderte Caroline heiser. Und sie wusste, dass es nicht nur wegen des Bären war. Sie spürte Justus' Wärme ganz nah an ihrem Körper, glaubte seinen Herzschlag zu hören. Oder war es ihr eigener. Als sein Atem über ihr Gesicht strich, trafen sich ihre Lippen. Es war ein erster, zärtlicher Kuss, der ihre Sehnsucht nicht befriedigte, sondern erst entfachte.

Der Kuss hatte sie beide sehr verlegen gemacht. Als Justus sie nach Hause brachte, wünschte sich Caroline, er würde sie noch einmal in die Arme nehmen, doch Justus verabschiedete sich mit einem Lächeln und wünschte ihr eine gute Nacht.

Obwohl Caroline wusste, dass sie nicht würde einschlafen können, machte sie sich für die Nacht fertig. Wie jede Nacht hatte sie das Fenster weit geöffnet und die milde Nachtluft strich sanft durch die Gardinen.

In Gedanken ließ sie den Tag noch einmal Revue passieren, vor allem die letzten Stunden. Der Kuss war schön gewesen, ließ selbst in der Erinnerung ihr Herz wieder schneller schlagen.

Plötzlich stand er vor ihr. Wie aus dem Nichts tauchte er auf und schaute sie mit diesem unwiderstehlichen Lächeln an. Wie von selbst glitt Caroline in seine Arme, schmiegte sich an ihn.

Sein Gesicht war ganz nah bei ihren, erwartungsvoll öffnete sie die Lippen ...

Verwirrt schreckte Caroline auf. Es war ein Traum gewesen. Nur ein wunderschöner Traum.

Die Strahlen der Morgensonne fielen durch das geöffnete Fenster. Mit einem Blick auf den Wecker stellte Caroline fest, dass es bereits acht Uhr war. Sie streckte sich, gähnte noch einmal herzhaft, bevor sie aufstand und nach unten ging, so wie sie war, in ihrer Schlafanzughose und dem knappen Shirt, trat sie hinaus auf die Terrasse. Der See lag glatt und grün schimmernd vor ihr, bis das Geräusch eines Motorbootes die Stille durchschnitt.

Caroline strahlte, als sie Justus hinter dem Steuer erblickte. Er winkte ihr zu. Caroline winkte zurück, wollte ihm etwas zurufen, als jemand laut an der Tür klopfte.

»Caroline?«, hörte sie Andreas rufen.

Caroline winkte Justus noch einmal zu, bevor sie ins Haus ging, um die Eingangstür zu öffnen.

»Hej, guten Morgen.« Er begrüßte sie mit einem Kuss auf die Wange, schaute sie von oben bis unten an. »Gut siehst du aus. Richtig erholt.«

»Danke.« Caroline lachte und musste unwillkürlich wieder an den vergangenen Abend denken. Sie fühlte sich auch gut. Sehr gut sogar.

»Ich habe Frühstück mitgebracht.« Er hob die Papiertüte hoch, aus der es nach frischgebackenen Brötchen duftete. »Ich dachte mir, du hast bestimmt nichts Vernünftiges mehr zu Hause.«

»Du bist ein Schatz.« Caroline grinste, weil ihr Magen in genau diesem Moment laut und vernehmlich knurrte.

»Wollen wir auf die Terrasse gehen?«, schlug Andreas vor.

»Klar«, nickte Caroline und ging mit ihm hinaus. »Setz dich schon mal, ich hole Kaffee und Teller.«

Bevor sie ins Haus ging, schaute sie wieder zu Justus hinüber. Wäre doch schön, wenn er auch mit ihnen frühstücken würde.

Justus hatte das Motorboot bereits wieder gewendet und war zurückgefahren.

»Ich fahre nachher nach Katarinholm«, sagte Andreas, während sie den Tisch deckte. »Kommst du mit? Ist eine schöne Strecke.«

»Das wäre schön, aber die Arbeit ruft. Die wollen meinen Bericht so schnell wie möglich. Ich muss heute mit ein paar Leuten reden und mich mit Sven treffen.«

»Kein Problem, war ja auch nur ein Vorschlag.« Er schraubte ein Glas auf, tauchte einen Löffel hinein und hielt ihn ihr anschließend vor den Mund. »Jetzt probier mal die Marmelade. Die machen ein paar junge Frauen hier aus der Nähe. Das ist rein biologisch, das Beste, was ich im Laden habe.«

Caroline kostete und verdrehte genießerisch die Augen. »Mmh, köstlich.«

Auch wenn er lächelte, der Ausdruck seiner Augen blieb ernst. »Das könntest du jeden Morgen haben.«

Caroline tat so, als würde sie ihn nicht verstehen. »Wo? In Stockholm?«

Er schaute ihr tief in die Augen. »Es könnte einer der Gründe sein, Stockholm zu verlassen.«

»Marmelade?«

»Ich sagte, einer der Gründe.«

»Und was wären die anderen?« Es war ein Spiel mit dem Feuer. Caroline wusste genau, dass es besser wäre, sich nicht darauf einzulassen.

»Das kannst du dir doch denken.« Seine Stimme klang heiser.

»Ich habe die Milch vergessen«, entzog sich Caroline dem Gespräch. Hastig sprang sie auf. »Ich bin gleich wieder da.«

Sie spürte, dass Andreas ihr nachschaute. In der Küche stützte sie sich mit beiden Händen auf die Arbeitsplatte. »Aufpassen, Caro«, ermahnte sie sich leise. »Das ist kein Spiel.«

Er hatte in der Nacht von ihr geträumt und es am Morgen kaum ausgehalten. Er musste sie einfach sehen.

Für Justus war es fast schon so etwas wie ein Wink des Schicksals gewesen, dass sie genau in dem Moment auf die Terrasse gekommen war, als er dort mit seinem Motorboot vorbeigefahren war.

Sie hatte sich offensichtlich gefreut, ihn zu sehen, doch dann war sie zurück ins Haus gegangen. Als sie wieder auf die Terrasse kam, war Andreas bei ihr gewesen. Es hatte ihm einen Stich versetzt, zu sehen, wie vertraut die beiden miteinander waren.

Das schien ohnehin heute nicht sein bester Tag zu werden. Als er umgedreht hatte, um zurück zur Forsthütte zu fahren, erreichte ihn ein Anruf auf seinem Handy. Er wurde gebeten, sofort zur Polizeistation zu kommen. Es sei wieder etwas mit den Bären vorgefallen, lautete die knappe Auskunft des Beamten.

Die Polizeistation befand sich in dem Gebäude, in dem auch das Rathaus untergebracht war. Auf einem Steinsockel war das Gebäude aus gelb gestrichenem Holz erbaut. Die weißen Fenstereinfassungen boten einen fröhlichen Kontrast dazu, ebenso wie die Fenster, deren rote Rahmen und Sprossen weithin leuchteten. Ein Treppenaufgang führte zum Eingang des Rathauses.

Justus war der Aufforderung des Polizisten sofort nachgekommen und hatte sich auf der Polizeistation gemeldet. Dort hatte er erfahren, dass die Bären angeblich weitere Schafe gerissen haben sollten.

Er konnte es einfach nicht glauben, war sich sicher, dass das so nicht stimmen konnte. Der Polizist war an seinen Ausführungen aber nicht sonderlich interessiert gewesen. Er hatte Justus über Mats' Anzeige informiert und ihm mitgeteilt, dass die Sache weitere Untersuchungen nach sich ziehen würde. Damit war das Thema für den Beamten erledigt gewesen.

So einfach hatte Justus nicht aufgeben wollen. Er war dem Polizisten gefolgt, als der das Gebäude verlassen hatte.

»Ich verstehe Sie nicht. Es sind doch auch schon früher Schafe gerissen worden, bevor die Bären da waren.«

»Nein, kaum.« Der Polizist hielt während des Redens nicht inne, hastete die Treppe vor dem Rathaus nach unten. »Und Mats ist sich ja auch sicher, einen Bären gesehen zu haben.«

Justus war dem Polizisten die Treppe hinunter gefolgt. »Mats«, stieß er hervor. »Mats war von Anfang an gegen die Bären.«

»Moment!« Der Polizist blieb plötzlich stehen und wandte sich zu Justus um. »Wollen Sie sagen, dass er lügt?«, fragte er, wobei er Justus direkt in die Augen sah.

»Ich weiß es nicht. Auf jeden Fall scheint er eine blühende Fantasie zu haben. Ich bin mir jedenfalls sicher, dass es nicht die Bären waren. Was Sie glauben, ist mir letzten Endes egal.«

Der Polizist wollte in aller Entschiedenheit auf diesen Angriff antworten, als der Bürgermeister zu den beiden trat.

»Hej, Justus«, grüßte er im Vorbeigehen, »hej, Olof.«

»Hej«, antwortete Justus einsilbig.

Sven blieb stehen. »Was ist denn los?«

»Mats hat wieder ein paar Schafe verloren«, klärte der Polizist den Bürgermeister auf und mit einem vorwurfsvollen Blick in Justus' Richtung fügte er hinzu: »Gerissen!«

Sven schaute Justus streng an. »So kann das nicht weitergehen. Ich werde das nicht länger dulden. Die Leute hier sind ja schon ganz panisch.«

»Ach, hören Sie doch auf«, erwiderte Justus. »Der Einzige, der hier Panik macht, ist Mats. Wenn Sie nur eine Sekunde darüber nachdenken würden, wüssten Sie, dass mein Projekt eine Bereicherung für Mariefred wäre.«

Justus hatte genug. Er war alles gesagt worden, was es zu sagen gab, und was blieb, war nur noch das schale Gefühl, gegen Wände zu reden. Mats und offensichtlich auch der Bürgermeister wollten einfach daran glauben, dass die Bären gefährlich waren. Da half auch kein Reden mehr.

Spaziergänger schlenderten am Kai entlang, genossen den herrlichen Sonntag. Boote mit hohen Masten schaukelten träge auf dem Wasser.

Caroline war wieder auf ihrem Fahrrad unterwegs. Sie genoss den Fahrtwind, das Panorama.

Als sie zur Innenstadt abbog, stand da Justus' Jeep. Er wollte gerade in den Wagen steigen. Als er sie sah, vertrieb ein zaghaftes Lächeln die ärgerliche Falte auf seiner Stirn.

Caroline hielt neben ihm an. »Schön, dich zu sehen. Wie geht es dir?«

Das Lächeln auf seinem Gesicht verschwand, wie es gekommen war. »Manchmal denke ich, ich sollte einfach sehen, dass ich von hier wegkomme.«

Caroline schaute ihn fragend an. »Was ist passiert?«

Wieder brach sich der Ärger Bahn. »Eigentlich nichts Besonderes. Ich habe es hier nur mit lauter Holzköpfen zu tun.«

»Es sind wieder Schafe gerissen worden«, erklärte Justus. »Und das nimmt Sven zum Anlass, mir zu drohen. Was haben sie gegen die Bären? Ich verstehe es nicht.«

»Vielleicht müssen ihnen die Vorteile noch einmal deutlich erklärt werden«, sagte Caroline.

»Und du glaubst, die hören dir zu?« Justus schüttelte den Kopf, aber immerhin brachte er jetzt wieder ein Lächeln zustande. »Optimistin«, fügte er zärtlich hinzu.

Auch Caroline musste lächeln. »Also, falls der Tourismusverband dein Projekt unterstützt, wird auch Mariefred davon profitieren.«

»Und?«, fragte Justus jetzt ganz direkt. »Wird dein Verband mich unterstützen?«

Caroline nickte. »Ich könnte es mir vorstellen. Allerdings brauche ich noch jede Menge Informationen von dir.«

»Und? Das heißt?«

Caroline warf den Kopf zurück. Ihre Augen funkelten übermütig. »Dass du mir viel Zeit widmen müsstest.«

Es war ihnen beiden klar, dass es in diesem Moment nicht mehr nur um das Bärenprojekt ging. »Bist du sicher, dass du das willst?«

»Ja«, war alles, was Caroline darauf erwiderte. Dabei schaute sie ihm direkt ins Gesicht.

Justus blickte zu Boden. Es war ihm anzusehen, dass ihn etwas beschäftigte. Er hob den Kopf. »Und was ist mit Andreas?«

»Andreas ist mein bester Freund von der Uni. Wir sind uns einfach sehr nahe.« Caroline verdrängte schnell all die Momente, in denen Andreas ihr zu verstehen gegeben hatte, dass er sich mehr erhoffte als Freundschaft.

»Wir sind wie Bruder und Schwester«, fügte sie leise hinzu.

Justus wirkte erleichtert, trotzdem sagte er: »Ich hatte den Eindruck, Andreas sieht das anders.«

Es spielte keine Rolle, wie Andreas das sah. Es kam nur darauf an, wie sie selbst fühlte. Mit Nachdruck sagte sie: »Zwischen Andreas und mir ist nichts.«

Justus nickte. »Gut«, sagte er leise.

»Dann lass uns endlich an die Arbeit gehen.« Caroline war voller Unternehmungslust, und sie war einverstanden, als er vorschlug, dass sie gemeinsam zum Forsthaus fahren sollten. Er öffnete die Ladeklappe seines Jeeps, und während er ihr Fahrrad darauf verstaute, sagte er: »Ich muss aber vorher noch mit jemandem reden.«

Andreas hackte Holz, als Sven in seinem Wagen die Auffahrt hochfuhr. Er stellte den Wagen ab und kam grinsend näher. »Gut machst du das, aber wir haben noch genug Holz für mindestens zwei Winter.«

»Man kann nie genug haben. Es soll ein harter Winter werden.« Auch Andreas grinste jetzt. »Und wer weiß, mit wem man dann vor dem Kamin sitzt.«

»Du denkst an Caroline? Wie geht es mit ihr?«

Andreas war zuversichtlich. »Sie ist hier, wir sehen uns. Gut geht's mit ihr.«

Sven blickte jetzt ernst drein. »Mir wäre es lieber, sie wäre in Stockholm geblieben.«

Andreas verstand sofort, was sein Bruder damit meinte. »Die Probleme mit Falkenberg hättest du auch ohne sie. Wobei ich wirklich nicht verstehe, was du gegen ihn hast. Sag mir, wo liegt eigentlich dein Problem?«

Sven hob die Schultern, schüttelte den Kopf. »Ich hab kein Problem«, behauptete er.

Andreas zögerte einen Moment, bevor er das aussprach, was er schon lange mit Sorge beobachtete. »Ich glaube, das sieht Kerstin aber anders. Vielleicht redest du mal mit ihr.«

Svens Gesicht verschloss sich. »Wenn ich eine Eheberatung brauche, suche ich mir jemanden, der nicht geschieden ist. Danke.« Wütend wandte er sich ab und ging zum Haus.

Sie hatte sich hier lange wohlgefühlt, war glücklich gewesen. Die hohen Räume, die weißen Flügeltüren und die kostbaren Antiquitäten, die den Raum keineswegs überfrachteten, sondern einen reizvollen Kontrast zu den hellen Wänden und den gepflegten Holzdielen bildeten. Immer hing ein wenig der Duft nach Bienenwachs in der Luft, mit dem Holzboden und Möbel gepflegt wurden.

Inzwischen fühlte Kerstin sich hier eingesperrt. Es war ihr goldener Käfig, den sie sich selbst geschaffen hatte. Sie wusste nicht genau, wie und wann es passiert war. Es war ein schleichender Prozess gewesen bis zu diesem Gefühl heute, dass sie so nicht weiterleben wollte.

Kerstin setzte sich auf den alten Sessel neben dem runden Beistelltisch am Fenster. Von hier aus konnte sie über den Rasen bis hinunter zum See schauen. Früher hatte sie stundenlang hier sitzen und einfach nur schauen können, aber inzwischen war sie nur noch von hektischer Unrast erfüllt.

Sie wählte eine Nummer, presste das Handy fest an ihr Ohr. Das Freizeichen war zu hören, doch niemand meldete sich. Nach einer Weile schaltete sich die Mailbox ein.

»Wo bist du?«, sagte Kerstin mit verzweifelter Stimme. »Ich habe hundertmal angerufen. Ich war gestern bei dir und heute auch. Bitte ruf an, ja? Ich halte das nicht mehr aus, ich muss mit dir ...« Sie brach abrupt ab, als Sven das Zimmer betrat. Seine Miene verhieß nichts Gutes, als er mit ausgreifenden Schritten auf sie zukam. Er baute sich vor ihr auf und blickte streng auf sie hinab. »Mit wem hast du telefoniert?«

»Das ist doch meine Sache.« Kerstin stand auf. Sie ignorierte den Schmerz in Svens Augen. »Seit wann interessiert dich, was ich tue?«

Sie wandte sich ab, wollte den Raum verlassen, doch Sven hielt sie zurück. »Bitte, geh nicht.«

Langsam drehte Kerstin sich wieder um. Ablehnend schaute sie ihn an.

»Ich weiß, dass ich zu wenig Zeit habe«, sagte Sven.

Kerstin schüttelte den Kopf. »Kein Problem«, erwiderte sie leise, und genau so war es auch. Für sie war es kein Problem mehr. Sie hatte darunter gelitten, mehr und mehr, doch inzwischen spürte sie nur noch eine tiefe Leere in sich. Sie wollte sich erneut umwenden und gehen, doch Sven griff nach ihrem Arm.

»Wir müssen reden, Kerstin.«

»Denkst du wirklich, dass das so einfach geht? Du behandelst mich wie einen Regenschirm, den man benutzt, wie man ihn braucht, und sonst nicht beachtet. Und plötzlich fällt es dir ein zu reden? Tut mir leid, jetzt habe ich keine Lust dazu.« Diesmal ließ Kerstin sich nicht mehr aufhalten. Durch die geöffnete Terrassentür eilte sie nach draußen.

Auf der Fahrt zu Mats' Bauernhof berichtete ihr Justus über das Gerücht, dass die Bären wieder Schafe gerissen hätten. Er hatte sich entschlossen, noch einmal persönlich mit dem Bauern darüber zu reden.

Caroline war froh, dass Justus sie mitnahm. Es interessierte sie schließlich auch, was Mats zu sagen hatte.

Justus fuhr den Wagen hinter das Haus und Caroline dachte unwillkürlich an ihren ersten Tag in Mariefred, als sie mit Andreas hier gewesen war, um die kleine Ziege abzuholen. Heute standen zwei Pferde auf der Weide hinter dem Stall. Mats stand auf einer anderen Weide, die an den Hof grenzte, und fütterte Schafe. Er sah nur kurz auf, als er den Wagen hörte. Seine Miene verfinsterte sich und er wandte sich wieder seinen Tieren zu. Er drehte sich auch nicht um, als Justus den Motor abstellte und er zusammen mit Caroline ausstieg.

»Hej, Mats, ich muss mit dir reden«, sagte Justus.

Nur kurz blickte Mats über die Schulter zurück. »Verschwindet von meinem Hof.«

»Bitte, Mats, so geht das doch nicht.«

Diesmal drehte der Bauer sich um. Blanker Hass lag in seinen Augen. »Hau ab! Hau einfach ab! Nimm deine verdammten Bären und verschwinde von hier, Falkenberg.«

»Bitte, Mats, lassen Sie uns doch in Ruhe reden«, mischte Caroline sich ein. »Vielleicht kann man ja herausfinden, wer Ihre Schafe wirklich gerissen hat.«

Mats' drohender Blick richtete sich nun auf Caroline. »Ich weiß genau, wer Sie sind und was Sie vorhaben. Also, verschwindet einfach.« Er drehte ihnen den Rücken zu. Seine ganze Haltung war so abweisend, dass sich jedes weitere Wort erübrigte.

Caroline und Justus warfen sich einen enttäuschten Blick zu und gingen zurück zum Wagen.

Justus hatte später noch einen Termin in der Stadt, doch vorher wollte er Kerstin nach Hause bringen, aber das lehnte sie ab. Sie wollte lieber mit dem Fahrrad zurück zum Ferienhaus fahren und unterwegs ein wenig ihre Gedanken ordnen. Die Begegnung mit Mats hatte sie sehr aufgewühlt.

Als sie in den Weg einbog, der zum Haus führte, sah sie Sven bereits. Er wirkte ungeduldig, schien auf sie zu warten.

»Hej, Sven«, grüßte sie, als sie vom Rad stieg.

»Gut, dass du kommst, Caroline. Ich muss mit dir reden.«

Nachdem Justus sie bereits über alles informiert hatte, ahnte Caroline, worauf Sven hinauswollte. Sie sagte nichts, fragte nicht, sondern wartete darauf, dass er das Thema anschnitt.

»Hast du dich schon entschieden, wie deine Beurteilung aussehen wird? Wirst du die Empfehlung geben, dass die Bären hierbleiben?«

»Ich kann höchstens die Empfehlung geben, dass das Projekt in die Angebote miteinbezogen wird.« Caroline nahm ihre Tasche aus dem Fahrradkorb. »Und ich denke, das werde ich tun.«

Als Caroline das Haus betreten wollte, stellte Sven sich ihr in den Weg. »Aber das darfst du nicht, Caroline. Wir wollen dieses Projekt hier nicht. Nicht die Bären und nicht diesen Falkenberg.«

»Aber Sven«, erwiderte Caroline verständnislos. »So ein Projekt bringt euch jede Menge neuer Touristen. Die Menschen lieben es, sich mit der Natur zu beschäftigen.«

»Caroline, ich bin der Bürgermeister.« Svens Stimme wurde laut. »Ich kenne meine Gemeinde. Niemand hier will dieses Projekt.«

Caroline schüttelte den Kopf. »Ich verstehe das nicht. Lass dich doch mal von Justus Falkenberg zu den Bären bringen. Wenn du sie erst einmal gesehen hast ...«

»Ich will das nicht«, fiel er ihr wütend ins Wort. »Verdammt, Caroline, ich dachte, du bist auf meiner Seite.«

»Mein Auftraggeber ist der Tourismusverband«, sagte Caroline entschieden. »Er erwartet von mir eine faire Beurteilung der Situation und die werde ich ihm liefern, Sven.«

»Wieso willst du alles zerstören?«, fragte Sven heiser.

Caroline war viel zu verblüfft über seine Reaktion, um ihm darauf sofort eine Antwort zu geben. Sven gab ihr dazu auch keine Gelegenheit mehr. Er wandte sich um und ließ sie einfach stehen.

Nachdenklich schaute Caroline ihm nach. Sie fragte sich, ob es Sven wirklich nur um das Bärenprojekt ging oder ob hinter seiner Ablehnung mehr stecken mochte.

Es war ein anstrengender Tag gewesen. Der einzige Lichtblick waren die Stunden mit Caroline gewesen.

Justus parkte den Jeep vor dem Forsthaus. Er nahm das Handy aus seiner Jackentasche und hörte die Mailbox ab. Er seufzte tief, als er eine der vielen Nachrichten abhörte, die alle von der gleichen Person kamen.

»Wo bist du?«, hörte er Kerstin verzweifelt fragen. »Ich habe hundertmal angerufen. Ich war gestern da und heute auch. Ich halte es nicht aus ...«

Wegen genau dieser Anrufe hatte er das Handy ausgeschaltet. Kopfschüttelnd löschte er die Nachrichten, ging zum Haus.

Pelle begrüßte ihn schwanzwedelnd und sehr aufgeregt. Es kam nur selten vor, dass Justus seinen Hund nicht mitnahm, und so begrüßte er sein Herrchen voller Ungestüm.

Justus ließ die Tür auf. Er wusste, dass Pelle sich nicht weit vom Haus entfernen würde, während er arbeitete.

Der Computer war wie immer eingeschaltet, die Webcam auf den Lieblingsplatz der Bären gerichtet. Er blickte kurz über die Monitore, machte sich einige flüchtige Notizen.

Plötzlich fesselte eine ungewohnte Bewegung auf einem der Monitore seine ganze Aufmerksamkeit. Um sich zu vergewissern, schaute genauer hin, glaubte schon, sich geirrt zu haben, doch dann sah er den Mann. Er huschte zwischen den Bäumen davon, war nur noch von hinten zu sehen.

Langsam fuhr Sven mit seinem Wagen an das Forsthaus heran. Er blieb hinter den Bäumen stehen, damit er nicht zu sehen war. Mit hassverzerrtem Gesicht starrte er zum Forsthaus hinüber. Justus hantierte draußen mit einer Kamera herum, die auf einem Stativ angebracht war, sodass er das andere Seeufer beobachten konnte.

Sven ballte die Hände zu Fäusten. Am liebsten wäre er ausgestiegen und auf den anderen losgegangen. Aber er blieb in seinem Wagen sitzen. Beobachtete Justus noch eine ganze Weile …

Als Kerstin den Schuhladen verließ, hatte sie die Farbe der Schuhe bereits vergessen, die sie gerade eingekauft hatte. Sie hatte einfach nur von zu Hause weggewollt, hatte es nicht mehr ausgehalten, ununterbrochen auf einen Rückruf zu hoffen.

Ausgerechnet Sven musste ihr jetzt über den Weg laufen. Sein Gesicht war grau, aber das war Kerstin egal. Es interessierte sie nicht mehr, was ihren Mann bedrückte. Diese Zeiten waren vorbei.

Sven schaute auf die Tüte in ihrer Hand. »Hast du eingekauft?«

Was für eine Frage. Es war ja wohl offensichtlich, dass sie etwas gekauft hatte. »Ja, Schuhe«, erwiderte sie spröde. »Aber das interessiert dich doch überhaupt nicht.«

Sven seufzte. »Ich weiß nicht, wieso du das sagst.«

Kerstin wandte sich ab, wollte einfach weitergehen. Sie konnte seine Anwesenheit nicht ertragen. Sven folgte ihr.

»Wollen wir irgendwo zusammen einen Kaffee trinken?«

Kerstin drehte sich um, schaute ihn erstaunt an. Sven brachte ein mühsames Lächeln zustande. »Das haben wir schon lange nicht mehr gemacht«, sagte er.

Er sah so unglücklich aus, und sie wusste genau, wie er sich fühlte. Kerstin empfand plötzlich Mitleid mit ihrem Mann, auch wenn sie sich noch so sehr dagegen wehrte. Ihre Stimme klang weitaus freundlicher, als sie antwortete: »Tut mir leid, ich habe keine Zeit.«

Seine Miene verschloss sich wieder. »Darf ich fragen, was du vorhast?«

»Ich hole Lisa ab. Sie ist heute bei Pia zum Spielen.« Kerstin spürte selbst, dass ihre Antwort wie eine Ausrede klang. »Du kannst ja mitkommen«, forderte sie ihn auf.

»Nein, ich habe leider keine Zeit«, er schüttelte den Kopf.

Der kurze Moment, in dem vielleicht eine Annäherung möglich gewesen wäre, war vergangen. »Habe ich mir gedacht«, sagte Kerstin kühl. »Geh nur, Sven. Geh zu deinem Termin. Kümmere dich um alles andere.« Sie drehte sich um und ging weiter.

Sven lief ihr nach, fasste sie am Arm und zwang sie, sich zu ihm umzudrehen. »Herrgott, Kerstin, ich bin nun mal Bürgermeister.«

»Ja, du bist nun mal Bürgermeister. Also dann, einen schönen Nachmittag noch.« Sie maß ihn mit einem langen Blick, bevor sie über den Platz davoneilte.

Immerhin hatte er geistesgegenwärtig sofort auf Aufnahme geschaltet und die zwischen den Bäumen davonhuschende Gestalt aufgenommen. Jetzt war er im Büro des Bürgermeisters und zeigte dem Polizisten Olof die Aufnahmen. Svens Sekretärin Elsa hatte vor ein paar Minuten ausrichten lassen, dass auch der Bürgermeister gleich kommen würde.

Olof saß auf dem Stuhl des Bürgermeisters, während Justus aufgeregt auf den Monitor zeigte. »Wer ist es? Sie müssen den Mann doch kennen.«

»Kennen? Soll das ein Witz sein?« Der Polizist lehnte sich in seinem Stuhl zurück und betrachtete gelangweilt den Monitor des Notebooks, das Justus mitgebracht hatte, um die Aufnahme vorzuführen.

»Ich hatte ja schon Mühe, zu erkennen, dass das überhaupt ein Mensch ist«, behauptete der Polizist.

Noch bevor Justus antworten konnte, betrat Sven das Büro

und warf einen scharfen Blick auf Olof, der sofort dienstbeflissen vom Stuhl des Bürgermeisters aufsprang. Sven trat hinter seinen Schreibtisch. »Elsa sagte mir, dass ihr mich sprechen wollt?«

Justus zeigte wieder auf den Monitor. »Es geht um diesen Mann. Er bewegt sich im Bärengebiet. Kennen Sie ihn, Sven?«

»Niemand aus Mariefred bewegt sich im Bärengebiet.« Sven stand hinter seinem Schreibtisch, beide Hände in den Hosentaschen. Seine Miene blieb unbewegt, doch in seiner Stimme schwang unterschwelliger Ärger mit. »Das wird ein harmloser Wanderer gewesen sein. Aber genau das habe ich befürchtet. Harmlose Wanderer verirren sich und stehen plötzlich vor einem Bären.«

Justus schüttelte den Kopf. »Der Mann war kein Wanderer. Ich fürchte, er will etwas gegen die Bären unternehmen.«

»Jetzt machen Sie mal einen Punkt«, fuhr der Polizist ihn von der Seite her an. »Die Bären sind gefährlich, nicht die Menschen.« Beifallheischend schaute er zum Bürgermeister hinüber. Sven stimmte ihm sofort zu. Er kam um den Schreibtisch herum und baute sich drohend vor Justus auf.

»Hören Sie gut zu, Justus. Wenn uns wegen der Bären die Touristen wegbleiben, haben Sie bald noch ein viel größeres Problem.«

Svens Miene zeigte immer noch keine Regung. Es entging Justus aber nicht, dass der Polizist still vor sich hin grinste. Er schaute von Sven zu ihm und wieder zurück.

»Tut mir leid, dass ich Ihre Zeit beansprucht habe. Ich sehe schon, Sie wollen einfach nicht kooperieren.« Er klappte das Notebook zu und nahm es unter den Arm. Im Hinausgehen hörte er den Polizisten sagen: »Ich hoffe, der ist bald weg mit seinen Zirkusbären.«

Die Tür des Bürgermeisterbüros fiel ins Schloss.

Justus war ziemlich aufgebracht gewesen, als er bei ihr ankam. Zum zweiten Mal an diesem Tag. Er zeigte auch ihr die Bilder von dem Mann, der durch das Bärengebiet schlich. Caroline konnte damit allerdings noch sehr viel weniger anfangen als Sven oder Olof, die ja immerhin hier in Mariefred lebten.

Es gelang Caroline aber zumindest, Justus von seinem Ärger abzulenken, indem sie gemeinsam mit ihm das Bärenprojekt für den Tourismusverband beschrieb.

Es war schön, mit ihm auf der Terrasse zu sitzen. Während sie an dem Text feilte, war er ins Haus gegangen, um zwei Gläser Saft zu holen. Es gefiel Caroline, dass er sich wie selbstverständlich in dem Haus bewegte. Jetzt stand er neben ihr und schaute ihr über die Schulter.

»Okay, das war es dann.« Caroline speicherte den Text ab, schaltete das Notebook aus und klappte es zu.

»Denkst du wirklich, sie werden das Projekt unterstützen?«

»Bald wirst du keine Unterstützung mehr nötig haben. Wenn du erst mal die ersten Führungen zu den Bären gemacht hast, werden sie dir die Bude einrennen.« Caroline lächelte ihn zärtlich an. »Und das nicht nur wegen der Bären«, sagte sie leise.

Justus beugte sich über sie. Seine Hände umfassten ihr Gesicht und er küsste sie zärtlich.

Genau darauf hatte Caroline gewartet, seit er sie das erste Mal geküsst hatte. Die anfängliche Verlegenheit war wie weggeblasen. Sie genoss das aufregend schöne Gefühl seiner sinnlichen Berührungen ohne jede Scheu.

Justus zog sie vom Stuhl hoch, lachte. »Komm, ich will dir meinen Lieblingsplatz zeigen.«

Bereitwillig ließ Caroline sich mitziehen. »Du bist wie Lisa.« Sie schmunzelte, als sie nach seiner Hand griff. Sie liefen hinunter zum Steg, wo Justus sein Motorboot festgemacht hatte. Sie schmiegte sich an ihn, als er das Boot über das glitzernde Wasser steuerte.

Caroline fand, dass die Fahrt über den See viel zu kurz war. Ewig hätte sie so an ihn geschmiegt hier sitzen können, während das Boot in gemächlichem Tempo über das Wasser glitt.

Justus steuerte auf die felsige Bucht zu, die nur spärlich mit Gras bewachsen war, aber den Blick auf das dahinterliegende üppige Waldgebiet freigab.

Ein schmaler Steg ragte einsam über das Wasser. Justus fuhr langsam darauf zu und machte das Boot fest.

Dann griff er nach ihrer Hand, hielt sie fest, als sie vom Steg über den felsigen Boden nach oben kletterten. Caroline blieb stehen, schaute über den See und fühlte, wie eine unbeschreibliche Ruhe und Sicherheit von ihr Besitz ergriff. Das Plätschern des Wassers, die Luft, die nach Gras und Kräutern duftete. Justus, der so dicht neben ihr stand, dass sie seinen Körper an ihrem Körper spürte.

»Wahnsinn«, sagte Caroline leise. »Ist das schön hier.«

»Das finde ich auch.« Justus schaute über den blauen See, der von grünen, dicht bewaldeten Ufern eingerahmt wurde. »Wenn ich hier bin«, fuhr er gedankenverloren fort, »sind alle Probleme weit weg.«

Sie hob den Kopf, schaute ihm in die Augen. Wie von selbst bewegten sie sich aufeinander zu, und als sie die Augen schloss, spürte sie seine Lippen bereits auf den ihren. Sie wollte ihn spüren, ihm ganz nahe sein. In dieser Nacht, das wusste sie bereits jetzt, würde sie nicht alleine sein.

Die Mitsommernachtssonne verlieh der Nacht einen magischen Zauber. Caroline war mit Sven zurück zum Forsthaus gefahren. Jetzt lag sie neben ihm auf dem Bett. Die Wärme seiner nackten

Haut ergriff ihren ganzen Körper, in seiner Umarmung fühlte sie sich geborgen und sicher. Seine Zunge spielte mit ihrer Zunge, während er ihren Körper streichelte und sie sich enger und enger an ihn schmiegte.

So sehr begehrte sie ihn, nichts wollte sie mehr als diesen Mann.

Vergeblich versuchte Kerstin, sich auf den Inhalt des Buches zu konzentrieren. Es lag nicht nur am fahlen Licht hier draußen, die Kerze im Windlicht spendete genug Helligkeit.

Kerstins Gedanken schweiften einfach immer wieder ab. Er hatte sich immer noch nicht gemeldet, auf keinen ihrer Anrufe reagiert, die sie auf seiner Mailbox hinterlassen hatte.

Kerstin saß vor dem Boothaus direkt am Wasser. Wie schön wäre es, diese zauberhafte Nacht mit einem anderen Menschen teilen zu können.

Sie fühlte sich einsamer denn je, spürte zugleich diese kaum zu stillende Sehnsucht in sich.

Kerstin nahm einen Schluck aus dem Rotweinglas, das auf dem Tisch neben ihr stand. Es war ein hervorragender Wein, doch er schmeckte schal und abgestanden. Oder kam ihr das nur so vor, verlor sie allmählich die Fähigkeit, überhaupt noch etwas zu genießen.

Kerstin hielt es nicht mehr aus. Sie sprang auf, ging hinüber zum Haus. Auch hier war alles still. Fast so, als wäre sie der einzige Mensch auf dieser Welt.

Sie blieb einen Augenblick an der Terrassentür stehen, lauschte in die Stille der Nacht. Alles in ihr drängte danach, zu ihm zu gehen. Die Sehnsucht in ihr wurde übermächtig.

Bevor sie das Haus verließ, schaute Kerstin nach ihrer Tochter. Sie öffnete die Tür zum Kinderzimmer gerade so weit, dass sie eintreten konnte. Ein schmaler Lichtstreifen fiel durch die kaum geöffnete Tür auf das Kind.

Lisa schlief tief und ruhig, ihren Teddybären hatte sie fest an sich gedrückt.

Kerstin hatte ein schlechtes Gewissen. Noch nie zuvor hatte sie ihr Kind alleine gelassen. Vorsichtig setzte sie sich auf die Bettkante, strich sacht über die Haare des schlafenden Mädchens. »Träum schön, meine Süße. Ich bin gleich wieder zurück.«

Sie wollte ja wirklich nicht lange wegbleiben, und Lisa würde sicher auch die nächsten Stunden durchschlafen. Außerdem war Andreas gleich nebenan in seiner Wohnung.

Leise ging Kerstin wieder nach unten und verließ das Haus. Ausgerechnet in diesem Moment kam Sven nach Hause.

»Wo gehst du hin?«, fragte er scharf.

Kerstin fühlte sich ertappt. »Ich ...«, stammelte sie verlegen. »... ich wollte noch ein bisschen spazieren gehen. Ich wollte meinen Schal aus dem Auto holen.« Kerstin entzog sich den bohrenden Blicken ihres Mannes, wandte sich um und ging zu ihrem Auto, das ein paar Meter weiter auf der Auffahrt geparkt war. Wie zum Beweis öffnete sie die Fahrertür.

»Und Lisa?«, fragte Sven. Er folgte ihr zum Wagen.

Langsam drehte Kerstin sich um. »Sie schläft tief und fest.«

»Soll das heißen, du wolltest sie alleine lassen?« Svens Stimme wurde immer lauter.

»Ich habe doch gesagt, dass sie tief und fest schläft«, erwiderte Kerstin heftig. »Und wenn du deine Tochter kennen würdest, wüsstest du, dass sie nicht mehr aufwacht, wenn sie einmal eingeschlafen ist.«

Sven ging darauf nicht ein. »Und wann hattest du vor, wiederzukommen?«, wollte er wissen. »Was wäre gewesen, wenn sie zum ersten Mal einen Albtraum gehabt hätte.«

Kerstin starrte ihn empört an. »Ach, du sorgst dich auf einmal um deine Tochter? Und wieso bist du dann so selten zu Hause?«

»Darum geht es doch überhaupt nicht«, brüllte Sven sie an.

Nicht weniger laut antwortete Kerstin: »Doch, genau darum geht es. Du vernachlässigst deine Tochter, und mich auch.«

Sven wurde mit einem Mal wieder ganz ruhig. »Na, du weißt dir ja zu helfen«, sagte er voll Ironie.

Beide bemerkten nicht, dass Andreas dazutrat. Plötzlich stand er neben ihnen. »Wisst ihr eigentlich, wie laut ihr seid? Wenn ihr streiten müsst, dann tut es bitte im Haus. Wie könnt ihr euch nur so verletzen? Ihr seid doch vernünftige Menschen. Wieso erkennt ihr nicht, was ihr aneinander habt.«

»Sven weiß doch nicht, dass es mich überhaupt noch gibt«, stieß Kerstin bitter hervor. Sie hielt es nicht länger aus, wollte einfach nur noch weg von hier. Sie drehte sich auf dem Absatz um und lief davon, als wäre sie auf der Flucht.

Eng aneinandergekuschelt lagen sie auf dem Bett. Caroline hatte den Kopf auf seine Schulter gebettet, spürte seine Hand in ihrem Haar, die andere auf ihrer warmen Haut.

»Geht es dir gut?«, murmelte er in ihr Haar.

»Du kannst dir gar nicht vorstellen, wie gut. Dabei habe ich immer gedacht ...« Caroline unterbrach sich.

»Was?«, wollte Justus wissen. »Dass du nie mehr was mit Männern zu tun haben willst?«

Caroline lachte leise. »So schlimm vielleicht nicht, aber ich wollte mich auch nicht mehr so schnell in eine Situation begeben, wo der Herzschmerz vorprogrammiert ist.« Caroline richtete sich auf, damit sie ihn ansehen konnte. »Habe ich dir schon gesagt, dass mein größter Fehler die Inkonsequenz ist?«

Sie lachten beide. Behutsam streichelte er ihren Arm. »Ich liebe wankelmütige Frauen.«

Sein Mund suchte ihre Lippen, zärtlich küsste er sie. Wie gut er aussieht, dachte Caroline, als er sich aufrichtete und aus dem Bett stieg. Er bewegte sich völlig natürlich in seiner Nacktheit. »Willst du etwas trinken?«, fragte er. »Wein oder Wasser?«

»Würdest du mir einen Kaffee machen? Mit Milch, wenn es geht.«

Justus nickte und ging hinüber zu der angrenzenden Küchenzeile. Caroline hörte ihn hantieren. »Wie ist das eigentlich mit dir?«, fragte sie so laut, dass er sie verstehen konnte. »So ganz alleine im Wald. Wolltest du nie mehr was mit Frauen zu tun haben?«

Justus kam mit einem Becher voller Milchkaffee zurück. Er reichte ihr den Becher und setzte sich wieder zu ihr aufs Bett.

Caroline trank einen Schluck, schaute Justus dabei über den Rand des Bechers hinweg abwartend an.

»Ich habe Maja, meine Exfrau, damals in Mexiko kennengelernt«, erzählte er. »Wir haben uns sehr schnell ineinander verliebt und bald darauf in Stockholm geheiratet. Wir waren so lange glücklich, bis sie gemerkt hat, dass es nicht meine Absicht war, in der Stadt zu bleiben. Aber Maja konnte ohne die Stadt nicht sein und ich dachte, ich könnte ohne sie nicht sein. Also bin ich geblieben. Viel zu lange.«

»Und irgendwann hast du dich dann entschieden?«, fragte Caroline behutsam.

Justus schüttelte den Kopf. »Ich musste mich nicht entscheiden. Unsere Ehe hat das nicht ausgehalten. Irgendwann ging sie weg, und ich konnte endlich dahin gehen, wo ich immer schon sein sollte.«

Caroline fragte sich, was er bei diesen Worten empfand. Trauerte er seiner Frau noch nach?

Justus beugte sich zu ihr hinüber. In seinen Augen lag keine

Trauer, sondern nur Zärtlichkeit, die zweifellos ihr galt. Er küsste sie, seine Zunge glitt zwischen ihre Lippen. Caroline stöhnte leise auf. Er zog sie auf sich ...

... das Handy klingelte.

Justus reagierte nicht darauf, küsste sie. Seine Hände streichelten sie voller Verlangen. Das Klingeln des Handys brach nicht ab.

»Telefon«, murmelte Caroline an seinem Mund.

»Ich höre nichts.«

»Ich aber. Es nervt.« Caroline löste sich von ihm. »Geh hin, vielleicht ist es ja wichtig.«

»Vielleicht hört es aber auch auf.« Er griff nach ihr, zog sie wieder an sich.

»Bitte, geh ran«, sagte Caroline, als das Klingeln immer noch nicht aufhörte.

Justus gab nach. Er stand auf und suchte nach seiner Jeans zwischen den Kleidungsstücken, die er und Caroline vor zwei Stunden achtlos auf dem Boden verstreut hatten. Er fischte das Handy aus der Gesäßtasche. Caroline sah, dass sich seine Miene verfinsterte, als er auf das Display schaute. Er schaltete das Handy ein, meldete sich. »Falkenberg.«

Kurz lauschte er den Worten seines Gesprächpartners, bevor er unwillig sagte: »Nein, es ist gerade nicht günstig.« Während er sprach, ging er aus der Hütte.

Caroline schaute ihm besorgt nach. Ob es schon wieder neuen Ärger wegen der Bären gab? Caroline stand auf, wickelte sich in ein Bettlaken und folgte Justus. Als sie nach draußen kam, beendete Justus das Gespräch gerade mit einem grimmigen: »Gute Nacht!«

»Was Wichtiges?«, fragte sie besorgt.

Justus schüttelte den Kopf. »Nein«, sagte er leise und legte die Arme um sie.

»Lebst du schon lange hier?«, fragte Caroline.

»Etwas mehr als ein Jahr.«

»Und? Ist es gut?«

»Ja«, nickte er. Verliebt schaute er sie an. »Und es scheint immer besser zu werden.«

Justus küsste sie wieder. Sie schlang beide Arme um seinen Hals. Das Bettlaken, das sie sich umgebunden hatte, fiel zu Boden.

In Gedanken ließ Kerstin das Gespräch noch einmal Revue passieren. »Hör auf, Kerstin«, hatte Justus zu ihr gesagt. »Wir haben schon so oft darüber geredet. Es ist vorbei.« Dann hatte er das Gespräch sofort beendet.

Sie lehnte sich gegen das Geländer auf der Terrasse, die zum Bootshaus gehörte. Tränen liefen über ihre Wangen. Sie hatte das Gefühl, es nicht mehr auszuhalten, fühlte sich schrecklich einsam, doch der letzte Mensch, den sie jetzt sehen wollte, war Sven.

»Lass mich, Sven, es ist besser so«, sagte sie, als sie seine Schritte hinter sich vernahm. Sie drehte sich nicht um.

»Was soll besser sein?« Es war nicht Sven, es war Andreas, der ihr gefolgt war und sich jetzt neben sie stellte. »Dass du hier bist und er oben? Dass ihr nicht redet und nicht um eure Ehe kämpft?«

Kerstin schaute ihn nicht an. »Das ist allein unsere Sache.«

»Aber du wirst mir zugestehen, dass ich mir Sorgen um euch mache. Vor allem um Lisa. Mein Gott, Kerstin, ihr seid doch nicht das einzige Paar auf der Welt, das Probleme hat. Ich verstehe nur nicht, wieso du gleich alles hinwerfen willst. Du liebst Sven doch.«

Kerstin ließ seine Worte in sich nachklingen. Liebte sie Sven noch. Nein, schrie alles in ihr, übertönte den winzigen Rest an

Zuneigung, der da möglicherweise irgendwo noch in ihr schlummerte.

»Ich weiß es nicht«, sagte sie schließlich. »Der Sven, in den ich mich mal verliebt hatte, ist ganz anders gewesen.«

»Und du?«, gab Andreas zurück. »Das ist doch der Lauf der Welt, dass man sich verändert.« Er legte einen Arm um sie. Kerstin legte ihren Kopf auf seine Schulter, schloss ermattet die Augen.

»Gib nicht so schnell auf«, hörte sie Andreas leise sagen.

Sven schloss schnell die Augen, als er hörte, dass die Schlafzimmertür geöffnet wurde. Seit zwei Stunden lag er schon im Bett, wartete darauf, dass Kerstin endlich wieder nach Hause kommen würde.

Endlich, dachte er verzweifelt. Er glaubte zu wissen, wo sie gewesen war. Alleine der Gedanke daran erfüllte ihn mit unsagbarem Hass. Aber nicht auf Kerstin. Er liebte sie immer noch, hatte schreckliche Angst davor, sie ganz zu verlieren.

Aber hatte er sie nicht bereits verloren?

Sie war sehr bemüht, leise zu sein, doch Sven lauschte auf jede ihrer Bewegungen. Er wartete darauf, dass sie sich neben ihn ins Bett legen, dass er wie jede Nacht ihre gleichmäßigen Atemzüge hören würde.

Doch Kerstin legte sich nicht ins Bett. Es dauerte nicht einmal eine Minute, bis er hörte, dass sie das Schlafzimmer leise wieder verließ.

Er öffnete die Augen, drehte sich um und schaute zu ihrer Seite hinüber. Kerstin hatte ihr Kissen und ihre Decke geholt, sie wollte offenbar nicht einmal mehr in einem Zimmer mit ihm schlafen.

Sven war froh, als es Morgen wurde. Ruhelos hatte er sich in seinem Bett hin und her gewälzt. Ab und zu war er vor lauter

Erschöpfung eingenickt, um kurz darauf aus dem Schlaf zu schrecken. Einmal tastete er mit der Hand zu der leeren Stelle im Bett hinüber. Die Kühle des unbenutzten Lakens erschreckte ihn. Nie zuvor hatte er derart schmerzlich empfunden, dass es vorbei war. Er hatte Kerstin verloren.

Sven mochte sich die Konsequenzen nicht in allen Einzelheiten ausmalen. Er hatte keine Ahnung, wie es weitergehen sollte. Als die Morgendämmerung den Raum mit einem fahlen Licht erfüllte, sprang er aus dem Bett. Nicht eine Minute länger konnte er liegen bleiben, obwohl er nach dieser Nacht völlig unausgeschlafen war.

Sven trat ans Fenster und schaute hinaus. Heller Nebel hing über dem Boden, darüber erhoben sich die Silhouetten der Bäume am See. Die Landschaft war in ein sanftes, goldenes Licht getaucht, und ihre Konturen wurden durch den Morgennebel verwischt.

Früher hatte er oft mit Kerstin hier gestanden. Nach einer Nacht voller Liebe und Zärtlichkeit hatten sie eng umschlungen am Fenster gestanden und den aufziehenden Morgen beobachtet. Wie lange war das her. Zu welchem Zeitpunkt hatten sie aufgehört, miteinander glücklich zu sein?

Sven dachte lange darüber nach, doch eine Antwort auf diese Frage gab es nicht. Es war nicht von heute auf morgen passiert. Irgendwann hatten sie einfach aufgehört, miteinander zu reden. Seit einem Jahr war es besonders schlimm. Genau gesagt, seit dieser …

Sven wandte sich abrupt ab. Er wollte nicht weiter darüber nachdenken. Trotzdem presste er die Lippen fest aufeinander und ballte die Hände zu Fäusten.

Eigentlich hatte er vorgehabt, wenigstens diesen Morgen zu Hause zu verbringen, um gemeinsam mit seiner Familie zu frühstücken.

Wozu, fragte er sich selbst. Kerstin zeigte ihm doch deutlich, dass sie auf seine Gesellschaft keinen Wert mehr legte. Nach dieser Nacht verspürte er keine Lust, sich den Spannungen zwischen ihm und Kerstin auszusetzen.

Nicht einmal eine Tasse Kaffee trank er zu Hause. Den konnte er genauso gut in seinem Büro trinken. Es war immer noch nicht ganz hell, als er das Haus verließ.

Als hätte er ihn abgepasst, stand plötzlich Mats vor ihm. »Hej, Bürgermeister, hier ist die Rechnung für meine gerissenen Schafe.«

Sven nahm das Blatt Papier entgegen, das Mats ihm reichte. Er warf einen Blick darauf. »Neun Stück in vier Wochen? Justus Falkenberg hat gesagt, es wären vier gewesen.«

Mats' Miene verfinsterte sich. »Glaubst du mir nicht? Der Falkenberg hat doch keine Ahnung, was da draußen mit seinen Bären los ist. Die reißen nicht nur die Schafe, die dezimieren auch erheblich den Wildbestand. Du wirst schon sehen.«

»Falkenberg loszuwerden wird nicht einfach sein.« Sven gab sich alle Mühe, sachlich zu bleiben, obwohl er den Förster am liebsten persönlich aus der Stadt gejagt hätte. »Er hat einen guten Ruf. Ich habe mich erkundigt.«

»Du schwenkst um?«, regte Mats sich auf. »Ich glaub das nicht. Wir waren uns doch einig, dass er wegmuss.«

»Ja, das sind wir«, lenkte Sven ein. »Trotzdem wird man ja nachdenken dürfen.«

Mats schaute auf die Rechnung in Svens Händen. »Unterschreib das«, wechselte er das Thema, »damit ich mein Geld bekomme.«

Sven warf noch einmal einen Blick auf die Rechnung. Er war sich ganz sicher, dass Mats nicht ehrlich war. Trotzdem sagte er kein Wort dazu. Er zog einen Kugelschreiber aus der Brusttasche seines Jacketts, benutzte seine Aktentasche als Schreibunterlage und setzte seinen Namen auf die Rechnung.

Im Gegensatz zu Sven wirkte Mats sehr zufrieden, als er mit der unterschriebenen Rechnung davonzog.

Die Sonne schien hell durch die Fenster der Hütte, als Caroline aufwachte. Justus lag neben ihr und schlief immer noch tief und fest. Leise stand sie auf und überlegte, ob sie duschen sollte. Doch da sie befürchtete, dass sie Justus wecken würde, ging sie zur Dusche vor dem Haus.

Caroline huschte ganz schnell ins Bad und nahm eines der Badetücher aus dem Regal neben dem Waschbecken. Nackt, wie sie war, huschte sie auf Zehenspitzen nach draußen.

Vorsichtig stellte sie die Dusche an und prüfte mit ausgestrecktem Arm die Temperatur. Sie hielt die Luft an, als einige Tropfen des kalten Wassers auf ihren Arm spritzten. Ganz tief atmete sie noch einmal durch und stellte sich unter den Wasserstrahl. Im ersten Augenblick stockte ihr der Atem. Ihre Haut rötete sich sofort. Es dauerte nicht lange, bis sie sich auf die Kälte eingestellt hatte und es genoss. Auf einmal hörte sie Justus' Stimme.

»Guten Morgen«, sagte er zärtlich. Er stand hinter ihr, hielt das flauschige Badetuch in den Händen.

»Hej.« Caroline wandte den Kopf, stellte das Wasser ab. Sie wandte den Kopf, als er sie in das wärmende Badetuch einhüllte und sie an sich zog. Sie spürte seine warme Brust an ihrem Rücken, schmiegte sich an ihn und schaute dabei über den See. Das ist die Dusche mit der schönsten Aussicht.«

»Nicht zu kalt?«

Caroline drehte sich in seinen Armen um. Ihre Hände glitten zärtlich über seine Schultern, blieben auf seiner Brust liegen. »Nicht, wenn jemand da ist, der einen wieder aufwärmt.«

Justus senkte den Kopf, berührte ihre Lippen sanft mit seinen. Caroline fand, dass er viel zu schnell aufhörte, sie zu küssen. Doch dann hob er sie hoch, sie musste lachen, und sofort stimmte Justus in ihr Lachen ein. In seinen starken Armen trug er sie ins Haus ... wo das unbarmherzige Klingeln des Handys sie beide erneut störte.

Justus ließ Caroline hinunter. »Entschuldige, ich muss rangehen. Ich bin im Dienst.«

Er legte zärtlich einen Arm um Carolines Schulter, während er mit der anderen Hand das Handy einschaltete und sich meldete. »Falkenberg.«

Er lauschte nur ein paar Sekunden. Seine Stimme klang erschrocken, als er plötzlich ausrief: »Was? Das gibt es doch nicht. Das kann nicht sein.«

Caroline, die ihren Kopf an seine Schulter geschmiegt hatte, schaute auf.

»Ja, natürlich, ich bin schon unterwegs.« Mit diesen Worten beendete Justus das Telefonat. Er schaltete das Handy aus und legte es auf den Tisch.

»Tut mir leid«, sagte er zu Caroline. »Ich muss weg.«

Caroline legte eine Hand auf seinen nackten Bauch. »Was ist passiert?«

»Mats soll von einem Bären angefallen worden sein.«

»Was?« Caroline war jetzt ebenso fassungslos wie Justus.

»Ich muss sofort mit ihm reden.« Justus strich zärtlich über ihre Wange. Er brachte sogar ein Lächeln zustande. »Lauf mir nicht weg. Ich bin bald wieder da, okay?« Er küsste sie ein letztes Mal, bevor er in seine Kleidung schlüpfte und im Laufschritt nach draußen eilte.

Justus kam in dem Moment, als Mats auf der Trage in den Krankenwagen geschoben wurde. Er sah schrecklich aus. Die Kleidung zerrissen und schmutzig, blutige Schrammen im Gesicht und auf den Händen.

Ein Notarztteam kümmerte sich um den verletzten Mats. Justus sah, dass der Bürgermeister bereits vor Ort war, ebenso wie der Polizist Olof, aber auch einige Schaulustige, die das ganze Geschehen beobachteten.

Justus stürmte auf die Trage zu. »Mats, was ist passiert. Wie geht es dir?«

Mats reagierte nicht. Mit geschlossenen Augen lag er auf der Trage. Olof zerrte Justus weg. Wütend starrte Justus den Polizisten an, kam aber nicht dazu, etwas zu sagen.

»Gut, dass sie da sind.« Sven stand plötzlich direkt neben ihm. »Die Bären müssen sofort weg.«

»Nun mal langsam.« Es fiel Justus schwer, seine Aufregung zu zügeln. »Erzählen Sie erst einmal, was überhaupt passiert ist.«

»Was passiert ist?« Auch Sven musste sich offensichtlich sehr zusammenreißen, um nicht die Beherrschung zu verlieren. »Mats war im Wald, um Pilze zu sammeln. Da hat ihn plötzlich einer Ihrer Bären angegriffen. Mats konnte sich nur retten, indem er einen Abhang hinuntergestürzt ist. Gott sei Dank konnte er sich bis zum Hof schleppen.«

»Er sah schrecklich aus«, mischte sich Olof ein. »Wir mussten sofort den Notarzt rufen.«

»Aber das können nicht die Bären gewesen sein«, beteuerte Justus verzweifelt. »Die kommen nicht so nah.«

Sven war nicht zu beeindrucken. »Ich habe gesehen, wie Mats aussah«, erwiderte er sehr bestimmt. »Und ich habe gehört, was er gesagt hat. Das reicht mir! Sehen Sie zu, dass Sie und diese Bären hier wegkommen.«

Als der Krankenwagen sich mit blinkendem Blaulicht und eingeschaltetem Martinshorn entfernte, seufzte Justus tief. Er wusste genau, dass es keinen Sinn machte, in dieser aufgeladenen Atmosphäre weiter mit dem Bürgermeister zu diskutieren. Er musste erst einmal selbst mit Mats sprechen, um genau zu erfahren, was passiert war.

Caroline konnte nicht länger auf Justus warten. Sie hatte sich inzwischen angezogen und griff nach ihrer Handtasche, die sie gestern auf einem Sessel abgestellt hatte. Als sie die Tasche hochhob, fiel ihr Blick sofort auf den glitzernden Gegenstand. Neugierig griff sie danach und hielt einen Ohrring, an dem eine hübsche Perle baumelte, in der Hand.

Eine ganze Weile starrte sie den Ohrring an, bevor sie schließlich mit den Schultern zuckte und ihn auf Justus' Schreibtisch legte. Sie suchte auf dem Schreibtisch nach einem Stift und schrieb auf einen Notizblock: *Hej, Justus. Ich musste los. Ruf mich an. Caroline.* Den Block platzierte sie so, dass er ihn gleich sehen musste, wenn er vor seinem Schreibtisch stand.

Caroline ging bis zur Tür, schaute sich dort noch einmal um und lächelte, als sie an die vergangene Nacht dachte. Dann ging sie hinaus und schloss die Tür.

Andreas wollte endlich das gemeinsame Abendessen mit Caroline nachholen. Es war noch ziemlich früh, sodass er sich sicher sein konnte, sie im Ferienhaus anzutreffen.

Ihr Fahrrad stand vor dem Haus, doch sie selbst war nicht zu sehen. »Caroline«, rief Andreas laut. Eine Antwort erhielt er nicht.

Ob Caroline noch schlief? Doch auch als er kräftig gegen die Tür klopfte, blieb es im Haus ruhig. Andreas drehte den Türöffner. Die Tür war abgeschlossen. Noch einmal rief er laut ihren Namen, ging um das Haus herum zur Terrasse.

Auch hier waren die Türen verschlossen und nichts deutete darauf hin, dass Caroline da war.

Andreas war enttäuscht. Er fragte sich, ob sie womöglich die ganze Nacht weggeblieben war. Langsam wanderte er hinunter zum Steg, ließ sich am Ende auf den Holzplanken nieder und starrte über den See. Zwischendurch sah er immer wieder zum Haus zurück, doch Caroline kam nicht.

Eine tiefe Traurigkeit erfasste ihn. Er hatte das Gefühl, etwas Wichtiges verloren zu haben, bevor es ihm überhaupt gehört hatte.

Auf der schmalen Straße, zwischen den hohen Bäumen, war es sehr still. Nur das Gezwitscher der Vögel war zu hören. Caroline genoss es, den Weg vom Forsthaus nach Hause zu Fuß zu gehen und so noch ein wenig Zeit zu haben, an Justus und die wunderschönen Stunden mit ihm zu denken.

Sie hatte bereits die Hälfte des Weges zurückgelegt, als ihr ein Wagen mit hoher Geschwindigkeit entgegenkam und plötzlich neben ihr hielt. Kerstin saß am Steuer. Das Fenster auf der Fahrerseite hatte sie heruntergekurbelt.

»Hej, Caroline. Was machst du hier?«

Caroline war einen Augenblick lang verlegen, sagte dann aber schnell. »Ich wollte nur ein wenig frische Luft schnappen. Und was machst du hier?«

Jetzt war es Kerstin, die verlegen wirkte. »Ich ... äh ...«, stammelte sie, »ich ... ich werde Pilze sammeln für heute Abend.«

Ihr Gespräch wurde unterbrochen, als aus der anderen Richtung ein Jeep heranfuhr und Justus neben ihnen hielt.

»Hej«, er strahlte Caroline an, bevor er Kerstin knapp zunickte.

Caroline war verlegen, wusste nicht, wie sie sich Justus gegenüber in Kerstins Gegenwart verhalten sollte. Da er sich nichts anmerken ließ, hielt sie es genauso. »Ich habe gehört, Mats hätte einen Unfall gehabt. Kann das etwas mit den Bären zu tun haben?«, erkundigte sie sich sachlich.

Justus schüttelte den Kopf. »Ganz bestimmt nicht. Mats muss sich da etwas einbilden.«

»Gut«, nickte Caroline erleichtert. »Ich gehe dann mal wieder nach Hause. Ich muss noch an meinem Bericht weiterarbeiten.«

Als sie Justus zum Abschied anschaute, lächelte sie. »Wiedersehen, Justus.«

»Wiedersehen.« Zärtlich lächelte auch er sie an.

Kurz verabschiedete sich Caroline von Kerstin, bevor sie ihren Weg unter den Bäumen fortsetzte.

Justus schaute Caroline noch nach, dachte dabei an die vergangene Nacht. Für den Augenblick vergaß er Kerstin, bis sie plötzlich neben seinem Wagen stand und ihn durch das geöffnete Seitenfenster flehend anschaute. »Warum hast du dich nicht gemeldet. Ich muss dringend mit dir reden.«

Justus versuchte, seine gereizte Ungeduld nicht zu zeigen. »Wir haben schon so viel miteinander geredet. Es bringt nichts. Außerdem habe ich wirklich keine Zeit.«

Kerstin wirkte verletzt, aber sie gab nicht auf.

»Bitte, Justus, nur ganz kurz«, sagte sie und berührte kurz seinen nackten Unterarm.

In ihrem Blick lag so viel Verzweiflung, dass es ihn rührte, sosehr er sich auch gegen dieses Gefühl wehrte. Justus wusste nur zu genau, dass er besser nicht nachgab. Er würde so nur neue Hoffnungen schüren.

Doch wieder brachte er es nicht übers Herz, sie einfach abzuweisen. »Also gut«, schließlich gab er nach, so schlecht er sich dabei auch fühlte.

Während Kerstin ihm in ihrem eigenen Wagen bis zum Forsthaus folgte, legte er sich sorgfältig zurecht, was er ihr sagen wollte. Sie musste endlich einsehen, dass es richtig war, rechtzeitig einen Schlussstrich gezogen zu haben. Alles andere wäre falsch gewesen.

Schon bald hatten sie die Forsthütte erreicht. Er hörte, wie sie aus dem Wagen stieg und die Fahrertür zuschlug. Er ertrug es nicht, sie anzuschauen, ertrug diesen flehenden Blick nicht mehr. Diesen Blick, der ihn um etwas anbettelte, was er ihr nicht geben konnte.

In der Hütte ging er direkt zu seinem Schreibtisch. Er sah sofort den Zettel mit Carolines Notiz. Hastig nahm er ihn an sich und steckte ihn in die Hosentasche, Kerstin sollte ihn nicht sehen. Im nächsten Augenblick ärgerte er sich über sich selbst. Er war Kerstin zu nichts verpflichtet, und es ging sie nichts an, was zwischen ihm und Caroline war.

»Ich werde mich scheiden lassen«, hörte er Kerstin hinter sich sagen.

Damit hatte Justus nicht gerechnet. Erschrocken fuhr er herum. »Was?«

Kerstin schüttelte den Kopf. »Es hat keinen Sinn mehr. Sven und ich haben uns schon so lange nichts mehr zu sagen.«

Er vergaß alles, was er ihr eigentlich hatte sagen wollen. »Hast du dir das auch gut überlegt?«

»Ich habe alles versucht«, erwiderte Kerstin. »Es geht einfach nicht.«

Diesmal war sie es, die sich abwandte. »Da ist ja mein Ohrring«, sagte sie, und ihr Gesichte strahlte vor Überraschung. »Ich dachte schon, ich hätte ihn verloren.«

Kerstins Verhalten befremdete Justus. Hatte sie nicht gerade von Scheidung gesprochen? Welche Rolle spielte da ein wiedergefundener Ohrring? Er ließ sich nicht auf diesen Themenwechsel ein. »Ich weiß ja nicht viel über dich und Sven, aber was ist mir Lisa? Sie braucht euch doch beide.«

Das Lächeln auf ihrem Gesicht verschwand sofort. Mit großen Augen schaute sie ihn an. »Sven ist doch sowieso nie da. Ich habe mich entschieden, ich werde mich trennen«, sagte sie und in ihrem Blick lag Hoffnung. »Justus«, sie hauchte seinen Namen voll Zärtlichkeit, voll unterdrückter Sehnsucht. Ganz dicht trat sie an ihn heran. »Vielleicht haben wir beide dann doch noch eine Chance. Du willst doch nur meine Ehe nicht zerstören, aber die ist schon lange kaputt.«

Justus trat einen Schritt zurück. »Ich weiß nicht, warum du dir diese Hoffnungen machst. Es war eine Nacht und ich habe nicht einmal gewusst, dass du verheiratet bist. Wir waren beide einsam, hatten uns alleine gefühlt, aber wir lieben uns doch nicht.«

Kerstin hatte mit gesenktem Kopf zugehört. Jetzt hob sie den Kopf ruckartig. »Es war aber so schön«, hauchte sie.

Justus betrachtete sie sekundenlang prüfend. »Kann es sein, dass du dich nur auf mich eingelassen hast, um Sven weh zu tun?«

Kerstin schüttelte heftig den Kopf. »Lass es uns einfach versuchen«, bat sie. »Unter anderen Voraussetzungen. Wir könnten hier weggehen, woanders ein neues Leben beginnen.«

»Das kann doch nicht dein Ernst sein«, erwiderte Justus bestimmt. »Du kannst deine Probleme mit Sven doch nicht lösen, indem du mit mir wegläufst.«

Sie starrte ihn an, schien endlich zu verstehen. Ihre Stimme war tonlos, als sie sagte: »Ich hatte gehofft, dass du das anders siehst.« Langsam wandte sie sich um und ging zur Tür.

Ihre ganze Haltung drückte Verzweiflung aus, so konnte Justus sie nicht gehen lassen. »Warte«, rief er ihr nach.

Kerstin drehte sich um, kam wieder ein paar Schritte auf ihn zu. »Justus«, sagte sie leise. Neue Hoffnung lag in ihrem Blick, eine Hoffnung, die er erneut enttäuschen musste.

»Gib euch beiden noch einmal eine Chance«, sagte er. »Vor allem wegen Lisa.«

Sie starrte ihn an, ihre Augen füllten sich mit Tränen. Abrupt wandte sie sich wieder um und lief aus der Hütte. Diesmal hielt Justus sie nicht mehr auf.

Andreas hatte seinen Platz auf dem Steg sofort verlassen, als er die Schritte auf dem Kies gehört hatte. Endlich kam Caroline zurück, er hatte sich so nach ihr gesehnt, so lange hier gewartet.

Sie begrüßte ihn lächelnd, doch sein Blick blieb ernst. »Wo warst du?«, sagte er, mit einer Spur zu viel Ungeduld in der Stimme.

»Ich habe einen Spaziergang gemacht«, sagte Caroline ruhig. Andreas hatte gehofft, ein wenig Zeit mit ihr verbringen zu können, ein wenig über die Zukunft zu reden – ihre gemeinsame vielleicht.

Doch schon wieder wurde Carolines Aufmerksamkeit abgelenkt. Diesmal war es Svens Wagen, der sich schnell dem Haus näherte. Sekunden später riss er bereits die Fahrertür auf und sprang aus dem Wagen. »Ich muss dringend mit dir reden, Caroline«, sagte er mit fordernder Stimme.

Andreas zog es vor, sie mit dem aufgebrachten Sven alleine zu lassen. »Ich bin dann im Laden«, sagte er zu Caroline. »Bis später.«

»Gut«, nickte Caroline und war bereits ganz mit Sven befasst. Sie ahnte, dass es um Mats' Unfall ging.

»Hast du es schon gehört? Die Bären haben Mats angefallen. Er konnte sich nur retten, indem er einen Abhang hinuntergestürzt ist.« Sven schüttelte den Kopf, immer noch fassungslos über das, was Mats passiert war. »Er sieht schlimm aus«, sagte er. Sein Ton wurde lauter, als er fortfuhr. »Begreifst du es jetzt? Falkenberg und diese Bären sind gefährlich.«

Caroline wollte es einfach nicht glauben. »Ist es denn sicher, dass Mats von einem Bären angegriffen wurde?«

»Ja, natürlich«, fuhr Sven auf. »Ich mag gar nicht daran denken, was passiert wäre, wenn er es nicht geschafft hätte, den Bären zu entkommen. Caroline, sieh es doch bitte ein.« Sven gestikulierte mit beiden Händen, während er sprach. »Solche Projekte mögen ja gut sein, aber nicht hier und nicht bei uns. Du musst schreiben, dass das hier nicht geht. Oder muss erst noch etwas Schlimmeres passieren?«

Sollten die Bären Mats wirklich angegriffen haben, hatte Sven recht, und er war überzeugt davon. Aber Justus war ebenso vom Gegenteil überzeugt. Was sollte Caroline in dieser Situation schon dazu sagen?

Aber darum schien es Sven auch gar nicht zu gehen. Er hatte ihr wohl nur seine Anweisungen geben wollen, ihre Meinung schien ihn nicht zu interessieren. So plötzlich wie er gekommen war, ohne jeden Gruß, ging er zurück zu seinem Wagen, startete den Motor und drückte wütend das Gaspedal herunter.

Caroline schaute ihm nachdenklich hinterher. Sie musste herausfinden, was wirklich passiert war, bevor sie weiter an ihrem Bericht schrieb. Ob sie Mats im Krankenhaus besuchen konnte?

Vielleicht später, dachte sie. Womöglich war er noch gar nicht dazu in der Lage, mit ihr zu reden. Aber vielleicht gab es auf Mats' Hof jemanden, der ihr mehr sagen konnte.

Eine Viertelstunde brauchte sie für die Fahrt. Zweimal war sie inzwischen auf Mats' Hof gewesen. An ihrem ersten Tag mit Andreas und später mit Justus. Caroline fand den Weg auf Anhieb.

Ein Polizeiwagen stand auf dem Hof. Olof hatte einige Arbeiter in der Nähe der Scheune um sich versammelt. Ihre Gespräche verstummten, als Caroline sich näherte. Niemand grüßte, die Blicke der Männer waren abweisend. Caroline grüßte zaghaft. »Hej.«

»Hej«, erwiderte Olof kurz angebunden. »Was wollen Sie hier?«

»Ich wollte nur wissen, wie es Mats geht.«

»Nicht gut. Es hat ihn ziemlich erwischt.«

Caroline war erschrocken. »Aber er wird doch nicht ...« Der Gedanken, war zu schrecklich, um ihn auszusprechen.

Olof schüttelte den Kopf und brachte dabei sogar ein Lächeln zustande. Ihre Anteilnahme schien ihm zu gefallen. »Er wird schon durchkommen.« Die Miene des Polizisten wurde wieder ernst, als er hinzufügte: »Aber er hat wirklich Glück gehabt. So ein Bär kann einen Menschen ohne Weiteres töten.«

»Schon«, gab Caroline nachdenklich zu. »Aber kann es nicht auch etwas anderes gewesen sein?«

»Was soll es denn sonst gewesen sein?«, gab Olof ironisch zurück. »Ein Elch vielleicht? Nein, es gibt überhaupt keinen Zweifel daran, dass Mats von einem Bären angefallen wurde.« Für Olof war die Unterhaltung beendet. »Wenn sie mich jetzt entschuldigen, ich muss weiterarbeiten.«

Caroline war so schlau wie vorher. Den Beweis, dass einer der Bären Mats angefallen hatte, waren ihr bisher noch alle schuldig geblieben. Allerdings hatte Justus auch nicht beweisen können, dass es kein Bärenangriff gewesen war.

Justus! Sie spürte auf einmal schreckliche Sehnsucht nach ihm. Sie musste ihn sehen, musste mit ihm reden.

Justus' Jeep stand vor dem Forsthaus, er war also zu Hause. Die Tür stand weit offen, und Pelle kam ihr schwanzwedelnd entgegen. Caroline kraulte ihn, bevor sie in die Hütte ging, wo sie Justus am Schreibtisch sitzend antraf. Über seine Schulter hinweg konnte sie kurz die Bären auf dem Monitor sehen, dann flackerte das Bild.

Hej«, sagte Caroline.

Erst jetzt bemerkte Justus sie. Er stand auf. »Hej.«

Besorgt schaute Caroline ihm ins Gesicht. »Wie geht es dir? Was willst du jetzt machen?«

Ihre Frage irritierte Justus. »Was soll ich schon machen? Ich werde weitermachen wie bisher. Es gibt für mich keinen Grund, etwas zu ändern.«

»Ich habe mit der Polizei geredet. Sie sagen, es gäbe keinen Zweifel daran, dass es ein Bär gewesen ist.«

»So ein Blödsinn«, erwiderte Justus genervt.

»Kannst du es denn hundertprozentig ausschließen?«, hakte Caroline nach.

»Was ist denn los mit dir?«, rief er ärgerlich. »Du glaubst denen doch nicht?«

Caroline wusste nicht, was sie darauf sagen sollte. Doch Justus konnte die Zweifel in ihrer Miene lesen. Aufgebracht wandte er sich ab. »Tut mir leid, ich muss los. Es gibt ein Problem mit der Webcam.«

So einfach wollte Caroline ihn nicht gehen lassen. Sie lief ihm nach, holte ihn an der Tür ein. »Was soll das, Justus?«

»Später«, erwiderte er ungeduldig. »Lass uns später weiterreden.«

Caroline schaute ihm enttäuscht nach. Nicht einmal von Justus erhielt sie die Antworten, die sie benötigte. Vielleicht war es am besten, zum Ferienhaus zurückzufahren und abzuwarten, wie sich die Ereignisse weiter entwickelten.

Auf dem Rückweg überlegte Caroline es sich anders. Sie wollte erst noch einmal mit Sven sprechen. Vor ein paar Stunden war er noch schrecklich aufgebracht gewesen. Vielleicht hatte er sich inzwischen ja so weit beruhigt, dass sie mit ihm reden konnte.

Caroline versuchte zuerst, Sven über ihr Handy in seinem Büro anzurufen, wo seine Sekretärin ihr mitteilte, dass er nicht dort sei. Dann hatte sie Svens Handynummer gewählte, die Mailbox hatte sich gemeldet. Also war er möglicherweise zu Hause.

Sie nahm den kleinen Umweg in Kauf. Sie war enttäuscht, als sie Svens Wagen nirgendwo entdecken konnte. Nur Kerstin saß vor dem Haus an einem Tisch und putzte frisch gepflückte Erdbeeren.

»Hej, Kerstin, ich suche Sven. In seinem Büro kann ich ihn nicht erreichen.«

»Und du glaubst, ich weiß, wo er ist?«, erwiderte Kerstin.

Caroline seufzte tief. »Ich komme so nicht weiter. Ich muss dringend noch einmal mit ihm reden wegen meines Berichtes und wegen Justus Falkenberg.«

Als Caroline Justus' Namen erwähnte, schaute Kerstin kurz von ihrer Arbeit auf. Sie zuckte mit den Schultern. »Ich weiß nicht, wo Sven ist.«

Da erst bemerkte Caroline, dass mit Kerstin etwas nicht stimmte. Die blasse Haut, die dunklen Ringe unter den Augen sah sie nicht zum ersten Mal, aber heute wirkte Kerstin zudem völlig abwesend. Ihre Miene war völlig verschlossen, fast ausdruckslos, als würde etwas schwer auf ihr lasten.

»Dir geht es nicht besonders, oder?«, fragte Caroline behutsam.

Kerstin schaute wieder auf, schüttelte langsam den Kopf.

»Willst du darüber reden?«, fragte Caroline vorsichtig.

Wieder schüttelte Kerstin den Kopf. »Danke für das Angebot«, sagte sie leise.

Caroline schaute ihr eine Weile zu, wie sie mit einem scharfen Messer die Blätter von den Erdbeeren entfernte. Die reifen, roten Früchte lockten. »Darf ich?«, fragte sie.

»Gerne.« Ein schwaches Lächeln zog über Kerstins Gesicht.

Caroline nahm eine der Früchte und steckte sie in den Mund. Sie wandte sich um und wollte auf ihr Fahrrad steigen, als Kerstin völlig unvermittelt sagte: »Ich werde Sven verlassen.«

Caroline drehte sich bestürzt um. »Was? Das tut mir leid. Ich wusste nicht, dass ihr so große Probleme habt.«

»Ich muss einfach mein Leben ändern. Das kann so nicht weitergehen.« Ungeweinte Tränen lagen in Kerstins Stimme.

»Ich dachte immer, ihr seid glücklich«, sagte Caroline mitfühlend.

Es dauerte eine Weile, bis Kerstin antwortete. »Das ist vorbei.«

»Und was willst du jetzt tun?«

Kerstin zuckte mit den Schulten. Sie wirkte hilflos wie ein Kind. »Keine Ahnung.« Gleich darauf leuchteten ihre Augen wieder auf. »Ich habe jemanden kennengelernt ... vielleicht ...« Kerstin brach ab, das Leuchten in ihren Augen erlosch. »Ich will dich nicht mit meinen Problemen belästigen. Es tut mir leid.«

»Das tust du doch nicht«, versicherte Caroline. »Kann ich dir irgendwie helfen.« Sie war voller Mitgefühl mit der unglücklichen Kerstin, hätte sie am liebsten in die Arme genommen. Doch sie kannte Kerstin nicht gut genug, um zu wissen, wie eine solche Geste gewirkt hätte.

»Es geht schon«, behauptete Kerstin. »Ich habe ja immer noch die Hoffnung, dass es mit dem anderen klappt.«

Caroline nickte. »Ich wünsche dir, dass alles so wird, wie du es dir vorstellst.« Was sollte sie auch sonst sagen. Nur vor sich selbst gab sie zu, dass neben dem Mitgefühl auch ihre Neugierde geweckt worden war. Sie fragte sich, wer der andere Mann sein mochte, auf den Kerstin ihre ganze Hoffnung setzte.

Die Geschehnisse des Tages hatten sie wirklich sehr aufgewühlt. Alles hatte so schön begonnen, als sie an Justus' Seite aufgewacht war. Aber dann hatten sich die Ereignisse überschlagen. Möglicherweise hatten die Bären einen Menschen schwer verletzt, und Sven war außer sich. Völlig unerwartet hatte sie auch noch von seinen Eheproblemen erfahren. All das beschäftigte sie sehr, umso mehr als sie Sven nicht mehr hatte erreichen können und Justus sich noch immer nicht bei ihr gemeldet hatte.

Jetzt saß Caroline auf der Terrasse des Ferienhauses. Zuerst war sie ruhelos umhergelaufen, hatte gehofft, dass Justus sie endlich anrufen oder vorbeikommen würde. Später hatte sie sich vor ihr Notebook gesetzt, um den Bericht zu überarbeiten.

Inzwischen warf der späte Nachmittag bereits Schatten auf dem See, und sie las unzufrieden den letzten Satz, den sie selbst geschrieben hatte: *Unter diesen Umständen muss von einer Übernahme des Bärenprojektes in unser Programm abgesehen werden.*

Es war die einzig mögliche Schlussfolgerung aus dem gewesen, was heute passiert war. Und dennoch sagte sich Caroline, dass sie das nicht so stehen lassen konnte, jedenfalls noch nicht zu diesem Zeitpunkt.

Entschlossen löschte sie den letzten Satz wieder, starrte danach noch minutenlang auf den Monitor, bis sie einsehen musste, dass sie sich heute nicht mehr auf die Arbeit würde konzentrieren können. Ihre Gedanken kreisten ja doch nur um die Frage, ob die Bären Mats angegriffen hatten oder nicht.

Ihr Blick fiel auf das Handy, das sie neben das Notebook auf den Tisch gelegt hatte. Keine Nachricht von Justus, keine SMS. Caroline zögerte einen Moment, doch dann drückte sie die Taste, unter der sie Justus' Nummer gespeichert hatte. Unmittelbar nach dem ersten Freizeichen vernahm sie Justus' Stimme: »Das ist die Mailbox von Justus Falkenberg. Sie können eine Nachricht hinterlassen.«

»Hej, ich bin es, Caroline. Melde dich bitte, Justus. Ich muss dringend mit dir reden.«

Die Stille hier am See, die sie sonst so mochte, ging ihr heute auf die Nerven. Nicht einmal Vogelgezwitscher war zu hören. Keine Brise rauschte in den Kronen der Bäume. Still und unbewegt war das Wasser.

Stillstand auf der ganzen Linie, schoss es Caroline durch den Kopf. Sie fühlte sich unwohl, hatte das Gefühl, unbedingt etwas tun zu müssen ... und wusste doch nicht, was das im Moment sein konnte.

Nur um irgendetwas zu tun, beschloss Caroline, ins Dorf zu fahren, um ein paar Einkäufe zu erledigen. Alles war besser, als weiter hier herumzusitzen.

Auch auf der Fahrt nach Mariefred drehten sich Carolines Gedanken nur um Justus und die Probleme mit seinem Bärenprojekt. War es Zufall oder ein Wink des Schicksals, dass er ausgerechnet in dem Moment aus seinem Jeep stieg, als sie auf den Marktplatz radelte.

Justus' Miene wirkte sorgenvoll. Er bemerkte sie erst, als sie mit dem Fahrrad neben ihm hielt. »Hej«, sagte sie. »Hast du meine Nachricht gehört? Ich muss unbedingt noch ein paar Informationen von dir haben.«

Justus' wies auf das Rathaus. »Ich muss erst noch mit Sven reden. Wir sehen uns später, ja?«

»Ich vermisse dich«, sagte sie mit all der Sehnsucht in ihrer Stimme, die sie die vergangenen Stunden gequält hatte.

Er schaute sie an und das erste Mal seit heute Morgen lächelte er. »Ich dich auch.« Er beugte sich vor und küsste sie zärtlich. Caroline schloss die Augen und gab sich für den Augenblick der Illusion hin, dass alles in Ordnung sei. Dass sie beide nichts anderes wären, als ein ganz normales Paar ohne all die Schwierigkeiten, die ihre gerade erst beginnende Liebe erschwerte.

Die Realität holte Caroline wieder ein, als sie sich umdrehte und geradewegs in Andreas' Gesicht blickte, der hinter dem Schaufenster seines Ladens stand. Sein Gesichtsausdruck verriet ihr, dass er sie und Justus beobachtet hatte. Er kam ihr an der Tür seines Ladens entgegen.

»Hej.« Aufmerksam studierte Caroline sein Gesicht. »Ich hätte gerne etwas von dem Krabbensalat und ...«

»Deswegen hast du keine Zeit für mich?«, fiel Andreas ihr ins Wort. Mit dem Kinn wies er in die Richtung, in die Justus gegangen war.

»Es tut mir leid«, entgegnete Caroline schuldbewusst. »Ich ..., ach... keine Ahnung. Er war plötzlich da und ...«

»... wie ein Sturm, ja?«, fiel Andreas ihr erneut ins Wort. »Wie Thomas damals? Und plötzlich hast du alles um dich herum vergessen? Was ist los mit dir, Caroline? Ich dachte, so etwas passiert dir nicht mehr.« Andreas hatte sich ein paar Schritte von ihr entfernt. »Ich dachte, zwischen uns beiden ...«

»Ja, ich weiß.« Diesmal war es Caroline, die ihn unterbrach. »Ich dachte auch für einen Moment, aber ...« Caroline verstummte, schaute ihn bittend an. »Du bist mein bester Freund und ich will, dass das für immer so bleibt.«

Er wirkte so verletzt, dass es sie selbst schmerzte. »Mehr nicht?«, fragte er leise.

Caroline senkte den Kopf, schaute ihn Sekunden später wieder an. »Ich will dich nicht verlieren, aber es ist einfach keine Liebe.«

»Aber Justus liebst du?«

Caroline nickte still.

Andreas trat einen Schritt zurück. »Ja, dann hoffe ich, dass du keinen Fehler machst. Hier mag ihn keiner. Die Leute sagen, irgendetwas stimmt nicht mit ihm.«

»Ach, komm.« Trotz ihrer eigenen Zweifel nahm Caroline Justus jetzt in Schutz. »Du willst doch nicht sagen, dass du auch gegen das Bärenprojekt bist.« Sie wandte sich zur Seite und verschränkte die Arme vor der Brust. »Ich hätte dich wirklich für vernünftiger gehalten.«

Andreas fasste nach ihren Armen und zog sie zu sich heran. Er schüttelte den Kopf. »Die Bären, die sind mir völlig egal. Aber du nicht. Ich will einfach nicht, dass du noch mal so etwas erlebst wie mit Thomas. Ich will doch nur, dass es dir gut geht.«

Ihr Ärger verrauchte augenblicklich. Caroline spürte, dass Andreas jedes Wort so meinte, wie er es sagte. Es tat ihr immer noch leid, dass sie ihm weh getan hatte. Aber vor allem spürte sie Erleichterung, dass die Situation zwischen Andreas und ihr endlich geklärt war.

Der Tisch im Garten war liebevoll gedeckt. Ein unbeteiligter Betrachter hätte es nicht anders deuten können – das Idyll einer glücklichen Familie. Lisa saß bereits am Tisch und nahm sich eines der duftenden Brötchen. Ihre Mutter vervollständigte die Auswahl köstlicher Speisen gerade mit einer Schüssel voll gebackener Flusskrebse, während Sven vor dem Tisch auf und ab lief, wobei er aufgeregt in sein Handy sprach.

»... es war ein Bär. Die Polizei ist sich absolut sicher. Das Projekt muss beendet werden.« Sven schwieg einen Moment und lauschte ins Handy. »Es ist mir egal, was er behauptet«, reagierte er unwirsch auf die Argumente seines Telefonpartners. »Der Mann würde alles sagen, um sein Projekt zu retten.« Nach einer kurzen Pause sagte er erleichtert: »Ich wäre Ihnen sehr dankbar, wenn Sie die Angelegenheit schnell erledigen.« Sven steckte sein Handy in die Tasche des Jacketts, das er anschließend über die Stuhllehne hängte. Kurz blickte er über den Tisch. »Sieht lecker aus«, sagte er mit aufgesetzter Fröhlichkeit und setzte sich.

»Um wenn geht es denn?«, fragte Kerstin ihren Mann beiläufig.

»Kannst du dir das nicht denken?« In Svens Augen lag ein triumphierendes Glitzern. »Aber jetzt ist Schluss! Falkenberg wird nicht mehr lange hier sein.«

Kerstin ließ sich nicht anmerken, wie erschrocken sie war. Sie schaute Sven nicht einmal an. »Ich habe gehört, er soll einen hervorragenden Ruf haben.«

»Und wenn schon«, erwiderte Sven mit leiser, aber dennoch drohender Stimme. »Justus Falkenberg hat unverzeihliche Fehler gemacht. Nicht nur berufliche übrigens.«

Als Kerstin ihren Mann anschaute, verzogen sich seine Lippen zu einem schmalen Lächeln. »Es geht das Gerücht, dass er mit einer verheirateten Frau ein Verhältnis haben soll.«

Kerstin wandte den Blick ab, als sie erwiderte: »Du bist doch sonst nicht so spießig. Das ist allein seine Sache, mit wem er ein Verhältnis hat.«

»Allein seine Sache, wenn er eine Ehe zerstört?« Sven war mit einem Mal ganz ernst. »Ist das nicht ziemlich egoistisch?«

Es war absurd, dass sie hier über ihre eigenen Eheprobleme sprachen, als würde es sie selbst nicht betreffen. »Wer weiß«, erwiderte Kerstin, »vielleicht hatte die Ehe ja schon vorher einen Knacks. Vielleicht hat Justus Falkenberg nur den letzten Ausschlag gegeben.«

Sven ließ dieses Argument nicht gelten. »Vielleicht hätten die beiden noch eine Chance gehabt, wenn er sich nicht eingemischt hätte.«

Kerstin beugte sich ein wenig zu ihrem Mann hinüber. »Es ist immer leicht, die Schuld bei anderen zu suchen. Möglicherweise haben die beiden ja schon lange nicht mehr miteinander geredet.«

Sven wirkte mit einem Mal sehr traurig. »Vielleicht wäre es

aber einem von ihnen aufgefallen und sie hätten wieder angefangen, miteinander zu reden.«

»Vielleicht war es ja einfach schon zu spät«, schloss Kerstin diese Unterhaltung leise.

Mit einer gelben Rose in der Hand ging Justus ums Haus, rief laut Carolines Namen. Sie musste zu Hause sein. Ihr Fahrrad lehnte an der Wand vor dem Haus, die Türen zur Terrasse waren alle weit offen. Auf dem Tisch stand ihr Notebook und daneben lag der ausgedruckte Bericht.

Neugierig nahm Justus das Blatt in die Hand. Bereits nach den ersten Zeilen wurde sein Gesicht schneeweiß, seine Hand zitterte.

Die Vorfälle in Mariefred müssen erst geklärt werden, hatte Caroline geschrieben. *Unter diesen Umständen muss von einer Übernahme des Projektes in unser Programm abgeraten werden.*

Langsam ließ Justus die Hand sinken, in der er das Blatt hielt. Finster starrte er über den See.

Caroline hatte Justus nicht gehört. Sie sah ihn erst, als sie nach draußen gehen wollte. Er stand auf der Terrasse und wandte ihr den Rücken zu.

Auf Zehenspitzen schlich sie nach draußen, umschlang ihn von hinten und schmiegte ihr Gesicht an seinen Hals. »Hej, ich habe dich gar nicht kommen gehört.«

Sie spürte, wie sich Justus in ihren Armen versteifte. Abrupt befreite er sich aus ihrer Umarmung und drehte sich zu ihr um. Er hob die Hand, in der er immer noch ihren Bericht hielt. »So fällst du mir in den Rücken. Ohne vorher mit mir zu reden. Du stellst dich einfach auf die Seite dieser Idioten.«

»Aber das ist doch nur ein Entwurf.«

»Ich dachte, wir wären uns einig darüber, was wichtig ist. Ich dachte, du hast Respekt vor meiner Arbeit.«

»Justus, der Unfall von Mats ist eine Tatsache«, versuchte sie ihm ihr Handeln zu erklären. »Ich kann das nicht einfach ignorieren. Mein Bericht wird im Verband sehr ernst genommen. Ich habe doch eine Verantwortung.«

»Ja, die habe ich auch.« Er nickte, als wäre er sich eben über etwas klar geworden. »Schade«, sagte er leise, »ich habe mich wohl in dir getäuscht.« Er knallte den Bericht auf den Tisch und dazu die gelbe Rose. Dann wandte er sich ab und ging, ohne sie noch einmal anzusehen.

Justus war ziellos am Seeufer entlanggelaufen. Er war immer noch wütend, versuchte sich einzureden, dass er nichts mehr mit Caroline zu tun haben wollte. Aber das war gar nicht so einfach. Es war unmöglich, sich selbst zu belügen und vorzumachen, dass sie ihm mit einem Mal völlig egal war. Er hatte im Augenblick keine Ahnung, wie es weitergehen sollte. Weder beruflich noch privat. Nur eines spürte er genau, er konnte Caroline nicht aus seinen Gedanken streichen oder gar die Gefühle für sie unterdrücken.

Tief seufzte er. Es war alles so verfahren. Es war wie ein Knoten, der sich mehr und mehr zuzog. Irgendwo musste er anfangen, diesen Knoten zu entwirren.

Mats! Mit ihm hatte der Knoten angefangen, sich langsam zuzuziehen. Wenn es eine Stelle gab, bei der Justus anfangen musste, dann war es der Bauer. Er musste Mats fragen, was wirklich passiert war.

Zuerst rief Justus im Krankenhaus an. Dort erfuhr er, dass Mats bereits wieder entlassen worden war. Justus zögerte keine Sekunde und machte sich sofort auf den Weg zu Mats' Hof.

Er traf ihn alleine an auf der Bank vor seiner Scheune. Um den einen Arm trug er einen Verband, Schrammen zogen sich über sein Gesicht und seine Hände. Mats' Miene versteinerte, als Justus langsam näher kam und sich neben ihn setzte. »Hej, Mats. Wie geht es dir?«

Mats wandte den Kopf, um Justus nicht ansehen zu müssen. Er antwortete nicht.

»Ich habe gehört, es war glücklicherweise alles nicht so schlimm«, fuhr Justus fort.

Diesmal reagierte Mats mit hasserfüllter Stimme. »Schlimm genug! Diese Bestie hätte mich beinahe umgebracht.«

»Darüber wollte ich mit dir reden. Bist du dir wirklich sicher, dass es ein Bär war?«

»Ein Bär«, stieß Mats wie von Sinnen hervor. »Es war ein verdammter Bär. Man muss sie vernichten.«

»Jetzt beruhige dich«, bat Justus, er konnte sich mit der Aussage des Bauern nicht abfinden. »Ich werde beweisen, dass es kein Bär war.«

Mats' plötzliche Ruhe war ebenso beunruhigend wie sein Ausbruch vor ein paar Sekunden. Er starrte an Justus vorbei. »Mach mal«, sagte er leise. »Ich weiß schon, was zu tun ist.«

Das klang nicht gut. Doch Justus musste einsehen, dass es wenig Sinn machte, weiter mit Mats zu reden. Wahrscheinlich regte er den Bauern damit nur noch mehr auf. Bedrückt fuhr er zurück zur Forsthütte.

Caroline hatte es zu Hause nicht ausgehalten. Sie musste mit Justus reden, das Missverständnis mit ihm klären. Und sie musste ihm klarmachen, dass sie durchaus auf seiner Seite stand und nur im Moment ebenso wie er in der Luft hing, weil sie beide nicht wussten, was passiert war.

Justus war nicht zu Hause. Caroline überlegte einen Augenblick, beschloss aber dann, hier auf ihn zu warten. Sie würde nicht weggehen, bevor sie mit ihm gesprochen hatte.

Carolines Geduld wurde auf eine harte Probe gestellt. Sie hatte sich auf einen der beiden Gartenstühle gesetzt, die zu dem weißen Tisch gehörten. Ihr Bein wippte unruhig auf und ab. Als Justus' Wagen endlich vorfuhr, sprang sie nervös auf und lief ihm entgegen.

Sie registrierte erleichtert, dass sein Gesichtsausdruck nicht mehr ganz so wütend war. »Ich verstehe ja, dass du sauer bist«, begann sie. »Aber höre mir doch bitte erst einmal zu.«

Justus war in Gedanken woanders. »Mats fantasiert sich da etwas zusammen«, sagte er kopfschüttelnd. »Ich war gerade bei ihm.« Er ging an Caroline vorbei zur Tür.

»Ich habe nachgedacht«, rief Caroline ihm nach. Langsam folgte sie Justus, der sich ihr jetzt wieder zuwandte. »Du hast doch die Webcam. Vielleicht kannst du mit den Aufzeichnungen beweisen, wo die Bären waren, als Mats angegriffen wurde.«

»Die Webcam hatte einen Schaden. Ich habe sie erst gestern ausgetauscht. Aber das ist ohnehin egal. Mir glaubt hier ja doch niemand.«

»Doch, ich schon«, widersprach Caroline und trat ganz dicht an ihn heran. »Wenn du mir vorhin zugehört hättest, wüsstest du, dass dieses Papier nur ein Entwurf ist. Ich habe es nicht abgeschickt.«

»Du meinst ...«, sagte Justus leise, wurde aber sofort von Caroline unterbrochen. »Lass uns den Beweis erbringen, dass deine Bären es nicht waren.«

Ein erstes vorsichtiges Lächeln zog über Justus' Gesicht. Er umfasste sie mit beiden Armen. »Kann es sein, dass ich ein Idiot bin?«

»Aber ein ziemlich netter«, schmunzelte Caroline.

Endlich zog er sie ganz fest an sich und küsste sie zärtlich.

Zur gleichen Zeit betrat die kleine Lisa in ihrem Elternhaus die Küche. Eben noch hatte die kleine Ziege im Korb gelegen, doch jetzt war sie verschwunden.

Sofort fiel Lisa ein, dass sie die Tür zum Garten nicht verschlossen hatte. »Zickzack«, rief sie laut nach der kleinen Ziege, doch diesmal antwortete ihr kein munteres Meckern.

»Zickzack«, rief Lisa noch einmal. Diesmal voller Angst um ihre geliebte kleine Ziege. Das Mädchen lief aus dem Haus, rief dabei immer wieder den Namen der Ziege.

»... und wenn ich dich einfach nicht mehr weglasse?« Vor einer halben Stunde hatten sie beide nicht gewusst, ob es überhaupt eine Chance für sie geben würde. Jetzt schmiedete Justus bereits Zukunftspläne. Immer noch hielt er Caroline ganz fest an sich gedrückt.

Caroline lachte. »Das ist doch nicht dein Ernst.«

Justus küsste sie zärtlich auf die Nasenspitze. »Ich kann meinen Beruf leider nicht in Stockholm ausüben, aber wenn das ginge, würde ich es sofort tun.«

Caroline wusste nicht, was sie darauf sagen sollte. Sie liebte Justus, aber sie war sich nicht sicher, ob sie bereit war, ihr Leben so gravierend zu ändern, ob sie wirklich ihren Job kündigen wollte.

»Willst du nicht wenigstens einmal nachfragen, ob es hier in der Gegend einen Job für dich gibt?«, drängte Justus sanft.

»Ich bin wegen eines Auftrages hier«, sagte Caroline. »Ich wollte nicht für immer bleiben.«

Er schloss kurz die Augen, lächelte, als er sie wieder ansah. »Geht es dir gut?«

»Ja«, hauchte Caroline. Es ging ihr sehr gut. Vor allem, als er sie wieder küsste. Wenn sie ganz tief in sich hineinfühlte, konnte sie es sich sogar sehr gut vorstellen, für immer hier bei Justus zu bleiben.

Kerstin war bereits alarmiert, als sie die offene Haustür sah. »Lisa?«, laut rief sie den Namen ihrer Tochter.

Als Lisa sich nicht meldete, lief sie hinauf zum Kinderzimmer. Als sie ihr Kind auch hier nicht antraf, wurde sie allmählich panisch. Sie lief durch das ganze Haus. Vom Keller bis zum Dachboden. Anschließend eilte sie hinaus in den Garten. Ihre Tochter schien spurlos verschwunden. Dabei hatte sie vor ein paar Minuten noch bei ihr in der Küche gestanden, bevor sie hinausgelaufen war, weil sie mit Zickzack spielen wollte.

Also lief Kerstin wieder nach draußen. In ihrer Angst um Lisa wusste sie sich schließlich nicht anders zu helfen, als Sven anzurufen. Er meldete sich sofort.

»Lisa ist verschwunden. Ich weiß nicht, wo sie ist«, stieß Kerstin aufgeregt hervor.

Sven zögerte keine Sekunde. »Ich komme sofort«, versprach er.

Kerstin lief ruhelos auf und ab. Sie war froh, dass Andreas gerade nach Hause kam. Offenbar sah er ihr sofort an, dass etwas passiert war. »Was ist los?«, wollte er wissen.

Kerstin sagte ihm, dass Lisa verschwunden sei. »Sie ist nicht im Haus und nicht im Garten.« Bang schaute sie Andreas an. »Glaubst du, sie ist weggelaufen, weil Sven und ich so viel gestritten haben?«

Andreas schüttelte den Kopf. »Das glaube ich nicht«, sagte er, auch wenn es nicht sonderlich überzeugt klang. Er wandte sich um und lief die Auffahrt entlang, rief dabei immer wieder den Namen seiner kleinen Nichte.

Auch Kerstin lief wieder los, um sich auf die Suche nach Lisa zu machen. Auch wenn sie den ganzen Garten bereits abgesucht hatte, alles war besser, als hier herumzustehen und zu warten.

Lisa achtete nicht auf den Weg. Immer tiefer lief sie in den Wald. »Zickzack, wo bist du?«

Einige Male glaubte sie, in der Ferne ein schwaches Meckern zu hören. Lisa hielt kurz inne und lief dann in die Richtung, aus der das Geräusch gekommen war. Dass nicht weit von ihr entfernt ein Mann mit finsterem Gesicht und Gewehr ebenfalls durch den Wald eilte, wusste sie nicht. Noch hatte sich der Weg der beiden nicht gekreuzt ...

Von den Bären war nichts zu sehen. Aufmerksam saß Justus vor dem Monitor. »Das gibt es doch nicht ...«, stieß er auf einmal hervor.

Caroline schaute ihm über die Schulter und sah auf dem Monitor den Mann mit dem Gewehr über der Schulter. »Das ist doch Mats. Was hat er vor?«

Justus sprang auf. »Er will die Bären töten. Ruf die Polizei an, wir müssen ihn aufhalten.« Bevor er aus der Hütte stürmen konnte, stand Kerstin in der Tür. Ihr Gesicht war schneeweiß. »Lisa ist verschwunden.«

»Was? Seit wann?«, wollte Justus wissen.

»Keine Ahnung, sie ist einfach verschwunden.« Kerstin strich sich eine Strähne aus dem Gesicht. Sofort fiel Carolines Blick auf den Ohrring, an dem eine Perle baumelte.

Fassungslosigkeit zeichnete sich auf Carolines Gesicht ab. Diesen Ohrring hatte sie schon einmal gesehen, hier in Justus' Hütte. Er also war der Mann, mit dem sich Kerstin eine neue Zukunft erhoffte.

Es war, als hätte ihr jemand einen Schlag versetzt. War sie nichts anderes als ein Ersatz, weil die Frau, die Justus wirklich liebte, mit einem anderen verheiratet war? Oder hatte er sich nur an sie herangemacht, damit ihre Bewertung des Bärenprojekts positiv ausfiel?

Weder Kerstin noch Justus bemerkten, was in diesem Moment in Caroline vorging. Und Caroline riss sich zusammen, konzentrierte sich auf das aktuelle Problem, weil sie sonst wahrscheinlich laut geschrien hätte. Sie schaute Kerstin ruhig an, als sie fragte: »Wo kann sie denn hingelaufen sein?«

Kerstin schüttelte den Kopf. »Ich weiß es nicht. Zickzack ist auch weg.«

»Wir teilen uns auf«, schlug Justus vor.

Kerstin schaute Caroline bittend an. »Kommst du mit mir?«

»Ja, klar«, stimmte Caroline sofort zu. Sie hätte jetzt ohnehin nicht mit Justus alleine sein wollen. Eine einzige Sekunde hatte alles verändert. Kerstin und Justus …

»Wenn ihr was passiert ist«, stieß Kerstin angstvoll hervor.

»So etwas darfst du nicht einmal denken«, sagte Caroline. Zusammen mit Kerstin lief sie los.

Diesmal war Lisa sich ganz sicher, dass sie ihre Ziege gehört hatte. Sie blieb stehen, doch jetzt war wieder nur das Vogelgezwitscher in den hohen Bäumen zu hören. »Zickzack, wo bist du«, rief sie. Ein paar Sekunden lauschte sie noch, dann lief sie wieder los …

Mit finsterer Entschlossenheit stapfte er durch den Wald. Er würde dafür sorgen, dass die Sicherheit in den Wäldern um Mariefred wiederhergestellt wurde.

Irgendwo vor ihm bewegte sich etwas. Mats blieb stehen, nahm das Gewehr von der Schulter und lud es durch. Was auch immer sich da seinen Weg durch das Unterholz bahnte, er war auf alles vorbereitet.

Zuerst suchten sie an Lisas Lieblingsplatz, doch sie war nicht dort.

»Ich habe solche Angst.« Kerstin hatte Mühe, nicht laut zu weinen, sie blieb einfach stehen und schlug beide Hände vors Gesicht.

Caroline, die ein paar Meter weitergelaufen war, kam zurück. »Nicht doch, Lisa kennt den Wald. Sie ist ein kluges kleines Mädchen.

»Das hat Justus auch gesagt.« Kerstin schien sich an dieser Aussage festzuklammern.

Allein die Erwähnung von Justus' Namen tat weh. Caroline musste sich zusammenreißen. »Wo sucht er denn?«

Glücklicherweise bemerkte Kerstin nichts, zu sehr hielt sie die Sorge um Lisa gefangen. »Drüben am Helengrund«, erwiderte sie mit belegter Stimme. »Da, wo die Bären sind.«

»Die sind da längst nicht mehr, wenn ein Suchtrupp durch den Wald tobt.« Caroline redete weiter beruhigend auf Kerstin ein, deren panische Miene zeigte ihr, wie wenig Erfolg sie damit hatte.

»Jetzt hör auf, dich verrückt zu machen.« Caroline versuchte zu Kerstin durchzudringen. Doch sie hörte nur Kerstins entsetzte Stimme:

»Was ist das denn?«

Als Caroline Kerstins starrem Blick folgte, sah sie das Rudel Hunde, das ganz nah an ihnen vorbeilief. Lautlos, wie dunkle Schatten bewegten sie sich.

»Das sind Hunde. Die habe ich schon einmal gesehen.«

»Die wildernden Hunde, von denen Justus gesprochen hat.«

»Möglich«, erwiderte Caroline eilig. »Komm, lass uns weitersuchen.« Sofort lief sie los und rief Lisas Namen, immer und immer wieder.

Justus war es gewohnt, sich lautlos durch den Wald zu bewegen. Aufmerksam schaute er sich um und dann entdeckte er Mats, ganz in seiner Nähe. Er wandte ihm den Rücken zu, doch Justus konnte sehen, dass der Bauer das Gewehr angelegt hatte.

Als Justus sich leise näherte, entdeckte er sofort Cäsar, der auf dem Hinterteil hockte und sich mit der Tatze in aller Ruhe den Hals kratzte. Mats zielte genau auf den Bären, jeden Moment konnte er abdrücken.

Völlig unerwartet für Justus näherte sich eine kleine Gestalt mit blondem, wehenden Haar der Lichtung, die genau in Mats' Schusslinie laufen würde. Lisa!

»Mats!«, rief Justus laut und warnend.

Mats fuhr herum. Sein Blick jagte Justus Schauer über den Rücken. Wahnsinn lag in den Augen des Mannes. Sehr vorsichtig und langsam näherte sich Justus. »Was machst du da?«

»Sie müssen weg ... verstehst du ... weg ... töten.«

Mats' unruhiger Blick, seine kaum verständlichen Worte versetzten Justus in höchste Alarmbereitschaft. Mats wusste ganz offensichtlich nicht mehr, was er tat. »Komm, gib mir das Gewehr«, sagte Justus so ruhig, wie er konnte.

»Nein«, flüsterte Mats. »Du verstehst nicht. Die töten alles ... die töten ...«

Justus wurde klar, dass er so nicht an Mats herankommen würde. Er musste das Gewehr in seine Gewalt bringen, also stürzte er sich auf Mats ...

Caroline und Kerstin machten keine Pause. Weiter, immer tiefer liefen sie in den Wald. Und dann fiel plötzlich ein Schuss. Beide Frauen blieben sofort stehen.

Kerstin schaute Caroline an, weiß wie die Wand. »O Gott«, war alles, was sie sagen konnte.

Als Kerstin und Caroline die Lichtung erreichten, hatte Justus den Bauern bereits überwältigt. Mats hockte auf dem Boden, mit völlig teilnahmslosem Blick. Justus stand neben ihm, hatte eine Hand auf seine Schulter gelegt und redete beruhigend auf ihn ein, doch nichts davon schien zu Mats vorzudringen.

Lisa stand nicht weit von den beiden Männern entfernt. Sofort lief sie auf Kerstin zu. »Mama!«

Ganz fest drückte Kerstin das Mädchen an sich. »Ich habe mir solche Sorgen gemacht.«

Lisa befreite sich aus den Armen ihrer Mutter, als sie erneut ein Meckern hörte. »Da ist ja Papa mit Zickzack«, rief sie.

Sven hatte die kleine Ziege auf dem Arm und Andreas folgte ihm. Sie hatten Zickzack entdeckt, wie sie in aller Ruhe an den saftigen Kräutern knabberte, die hier im Wald so üppig wuchsen. Als sie den Schuss gehört hatten, waren sie sofort losgelaufen voller Sorge um Lisa. Die Erleichterung stand den beiden Männern ins Gesicht geschrieben, als sie Lisa dabei beobachteten, wie sie die Ziege streichelte.

Kerstin ging zu Justus hinüber, der immer noch bei Mats stand. »Danke«, sagte sie leise. Sie stellte sich auf die Zehenspitzen und hauchte einen Kuss auf seine Wange. Die Perle an ihrem Ohr glänzte im Sonnenlicht.

Caroline wandte sich ab. Innerlich fühlte sie sich wie erstarrt, aber sie wusste genau, dass sich diese Starre irgendwann lösen und sie nicht länger vor dem Schmerz schützen würde.

Zusammen mit den Sunvalls ging Caroline zurück. Sie beobachtet Kerstin, die liebevoll den Arm um ihre Tochter gelegt hatte, während Lisa glücklich ihre kleine Ziege an der Leine nach Hause führte. Sven folgte den beiden. Andreas hatte den Arm um Carolines Schulter gelegt. Er schien zu spüren, dass sie etwas beschäftigte, und Caroline war ihm dankbar, dass er keine Fragen stellte.

Als sie das Haus erreichten, drehte sich Kerstin zu Sven um. »Kommst du auch?« Sie lächelte, als er nickte. Als sie das Haus betraten, wirkten sie wie eine ganz normale kleine Familie.

Caroline und Andreas standen noch eine Weile vor dem Haus.

»Gott sei Dank war Justus im richtigen Moment da«, sagte Andreas. »Wer weiß, was sonst passiert wäre.« Er schaute Caroline an. »Vielleicht ist er ja doch ein ganz netter Typ.«

Caroline wollte nicht über Justus reden. »Kerstin hat mir heute gesagt, dass sie Sven verlassen will.«

Andreas nickte. »Sven arbeitet zu viel. Sie haben aufgehört zu reden.«

Caroline schaute an Andreas vorbei. »Sie hat angedeutet, dass es einen anderen gibt.«

»Könnte schon sein.« Andreas nickte. »Sie hat sich einsam gefühlt an Svens Seite, und wenn da der Richtige kommt ...« Er sprach nicht weiter, zuckte mit den Schultern.

»Komm, ich bringe dich nach Hause.«

»Nicht nötig«, Caroline schüttelte den Kopf. Sie wollte jetzt einfach alleine sein, in Ruhe nachdenken. Etwas musste sie ihm aber noch sagen. »Übrigens werde ich nach Stockholm zurückfahren, sobald ich mit meinem Bericht fertig bin.«

Andreas betrachtete sie prüfend. »So schnell schon? Wieso?«

Caroline lächelte traurig. »Ach, ich weiß auch nicht. Ich habe das Gefühl, dass ich mich wieder um mein Leben kümmern muss.«

»Und das geht hier nicht?«

Caroline schüttelte den Kopf. »Nein, das geht hier nicht.« Sie umarmte ihn. »Danke, dass du für mich da warst.«

»Du weißt, dass ich immer für dich da sein werde.

Caroline löste sich von ihm und griff nach seinen Händen.

»Es tut mir sehr leid, wenn ich dich verletzt habe. Aber ich …« Ihr fehlten die Worte. Alles, was sie jetzt noch sagen konnte, würde ihm nur wieder weh tun.

Andreas nickte verständnisvoll. »Ich habe begriffen.« Er grinste, legte einen Arm um ihre Schulter. »Und ich bringe dich jetzt trotzdem nach Hause.«

Draußen wurde es allmählich dunkel. Vögel drehten über dem See ihre letzten Runden, kleinere Schwärme stießen dazu, vereinigten sich zu einem großen Schwarm, bevor sie sich wie ein dunkler Teppich über den Bäumen am Ufer zur Nachtruhe niederließen.

Caroline war erleichtert, als Andreas sie endlich alleine gelassen hatte, und dennoch fühlte sie sich einsam. Sie setzte Kaffeewasser auf. Dann ging sie hinaus auf die Terrasse. Mit beiden Händen stützte sie sich auf das Geländer der Veranda und schaute über den See.

Die Sonne war noch nicht hinter den Baumwipfeln am jenseitigen Ufer untergegangen. Irgendwo im Schilf am Uferrand quakte ein Frosch. Es würde das letzte Mal sein, dass sie die Abendstimmung am See erlebte. Morgen um diese Zeit war sie schon wieder in Stockholm.

Das Pfeifen des Wasserkessels riss sie aus ihren trüben Gedanken. Caroline ging zurück ins Haus und goss Wasser in den Filter. »Hej.« In seiner gewohnt leisen Art hatte sich Justus genähert. Caroline hatte nicht mit ihm gerechnet.

»Hej«, stieß sie ein wenig atemlos hervor Sie spürte, wie sie sich innerlich verkrampfte, als er sich zu ihr hinunterbeugte, um sie zur Begrüßung auf die Wange zu küssen.

»Mats ist im Krankenhaus«, begann er unaufgefordert zu erzählen. »Der Arzt sagt, er hätte eine schwere Psychose. Sein Bruder wurde vor Jahren in Kanada vor Mats Augen von einem Bären angefallen und hat das nicht überlebt.«

Nur kurz schaute Caroline ihn an. »Das erklärt ja wohl einiges.«

»Er hat so eine Panik vor den Bären, dass er wahrscheinlich alles getan hätte, um sie zu vertreiben«, fuhr Justus fort. »Den Abhang ist er auf der Flucht vor den wildernden Hunden hinabgestürzt.«

»Er hätte es fast geschafft, alle zu überzeugen.«

»Fast. Ich bin sicher, er war nie in direktem Kontakt mit den Bären.« Justus lächelte und stellte sich ganz dicht neben sie. Seine Nähe raubte ihr den Atem.

»Dann wird ja alles wieder gut«, sagte Caroline kurz angebunden. Sie konnte seine Nähe nicht länger aushalten, musste sich erst ein paar Schritte von ihm entfernen, bevor sie weitersprechen konnte. »Ich freue mich für dich. Und ich werde einen überaus positiven Bericht schreiben.«

Justus bedankte sich, schaute sie dabei aufmerksam an. »Kommst du nachher mit? Ich werde noch einmal nach den Bären sehen.«

»Ich habe keine Zeit«, erwiderte Caroline knapp.

»Dann morgen, ganz früh?«

Morgen würde sie nicht mehr da sein, aber das sagte sie ihm nicht. »Mal sehen wie ich mit meiner Arbeit vorankomme«, sagte sie ausweichend. Sie konnte ihn dabei nicht ansehen. »Du, entschuldige, ich muss mich jetzt echt ranhalten.«

Justus nickte. Er sagte nichts, fragte auch nicht, aber sein Blick verriet, dass ihr Verhalten ihn irritierte. Als er sich zu ihr hinabbeugte, um sie zum Abschied zu küssen, wandte sie leicht den Kopf, sodass seine Lippen nur ihre Wange streiften. Noch einmal warf Justus ihr einen fragenden Blick zu, doch Caroline öffnete nur ihr Notebook. Sie schaute ihm nicht nach, als er das Haus über die Terrasse verließ. Dennoch spürte sie, dass er sich an der Tür noch einmal umschaute.

Tränen schossen ihr in die Augen. Caroline bedeckte ihr Gesicht mit beiden Händen, endlich konnte sie weinen über diesen bitteren Verlust.

Lisa schlief tief und fest. Kerstin stand in der Tür und beobachtete, wie Sven sich über seine Tochter beugte und ihr sacht einen Kuss auf die Stirn hauchte.

»Justus hat ihr das Leben gerettet«, hörte sie ihn mit belegter Stimme sagen.

Kerstin erwiderte nichts und blickte ihn nicht an.

»Liebst du ihn?«

»Ich habe es mir wohl eingebildet. Er hat mich wahrgenommen.« Langsam drehte Kerstin sich um und schaute ihrem Mann in die Augen. »Er hat mit mir geredet.«

Sven kam einen Schritt näher, hob eine Hand, zögerte einen Moment, als wäre er sich nicht sicher, ob sie die Berührung zulassen würde, dann streichelte er sanft über ihren Oberarm. »Ich will euch nicht verlieren«, brach es aus ihm heraus. »Dich nicht und Lisa auch nicht.«

Es war lange her, seit Sven ihr gegenüber Gefühle gezeigt hatte. Es rührte sie, zu sehen, dass er mit den Tränen kämpfte. Ein wenig von dem, was sie früher für ihn empfunden hatte, war auf einmal wieder da.

»Ich liebe dich, Kerstin. Ich habe nie aufgehört, dich zu lieben.«

Auch Kerstin fühlte, wie Tränen in ihr aufstiegen. »Aber du hast es mir nicht mehr gezeigt.«

Er legte beide Hände auf ihre Schultern. »Kannst du mir verzeihen? Lass es uns bitte noch einmal versuchen. Ich liebe dich.«

Sein Blick war voller Angst, dass sie ihn zurückweisen würde. Ihm endgültig sagen würde, dass es keinen Zweck mehr hätte. Doch das war es nicht, was Kerstin fühlte. In ihr glomm ein winziger Funke Hoffnung. Ganz tief in ihrem Inneren spürte sie, dass ihre Gefühle für Sven nicht vollständig erloschen waren. Wenn er sich Mühe geben würde, wenn sie beide sich bemühten, könnten sie vielleicht wieder so glücklich wie früher werden.

Kerstin ließ es zu, dass er sie an sich zog. Er schaute sie an. In seinen Augen lag immer noch die Angst, dass sie ihn zurückstoßen würde, doch als sie beide Arme um seinen Hals schlang, küsste er sie. Kerstin ließ es nicht nur einfach geschehen, sie erwiderte seinen Kuss voller Zärtlichkeit, klammerte sich ganz fest an ihn.

Ihr letzter Morgen in Mariefred. Der Bericht war geschrieben, den Koffer hatte sie bereits gepackt. Caroline verließ die Terrasse und ging hinunter zum Seeufer. In Gedanken nahm sie Abschied von diesem Ort, an dem sie sich so wohlgefühlt hatte. Bis gestern, bis sie erfahren hatte ...

»Hej, Caroline«, hörte sie Kerstins Stimme hinter sich.

Caroline drehte sich um. Kerstin kam über den Rasen auf sie zu. In der Hand hielt sie einen Kuchen. »Den haben Lisa und ich für dich gebacken. Als Dankeschön.«

Caroline verschränkte die Arme vor der Brust, schüttelte den Kopf. »Ihr müsst euch bei Justus bedanken, nicht bei mir.«

Kerstin schaute sie verwundert an. »Das tun wir auch noch. Wir bedanken uns bei allen, die geholfen haben, Lisa wiederzufinden.« Kerstin hielt ihr den Kuchen hin.

Caroline nahm ihn an und bedankte sich. »Ich werde ihn nach Stockholm mitnehmen.« Langsam ging sie zum Haus zurück. Kerstin begleitete sie.

»Du willst wirklich schon fahren? Warum machst du nicht noch ein paar Tage Urlaub. Sven und ich würden uns wirklich sehr freuen, und Lisa sowieso.«

»Sven?« Caroline war überrascht. »Ich dachte, du wolltest dich von ihm trennen.«

Kerstin lächelte versonnen. »Wir wollen es noch einmal miteinander versuchen. Es ist vielleicht doch nicht gut, so schnell aufzugeben.«

»Schön.« Caroline nickte. »Und was ist mit dem anderen?«

Kerstin zögerte einen Moment, antwortete dann so, wie sie es empfand: »Der ist toll. Ich habe mich sofort in ihn verliebt, als ich ihn das erste Mal gesehen habe. Kennst du das Gefühl? Es ist, als würde der Blitz einschlagen.«

Natürlich kannte Caroline dieses Gefühl. Zweimal hatte sie es jetzt erlebt und jedes Mal hatte es mit einer Enttäuschung geendet. Aber das erzählte sie Kerstin nicht. Stattdessen fragte sie: »Er lässt dich einfach so gehen?«

Kerstin zuckte mit den Schultern. »Ich habe mich entschieden und dass muss er akzeptieren.« Sie senkte den Kopf, dachte einen Augenblick nach, bevor sie lächelnd weitersprach: »Er ist ohnehin kein Mann für eine feste Beziehung. Eher so ein interessanter Einzelgänger, der am liebsten alleine lebt und hier und da mal eine Affäre hat.«

Sie hatte Justus anders gesehen, aber Caroline musste sich wohl eingestehen, dass sie in Bezug auf Männer offensichtlich zu Fehleinschätzungen neigte.

»Ich muss jetzt los. Lisa und Sven warten.« Kerstin umarmte Caroline zum Abschied. »Alles Gute, Caroline. Komm uns bald mal wieder besuchen.«

Caroline wusste, dass sie für lange Zeit nicht mehr nach Mariefred kommen würde. Zumindest nicht, solange Justus hier war, doch das sagte sie nicht. Sie wünschte Kerstin einfach nur alles Gute und richtete ihre Grüße an Sven und Lisa aus.

Kerstin nickte ihr noch einmal zu. Ein Sonnenstrahl fiel auf ihren Ohrring, und unwillkürlich fragte sich Caroline, was wohl passiert wäre, wenn sie diesen Ohrring nicht gefunden hätte.

Doch was für einen Sinn machte es auch, solchen Gedanken nachzuhängen. Es war wohl alles so gekommen, wie es kommen musste. Es wurde Zeit, dass sie ihre Zelte hier abbrach und sich auf ein neues Kapitel ihres Lebens konzentrierte.

Justus saß am Computer, als es an der Tür klopfte. »Es ist offen«, rief er, ohne aufzusehen.

»Hej!«

Justus wandte sich um. Sven stand in der Tür. »Haben Sie einen Moment Zeit?«

Justus nickte, die Anspannung war ihm anzumerken, während er Sven zuhörte.

»Zuerst einmal möchte ich mich bedanken, weil Sie Lisa das Leben gerettet haben. Ich weiß nicht, wie ich das jemals wiedergutmachen kann.«

»Schon gut«, winkte Justus ab. »Gibt es sonst noch etwas?«

Sven schaute an Justus vorbei auf den Monitor. Ein Lächeln zog über sein Gesicht. »Sind sie das? Unsere Bären?«

Unsere Bären? Hatte er richtig gehört? Er schaute auf den Monitor, auf dem gerade die ganze Bärengruppe zu sehen war. »Ja«, nickte er und lud Sven mit einer Handbewegung ein, näher zu kommen. Zwei Bären balgten ausgelassen miteinander im Wasser. »Der dunklere ist das Männchen«, erklärte Justus. Er musterte Sven mit einem knappen, misstrauischen Blick von der Seite. So ganz traute er dem Frieden noch nicht.

Sven beobachtete die Bären eine ganze Weile, bevor er sagte: »Caroline hat mir ihren Bericht dagelassen. Das klingt alles sehr einleuchtend.« Sven wandte den Blick vom Monitor ab und schaute Justus direkt in die Augen. »Ich werde Ihr Projekt auf jeden Fall unterstützen.«

»Sie wollen die Bären nicht mehr loswerden?« Justus konnte sich einen ironischen Seitenhieb nicht verkneifen. »Sie sind doch gefährlich und reißen Tiere.«

»Ich wollte nicht die Bären loswerden, sondern Sie«, antwortete Sven ohne Umschweife. »Ich hatte Angst, Sie würden mir Kerstin wegnehmen.«

»Und jetzt haben Sie keine Angst mehr?«

Sven nickte. »Es wird sicher nicht einfach werden, aber das hat nichts mit Ihnen zu tun. Ob Kerstin und ich das hinkriegen, ist allein unser Problem. Wie werden jedenfalls alles dafür tun, dass wir es schaffen.«

Sven ging zur Tür. Er verabschiedete sich von Justus, lächelte kurz. Justus' Miene jedoch blieb ernst und sehr nachdenklich.

Caroline schloss das Haus ab und legte den Schlüssel in den Blumenkasten, so wie sie es telefonisch mit Andreas besprochen hatte. Noch ein letzter Blick zurück zum See, bevor sie nach ihrem Koffer griff. Das Taxi musste jeden Moment kommen. Langsam ging sie zur Straße.

Aus der Ferne war bereits Motorengeräusch zu hören, doch es war nicht das erwartete Taxi, das kurz darauf neben ihr anhielt, sondern Justus' Jeep. Er sprang aus dem Wagen, schaute befremdet auf ihr Gepäck. »Du fährst weg?«

»Ich muss. Mein Bericht ist fertig und in Stockholm gibt es für mich einiges zu erledigen.«

»Und wann kommst du wieder?«

Caroline schüttelte den Kopf. »Ich denke, nicht so schnell. Ich will mir eine neue Wohnung suchen und außerdem habe ich einen Job, wie du weißt.«

Er betrachtete sie prüfend. »Was ist los?«

»Nichts«, behauptete Caroline. »Ich bin nur wieder in der Realität angekommen. Das hier ist mir alles zu kompliziert.«

Es war offensichtlich, dass er sie nicht verstand. Nervös lachte er auf. »Wovon redest du? Ich weiß wirklich nicht, was du meinst.«

»Ich meine dein Verhältnis mit Kerstin«, erwiderte Caroline. »Deinetwegen wollte sie Sven verlassen.«

»Moment mal ...«, begann Justus, doch Caroline ließ ihn nicht ausreden. »Bitte, Justus, ich habe Kerstins Ohrring bei dir im Haus gefunden.« Sie lachte bitter. »Eine geradezu banale Situation. Aber eine Situation, in der ich nicht sein will.«

»Aber das war doch nie etwas Ernstes. Ich habe nichts mit Kerstin.« Justus wirkte verzweifelt in seinem Bemühen, sie zu überzeugen. Caroline wollte das alles einfach nicht hören. Die Fakten sprachen für sich, alles andere interessierte nicht mehr.

»Kerstin und ich, wir haben uns zu einem Zeitpunkt getroffen, wo ...«

»Ich will das gar nicht wissen«, unterbrach Caroline ihn auch diesmal. »Irgendwie war das mit uns so etwas Unschuldiges. Es war ... Na ja, es war wohl einfach zu unrealistisch. Und jetzt bin ich eben zurück in der Wirklichkeit, und die gefällt mir überhaupt nicht.« Über seine Schulter hinweg sah sie, dass das Taxi vorfuhr.

»Aber das kannst du doch nicht ernst meinen. Bitte, Caroline, ich ... ich weiß einfach nicht, was ich noch sagen soll.«

»Lass es einfach, es hat keinen Sinn. Ich will kein Gefühlschaos mehr in meinem Leben.« Sie ging an ihm vorbei zu dem wartenden Taxi. Der Fahrer war bereits ausgestiegen. Er nahm ihr das Gepäck ab und verstaute es im Kofferraum, während Caroline sich in den Wagen setzte. Der Wagen fuhr los und in diesem Augenblick wurde Caroline klar, dass sie Justus nie wiedersehen würde.

Fast zwei Wochen war es jetzt her, seit Caroline Mariefred verlassen hatte. Es fiel ihm immer noch schwer, an dem Ferienhaus vorbeizufahren, in dem sie gewohnt hatte. Auch diese besondere Bucht auf der anderen Seite des Sees hatte er seither nicht wieder aufgesucht.

An diesem Morgen hatte er in der Innenstadt zu tun. Andreas war gerade dabei, die Spezialitäten des Tages auf die Tafel vor seinem Laden zu schreiben, als Justus vorbeikam. Er grüßte ihn. »Geht es gut?«, erkundigte er sich.

»Danke, ja«, behauptete Justus, obwohl das keineswegs der Wahrheit entsprach.

»Schon was von Caroline gehört?«, wollte Andreas wissen.

»Sie hat mir ihren Bericht gemailt und ich denke, wir haben sehr gute Chancen, dass ...«

»Das meine ich nicht«, unterbrach Andreas ihn. »Ich wollte nur wissen ...« Er unterbrach sich. »Schließlich hat Caroline sich für Sie entschieden. Aber es geht mich ja nichts an.«

Justus sagte kein Wort. Er war sehr nachdenklich, aber auch sehr bedrückt. Caroline hatte sich für ihn entschieden, aber trotzdem war sie gegangen.

»Ich kenne Caroline schon so lange«, fuhr Andreas fort, »und ich mag sie. Ich will einfach nicht, dass sie unglücklich ist.«

»Sie ist weggegangen, nicht ich.«

Andreas zog eine Augenbraue in die Höhe. »Und das ist Ihnen egal?«

»Natürlich nicht«, erwiderte Justus heftig. »Das können Sie sich doch denken. Es ist mir verdammt noch mal überhaupt nicht egal.«

Die beiden Männer schauten sich an und Andreas verzog die Lippen zu einem Grinsen. Justus begriff und hatte es mit einem Mal sehr eilig. »Tut mir leid, ich muss los. Wiedersehen, Andreas, und danke.«

Andreas hielt ihn zurück. »Das Schiff nach Helsinki läuft um siebzehn Uhr aus.«

»Das Schiff nach Helsinki?«

»Ich weiß von Caroline, dass sie in Finnland ein neues Projekt betreuen wird.«

»In Finnland? Wann, sagten Sie, läuft das Schiff aus?«

»Siebzehn Uhr, am Finnland-Kai.« Andreas grinste. »Wenn Sie sich beeilen, könnte es noch klappen.«

Justus rannte los ...

Möwen flogen kreischend über die Wasseroberfläche. Es herrschte ein geschäftiges Treiben im Stockholmer Hafen. Die letzten Passagiere stiegen über die Gangway nach oben.

Caroline stand am Bug des Schiffes an der Reling und blickte aufs Wasser, ohne wirklich etwas wahrzunehmen. Eigentlich hatte sie nur eine neue Wohnung suchen wollen und jetzt zog sie sogar in ein anderes Land. Mindestens zwei Jahre würde sie der neue Auftrag in Finnland festhalten. Zwei Jahre, in denen sie hoffentlich vergaß, was ihr noch immer das Herz schwer machte.

Die Schiffsglocke war zu hören, die Taue wurden gelöst. In wenigen Minuten würde das Schiff ablegen.

Caroline war sich mit einem Mal nicht mehr sicher, ob sie wirklich bereit war zu diesem gravierenden Schritt in ein neues Leben. Es wurde ihr mit einem Mal klar, wie überstürzt sie in den letzten beiden Wochen gehandelt hatte.

Die Gangway wurde zur Seite geschoben, das Horn der Schiffssirene verkündete das bevorstehende Ablegen.

»Caroline!«

Caroline wandte sich um und sah ihn sofort. Justus stand am Kai. »Caroline«, rief er erneut ihren Namen. »Fahr nicht weg. Ich muss dir was sagen.«

Caroline lief auf den Steward zu, der wenige Meter von ihr entfernt stand. »Ich muss wieder runter. Bitte!«

Der Steward schüttelte den Kopf. »Das geht nicht, wir haben schon abgelegt.«

»Ich flehe Sie an, ich muss von Bord«, schrie Caroline den Mann an.

»Tut mir leid, das geht nicht«, sagte der Steward und schüttelte den Kopf.

»Mein Gott, da unten steht der Mann, den ich liebe. Ich kann jetzt nicht wegfahren.«

Entweder glaubte der Steward ihr und hatte Mitleid oder er hielt sie für eine Verrückte und war schon alleine deshalb der Ansicht, dass es besser sei, sie so schnell wie möglich von Bord zu lassen. Über Handy nahm er Kontakt mit dem Führerhaus auf und wenige Minuten später verließ Caroline das Schiff. Sie flog über die Gangway in Justus' Arme.

Justus hob sie hoch, wirbelte sie herum. »Wenn sie dich nicht heruntergelassen hätten, wäre ich hinterhergeschwommen. Ich muss dir unbedingt etwas sagen.«

»Ich dir auch«, sagte Caroline atemlos.

»Ich liebe dich«, sagte Justus.

Caroline schmiegte sich an ihn. »Ich liebe dich auch.«

Sie küssten sich, vergaßen alles um sich herum und bemerkten nicht einmal den Steward, der an der Reling des abfahrenden Schiffes stand und lächelnd zu ihnen hinunterblickte.

Das Geheimnis von Svenaholm

Johanna Lund erreichte den Steg genau in dem Moment, als der Postbote anlegte. Er stieg aus dem Boot und kam ihr entgegen. »Hej, Frau Doktor, Post für Sie.«

Enttäuscht schaute Johanna auf den Umschlag, den er ihr hinhielt. »Nur ein Brief? Mehr nicht?«

Der Postbote schüttelte den Kopf. »Tut mir leid. Worauf warten Sie denn?«

Die Ärztin seufzte tief und betrachtete den Umschlag, auf dem in säuberlicher Handschrift die Chiffreadresse ihrer Anzeige stand. Sie drehte den Brief um und betrachtete den Absender. Eine Dr. Lea Matsson aus Stockholm.

»Ich hatte gehofft, es würden sich mehr Leute für meine Praxis interessieren«, sagte Johanna Lund. Es wäre ihr vor allem lieber gewesen, wenn sich jemand beworben hätte, der das Landleben kannte. Für jemanden aus der Großstadt würde es eine große Umstellung bedeuten, hier in Svenaholm zu leben.

»Wer will denn heute noch aufs Land ziehen«, sagte der Postbote. »Aber freuen Sie sich doch. Immerhin haben Sie ja eine Zuschrift bekommen. Vielleicht ist sie ja genau die Richtige.«

Johanna Lund schmunzelte. »Die Einzige soll auch gleich die Richtige sein? Das wäre doch ein Wunder.« An Wunder glaubte Johanna Lund schon lange nicht mehr.

Die Ärztin verabschiedete sich vom Postboten und ging schnell zurück zur Praxis. Die Sprechstunde hatte eben erst begonnen und es warteten bereits einige Patienten auf sie. Immerhin blieb ihr die Hoffnung, dass morgen weitere Zuschriften von jungen

Ärzten dabei waren, die sich für ihre Praxis interessierten. Mit dieser Kollegin in Stockholm wollte sie sich jedenfalls heute noch in Verbindung setzen.

Der Anruf kam unmittelbar nach der Visite. Lea war gemeinsam mit ihrer Kollegin Karin auf dem Weg zum Arztzimmer, als das Handy in ihrer Tasche klingelte. Auf dem Display war ein unbekannter Anrufer vermerkt.

Als die Anruferin am anderen Ende sich als Johanna Lund vorstellte, konnte Lea den Namen sofort einordnen. Sie hatte nicht damit gerechnet, so schnell eine Antwort auf ihre Bewerbung zu erhalten. Johanna Lund wollte wissen, ob sie bald schon zu einem Vorstellungsgespräch nach Svenaholm kommen könnte.

»Wo ist das? In Svenaholm?«, hakte Lea nach. Es war eine chiffrierte Anzeige in einer medizinischen Fachzeitschrift gewesen, auf die sie sich vor zwei Tagen beworben hatte. »Sie haben in der Anzeige ja nur geschrieben, dass es sich um eine Praxis auf dem Land handelt. Ich würde sie mir natürlich sehr gerne ansehen.«

Lea betrat das Ärztezimmer, in dem direkt neben dem Eingang der Dienstplan hing. Sie schaute sofort nach, wann sie es einrichten konnte. Ihr stand ohnehin noch der ganze Jahresurlaub zu. »Übermorgen ginge es«, stellte sie fest. »Dann könnte ich ein paar Tage freinehmen.«

Johanna Lund passte der Termin. Und alles Weitere wollte sie persönlich mit Lea besprechen.

»Bis dann, Frau Doktor Lund. Ich freue mich sehr darauf, Sie kennenzulernen.« Lea schaltete das Handy aus und steckte es in ihre Kitteltasche zurück.

»Ja!«, rief sie begeistert. »Das klingt super. Vielleicht habe ich bald meine eigene Praxis.«

Ihre Kollegin Karin hatte hinter dem Schreibtisch neben dem Fenster Platz genommen. Zweifelnd schaute sie Lea an. »In Svenaholm? Wo auch immer das ist, kannst du mir verraten, was du da willst? Du bist ein Stadtmensch, Lea. In der Provinz wirst du echt versauern.«

Lea hatte überhaupt nicht zugehört. In dem Aktenschrank hinter ihr wurden die Patientenakten, Therapieverordnungen, Formulare und Dienstanweisungen für das Personal aufbewahrt.

Lea erinnerte sich daran, dass irgendwo in dem unteren Regal eine schwedische Landkarte lag. Nicht mehr ganz aktuell, aber ihr reichte es. Sie hatte die Karte bereits auseinandergefaltet und nach wenigen Sekunden gefunden, wonach sie suchte.

»Da ist es, direkt am Wasser. Svenaholm hat sogar einen Hafen. Da kann man am Wochenende sogar segeln gehen oder surfen.«

»Klar, weil du als Landärztin so irre viel Zeit hast«, sagte Karin ironisch. »Und außerdem kannst du am Wochenende auch hier segeln.«

»Hier habe ich noch weniger Zeit. Nicht mal für Jette. Die ist ja schon ganz depressiv.« Während sie sprach, nahm Lea einen Urlaubsantrag aus dem Aktenschrank und ging damit zu Karin an den Schreibtisch. Im Stehen füllte sie das Formular aus.

»Entweder bin ich in der Klinik oder ich schlafe«, fuhr sie fort. »Ich habe trotzdem nicht genug Zeit für meine Patienten. Du hast doch auch manchmal das Gefühl, dass es da noch etwas anderes geben muss.«

»Hm«, machte Karin und stütze ihr Kinn in die Hand. Verträumt schaute sie zur Decke. »Ein toller Mann mit Geld, ein paar süße Kinder, ein schönes Haus ...« Karin unterbrach sich und wandte sich Lea zu, die wieder zum Aktenschrank hinübergegangen war, um dort ihren Urlaubsantrag in die Ablage für die Krankenhausverwaltung zu legen.

Zweifelnd schaute Karin ihre Kollegin an. »Glaubst du wirklich, dass du das ausgerechnet in Svenaholm findest?«

Lea war sich nicht einmal sicher, ob sie wirklich auf dem Land leben wollte. Irgendwo tief in ihr drin war eine vage Sehnsucht nach Stille und Beschaulichkeit. Nach weiten Seen, unberührter Landschaft und Natur.

Lea hatte keine Ahnung, woher dieses Gefühl kam. So lange sie zurückdenken konnte, hatte sie in Stockholm gelebt. Hier war sie aufgewachsen, zur Schule gegangen. Hier hatte sie studiert, Freunde gefunden. Hier arbeitete sie und hier war auch ihre Mutter beerdigt.

Sie hatte in Stockholm den Mann gefunden, mit dem sie den Rest ihres Lebens hatte verbringen wollen.

Junge, ehrgeizige Assistenzärzte waren sie beide damals gewesen. Voller Leidenschaft füreinander, aber vor allem für die Arbeit. Genau das hatte sie letztendlich auch wieder auseinandergebracht. Sie hatten nie Zeit füreinander gehabt. Wenn Magnus am Wochenende frei hatte, musste sie zum Dienst und umgekehrt. Als sie beide bemerkten, dass ihre Liebe zueinander dabei auf der Strecke blieb, war es bereits zu spät.

Sie hatten sich nach der Scheidung vorgenommen, wenigstens gute Freunde zu bleiben. Selbst daraus war nichts geworden, weil sie beide einfach keine Zeit hatten, sich zu sehen.

Seit einiger Zeit schon fühlte Lea sich nicht mehr wohl mit dem Leben, das sie führte. Immer der gleiche Trott. Frühmorgens raus, Klinikalltag, Überstunden und dann wieder nach Hause. Ein kurzer Spaziergang mit Jette, bevor sie todmüde ins Bett fiel. Von ihrem früheren Idealismus war nicht mehr viel geblieben. Der Alltag hatte ihn aufgefressen.

Immer wieder sagte Lea sich selbst, dass sie etwas verändern müsse. Wie diese Veränderung aussehen sollte, hatte sie allerdings nicht gewusst, bis sie diese Anzeige in der medizinischen

Fachzeitschrift gelesen hatte. Sie hatte ihre Bewerbung abgeschickt, ohne sich wirklich eine Chance auszurechnen. Der Anruf hatte Hoffnungen in ihr geweckt, doch jetzt ließ sie sich von den Zweifeln der Kollegin anstecken.

»Vielleicht wird das ja alles nichts. Es wäre ja ein Wunder, wenn es gleich beim ersten Mal klappt«, sagte Lea. Sie nahm sich vor, nicht zu große Hoffnungen in die Besichtigung von Johanna Lunds Praxis zu setzen. Vielleicht gefiel ihr diese Praxis überhaupt nicht. Oder diese Johanna Lund mochte sie nicht und würde sich für einen anderen Bewerber entscheiden. Und selbst wenn alle Umstände passten, sie musste sich nicht sofort entscheiden, sondern konnte in aller Ruhe darüber nachdenken, ob sie Stockholm wirklich verlassen wollte.

Wie mit der Landschaft verwachsen wirkte das Herrenhaus, das bereits seit mehr als zweihundert Jahren im Familienbesitz war. Es war umgeben von einem traumhaften Park, der über mehrere Ebenen angelegt war und über einen fantastischen alten Baumbestand verfügte. Grüne Rasenflächen und sorgfältig gepflegte Beete wechselten sich ab und endeten an den Kieswegen, die um das Haus herumführten.

Auf der Rückseite des Hauses führte eine Freitreppe von zwei Seiten zur Eingangstür. Das schmiedeeiserne Treppengeländer wurde von Efeu und blühenden Rosen umrankt. Auf dem Platz vor der Treppe war ein Frühstückstisch üppig gedeckt. Der alte Erik Lovand saß am Tisch und las die Zeitung. Er schaute nicht auf, als sein Sohn die Treppe hinuntergeeilt kam und schon von weitem unternehmungslustig rief: »Guten Morgen, Papa. Gut geschlafen?«

»Ich bin schon seit halb sieben auf.«

Per überhörte den Vorwurf, der in der Stimme seines Vaters

mitschwang, geflissentlich. Es schien ihn sogar ein wenig zu belustigen. »Dass du immer noch so früh aufstehst. Ich verstehe das nicht. Du kannst doch jetzt endlich ausschlafen.« Er setzte sich ebenfalls an den Tisch, füllte sich die Tasse mit Kaffee und schnappte sich eines der Radieschen von der Käseplatte.

Erik ließ die Zeitung sinken. »Die Macht der Gewohnheit, vermute ich. Ich bin zeit meines Lebens immer vor meinen Angestellten in der Firma gewesen.«

»Gott sei Dank erwarten sie das nicht auch von mir«, erwiderte Per lässig.

Es war Erik deutlich anzusehen, dass ihm die Unbekümmertheit seines Sohnes nicht gefiel. Er verschanzte sich hinter seiner Zeitung, konnte sich aber nicht verkneifen, noch einmal nachzuhaken. »Hast du dich schon um die Ausschreibung für den Park in Strängnäs gekümmert? Du weißt, die Konkurrenz schläft nicht.«

»Ich habe heute noch einen Termin beim Gartenbaureferenten.«

Wieder ließ Erik die Zeitung sinken. Mit gerunzelter Stirn musterte er Per in seiner legeren Freizeitkleidung von Kopf bis Fuß: »Du willst doch nicht in diesem Aufzug da hingehen?«

Per schüttelte lachend den Kopf. »Keine Sorge, ich weiß wie man bei den Ämtern auftritt. Ich gehe vorher noch aufs Wasser.«

»Was? Jetzt?«, stieß Erik fassungslos hervor. »Ich verstehe dich nicht. Du leitest jetzt eine Firma, Junge. Du kannst die Tage nicht mehr so einfach ...«

»Ich habe alles unter Kontrolle«, fiel Per seinem Vater grinsend ins Wort. »Keine Sorge, deiner Firma passiert schon nichts. Schönen Tag! ... Und mach es dir nett!«

Erik hob die Zeitung wieder hoch, ohne darin zu lesen. Er machte sich Sorgen, fragte sich, ob er seinem Sohn nicht doch zu früh die Leitung des Familienunternehmens überlassen hatte. Er hatte so gehofft, dass Per sich der Verantwortung bewusst werden würde, sobald er auf dem Chefsessel saß.

Erik seufzte tief. Er hatte nicht den Eindruck, dass sein Sohn überhaupt etwas ernst nahm. Weder sich selbst noch seinen Vater. Nicht das Leben, und schon gar nicht das Unternehmen, dem er vorstand.

Die Straße wand sich zwischen Weizenfeldern und blühenden Wiesen. Birken säumten den Straßenrand. Die flirrenden Blätter zauberten ein verwobenes Muster auf die Straße. Die Luft war weich wie Samt, das Licht klar und hell.

Lea hatte das Verdeck des Cabrios heruntergelassen. Jette, ihre braunweiße Mischlingshündin, saß auf dem Beifahrersitz und schien die Fahrt ebenso zu genießen wie Lea. Sie streckte die Hand aus und kraulte Jette kurz zwischen den Ohren.

Sie hatte noch jede Menge Zeit bis zu ihrem Termin, und so konnte sie langsam fahren und die Strecke bis Svenaholm genießen. Es war lange her, seit sie das letzte Mal über Land gefahren war.

Hinter der nächsten Kurve sah sie einen Bauernhof auf der linken Seite. Er verdeckte die Sicht auf den schmalen Weg, der in den Wald führte. Daher sah Lea den mit jungen Bäumen beladenen Kleintransporter erst, als er ohne anzuhalten direkt vor ihr auf die Straße schoss. Der Laster geriet ins Schlingern, und einige Bäumchen fielen von der Ladefläche. Eines davon verfehlte die Motorhaube ihres Wagens nur knapp.

Lea schrie erschrocken und trat sofort auf die Bremse. Ihr Wagen kam mit quietschenden Reifen zum Stehen.

»Was macht der denn? Kann der nicht Autofahren?« Lea stieß die Tür ihres Wagens auf und stieg aus, Jette sprang sofort hinter ihr her.

Auch der Fahrer des Kleinlasters war ausgestiegen und kam auf Lea zu. Sie war viel zu wütend, um seine besorgte Miene zu registrieren. »He, das ist gemeingefährlich. Der Baum wäre mir fast aufs Auto geknallt.«

Jette begleitete die aufgebrachten Worte ihres Frauchens mit einem zustimmenden Bellen, dabei wedelte sie eifrig mit dem Schwanz, um klarzustellen, dass sie im Grunde ein friedliebender Hund war.

»Ist Ihnen etwas passiert? Ich dachte, wir hätten die Lade richtig zugemacht, aber das war wohl nicht so.« Sein Gesicht war blass vor Schreck, gleichzeitig war er so besorgt um sie, dass Leas Wut augenblicklich verrauchte.

»Es ist ja nichts passiert. Ich habe mich nur so wahnsinnig erschrocken.« Lea presste eine Hand auf ihr Herz, das immer noch wie wild klopfte.

»Kann ich etwas für Sie tun?«, stieß er aufgeregt hervor. »Kann ich Sie zu einem Arzt bringen? Sie haben sicher einen Schock.«

»Es ist schon gut«, versicherte Lea. »Mir geht es gut.«

Der Mann blickte an ihr vorbei. »Und das Auto?«

»Jetzt hören Sie auf, sich Sorgen zu machen. Der Baum hat das Auto ja gar nicht berührt.« Lea erholte sich mehr und mehr von ihrem Schreck und registrierte ganz allmählich, wie attraktiv der Mann mit dem lausbubenhaft zerzausten, dunklen Haar war. Sie lachte. »Ich habe nämlich ein superschnelles Reaktionsvermögen.«

Endlich brachte er auch ein Lächeln zustande. »Da habe ich ja noch einmal Glück gehabt. Jemand anderes hätte vielleicht nicht so schnell gebremst wie Sie.«

Sie schauten sich an. Sekundenlang, schweigend. Der intensive Blick seiner braunen Augen ließ ihr Herz wieder schneller schlagen, und diesmal war es keine Folge des Beinaheunfalls.

»Ja dann«, verabschiedete er sich, »ich muss weiter. Mein Kunde wartet.«

Lea verabschiedete sich ebenfalls. Sie schmunzelte. »Und passen Sie gut auf Ihre Bäumchen auf.«

Er war bereits dabei, seine Ladung erneut festzuzurren. Verlegen grinste er sie an. »Ja, mache ich.«

Lea rief nach ihrem Hund und ging zurück zu ihrem Wagen. Sie winkte dem Mann zu, als sie an ihm vorbeifuhr. Er winkte zurück, und im Rückspiegel konnte Lea sehen, dass er ihr noch lange nachschaute.

Lea steuerte den Wagen ruhig und sicher über die Straße, die wieder einsam vor ihr lag. Zu ihrer Rechten lag der See. Das laute Aufheulen eines Motors war zu hören, ein Jetski schoss auf dem Wasser vorbei.

Jette winselte leise. Lea streichelte die Hündin. »Sag nicht, du musst jetzt. Oder hast du einfach keine Lust mehr zum Autofahren?«

Wie zur Bestätigung winselte Jette etwas lauter.

»Ist ja gut, ich halte ja schon an.« Lea lenkte den Wagen an den Straßenrand und bremste. Als sie die Wagentür öffnete, sprang Jette sofort aus dem Wagen und verschwand im dichten, hohen Ufergras.

»Aber nicht zu weit weglaufen«, rief Lea ihr nach. Große Sorgen machte sie sich allerdings nicht. Sie wusste genau, dass Jette immer in Hörweite blieb, um ihr Frauchen nicht zu verlieren.

Vorsichtig stieg Lea die abschüssige Böschung Richtung See hinunter. Sie lächelte, als sie den Jetskifahrer sah. Mit großer Geschwindigkeit raste er über den See, und das Wasser schoss in einer hohen Fontäne hinter der Maschine in die Höhe. Er zog so enge Kurven, dass die Maschine laut aufheulte. Dann gab er wieder Gas. Jede Welle hob den Jetski in die Höhe.

Das Gesicht des Fahrers konnte Lea aus der Entfernung nicht

erkennen. Schlank und sehnig wirkte er in dem eng anliegenden Neoprenanzug.

Voller Faszination beobachtete Lea, mit welch kraftvoller Eleganz er die Maschine beherrschte, als es passierte. Der Fahrer jagte die Maschine hoch über einen Wellenkamm, doch sie kam schräg auf. Er verlor die Kontrolle, schlug mit dem Kopf gegen die Maschine und stürzte ins Wasser.

Der Jetski trudelte noch ein paar Meter ohne Fahrer weiter, bevor der Motor erstarb.

Leas Blick war wie gebannt auf den Fahrer gerichtet. Er trieb mit dem Gesicht nach unten auf dem Wasser, rührte sich nicht mehr.

Ohne zu zögern, streifte sie sich das Kleid über den Kopf. Lea dachte nicht nach, handelte rein instinktiv, als sie ins Wasser sprang. Sie war eine ausgezeichnete Schwimmerin und erreichte den Mann nach kurzer Zeit. Trotzdem kam es ihr endlos vor. Sie wusste, dass jede Sekunde zählte.

Endlich war sie bei ihm, drehte ihn auf den Rücken und fasste ihn im Schleppgriff. Er rührte sich nicht. Sie wusste nicht einmal, ob er noch lebte.

Obwohl er schlank war, musste Lea ihre ganze Kraft aufwenden, um ihn an Land zu ziehen. Vorsichtig ließ sie ihn auf den Boden gleiten und untersuchte ihn flüchtig.

Gott sei Dank, der Puls schlug stark und regelmäßig. Er atmete auch eigenständig. Nur die Schramme an seinem Kopf sah übel aus.

Jette kam neugierig näher und beschnupperte den Mann, bis Lea sie ermahnte. Gehorsam zog sich die Hündin sofort wieder zurück und beobachtete das Geschehen aufmerksam aus der Entfernung.

Plötzlich fing der Mann an zu husten, spuckte dabei einen Schwall Wasser aus.

»Hej, wie fühlen Sie sich?«, sprach Lea ihn an.

Er öffnete die Augen weit, starrte sie an. »Was ist los? Bin ich tot?«

Lea schüttelte den Kopf. »Zum Glück nicht. Sie hatten einen Unfall auf dem Wasser. Ich werde sofort den Rettungswagen rufen.«

Vorher untersuchte Lea die Wunde an seiner Schläfe. Es sah schlimmer aus, als es wahrscheinlich war. Trotzdem musste das noch genau untersucht werden. Möglicherweise hatte er auch eine leichte Gehirnerschütterung, was die kurze Ohnmacht erklären würde.

Der Mann wollte von einem Rettungswagen nichts wissen. »Wozu?«, widersprach er. »Ich bin total fit. Ihre Mund-zu-Mund-Beatmung war erfolgreich.«

»Ich habe überhaupt keine Mund-zu-Mund-Beatmung gemacht.«

»Nein?« Frech grinste er sie an. »Dann sollten wir gleich damit anfangen.«

Unglaublich! Ob ihm überhaupt klar war, in welcher Gefahr er eben geschwebt hatte? Wenn sie nicht zufällig an Ort und Stelle gewesen wäre, hätte es schlimm für ihn ausgehen können. Es war sonst weit und breit kein Mensch zu sehen.

»Sie sind wohl noch ein bisschen durcheinander«, sagte sie. »Sie sollten sich wirklich im Krankenhaus durchchecken lassen.«

»Mir geht es prima«, behauptete er noch einmal und setzte sich auf. Vor Schmerz verzog er das Gesicht und tastete nach der Wunde an seinem Kopf, gab aber keinen Laut von sich. Gleich darauf strahlte er Lea an. »Das muss gefeiert werden. Schließlich ist nicht jeden Tag ein Engel wie Sie zur Stelle, wenn mir der Jetski durchgeht. Darf ich Sie zum Essen einladen?«

Lea konnte es kaum fassen. Dieser Mann, kaum dem Tod

entrissen, flirtete doch tatsächlich mit ihr. So, als wäre überhaupt nichts vorgefallen.

»Ich habe leider keine Zeit.« Lea streifte sich das Kleid über, das sie achtlos auf den Uferboden geworfen hatte. »Ich muss nach Svenaholm«, fuhr sie fort. »Ich habe da einen Termin und weiß nicht, wie weit das noch ist. Aber ich würde Sie jetzt ungern hier alleine lassen.«

»Das müssen Sie auch nicht.« Zwar schmerzte ihn die Wunde an seinem Kopf ganz offensichtlich noch, aber er stand mühelos auf. »Sie können mich einfach mitnehmen nach Svenaholm. Ich zeige Ihnen den Weg. Mit wem haben Sie denn den Termin.«

»Ich will mir eine Praxis ansehen. Bei Frau Dr. Lund. Sie wohnt in der ...«

»... Köpmansgatan, ich weiß«, fiel er ihr ins Wort. »Johanna Lund ist eine gute Freundin. Das trifft sich hervorragend. Ich fahre mit Ihnen zu Johanna. Dort kann ich mich durchchecken lassen und danach gehen wir essen.«

Es war ihm nicht anzumerken, dass er noch vor wenigen Minuten in Lebensgefahr geschwebt hatte – jedenfalls schien er keinen Gedanken an diese Tatsache zu verschwenden. Sein Charme war geradezu umwerfend, seine blauen Augen funkelten vergnügt.

»Okay«, gab Lea schmunzelnd nach. »Aber nur, weil ich an Ihre Gesundheit denke.«

»Klar.« Wieder grinste er sie frech an. »Nur wegen der Gesundheit, Frau ...?« Fragend schaute er sie an.

Lea blieb stehen. »Matsson, ich heiße Lea Matsson.«

»Per Lovand.« Er streckte seine Hand aus und Lea ergriff sie.

»Schön, Sie kennenzulernen.« Während er mit dem Daumen in eine unbestimmte Richtung hinter sich deutete, schaute er ihr tief in die Augen. »Ich ziehe mir nur schnell etwas Trockenes an. Nicht ohne mich fahren, ja?« Damit wandte er sich um und lief in die andere Richtung davon.

Lea schaute ihm schmunzelnd nach. Sie rief nach Jette und stieg die Böschung wieder hinauf. Oben öffnete sie die Wagentür. Mit einem Satz sprang Jette hinein.

Automatisch wandte Lea den Kopf, als sie das Geräusch eines herannahenden Wagens vernahm.

Der Kleinlaster kam rasch näher, wurde etwas langsamer, als er ihren Wagen passierte. Die Bäumchen auf der Ladefläche waren inzwischen abgeladen.

Der Fahrer schaute ebenfalls zu ihr hinüber. Ihre Blicke trafen sich, verfingen sich ineinander ... doch dann war er auch schon vorbeigefahren.

Die weiß und gelb gestrichenen Holzhäuser inmitten verschwenderisch blühender Gärten begeisterten Lea. »Was für ein hübscher Ort.«

Zwei Männer auf einer Bank erkannten Per Lovand auf dem Beifahrersitz und winkten ihm zu. Per winkte zurück. »Und supernette Leute«, sagte er. »Es wird Ihnen bestimmt gefallen bei uns.«

»Moment mal, nicht so schnell.« Lea lächelte ihm kurz zu, bevor sie sich wieder auf die Straße konzentrierte. »Ich habe die Praxis noch nicht gesehen und außerdem mag Frau Dr. Lund mich ja vielleicht gar nicht.«

»Oh doch«, behauptete Per im Brustton der Überzeugung, »die mag Sie. Da bin ich mir absolut sicher. Da vorne müssen wir die nächste Straße links fahren.«

Sie fuhr geradewegs auf das gelbe Holzhaus zu, das sich mit seinem roten Dach wie ein fröhlicher Farbklecks gegen den dahinterliegenden See abhob, der genauso tiefblau war wie der Himmel darüber.

Steinerne Treppenstufen führten von zwei Seiten hinauf zum Eingang. Darüber lag eine hohe Dachgaube mit einem kleinen Balkon. Weiß abgesetzte, hohe Sprossenfenster ließen von allen Seiten viel Licht ins Haus.

»Da sind wir«, erklärte Per überflüssigerweise. Lea hatte das große Schild *Läkarpraktik* schon von weitem gesehen und wusste, dass es sich um Doktor Lunds Praxis handelte. Das Haus gefiel ihr sofort.

Per sprang mit einem Satz aus dem Wagen, der Unfall hatte bei ihm ganz offensichtlich keine Folgen hinterlassen. Er war bereits an der Tür, während Lea sich noch umschaute. Oben riss er die Tür zur Praxis weit auf und rief laut nach der Ärztin.

Langsam stieg Lea die Treppe hinauf. Jette folgte ihr. Als sie oben ankam, trat eine ältere Dame aus dem Haus. Dunkles, gepflegtes Haar, in dem einige graue Strähnen schimmerten. Freundliche Augen, die sich aufmerksam auf Lea richteten.

»Hej, Johanna, kann es sein, dass du einen Engel erwartest?« Per strahlte Lea an.

»Einen Engel?«, wiederholte Johanna Lund verblüfft.

»Hej, Frau Doktor Matsson.« Lea war jetzt auch oben angekommen und streckte der Ärztin die Hand zur Begrüßung entgegen. »Ich bin Lea Matsson.«

»Hallo, Frau Doktor Matsson. Herzlich willkommen in Svenaholm.«

Lea bedankte sich für den freundlichen Empfang, schaute schmunzelnd zu Per. »Ich habe Ihnen auch gleich einen Patienten mitgebracht.«

Johanna Lund überließ Lea die Untersuchung und gab ihr so die Gelegenheit, die Praxis kennenzulernen.

Die Räume gefielen Lea. Auch hier waren die Farben Gelb

und Weiß vorherrschend. Alle Räume gingen ineinander über. Gleich hinter der Rezeption gelangte man in das Sprechzimmer der Ärztin. Kein sehr großer Raum, aber heiter und freundlich mit einem antiken Schreibtisch direkt neben dem Fenster. Von hier aus konnte sie über eine Wiese bis hinunter zum See schauen.

Ein kleines, rotes Haus zwischen hohen Birken sprang ihr sofort ins Auge.

Johanna Lunds Büro war nur durch eine Tür vom Untersuchungsraum getrennt. Auch hier fühlte sich Lea sofort wohl. Neben der Behandlungsliege stand ein hoher, weißer Schrank. Er hätte ebenso gut in ein Wohnzimmer gepasst und verlieh dem Raum eine wohnliche Atmosphäre. An der Wand waren Plakate angebracht, die detailliert über die Anatomie des menschlichen Körpers Auskunft gaben. Ein EKG-Gerät stand auf einem fahrbaren Wagen neben der Tür. In direkter Nähe befanden sich das Labor und ein Röntgenraum.

Johanna Lund veranlasste sofort, dass Röntgenaufnahmen von Per Lovand gemacht wurden. Darum kümmerte sich Johannas Sprechstundenhilfe, die Lea bisher noch nicht kennengelernt hatte.

Während die Röntgenaufnahmen entwickelt wurden, untersuchte Lea den Mann noch einmal gründlich. Johanna Lund hielt sich im Hintergrund, aber Lea war sich bewusst, dass sie dabei sehr genau beobachtet wurde. Sie und die Kollegin waren sich vom ersten Augenblick an sympathisch gewesen, aber gegenseitige Sympathie würde für Doktor Lund nicht die einzige Voraussetzung für eine Zusage sein.

Nervös machte Lea das nicht. Sie liebte ihren Beruf und wusste, was sie konnte.

Per lag auf der Behandlungsliege. Sie leuchtete ihm in die Augen. Die Pupillen verengten sich. Alle Reaktionen waren normal, es gab keinerlei Auffälligkeiten.

»Sehen Sie bitte nach rechts«, bat Lea und bewegte ihren Finger in diese Richtung.

Per schaute ihr provokativ in die Augen und strahlte sie an. Lea bat ihn noch einmal. Grinsend kam er ihrer Aufforderung nach.

»Und jetzt nach links.«

Wieder schaute er ihr tief in die Augen, bevor sein Blick ihrem Finger folgte.

Johanna Lund stand mit verschränkten Armen hinter ihr und lehnte sich an den weißen Schrank. Lea ließ sich nicht verunsichern und führte die Untersuchung souverän zu Ende.

»Jetzt stehen Sie auf und gehen Sie mit geschlossenen Augen über diese Linie.« Sie zeigte auf den gelben Strich von etwa zwei Metern Länge, der speziell für solche Untersuchungen auf dem Boden aufgezeichnet war.

Per schwang sich mit einem Satz von der Liege. Er schloss die Augen und ging sicher über die Linie.

»Ihr Kopf ist in Ordnung.«

Johanna Lund nickte bestätigend und ging an Lea vorbei zur Tür. »Ich schau mal nach, ob die Röntgenbilder schon fertig sind.

»Gudrun!«, hörte Lea die Kollegin kurz darauf rufen. »Sind die Bilder schon fertig?«

In diesem Augenblick betrat eine blonde, nicht mehr ganz junge Frau lächelnd das Behandlungszimmer. »Bin schon ...« Sie verstummte, als ihr Blick auf Lea fiel. Das Lächeln verschwand.

»Guten Tag, ich bin Lea Matsson«, stellte Lea sich vor.

»Meine mögliche Nachfolgerin«, ergänzte Johanna Lund. Sie wandte sich Lea zu. »Und das ist Gudrun Moberg. Sie ist bei mir, seit ich vor zwanzig Jahren aufgemacht habe.«

»Freut mich, Frau Doktor Matsson«, sagte Gudrun reserviert. Sie ging an Lea vorbei zum Leuchtschirm, schaltete ihn ein und klemmte die Bilder unter den Rand. Im Gehen warf sie Lea noch einen schnellen, prüfenden Blick zu.

Lea bemerkte es nicht. Sie trat mit Johanna Lund an das Gerät und schaute sich aufmerksam die beiden Röntgenbilder an.

»Unkraut vergeht nicht«, witzelte Johanna.

»Hoffnungslos gesund«, bestätigte Lea und wandte sich Per zu. »Sie können sich also auf die Suche nach Ihrem Jetski machen, wo immer der auch ist.«

»Wenn Sie mir Ihre Adresse geben, bringe ich Ihnen das Geld für die Behandlung persönlich vorbei.«

»Ich glaube, die Fahrt nach Stockholm würde mehr kosten, als die Rechnung ausmacht. Lassen Sie es gut sein, das war meine gute Tat für heute.«

»Also dann, Per, mach's gut«, wollte Johanna Lund ihn höflich hinauskomplimentieren. »Grüß deinen Vater.«

»Mache ich.« Per schien zu spüren, dass die beiden Frauen ihn loswerden wollten. Er wandte sich um, doch plötzlich stöhnte er auf, schwankte. Mit wenigen Schritten waren Lea und auch Johanna Lund bei ihm.

»Geht es Ihnen nicht gut? Wollen Sie sich noch einen Moment hinlegen?«, fragte Lea erschrocken und stützte ihn mit einem Arm. Sofort erschien auf Pers Gesicht das freche Grinsen, das Lea inzwischen schon kannte. »Nicht so schlimm. Aber ich befürchte, ich kann jetzt nicht allein nach Hause gehen. Sie müssen mich unbedingt begleiten, Frau Doktor.«

Lea und Johanna Lund warfen sich einen amüsierten Blick zu. »Jetzt mach aber, dass du rauskommst«, sagte Johanna Lund lachend. »Frau Doktor Matsson und ich haben noch eine Menge zu besprechen.«

»Aber mach es ihr nicht zu teuer, liebste Johanna. Frau Doktor Matsson wäre eine würdige Nachfolgerin.« Per ging zur Tür und rief zum Abschied in den Raum: »Alle würden sie lieben und ich ...«

»Raus jetzt«, fiel Johanna Lund ihm mit gespielter Strenge ins Wort und wies mit dem Zeigefinger in Richtung Tür, wobei es in ihren Augen amüsiert funkelte.

Endlich ging Per. Er ließ die Tür zum Wartezimmer offen, schaute sich noch einmal um und zwinkerte Lea zu. Im gleichen Moment begann das Telefon am Empfang zu klingeln.

Lea und Johanna achteten nicht mehr auf Per. Schulterzuckend verließ er die Praxis, während Gudrun ans Telefon eilte und sich meldete.

»Kommen wir zu den wichtigen Dingen«, sagte Johanna Lund, wurde jedoch gleich darauf von Gudrun unterbrochen. »Anruf aus der Baumschule. Es hat einen Unfall gegeben. Irgendwer ist dort vom Baum gefallen.«

»Sag, ich bin schon unterwegs.«

Johanna Lund schnappte sich ihren Bereitschaftskoffer und wandte sich Lea zu. »Kommen Sie mit, dann sehen Sie gleich, wie es hier bei uns zugeht.«

Lea zögerte keine Sekunde und folgte der Ärztin.

Das Gelände der Baumschule war nicht weit von Johanna Lunds Praxis entfernt. Ein gepflegtes Anwesen, das von einem weißen Holzzaun umgeben war. Bäume standen rechts und links in Reih und Glied. Die Blumenpracht in den Beeten war atemberaubend üppig. Ein wenig abseits lagen die gläsernen Gewächshäuser.

Unter einer hohen Eiche, an der eine Leiter lehnte, lag ein etwa siebzehnjähriger Junge. Ein Mann beugte sich über ihn.

»Mir tut gar nichts weh«, behauptete der Junge in dem Moment, als die beiden Ärztinnen dazukamen. Er wollte sich aufrichten, doch der Mann hinderte ihn daran. »Nicht bewegen. Johanna wird dich erst einmal untersuchen, und dann sehen wir weiter.«

Johanna und Lea gingen neben dem Jungen in die Hocke. »Da sind wir. Was ist passiert?«

Der Mann und Lea starrten sich verblüfft an. Zum dritten Mal an diesem Morgen begegneten sie sich. Er brauchte ein paar Sekunden, bis er antworten konnte.

»Pelle wollte den Baum ausschneiden und hat wohl nicht aufgepasst. Jedenfalls ist er heruntergefallen. Ich wollte nicht, dass er aufsteht.«

»Und das war gut so.« Johanna tastete nach der Halsschlagader des Jungen, um seinen Puls zu fühlen. »Warst du ohnmächtig?«, wollte sie von ihm wissen.

Der Junge schüttelte den Kopf.

»Doch«, widersprach der Mann. »Ich habe ihn schreien gehört, da bin ich sofort hergelaufen. Da lag er schon so da, aber ohne Bewusstsein.«

Johanna Lund untersuchte den Jungen weiter. Lea assistierte ihr, ohne dass Johanna ihr irgendwelche Anweisungen geben musste. Die beiden Frauen arbeiteten Hand in Hand, als wären sie ein jahrelang eingespieltes Team.

Der dunkelhaarige Mann schien sich große Vorwürfe zu machen. »Ich hätte besser auf ihn aufpassen müssen, aber er ist einfach nicht zu halten. Er will alles machen, alles können.« Liebevolle Besorgnis lag in seiner Stimme.

»Machen Sie sich keine Vorwürfe«, beruhigte Lea ihn. »Mehr als eine Gehirnerschütterung dürfte er nicht haben.«

Lea hatte sich aufgerichtet und auch der Mann stand nun auf. Er schaute sie fragend an, lächelte. »Sagen Sie, was machen Sie eigentlich hier? Sind Sie die neue Sprechstundenhilfe von Johanna?«

Lea lächelte. »Ich interessiere mich für die Praxis von Frau Doktor Lund«, sagte sie. »Eventuell werde ich sie übernehmen.«

Freudige Überraschung sprach aus seinem Gesicht. Bevor er weitersprechen konnte, bestätigte Johanna Lund Leas Diagnose. »Es ist noch mal gut gegangen. Alles halb so schlimm.«

Der Mann half dem Jungen beim Aufstehen. »Ich bringe dich nach Hause, bevor du noch auf andere Ideen kommst. Danke, Johanna, dass du so schnell gekommen bist.« Seine Augen richteten sich auf Lea. »Frau Doktor ...«

»... Lea Matsson«, stellte Johanna Lund sie vor. Schmunzelnd fügte sie hinzu: »Wenn es nach mir ginge, solltest du dir den Namen merken, Mikael.«

Mikael! Der Name passte zu ihm, fand Lea. Es schien ihm zu gefallen, dass sie möglicherweise ganz in Svenaholm blieb. Lächelnd verabschiedete er sich von ihr und legte dann fürsorglich einen Arm um die schmächtigen Schultern des Jungen, als er mit ihm wegging.

Lea schaute Johanna Lund an. »Soll das heißen, Sie könnten sich vorstellen, mir die Praxis zu verkaufen?«

»Ich bin eine Frau von schnellen Entschlüssen«, erwiderte Johanna Lund. »War ich schon immer. Sie sind mir sympathisch und Sie haben hervorragende Referenzen. Wenn Sie wollen und wir uns einig werden, würde ich mich freuen, meine Praxis an Sie weiterzugeben. Und das kleine Haus am Wasser können Sie auch noch dazuhaben.«

Eine Praxis auf dem Land, ein Haus am Wasser. Lea war überwältigt. Mit einer so schnellen Zusage hatte sie nicht gerechnet.

»Das ist toll. Ich habe gar nicht damit gerechnet, dass ich überhaupt eine Chance habe. Ihre Anzeige war die erste und einzige, auf die ich je geschrieben habe.«

Johanna Lund lachte. »Na, sehen Sie, und Ihr Brief war der erste und einzige, den ich bekommen habe.«

Das kleine, rote Holzhaus mit den weiß abgesetzten Balken und Fenstern war zauberhaft. Es lag direkt am Wasser, umgeben von hohen Bäumen. Auf der Rückseite war eine Terrasse mit gemütlichen Korbstühlen. In den nächsten Tagen würde Lea hier sozusagen zur Probe wohnen. Sie konnte sich aber bereits jetzt vorstellen, für immer hier zu leben.

Innen wirkte das Haus wie eine Miniaturausgabe des großen, gelben Hauses, das Johanna nur wenige Meter weiter bewohnte. Helle, pastellfarbene Wände, nur wenige, aber schöne Möbel. Unten gab es einen großen Wohnraum mit angrenzender Küche. Oben befanden sich Schlafzimmer und Bad.

Die kleine Küche war komplett eingerichtet. Lea hatte sich Kaffee gekocht und ging mit der gefüllten Tasse hinaus auf die Terrasse.

Jette folgte ihr schwanzwedelnd. Es war offensichtlich, dass es der Hündin hier ebenfalls gefiel. Lea streichelte über ihren Kopf. »Ist das nicht verrückt? Wenn wir wollen, können wir hierbleiben.«

Sie deutete Jettes kurzes Bellen als Zustimmung und sah dann zu, wie die Hündin gleich darauf hinaus auf die Wiese schoss. Für einen neugierigen Hund, der nur die Großstadt kannte, gab es hier so vieles zu entdecken.

Lea stützte sich auf das Geländer der Veranda, schaute über den See. Sie fühlte sich so wohl wie schon lange nicht mehr. Es war, als wäre sie nach Hause gekommen. Dabei war ihr Zuhause doch seit jeher Stockholm ...

»Hej, Frau Doktor. Johanna hat mir gesagt, wo ich Sie finde.«

Lea wandte sich um. Per kam auf die Terrasse, schaute auf die

Tasse in ihrer Hand. »Ich wollte nur mal sehen, ob bei Ihnen alles in Ordnung ist. Könnte ja sein, dass Sie am Verhungern sind.«

»Noch nicht.« Lea schmunzelte. »Ich bin auch gleich mit Johanna zum Essen verabredet.«

»Soll das heißen, Sie geben mir einen Korb?« Seine blauen Augen unter dem blonden Haarschopf funkelten vergnügt.

Lea nickte. »Ja.«

Per ließ sich nicht entmutigen. »Okay, dann aber morgen. Ich werde nicht lockerlassen. Wir sind hier ein hartnäckiger Menschenschlag in Svenaholm.«

Es war unmöglich, ihm böse zu sein, auch wenn er ihr nicht einmal die Gelegenheit zu einer Antwort gab. Er winkte ihr zu und ging einfach.

Jette kam zurück auf die Terrasse. Sie stupste ihr Frauchen auffordernd mit der Nase an. Lächelnd streichelte Lea die Hündin. »Könnte sein, dass wir das große Los gezogen haben.«

Erik Lovand saß am Tisch im Esszimmer und beschäftigte sich mit der Post, die er an diesem Morgen bekommen hatte. Er sah auf, als er Schritte in der Halle hörte. Durch die offene Tür sah er seinen Sohn. Per nahm sich die Post aus der Schale auf der antiken Kommode und wollte hinauf in sein Zimmer. Etwas schien ihn so sehr zu beschäftigen, dass er seinen Vater nicht bemerkte, bis dieser ihn rief.

»Du hattest einen Unfall?«, wollte Erik wissen. Neuigkeiten verbreiteten sich auch in Svenaholm ziemlich schnell.

»Halb so schlimm«, wiegelte Per ab. »Dadurch habe ich eine wunderbare Frau kennengelernt.«

Das war nichts Neues. Per lernte ständig wunderbare Frauen kennen, an deren Namen er sich einen Monat später schon nicht mehr erinnern konnte. Erik hielt es also nicht für erforderlich, sich näher nach diesem neuen Wunderwesen zu erkundigen.

Per stand am Fenster und blickte mit einem verklärten Lächeln nach draußen. Es war dieses Lächeln, das Erik immer dann an seinem Sohn beobachten konnte, wenn dieser ihm gerade erklärt hatte, dass er sich wieder einmal unsterblich verliebt hatte.

»Und der Termin mit dem Referenten?«, wollte er wissen. »Konntest du den trotzdem wahrnehmen?«

»Den habe ich auf morgen verschoben«, erwiderte Per unbekümmert.

Erik verdrehte entnervt die Augen. Wieder einmal zweifelte er daran, ob es richtig gewesen war, seinem Sohn die Leitung des Unternehmens zu überlassen.

Per trat an den Tisch. »Was machst du dir für Sorgen? Der Laden läuft besser denn je. Unsere Auftragsbücher sind voll. Also bitte, Papa, lass endlich los.« Per beugte sich zu ihm hinab und legte einen Arm um seine Schulter. »Warum tust du nicht mal etwas, was dir Spaß macht? Geh segeln oder golfen oder fang endlich wieder an, dich um deine Schiffsmodelle zu kümmern.«

Aufgebracht sprang Erik auf. »Sag mir nicht, was ich tun soll.«

»Doch, das mache ich«, erwiderte Per ungerührt. »Weil du mir mit deiner ständigen Kontrolle auf die Nerven gehst.«

Erik spürte, wie ihm das Blut in den Kopf schoss. Er musste sich sehr zusammennehmen, um die Beherrschung nicht völlig zu verlieren. »Wenn du deinen Bruder nicht hättest, würde das Geschäft überhaupt nicht mehr ...«

»Wieso fährst du nicht einfach mal in Urlaub«, fiel Per ihm ins Wort. »Ein bisschen Abstand würde dir ganz guttun.«

Erik zog es vor, diesen erneuten Einwand seines Sohnes einfach zu überhören. »Das Einzige, was ich erwarte, ist, dass du deine Aufmerksamkeit auf den Betrieb konzentrierst und dich nicht dauernd ablenken lässt. Du hast eine Verantwortung deinem Erbe gegenüber, Per.«

»Ja, genau«, sagte Per und ließ seinen Vater mit diesen Worten einfach stehen.

Johanna Lund saß hinter ihrem Schreibtisch und schrieb den Bericht für einen Kollegen, an den sie einen Patienten überwiesen hatte. Als das Telefon klingelte, nahm sie den Hörer ab und meldete sich.

»Hej, Johanna«, vernahm sie Mikaels Stimme am anderen Ende. »Du hast natürlich wie immer recht gehabt. Pelle geht es wieder gut. Seine Mutter hat eben angerufen.«

Der Junge, der vom Baum gefallen war. Johanna lächelte erfreut. »Das ist schön. Ich werde ihn mir in ein paar Tagen aber trotzdem noch einmal ansehen. Zur Sicherheit ... Das heißt«, unterbrach sie sich selbst, »ich werde vermutlich gar nichts mehr machen. Das ist jetzt alles Sache meiner Nachfolgerin.«

»Du bist dir also mit dieser Frau Doktor Matsson einig geworden?«

»Ich denke schon. Ich bin nachher mir ihr zum Essen verabredet. Wir werden dann alle Dinge besprechen.«

Am anderen Ende war es plötzlich ruhig. »Mikael?«, rief Johanna Lund in den Hörer. »Bist du noch dran?«

»Ja, klar«, hörte sie Mikael sagen und erkannte am Klang seiner Stimme, dass er lächelte. »Das ist aber alles sehr schnell gegangen.«

»Ja, ist das nicht toll«, sagte Johanna begeistert. Sie sah nur kurz auf, als Gudrun an den Schreibtisch trat, dann sprach sie weiter. »Lea ist großartig. Ich bin richtig froh, dass sie meine

Nachfolgerin wird. Du, ich muss jetzt Schluss machen. Schönen Abend noch.«

Johanna legte den Hörer zurück auf die Gabel und nahm ihre Lesebrille ab. »Ach, Gudrun«, seufzte sie. »Ich glaube, alles wird gut. Du magst sie doch auch, diese Lea. Oder?«

Gudrun zögerte einen Augenblick. »Ja, natürlich«, sagte sie schließlich, doch ihre Stimme klang sehr reserviert. »Sie wirkt sehr kompetent. Ist Matsson eigentlich ihr Mädchenname?«

»Nein«, schüttelte Johanna Lund den Kopf. Sie erinnerte sich daran, dass Lea in ihrer Bewerbung angegeben hatte, dass sie geschieden sei. Die Unterlagen mussten hier doch noch irgendwo liegen.

Johanna schob ein paar medizinische Berichte zur Seite und fand die Bewerbungsmappe. Sie setzte die Brille wieder auf und las Leas Mädchennamen vor. »Ihr Familienname ist Andersson.«

Gudrun nickte, ihre Miene war ungewohnt ernst. Als es klingelte, wandte sie sich ab. »Ich mache schon auf.«

Johanna hielt sie zurück. »Danach kannst du nach Hause gehen, Gudrun. Ich mache heute doch nichts mehr.«

»Gut, dann bis morgen«, nickte Gudrun und wollte erneut das Zimmer verlassen. Johanna hielt sie noch einmal zurück. »Und drück mir die Daumen, dass Lea und ich uns tatsächlich einig werden.«

»Ja, mache ich«, erwiderte Gudrun still.

Lea freute sich auf den Abend, auch wenn sie ein wenig aufgeregt war. Sie hatte ihre Entscheidung bereits getroffen und wollte gerne hierbleiben. Die Frage war nur, was Johanna Lund für die Praxis und das kleine Haus am See haben wollte. Pünktlich zur vereinbarten Zeit stand sie vor Johanna Lunds Haus und klingelte.

Es dauerte eine Weile, bis Gudrun ihr die Tür öffnete. »Frau Doktor Lund wartet schon auf Sie. Sie können gleich durch in die Praxis.«

Lea bedankte sich.

»Dann einen schönen Abend noch, Frau Doktor.« Nicht die Andeutung eines Lächelns war auf Gudruns Gesicht zu sehen. Lea fragte sich, ob diese Frau immer so ernst war.

Gudrun wandte sich um und hängte ihren Kittel über einen der Kleiderbügel an der Garderobe.

»Was ich Sie noch fragen wollte, Frau Moberg«, sagte Lea lächelnd. »Würden Sie bei mir bleiben, wenn ich die Praxis tatsächlich übernehme?«

Gudrun fuhr herum. »Das weiß ich noch nicht«, erwiderte sie sofort. »Ich ... ich habe Pläne.«

»Es wäre viel einfacher für mich, wenn ich jemanden an meiner Seite hätte, der sich auskennt. Sie wissen schon, nicht nur die Krankengeschichten, sondern auch die persönlichen. Alles, was für einen Arzt eben wichtig ist.«

Gudrun schaute sie an, mit einem Blick, den Lea nicht deuten konnte. Aber es war zweifellos kein freundlicher Blick.

Diese Frau mag mich nicht, schoss es Lea durch den Kopf. Sie spürte förmlich die Ablehnung, die ihr entgegenschlug, ohne sich erklären zu können, was der Grund dafür war. Sie waren einander noch nie zuvor begegnet. Gudrun ging wortlos an ihr vorbei zur Haustür.

Lea wagte noch einen Versuch. »Vielleicht überlegen Sie es sich noch einmal. Ich würde Sie sehr gerne halten.«

Auch jetzt sagte Gudrun kein Wort. Sie ging einfach hinaus und schloss die Tür hinter sich.

Im Gegensatz zu seinem Bruder war Mikael schon lange zu Hause ausgezogen. Seine Selbständigkeit war ihm ebenso wichtig gewesen wie die Verantwortung dem Betrieb gegenüber.

Er hatte sich einen Anbau im Bürotrakt der Baumschule zur Wohnung ausgebaut, in der Holz und die Farbe Weiß dominierten. Ein großer Wohnraum mit einer kleinen Küchenzeile, die mit rustikalen Balken vom Rest des Raumes abgeteilt war, bildete das Zentrum seiner Wohnung. Gläserne Balkontüren an der Längswand ließen viel Licht in den Raum. Eine Holztreppe führte hinauf ins Schlafzimmer.

»Ja«, rief Mikael, als es an der Tür klopfte.

Per betrat den Raum. Lässig wie immer, mit diesem Grinsen, das genauso zu ihm gehörte wie das Blitzen in seinen Augen. »Hej, Bruder, wie geht's? Wollte nur mal wissen, wie es mit Hansson gegangen ist. Alles gut gelaufen mit der Pflanzung?« Per ging bis zu dem großen Holztisch in der Mitte des Raumes und ließ sich auf einen der Stühle fallen.

Mikael ließ sich durch die zur Schau getragene Fröhlichkeit seines Bruders nichts vormachen. Er kannte Per zu gut und spürte, dass etwas nicht stimmte. »Willst du ein Bier?«, fragte er und nahm gleich zwei Flaschen aus dem Kühlschrank, als Per zustimmte.

»Was ist los?«, wollte er wissen, während er den Tisch für sich und Per deckte. Es kam oft vor, dass sein Bruder abends vorbeikam und gleich zum Essen blieb. Meist nach einem Streit mit ihrem Vater.

»Ärger mit Papa?«, war daher auch seine erste Vermutung.

»Sieht man mir das an?«, antwortete Per mit einer Gegenfrage. »Er hat mir mal wieder erklärt, was ich zu tun und zu lassen habe. Wieso kann er nicht endlich loslassen?«

Mikael war zurück zur Küchenzeile gegangen, um Brot und Käse zu holen. »Er hängt eben an dem Betrieb, das ist völlig normal. Er hat das alles aufgebaut und nach Mutters Tod hat ihn nichts anderes mehr interessiert. Er hat eben Angst, dass …«

»… ich alles in den Sand setze«, brachte Per den Satz seines Bruders zu Ende. »Aber du bist auch noch da und er weiß, dass du das niemals zulassen würdest.«

»Nein, nein«, winkte Mikael sofort ab. »Ich die Pflanzen, du die Finanzen. So ist der Deal.«

Per öffnete die Bierflasche, die Mikael vor ihn hingestellt hatte. »Genau, und es läuft doch alles gut.« Er prostete seinem Bruder zu, der ihm gegenüber am Tisch Platz nahm.

»Ich glaube nicht, dass es das Berufliche ist, was Papa Sorgen bereitet. Es ist mehr dein Lebenswandel.« Mikael schmunzelte. »Der ist wohl ein bisschen zu unruhig für unseren alten Herrn.«

»Klar«, feixte Per und nahm noch einen Schluck aus der Flasche. »Ich weiß genau, was er will. Eine nette Schwiegertochter und vier Enkel.«

»Du sagst es. Heirate endlich, und der Mann wird glücklich.«

»Die Frau, die mich an die Leine legt, muss erst noch geboren werden. Obwohl …« Pers Blick verlor sich in weiter Ferne, als er nachdenklich hinzufügte: »… manchmal gibt es da so Begegnungen …«

»Sprichst du von Nummer 312?«, fragte Mikael ironisch.

Per schüttelte den Kopf. »Sie ist ganz anders. Sie hat mir sogar das Leben gerettet. Ich bin sicher, sie würde sogar dir gefallen.«

Mikael war skeptisch. »Das kann ich mir nicht vorstellen. Deine Bekanntschaften haben mich zum Glück noch nie interessiert.«

Unwillkürlich musste Mikael an Doktor Lea Matsson denken. Das war eine Frau, die ihm gefiel. Schon den ganzen Tag dachte er an sie und er freute sich, dass sie in Svenaholm blieb.

Lea Matsson hatte so gar nichts mit den Frauen gemein, die sein Bruder bevorzugte.

»Das waren einfach immer die Falschen«, grinste Per. »Ich bin eben ein Pechvogel.«

»Ja, ja«, grinste Mikael ironisch. Ausgerechnet Per, der alles mit einer Leichtigkeit erledigte, um die ihn Mikael manches Mal beneidete. Es gab nichts, was Per ernsthaft Sorgen bereitete. Selbst die ständig wiederkehrenden Auseinandersetzungen mit seinem Vater belasteten ihn nur kurz. Jedenfalls beschäftigten sie ihn nie so sehr, dass er seinen Lebenswandel geändert hätte. Das Einzige, worin Per sich wirklich Mühe gab, war die Bestrebung, sich das Leben so angenehm wie möglich zu gestalten.

»Irgendwie wäre es nicht schlecht, wenn du endlich die Richtige finden würdest«, sagte Mikael aus diesen Gedanken heraus. »Würde dir guttun, glaube ich.«

Zu Mikaels Überraschung stimmte Per ihm ernsthaft nickend zu.

Johanna Lund hatte Lea in ein Lokal nach Strängnäs eingeladen. Ein absoluter Geheimtipp für die besten Fischgerichte. Weil es noch recht früh war, führte Johanna sie ein bisschen durch die Stadt.

Die Geschichte war überall lebendig in dem gemütlich anmutenden Strängnäs. Seit dem zwölften Jahrhundert war die Stadt Bischofssitz. Der beeindruckende Dom prägte das Stadtbild ebenso wie die schmalen Straßen mit den gut erhaltenen alten Häusern.

Lea war sicher, dass sie ganz bald wieder hierherkommen wollte, um die Stadt noch weiter zu erkunden. Jetzt allerdings hatte sie Hunger und war froh, dass Johanna Lund sie zu dem Restaurant am Seeufer führte.

Sie bekamen einen Platz direkt am Geländer der Terrasse, die ein wenig über den See hinausragte. Es dämmerte bereits. Der See sah aus wie mit Silber überzogen. Die Konturen der baumbestandenen Hügel auf der anderen Seite des Sees waren deutlich zu sehen. Eine Entenfamilie zog schnatternd vorbei, und das Geschrei der Möwen erfüllte die Luft.

»Was für ein Tag«, seufzte Lea zufrieden. »Letzte Woche hätte ich es nicht zu träumen gewagt, einmal eine eigene Praxis zu bekommen, noch dazu in einer so herrlichen Gegend. Ich war davon überzeugt, dass ich für den Rest meines Lebens Fronarbeit in der Klinik leisten müsste.«

Johanna, die gemütlich zurückgelehnt in dem Korbstuhl saß, beugte sich ein wenig vor. »Jetzt erfüllt sich nicht nur Ihr Traum, sondern auch meiner.« Johanna hob das gefüllte Weinglas. »Stoßen wir an auf die Wunder in unserem Leben und auf unsere Träume. Ach, Lea, können wir das Sie nicht einfach weglassen.«

»Gerne«, sagte Lea. Sie hatte ihr Glas auch erhoben und stieß mit der Kollegin an. »Prost, Johanna.«

Beide tranken einen Schluck von dem trockenen Weißwein, bevor Lea fragte: »Und welchen Traum erfüllst du dir?«

Johannas Finger spielten mit dem Stiel des Glases. Sie lächelte versonnen. »Ich hatte immer vor, noch einmal die Welt zu sehen. Ich hätte mir zwar gewünscht, das mit einem Mann zu machen ...« Sie hielt traurig inne, schien mit ihren Gedanken abzuschweifen. Gleich darauf lachte sie aber wieder. »Ach was, selbst ist die Frau. Zuerst werde ich mit der transsibirischen Eisenbahn von Moskau nach Peking fahren. Danach sehen wir weiter.«

»Viel Glück.« Lea hob noch einmal das Glas. »Und vielleicht wird das ja doch noch was mit dem Mann.«

Johanna schüttelte den Kopf. »Das hat sich erledigt. Ich warte jetzt zwanzig Jahre vergeblich darauf, das wird nichts mehr.«

»Zwanzig Jahre?«, rief Lea fassungslos aus. »Ist er so toll, dass er es wert ist?«

»Ich dachte es immer. Er ist schwierig, ganz sicher. Aber er hat schon lange einen Platz in meinem Herzen, und wenn ich ehrlich bin, wird er ihn auch immer behalten. Selbst wenn er nicht mit mir um die Welt reist.«

Es musste schön sein, einen Menschen so sehr zu lieben. Ob ihr das auch noch einmal gelingen würde? Einen Menschen so sehr zu lieben, dass er für immer in ihrem Herzen war?

Ganz kurz tauchte vor Leas innerem Auge das Bild eines Mannes auf. Schnell verdrängte sie dieses Bild wieder. Das war doch wirklich zu albern. Sie hatte diesen Mann gerade erst ein paar Mal gesehen, kannte ihn nicht und wusste überhaupt nichts von ihm.

Obwohl ihre Vernunft ihr sagte, wie verrückt das war, schlug ihr Herz schon bei dem Gedanken an ihn schneller. Wenn sie ehrlich zu sich selbst war, musste sie zugeben, dass sie sich nicht nur über den gelungenen Verkaufsabschluss mit Johanna Lund und auf ihre zukünftige Arbeit in Svenaholm freute, sondern auch darauf, dass sie diesen Mann in Zukunft öfter sehen und vielleicht sogar besser kennenlernen würde.

Lea war glücklich, als sie am späten Abend in das kleine Haus zurückkehrte. Jette begrüßte sie überschwänglich, verlangte aber gleich darauf, hinausgelassen zu werden.

Lächelnd ließ Lea sie gewähren und setzte sich selbst noch mit einem Glas Wasser auf die Terrasse, um den Tag in Gedanken Revue passieren zu lassen. Unglaublich, was heute alles auf sie eingestürmt war. Ihr komplettes Leben würde sich verändern und irgendwie hatte sie das immer noch nicht richtig realisiert.

In Zukunft würde sie öfter solche Mittsommernächte auf

ihrer eigenen Terrasse genießen, während das Wasser gegen das grasbewachsene Ufer plätscherte. Lächelnd beobachtete sie Jette, die mit allen vieren gleichzeitig in die Luft sprang, um dann wieder zwischen die hohen Gräser und Blumen der Wildwiese abzutauchen.

Lea erlaubte sich den Luxus, ein wenig davon zu träumen, all das mit einem anderen Menschen zu teilen. Und auch dabei tauchte wieder ein ganz bestimmtes Gesicht vor ihr auf …

Das war einfach verrückt. Sie sprang auf und rief nach ihrer Hündin. Nur widerwillig folgte Jette ihr ins Haus.

Lea war davon überzeugt, dass sie nach diesem aufregenden Tag noch lange wachliegen würde. Aber sie hatte sich kaum hingelegt, da schlief sie bereits tief und fest.

Jette warf sie am nächsten Morgen aus dem Bett. Die Wiese vor dem Haus lockte und die Hündin wollte hinaus. Als Lea auf ihr vorsichtiges Fiepsen nicht reagierte, sprang Jette mit einem Satz auf das Bett. Lea schreckte hoch, sah in Jettes erwartungsvolle Augen. Die Sonne schien hell ins Zimmer.

Lea streichelte die Hündin liebevoll. »Du hast ja recht. Bei so schönem Wetter sollte ich nicht im Bett liegen bleiben. Wollen wir raus und mal sehen, wie sich die Luft anfühlt?«

Jette sprang vom Bett und lief schwanzwedelnd zur Tür. Lea ließ sie hinaus, ging erst noch unter die Dusche und zog sich an, bevor sie ebenfalls das Haus verließ.

Sie atmete tief durch. Die Luft war hier so klar und rein. Der See lag ganz ruhig da. Die einzigen Geräusche waren das Geplätscher des Wassers und das Vogelgezwitscher. Kein Verkehrslärm, kein ungeduldiges Hupen. Ganz stark wurde das Gefühl in ihr, dass sie die richtige Entscheidung getroffen hatte.

Keine Frage, dass Jette sich bereits jetzt vom Stadthund zum Landhund entwickelt hatte. Sie war selig hier draußen, jagte auf Lea zu und umsprang sie laut bellend.

Johanna kam über die Wiese, den Bereitschaftskoffer in der Hand. »Hej, Lea. Hast du gut geschlafen?«

»Wunderbar«, nickte Lea.

»Bist du bereit? Wir müssen zu einem Patienten.«

»Gib mir eine Minute, ich bin sofort da.« Lea eilte ins Haus. Sie hatte gestern Abend mit Johanna vereinbart, dass sie ihre restliche freie Zeit in Svenaholm arbeiten würde, um sich gleich mit den Gegebenheiten und den Patienten vertraut zu machen. Noch war Johanna da und konnte sie in alles einweisen.

Fünf Minuten später saßen sie in Johannas Motorboot und fuhren quer über den See.

»Ich wusste gar nicht, dass du auch Arztbesuche mit dem Boot machst.«

»Es ist auch möglich, mit dem Auto zu den Larssons zu kommen«, sagte Johanna. »Aber das dauert mir zu lang, weil ich um den ganzen See herumfahren muss.«

Tatsächlich dauerte die Fahrt mit dem Boot nur wenige Minuten. Ein verwunschenes kleines Haus, ähnlich wie das von Lea, tauchte am Ufer zwischen hohen Bäumen und blühenden Gräsern auf. Johanna fuhr langsam an den Landungssteg heran. Eine sehr junge, hochschwangere Frau mit einer Motorsäge in der Hand kam aus dem Haus.

Johanna war mit Lea ausgestiegen und hatte das Boot festgemacht. Streng schaute sie auf die Motorsäge. »Hej, Maja, was hast du mit der Säge vor? Ich habe dir doch verboten zu arbeiten.«

Maja wies hinüber zu der Baumreihe hinter dem Haus. »Ich muss den Baum klein machen, den der Wind vorgestern umgeweht hat.«

Johanna nahm ihr die Säge aus der Hand. »Bis das Baby da ist, musst du gar nichts mehr. Wozu hast du einen Mann?«

»Lars ist draußen beim Fischen. Er hat doch keine Zeit.«

Johanna Lund ließ das nicht gelten. »Dann bitte jemand anderen, dir zu helfen.« Nach dieser Standpauke machte sie Lea und Maja erst einmal miteinander bekannt und erklärte der jungen Frau, dass sie in Lea eine Nachfolgerin für ihre Praxis gefunden hatte. »Wenn du nichts dagegen hast, kann sie dich gleich untersuchen.«

»Hej, Frau Doktor.« Maja reichte Lea die Hand zur Begrüßung und legte anschließend einen Arm um Johannas Schulter. »Wir finden es ja alle schade, dass Johanna uns verlassen will, aber ...

»... Reisende soll man nicht aufhalten«, fiel Johanna ihr lachend ins Wort.

»Hallo, Maja!«

Alle drei Frauen drehten sich um. Mikael kam ums Haus herum. Als er Lea entdeckte, stutze er kurz, lächelte.

»Wo ist denn der Baum?«, fragte er Maja, hatte aber nur Augen für Lea. »Lars hat mir erzählt, dass der Baum umgestürzt ist. Ich dachte, ich schau mal nach, ob ich euch helfen kann.«

»Du bist wirklich ein Engel, Mikael«, sagte Johanna zufrieden. »Maja wollte sich nämlich gerade selbst an die Arbeit machen.«

Mikael schüttelte verständnislos den Kopf. »Du sollst mich doch anrufen, wenn du solche Arbeiten hast.«

»Ich wollte nicht lästig sein«, antwortete Maja kleinlaut.

Lea hielt sich im Hintergrund, beobachtete die kleine Szene aber aufmerksam. Es gefiel ihr, wie die Leute miteinander umgingen. Es gefiel ihr auch, wie Mikael immer wieder zu ihr hinüberblickte. Johanna schien das plötzlich auch aufzufallen.

»Übrigens, Mikael, du kannst uns gratulieren. Lea und ich sind uns einig geworden.«

»Herzlichen Glückwunsch.« Mikael war anzusehen, dass er sich über diese Nachricht wirklich freute. »Willkommen in Svenaholm. Sie werden sich hier wohlfühlen.«

Johanna betrachtete Mikael prüfend von der Seite. »Ich bin sicher, dass sie sich hier wohlfühlen wird«, sagte sie ein wenig anzüglich, bevor sie sich Lea und Maja zuwandte. »Und jetzt kommt, meine Damen. Wir haben nicht den ganzen Tag Zeit.«

Johanna legte einen Arm um Majas Schultern. Zusammen gingen die beiden voran. Lea wollte ihnen folgen. Als Mikael ihren Namen rief, blieb sie stehen.

Er kam näher, schaute sie schüchtern an. »Darf ich Sie vielleicht mal zum Essen einladen? Oder ins Kino?«

»Ja, gerne«, sagte sie schlicht, doch als sie sich umwandte, um den beiden anderen Frauen endgültig zu folgen, lächelte sie.

Bei Maja war alles in Ordnung, allerdings ermahnte auch Lea die junge Frau, bis zur Geburt des Kindes keine schweren Arbeiten mehr auszuführen. Maja versprach es ganz fest.

Mikael war nicht zu sehen, als die beiden Ärztinnen sich wieder auf den Rückweg machten, aber das laute Kreischen der Motorsäge hinter dem Haus verriet, dass er noch da war.

Auch während der Sprechstunden arbeitete Lea mit Johanna Hand in Hand. So lernte sie bereits an diesem Morgen einige ihrer zukünftigen Patienten kennen. Wenn es zwischendurch gerade nichts zu tun gab, ging Johanna mit ihr die Patientenakten durch. Die Ärztinnen saßen nebeneinander an Johannas Schreibtisch.

»Das hier ist Max Nykvarns, vierundvierzig Jahre.« Johanna tippte mit dem Kugelschreiber auf die Akte, die sie gerade in der Hand hielt. »Er kommt nur einmal im Jahr zum Durchchecken, ist kerngesund. Seine Frau Matilda und die Kinder Lia und Mattie haben eine Katzenallergie, was sie aber nicht davon abhält, drei Katzen zu halten.«

Lea stöhnte auf. »Keine Ahnung, wie ich mir das alles merken soll. Ich werde verloren sein ohne dich, wenn Gudrun mich auch nicht unterstützt.«

Johanna, die gerade etwas in Max Nykvarns Akte Eintrug, hielt inne. Erstaunt schaute sie Lea über den Rand ihrer Brille an. »Aber wieso denn?«

Lea hatte eine andere Akte aufgeschlagen, die sie sorgfältig studierte. Sie sah ebenfalls auf. »Gudrun hat mir gesagt, sie hätte andere Pläne.«

»Ich weiß nicht, was das soll, aber ich werde mit ihr reden«, versprach Johanna. »Und wenn ich am Anfang noch mit dir zusammenarbeite, wird dir das den Übergang erleichtern.«

Lea kam nicht dazu zu antworten, weil in diesem Augenblick jemand von außen ans Fenster klopfte. Per schaute mit seinem frechen Grinsen herein.

»Die Sprechstunde ist für heute vorbei«, sagte Johanna.

»Ich weiß.« Per presste eine Hand auf seine Brust und schaute Lea wehleidig an. »Aber ich habe solche Herzschmerzen. Haben Sie vielleicht ein Mittel dagegen?«

Johanna und Lea mussten beide lachen.

»Sie haben versprochen, mit mir zum Essen zu gehen.«

»Ja, schon«, sagte Lea ausweichend, »aber ich habe hier noch so viel zu tun.«

»Wir können morgen weitermachen«, meinte Johanna. »Geh schon, amüsier dich.«

Lea dachte einen Moment nach. Warum eigentlich nicht. Es war lange her, seit sie mit einem Mann ausgegangen war. »Okay, dann bis morgen«, verabschiedete sie sich von Johanna und ging zur Tür.

Als Lea das Zimmer verlassen hatte, trat sie noch einmal ganz dicht ans Fenster. »Du bist ganz schön hartnäckig. Das kenne ich ja gar nicht von dir.«

»Immer für eine Überraschung gut, nicht wahr?«, grinste Per.

»Hör zu, Per, Lea ist wirklich eine tolle Frau. Sie passt nicht in die Reihe deiner übrigen Eroberungen.«

»Schon gut, mach dir keine Sorgen. Ich weiß selbst, dass sie etwas Besonderes ist.« Per zuckte mit den Schultern. »Immerhin hat sie mir das Leben gerettet.«

Als Lea ums Haus kam, unterhielten sich Per und Johanna miteinander. »Ich bin dann so weit«, rief sie Per zu. Sie verabschiedete sich von Johanna, die ihnen viel Spaß wünschte.

Per reichte ihr seinen Arm. Lachend hängte sich Lea bei ihm ein. Seine unbeschwerte Art wirkte einfach ansteckend.

»Wo fahren wir eigentlich hin?«, wollte Lea wissen, als sie neben Per im Auto saß.

»Nach Strängnäs.« Kurz schaute er zu ihr hinüber. »Ich kenne da ein nettes Lokal. Danach sehen wir weiter.« Doch plötzlich stutzte er. »Im Moment allerdings könnte ich Sie nicht einmal zu einem Fischburger einladen. Ich habe mein Geld vergessen. Da müssen wir eben einen kleinen Umweg machen.«

Per wendete den Wagen auf der Straße und fuhr zurück. Zwei Straßen weiter bog er in die Einfahrt zu einem Privatgrundstück ein, auf dem ein imposantes Herrenhaus stand. Peer fuhr bis vor die Eingangstür und bot Lea an, mit hineinzukommen.«

Lea ließ sich nicht anmerken, wie beeindruckt sie war. Sie war neugierig darauf, das Haus von innen zu sehen, und ließ sich deshalb nicht zweimal bitten.

Per wandte sich der Treppe zu. »Sie können sich ruhig ein bisschen umsehen. Ich bin gleich wieder da.« Er lief die Treppe hoch, während Lea sich um sich selbst drehte. Die hohe, weißgetünchte Eingangshalle mit den kostbaren Antiquitäten imponierte ihr sehr. Sie schaute direkt auf eine weit geöffnete Zimmertür und konnte der Versuchung nicht widerstehen, ein paar Schritte in den Raum zu gehen. Auch dieser Raum strahlte eine gediegene Gemütlichkeit aus. Lea ging bis zu einem der hohen Fenster und blickte hinaus in einen gepflegten Park. Erst, als sie eine Stimme hörte, bemerkte sie, dass hinter ihr jemand den Raum betreten hatte. »Guten Tag, ich bin Erik Lovand.«

Lea wandte sich um. Das Lächeln des Mannes erstarb augenblicklich, alle Farbe wich aus seinem Gesicht. »Hallo, ich bin Lea Matsson.« Sie streckte dem Mann ihre Hand entgegen, doch er ergriff sie nicht. Er starrte sie an, als hätte er einen Geist vor sich.

Langsam ließ Lea die ausgestreckte Hand wieder sinken. »Ich bin eine Bekannte von Per. Ich soll hier auf ihn warten, er kommt gleich wieder runter.«

Der Mann starrte ihr nach wie vor ins Gesicht. »Ich habe nicht verstanden«, sagte er mit brüchiger Stimme. »Wie war Ihr Name?«

»Lea Matsson«, wiederholte sie mit klarer Stimme. »Ich bin Ärztin und werde die Praxis von Johanna Lund übernehmen.«

Lea war froh, dass Per in diesem Moment dazukam. »Hej, Papa. Gut, dass du da bist. Da kann ich dir gleich unsere neue Ärztin vorstellen. Frau Doktor ...«

»Ja, ich weiß schon«, unterbrach Erik seinen Sohn. »Hat mich gefreut, Frau Doktor.« Seine Miene sprach allerdings vom genauen Gegenteil. Erik Lovand wandte sich ab und ging hinaus.

Per starrte seinem Vater verblüfft nach. »Was hat er denn?«

»Das müssen Sie mir sagen.« Lea war verärgert. Nicht nur Gudrun, sondern auch Erik Lovand brachten ihr also dieses Misstrauen entgegen. Wenn sie nur verstehen könnte, warum.

»Na ja, er ist manchmal ein bisschen komisch. Dafür wird er das nächste Mal umso charmanter sein«, sagte Per leichthin. Er griff nach ihrer Hand. »Kommen Sie, wir fahren jetzt endlich los.«

Lea ließ sich von ihm mitziehen, doch das seltsame Verhalten von Erik Lovand ging ihr nicht aus dem Kopf.

Mikael runzelte unwillig die Stirn. Bevor er das Konzept für den neuen Park in Strängnäs ausarbeiten konnte, benötigte er dringend noch einige Zahlen zu den Kosten. Per hatte ihm versprochen, noch an diesem Abend anzurufen.

Normalerweise konnte Mikael sich auf seinen Bruder verlassen. Obwohl Per in erster Linie darauf bedacht war, die angenehmen Seiten des Lebens zu genießen, erledigte er seine Aufgaben immer zuverlässig. Heute Abend aber rief Per nicht an. Als Mikael von sich aus versuchte, ihn zu erreichen, ging er auch nicht an sein Handy.

Mikael sprach eine Nachricht auf die Mailbox und wartete eine weitere halbe Stunde vergeblich auf den Rückruf seines Bruders. Schließlich machte er sich auf die Suche.

Im Büro war Per nicht mehr, also hoffte er, ihn zu Hause anzutreffen.

Als Mikael bei seinem Elternhaus ankam, sah er seinen Vater aus der Haustür kommen. Das Gesicht des alten Herrn war schneeweiß, als er über den Platz eilte. Obwohl Mikael nur knapp zwei Meter von ihm entfernt war, nahm Erik Lovand ihn überhaupt nicht wahr.

»Das kann doch nicht sein«, hörte Mikael seinen Vater murmeln. Mit verstörter Miene schaute Erik Lovand noch einmal zurück zur Haustür, bevor er weitereilte, wobei er leise vor sich hin sprach: »Solche Zufälle gibt es doch nicht.«

»Hej, Papa.« Mikael trat seinem Vater in den Weg und blickte ihm prüfend ins Gesicht. »Alles in Ordnung?«

»Ja, ja, es geht mir gut.« Erik Lovand wirkte kopflos. »Wieso? Was ist denn los?«

Mikael schüttelte den Kopf. »Nichts, du siehst nur so blass aus. Ich suche Per, er geht wieder mal nicht an sein Handy.«

Erik Lovand hörte nicht mehr zu. Er ließ seinen Sohn einfach stehen, drehte sich nicht einmal mehr um, als Mikael nach ihm rief.

Fassungslos sah Mikael zu, wie sein Vater in den Wagen stieg und losfuhr.

Erik fuhr ziellos durch die Gegend. Die kurze Begegnung mit Lea Matsson hatte ihn völlig aus der Fassung gebracht. Diese Ähnlichkeit ... Ob es vielleicht doch nur ein Zufall war? Gab es überhaupt solche Zufälle?

Erik löste die Krawatte, nestelte an seinem Hemdkragen. Er hatte das Gefühl, nicht mehr richtig durchatmen zu können. Er musste raus aus dem Wagen. Nach Hause fahren wollte er jetzt auch nicht. Womöglich war Per noch immer mit dieser Frau Doktor Matsson da, und er wollte ihr ganz sicher kein zweites Mal begegnen. Es war so schon schlimm genug.

Im letzten Moment sah er den schmalen Weg, der von der Straße zum See führte. Er bremste so scharf, dass der Wagen hinter ihm ins Schlingern geriet, als der Fahrer bremsen musste. Wütend hupte er, doch das nahm Erik nicht mehr zur Kenntnis. Er fuhr hinunter zum See, ließ seinen Wagen einfach mitten auf dem Weg stehen. Mit schweren Schritten lief er auf das Ufer zu. Er presste eine Hand fest auf die Brust, atmete tief durch, aber es war ihm unmöglich, sich zu beruhigen. Er schaute über die mattsilberne Fläche des Sees, ohne wirklich etwas von der zauberhaften Landschaft wahrzunehmen. Vor seinem inneren Auge sah er ganz andere Szenen. Ereignisse aus der Vergangenheit, die er bis heute nicht vergessen konnte.

Lange Zeit stand er so am Seeufer. Verzweifelt, erfüllt von einer Hilflosigkeit, die er schon seit Langem kannte. Schon einmal hatte er so empfunden. Damals hatte seine Hilflosigkeit zu einem schrecklichen Ende geführt …

Er würde die Erinnerung daran immer vor Augen haben, wenn diese Lea Matsson in Svenaholm blieb. Das durfte nicht sein, das konnte er einfach nicht zulassen.

Erik war klar, dass es nicht in seiner Macht stand, das zu verhindern. Aber es gab einen Menschen, der es verhindern konnte.

Erik atmete erleichtert auf, und da es seinem Naturell entsprach, einen einmal gefassten Entschluss sofort in die Tat umzusetzen, machte er sich sogleich auf den Weg zu Johanna Lund.

Die Sprechstunde war zwar schon lange vorbei, aber die Tür zur Praxis war gewohnheitsmäßig nicht abgeschlossen. Erik klingelte nicht, er ging einfach durch das Haus direkt in den Praxistrakt. Er fand Johanna im Behandlungszimmer.

»Hej, Erik.« Sie war überrascht, freute sich jedoch, ihn zu sehen. »Ich wollte mir gerade einen Kaffee machen. Magst du auch einen?«

Ohne Umschweife kam Erik zur Sache. »Kannst du mir sagen, was das soll?«

Johanna war verblüfft. »Ich verstehe nicht, was du meinst.«

»Du willst deine Praxis verkaufen?«, fuhr er sie an. »Wieso weiß ich nichts davon? Ich hätte dir doch jede Menge potenter Interessenten heranschaffen können.«

Johanna lachte, was ihn innerlich ebenso aufbrachte wie ihre Antwort. »Das ist nicht nötig. Ich habe die perfekte Nachfolgerin gefunden. Kompetent, menschlich und dazu ist sie auch noch sehr hübsch. Sie wird dir sicher gefallen.«

»Diese Lea Matsson?«, sagte er von oben herab. »Es kommt überhaupt nicht in Frage, dass sie deine Praxis übernimmt.«

»Was hast du denn gegen Doktor Matsson? Du kennst sie doch überhaupt nicht.«

»Natürlich kenne ich sie. Per hat sie in mein Haus gebracht. Ich sage dir, sie ist die Falsche. Viel zu jung, um eine Praxis zu führen. Sie wird dein Lebenswerk zerstören ...«

Es war ein schöner Abend in einem gemütlichen Landgasthof gewesen mit einem ausgezeichneten Essen. Per verstand es, sie immer wieder zum Lachen zu bringen und Lea genoss seine Gesellschaft. Er war ein bisschen frech, aber ziemlich charmant. Eine beinah unwiderstehliche Mischung. Aber eben nur beinah ...

Sie waren beide zufrieden und gut gelaunt, als sie nach dem Essen das Restaurant verließen. »Danke«, sagte Lea, »das Essen war sehr lecker.«

»Und jetzt gibt es bei der besten Konditorin der Gegend noch einen Nachtisch.«

»Nachtisch?« Lea winkte lachend ab. »Wo soll der denn noch hin? Lassen Sie uns lieber ein bisschen gehen. Ich muss mich unbedingt bewegen.«

»Wir könnten uns ein Boot mieten«, schlug Per vor.

Lea war einverstanden. »Aber nur, wenn es ein Ruderboot ist.«

Per blieb stehen. Seine Miene zeigte, dass er von diesem Vorschlag nur wenig begeistert war.

Lea musste über seinen unwilligen Gesichtsausdruck lachen. Er hatte etwas von einem kleinen, schmollenden Jungen. »Los, Sie sind doch sonst nicht so faul.«

»Bewegung interessiert mich nur, wenn ich dabei einen Geschwindigkeitsrekord aufstellen kann. Jedenfalls nicht in der langweiligen Form von spazieren gehen oder Ruderboot fahren.«

Als Lea weiterging, folgte er ihr und griff nach ihrem Arm. »Also gut, gehen wir ein bisschen spazieren. Aber nur unter einer Bedingung.«

Fragend schaute Lea ihn an.

Diesmal grinste er nicht, sondern blickte sie ungewohnt lieb und bittend an. »Dass du nie mehr Sie zu mir sagst.«

»Das ist ein Deal«, sagte Lea. Sie entzog ihm ihre Hand, und als er ihre Taille umfasste und sie an sich ziehen wollte, ließ sie es nicht zu.

Per akzeptierte es mit einem amüsierten Augenzwinkern, blieb aber fest an ihrer Seite und sorgte dafür, dass ihre Arme sich beim Gehen immer wieder berührten. Nach dem Spaziergang bestand Lea darauf, nach Hause gebracht zu werden.

Per war enttäuscht, versuchte sie zu überreden, noch irgendwo mit ihm einzukehren, doch Lea schüttelte zu all seinen Vorschlägen nur den Kopf. Schließlich gab er seufzend nach.

Lea bat ihn, sie vor Johannas Praxis abzusetzen. Sie hatte die Schlüssel zu ihrem Haus dort liegen lassen.

Per brachte sie noch bis zur Tür. »Wollen wir nicht wenigstens noch einen Absacker auf deiner Terrasse nehmen?«

»Wirklich nicht, Per. Es war ein schöner Abend, aber ich habe noch einiges zu tun.«

»Gut, wie du willst. Aber wir könnten morgen zusammen frühstücken.«

Er war charmant, aber auch sehr anstrengend. »Ich bin hier, um zu arbeiten«, widersprach Lea.

»Okay, okay«, er gab nach und hob in gespielter Resignation beide Hände. Dann beugte er sich so plötzlich vor, dass Lea nicht mehr zurückweichen konnte, und küsste sie auf die Wange. »Dann aber morgen Abend, ja?«

Lea schüttelte den Kopf. »Ich weiß nicht.«

»Hast du schon was vor?«

»Du bist unmöglich. Das geht dich gar nichts an.« Trotz ihrer Verärgerung musste Lea lachen.

»Also nicht«, Per blieb hartnäckig. »Ich rufe dich gegen fünf an und wir sehen, was wir machen. Schönen Abend.«

Lea winkte ihm nach und lächelte immer noch, als sie in Johannas Sprechzimmer ging. Der schöne Abend wirkte in ihr nach, auch wenn ihr klar war, dass sie Per zukünftig ein bisschen auf Distanz halten musste, damit er sie nicht völlig vereinnahmte.

Suchend schaute sie über Johannas Schreibtisch. Der Schlüssel war nirgendwo zu sehen. Sie blickte unter die Akten, die sie mit Johanna durchgegangen war. Vielleicht lag er irgendwo darunter.

Die Tür zum Behandlungszimmer war nur angelehnt. Von nebenan waren Stimmen zu hören. Lea achtete nicht darauf, bis ihr plötzlich klar wurde, dass es um sie ging.

»Natürlich kenne ich sie«, hörte sie eine aufgebrachte Männerstimme sagen. »Per hat sie in mein Haus gebracht. Ich sage dir, sie ist die Falsche. Viel zu jung, um eine Praxis zu führen. Sie wird dein Lebenswerk zerstören.«

»Es ist nett, dass du dir Sorgen machst«, antwortete Johanna. »Aber das ist nicht nötig. Ich habe sie mir genau angesehen und ich kann beurteilen, was sie kann und was nicht.« Für Johanna schien das Thema abgeschlossen. »Möchtest du nicht doch einen Kaffee? Ich habe auch koffeinfreien.«

Der Mann überhörte die Einladung geflissentlich. »Willst du mich eigentlich nicht verstehen, Johanna? Diese Frau, diese Matsson, die passt einfach nicht hierher. Es wäre ein großer Fehler, ihr die Praxis zu verkaufen.«

Lea hatte genug gehört. Sie ging nach nebenan, stieß die Tür weit auf. Johanna sah sie sofort, doch der Mann wandte ihr den Rücken zu, sprach erregt weiter.

»Verlass dich auf mich. Ich weiß genau, was ich sage. Ich ...«

»Entschuldigen Sie, dass ich einfach so hereinplatze, aber ich habe zufällig gehört, was Sie gesagt haben«, unterbrach sie den Mann. Ihre Stimme klang ruhig, so aufgewühlt sie innerlich auch war.

Langsam wandte der Mann sich um und Lea erkannte Erik Lovand. Ihr plötzliches Erscheinen schien ihn aus der Fassung zu bringen. Er starrte sie an.

»Wir kennen uns doch gar nicht«, fuhr Lea fort. Sie gab sich alle Mühe, ruhig zu bleiben.

»Wie können Sie Johanna sagen, dass sie mir die Praxis nicht verkaufen soll? Ich verstehe das nicht.«

Erik Lovand hatte sich inzwischen wieder gefasst. »Sie müssen das nicht verstehen«, sagte er von oben herab. Er schaute von Lea zu Johanna und wieder zurück. »Ihr solltet euch einfach auf mein Gefühl verlassen.« Er verstummte kurz, schaute nur Johanna an und stieß drohend hervor: »Mach keinen Fehler.«

Erik Lovand grüßte nicht einmal, als er die Praxis verließ. Er wandte sich auch nicht mehr um.

»Was hat dieser Mann gegen mich«, wollte Lea wissen. »Ich habe ihn heute Nachmittag zum ersten Mal gesehen und da war er auch schon so abweisend.«

»Ich habe keine Ahnung, was in ihn gefahren ist. Aber er war immer schon ein bisschen schwierig. Als seine Frau vor fünfundzwanzig Jahren gestorben ist ...«

»Moment mal«, fiel Lea ihr ins Wort. »Ist er es?«

Johanna nickte mit einem traurigen Lächeln. Sie ging hinüber zu der Sitzecke unter dem Fenster und setzte sich auf das Sofa. Ein Hauch von Bitterkeit lag in ihrer Stimme, als sie weitersprach. »Als er damals Miriam geheiratet hat, war ich schon unsterblich in ihn verliebt gewesen. Dann war ich viele Jahre weg von hier, habe in Malmö studiert und geheiratet. Irgendwann war seine Frau gestorben und meine Ehe in die Brüche gegangen.«

Lea lehnte an der Wand und hörte aufmerksam zu. Johannas Geschichte rührte sie und der Ärger auf Erik Lovand schwand allmählich, auch wenn ihr nicht klar war, warum er sie nicht in Svenaholm haben wollte. Im Augenblick aber galt ihre ganze Aufmerksamkeit Johanna.

»Du bist also wiedergekommen und hast gedacht, du versuchst es noch einmal.«

Johanna nickte.

»Hast du ihm denn jemals gesagt, was du für ihn empfindest?«

Johanna lachte bitter und beugte sich ein wenig vor. »Erik ist kein Mann, mit dem man über Gefühle redet. Ich bin seine Ärztin und eine Freundin der Familie. Vielleicht wird er mich ja irgendwann einmal vermissen, wenn ich nicht mehr da bin.« Johanna unterbrach sich, schien nicht wirklich an diese Möglichkeit zu glauben. So traurig sah sie aus.

»Ich habe einfach Lust, ein neues Leben zu beginnen«, hörte Lea sie plötzlich sagen. Ihre Stimme brach.

Lea spürte heftiges Mitleid in sich aufsteigen. Sie kam näher, setzte sich auf den kleinen Beistelltisch vor dem Sofa, auf dem Johanna saß. Sie sagte kein Wort, wartete darauf, dass Johanna weitersprechen, sich alles von der Seele reden würde.

»Als er vorhin erfahren hat, dass ich verkaufen will, da hat er nicht mal gefragt, was ich vorhabe. Ob ich bleibe oder ob ich weggehe.« Tränen liefen über Johannas Wangen. Voller Mitgefühl ergriff Lea ihre Hand.

»Er hat nur gesagt, dass du die Praxis nicht bekommen sollst. An mich hat er dabei überhaupt nicht gedacht.«

Lea streichelte Johannas Hand, blieb bei ihr sitzen. Mehr konnte sie nicht für sie tun.

Mikael hatte sich die nötigen Unterlagen selbst besorgt und sich einen groben Überblick über die Kosten verschafft. Per hatte ziemlich knapp kalkuliert, um den Auftrag zu bekommen.

Für Mikael war das eine Herausforderung. Mit einem knappen Budget auszukommen und dennoch einen Plan auf die Beine zu stellen, der alle Beteiligten zufrieden stellte.

Schon als kleiner Junge hatte er sich für die Natur begeistert. Es hatte ziemlich früh für ihn festgestanden, dass er Gartenarchitektur studieren würde. Aber er kümmerte sich nicht nur um die Planung, er packte auch gerne mit an. Keine Arbeit war ihm zu schwer, während sein Bruder es hasste, sich die sorgfältig manikürten Finger schmutzig zu machen.

Mikael hingegen mochte die Arbeit mit nüchternen Zahlen nicht, und so empfand er die Aufteilung des Unternehmens zwischen seinem Bruder und ihm als geradezu perfekt.

Wenn Mikael über seinen Plänen saß, versank er völlig in seiner Arbeit. Er überhörte das Klopfen an der Tür, sah erst auf, als Per den Raum betrat.

»Du hast mich gesucht?« Per trat näher, schaute seinem Bruder über die Schulter. »Für wen ist das?«

»Das sind die ersten Überlegungen zum Stadtpark in Strängnäs. Was hältst du davon?«

Per nickte zustimmend. »Das ist gut. Kannst du in den Kosten bleiben?«

»Das Budget ist knapp, aber ich glaube, ich kriege das hin.«

Per ging zum Kühlschrank. »Willst du auch ein Bier?«

Mikael lachte. »Danke«, erwiderte er, »aber fühl dich wie zu Hause.«

Per nahm eine Flasche heraus, öffnete sie und setzte sich auf die Anrichte. Er nahm einen Schluck, schaute zu seinem Bruder hinüber, der kaum von seinem Plan aufschaute. »Du hast es richtig gemacht, dass du damals ausgezogen bist. Sollte ich auch tun.«

Jetzt ließ Michael Stift und Lineal sinken. Überrascht schaute er sich nach seinem Bruder um. »Du hast doch immer betont, wie bequem es ist, zu Hause zu wohnen. Du musst dich um nichts kümmern. Essen, Wäsche, Putzen, das macht alles Lilli.«

»Ja, aber dafür laufe ich ständig Gefahr, Papa zu begegnen. Na ja, das wird sich ja auch irgendwann einmal ändern. Spätestens, wenn ich eine Familie habe.«

Jetzt war Mikael erst recht überrascht. »Das sind aber große Worte aus deinem Mund. Ist etwas passiert?«

Per lächelte, schaute seinen Bruder dabei nicht an. »Nein ... Man wird ja wohl mal denken dürfen.«

Per konnte ihm nichts vormachen. Mikael kannte seinen Bruder viel zu gut und wusste, dass der sich mal wieder unsterblich verliebt hatte. Sorgen musste er sich nicht machen, weil das bei Per ein heilbarer Zustand war. Es würde sich wahrscheinlich auch diesmal wieder in kurzer Zeit erledigen.

Mikael arbeitete noch ein bisschen, als sein Bruder gegangen war, doch so richtig konnte er sich nicht mehr konzentrieren. Pers Worte über eine eigene Familie klangen in ihm nach.

Mikael hatte sich bisher keine großartigen Gedanken über seine private Zukunft gemacht. Bisher hatte immer die Arbeit im Vordergrund gestanden. Das Gestalten von Landschaften, von grünen Räumen, in denen Menschen sich wohlfühlten.

Hin und wieder hatte es auch in Mikaels Leben eine Frau gegeben, aber es hatte ihn nie so tief getroffen, dass er sich ein gemeinsames Leben hätte vorstellen können. Da war in ihm die vage Vorstellung von einer glücklichen Zweisamkeit gewesen. Die Hoffnung, dass er irgendwann den Menschen fand, der ihn ergänzte. Ein passendes Gesicht hatte es zu dieser Hoffnung nie gegeben.

War das jetzt anders?

Mikael war sich nicht sicher. Er wusste nur, dass es da ein ganz bestimmtes Gesicht, eine Stimme, ein Lächeln gab, das ihm nicht mehr aus dem Kopf ging. Das sich tiefer in seinem Herzen festgesetzt hatte als bei jeder anderen Frau zuvor.

Diese Gedanken waren es, die es ihm unmöglich machten, sich auch nur eine Sekunde weiter auf die Arbeit zu konzentrieren. Er legte Stift und Lineal endgültig beiseite und beschloss, noch ein bisschen nach draußen zu gehen, um wieder Ruhe zu finden.

Obwohl es tagsüber noch warm war, lag der Herbst bereits in der Luft. Die Rosen waren voll erblüht, die ersten Blätter verloren sie bereits wieder. Hagebutten und Holunderbeeren hingen vollreif an den Sträuchern.

Die Nächte waren bereits empfindlich kühl. Lea hatte sich in eine Decke gewickelt, als sie an diesem Abend auf der Terrasse stand. Wieder lag ein ereignisreicher Tag hinter ihr mit keineswegs nur erfreulichen Erlebnissen. Die beiden Begegnungen mit Erik Lovand beschäftigten sie immer noch.

Lea stützte sich auf das Geländer der Terrasse und schaute in die Dunkelheit. Jette saß neben ihr. Sie bemerkte die Bewegung zwischen den Bäumen zuerst. Ihre Ohren stellten sich auf.

Erst als sich der Schatten aus der Dunkelheit löste und langsam näher kam, bemerkte Lea ihn. »Hej, Mikael.«

Er lächelte, freute sich zweifellos, sie zu sehen. »Was machen Sie noch so spät hier draußen? Ist es Ihnen nicht zu kühl?«

»Ehrlich gesagt schon, aber ich mag nicht reingehen. Bald ist wieder Winter, und dann sitze ich nur noch drinnen. Ich liebe diese Spätsommerabende.«

Mikael kam zu ihr auf die Terrasse. Er schien genau zu wissen, was sie meinte. »Man ahnt noch etwas vom Sommer, doch die langen Nächte sind schon greifbar nahe.« Er lehnte sich neben sie an das Geländer.

Es war schön, seine Nähe zu spüren. Lea konnte es sich selbst nicht erklären, aber sie hatte das Gefühl, dass es da etwas ganz Besonderes gab, was sie und Mikael verband. Jedes Mal, wenn sie sich trafen, wurde dieses Gefühl stärker.

»Es ist komisch, schon als Kind habe ich den September und den März mehr geliebt als den Juni oder den Juli. Ich liebe das Gefühl der Veränderung, das Gefühl, etwas Kommendes zu erahnen.« Lea lachte leise. »Auch wenn ich verzweifeln könnte, wenn ich daran denke, dass der Winter bald da ist.«

»Aber bei uns ist der Winter etwas ganz Besonderes. Sobald die Seen zugefroren sind, beginnt ein eigenes Leben auf ihnen.« Mikaels Augen leuchteten in der Dunkelheit. Seine warme Stimme verriet mehr von der Liebe zu seiner Heimat als seine Worte. »Wir haben Tanzabende auf Schlittschuhen, wir machen Hundeschlittenrennen über das Eis. Wir fangen Fische durch Eislöcher. Weihnachten treffen wie uns alle zur Mitternachtsmesse auf dem See.«

Lea spürte, dass er sie unverwandt anschaute, während er sprach. Sie wandte den Kopf, schaute auch ihn an. Ihre Blicke versanken ineinander, das Gefühl der Nähe war jetzt so intensiv. »Ich bin sicher«, sagte er leise, »dass es dir gefallen wird.«

Wie selbstverständlich kam das vertrauliche Du über seine Lippen. Lea gestand sich ein, dass dies der glücklichste Moment an diesem Tag für sie war.

»Das klingt sehr schön. Die Leute verstehen sich hier alle sehr gut.« Lea wandte sich um und setzte sich auf einen der Korbstühle. Mikael nahm ihr gegenüber Platz, unablässig schaute er sie an, als wäre es ihm unmögliche, den Blick von ihr zu lösen.

»Das tun sie wirklich«, bestätigte er. »Wir sind eine ziemlich eng verbundene Gemeinschaft.«

»Was ist denn eigentlich mit diesem Erik Lovand, der da oben in diesem großen Haus wohnt?«, erkundigte sich Lea beiläufig.

»Mein Vater? Woher kennst du meinen Vater?«

»Das ist dein Vater?« Lea konnte es kaum glauben. »Dann bist du der Bruder von Per.«

»Per kennst du auch?« Mikael war ebenso überrascht.

»Das ist Zufall. Ich hatte ihn aus dem Wasser gezogen, als er mit seinem Jetski einen Unfall hatte.«

»Du bist das.« Etwas passierte mit ihm. Etwas, das sich Lea nicht erklären konnte. Sie spürte, wie er sich innerlich zurückzog. Da war mit einem Mal keine Nähe mehr zwischen ihnen. Per sah sie nicht einmal mehr an, als er weitersprach. »Ich habe nicht gewusst, dass du das bist. Per hat schon viel von seiner Retterin erzählt.«

Lea lachte verlegen. »Ich hoffe, nur Gutes.«

»Ja, ja, nur Gutes.« Er brachte ein erzwungenes Lächeln zustande.

Lea wollte, dass es wieder so wie eben zwischen ihnen war. Sie wollte wieder diese Nähe spüren. »Soll ich uns einen Kaffee machen oder einen Tee.«

»Mach dir keine Mühe.« Mikael stand auf. »Es ist schon spät.«

Auch Lea hatte sich aus ihrem Sessel erhoben. »Aber es macht mir keine Mühe.«

Er lächelte sie an und für einen kurzen Moment flackerte all das wieder auf, was sie bis vor ein paar Minuten in seiner Gegenwart empfunden hatte. Doch dann verschloss sich sein Gesicht erneut. »Es war schön, mit dir zu reden, Lea. Gute Nacht.«

Er ging an ihr vorbei, doch bevor er in der Dunkelheit verschwand, rief Lea leise seinen Namen. Er wandte sich um, schaute sie fragend an.

»Wenn im Winter alles zugefroren ist, gehst du dann auf dem Eis mit mir tanzen?«

Er schaute sie lange an, bevor er nickte und leise sagte: »Wenn du es dann noch willst.« Er wandte sich um und ging. Sekunden später verschmolz seine Gestalt mit der Dunkelheit.

Ganz fest wickelte Lea sich in ihre Decke. Es lag nicht mehr nur an dem nahenden Herbst, dass es sie bis tief in ihr Innerstes fröstelte.

Heute am Samstag gab es keine Sprechstunde. Trotzdem war Lea schon früh auf den Beinen. Sie hatte nicht besonders gut geschlafen. So viele Fragen quälten sie und sie wusste nicht, wo sie die Antworten finden konnte.

Essen mochte sie an diesem Morgen nicht. Sie trank im Stehen eine Tasse Kaffee auf der Terrasse und beobachtete Jette, die ihr Gebiet vor dem Haus erkundete.

Lea verließ das kleine, rote Haus an diesem Morgen etwas früher als sonst. Sie wollte noch etwas erledigen, bevor die Sprechstunde begann. Als sie eine halbe Stunde später aus dem Blumenladen kam, sah sie auf der anderen Straßenseite Gudrun.

»Hej, Gudrun«, rief sie laut und beeilte sich, sie einzuholen. »Guten Morgen.«

»Hej, Frau Doktor.« Gudrun schaute auf den Strauß in ihrer Hand. »Das sind ja sehr schöne Blumen.«

Lea steckte schnuppernd die Nase in den Strauß. »Die sind für Johanna. Als Dank für alles. Aber sagen Sie, haben Sie über mein Angebot nachgedacht?«

Gudrun holte tief Luft. »Ich muss Sie jetzt etwas fragen. Sind Sie wirklich sicher, dass Sie das machen wollen? Sie werden doch bestimmt die Großstadt vermissen. Es ist nicht einfach, sich in einem so kleinen Ort wie Svenaholm einzufügen.«

Leas Brauen zogen sich finster zusammen. »Mir gefällt es hier.«

»Aber Sie kennen die Leute doch gar nicht. Wer weiß, vielleicht sind Sie hier überhaupt nicht willkommen.«

Der Ärger stieg mit aller Macht in ihr auf. Lea wollte endlich wissen, was hier vorging. »Sie haben nicht zufällig mit Erik Lovand gesprochen? Der findet nämlich auch, dass ich nicht hierher passe.«

Gudrun wandte sich ab. »Es tut mir leid, ich muss jetzt gehen. Ich habe sowieso schon zu viel gesagt.« Mit eiligen Schritten entfernte sie sich, doch Lea ließ sie nicht davonkommen. Sie lief hinter ihr her, holte sie ein, stellte sich ihr in den Weg.

»Nein, das glaube ich nicht. Jetzt hören Sie auf, in Andeutungen zu reden, und sagen Sie endlich, was Sie gegen mich haben.«

»Aber ich habe nichts gegen Sie«, versicherte Gudrun. »Ich meine, ich habe nichts gegen Sie persönlich.«

Das alles wurde immer rätselhafter. »Aber was ist es dann? Bitte, Gudrun, sagen Sie es mir.«

Gudrun maß sie mit einem langen, nachdenklichen Blick. »Kommen Sie mit«, sagte sie schließlich.

Gudrun sprach unterwegs kein Wort. Den Blick vor sich auf den Boden gerichtet, hastete sie so schnell voran, dass Lea Mühe hatte, an ihrer Seite zu bleiben. Nach ein paar Minuten erreichten sie den Friedhof von Svenaholm.

Geduckte Grabsteine schienen aus dem Rasen zu wachsen und gruppierten sich um die behäbige kleine Kirche. Hohe, dicht belaubte Bäume wachten über die Totenruhe. Das Gras war vom ersten Laub bedeckt, das von den Bäumen fiel.

Gudrun blieb vor einem verwitterten Grabstein stehen. Lea las den Namen. »Axel Anderson, so hieß mein Vater auch. Er starb, als ich zwei Jahre alt war.«

Gudrun sagte nichts, schaute nur vielsagend auf den Grabstein. Lea schaute genauer hin, erkannte das Todesdatum. »Genau in dem Jahr«, fügte sie benommen hinzu. »Ich verstehe das nicht. Meine Mutter hat mir immer gesagt, dass mein Vater bei einem Schiffsunglück ums Leben gekommen und auf See geblieben sei. Das kann nur ein Zufall sein.« Lea starrte auf den Grabstein.

»Ihre Mutter heißt Hilde Anderson?«

Lea fuhr herum. »Woher wissen Sie das?«

»Sie sehen ihr sehr ähnlich. Hilde lebte hier in Svenaholm bis zum Tode ihres Vaters.«

»Das kann nicht sein. Meine Mutter kommt aus Stockholm. Ich bin da aufgewachsen. Ich verstehe das nicht.« Lea ging in die Hocke, strich sacht mir dem Zeigefinger über den Grabstein. Als sie sich wieder aufrichtete, sprach sie weiter. »Warum hat meine Mutter mir nicht gesagt ...« Lea sprach nicht weiter, und als sie sich umwandte, war Gudrun verschwunden. Kein Mensch war zu sehen. Nur die Vögel in den Bäumen sangen leise.

Lea seufzte tief. Die Antworten, die sie suchte, hatte sie von Gudrun nicht erhalten. Stattdessen beschäftigten sie jetzt neue Fragen und sie wusste nicht, an wen sie sich wenden sollte, mit wem sie darüber reden konnte, denn ihre Mutter war gestorben, kurz nachdem sie das Studium beendet hatte.

Lea legte den Strauß, der eigentlich für Johanna bestimmt gewesen war, auf das Grab ihres Vaters. Ein paar Minuten stand sie noch versunken vor dem Grab, bevor sie entschlossen den Kopf in den Nacken warf und den Friedhof verließ.

Auf dem Rückweg kam Lea an einer Bäckerei vorbei. Plötzlich hatte sie eine Idee. Es waren doch besonders die Läden eines kleinen Ortes, in denen getratscht und Neuigkeiten ausgetauscht wurden. Vielleicht erfuhr sie hier mehr.

Kurz entschlossen betrat sie den Laden. Eine Glocke schlug an, als sie die Tür öffnete. Wärme und der Duft von frisch Gebackenem schlug ihr entgegen. Eine ältere Frau mit freundlichen Augen stand hinter der Theke. »Was kann ich für Sie tun?«

Lea beugte sich ein wenig vor und zeigte wahllos auf eines der Gebäckteilchen hinter der Glastheke. »Das sieht lecker aus. Geben Sie mir bitte eines davon.«

Während die Verkäuferin das Teilchen einpackte, überlegte Lea verzweifelt, wie sie die Frau in ein Gespräch verwickeln konnte.

»Ich bin übrigens Lea Matsson. Ich werde die Praxis von Johanna Lund übernehmen.«

»Davon habe ich schon gehört.«

Lea registrierte zufrieden, dass wenigstens diese Frau nicht versuchte, sie von ihrem Vorhaben abzubringen. Sie streckte Lea sogar über die Theke hinweg die Hand entgegen und hieß sie in Svenaholm herzlich willkommen. »Ich hoffe, Sie werden sich wohlfühlen.«

»Das werde ich bestimmt.« Die freundlichen Worte ermutigten Lea. Sie nahm das eingepackte Teilchen entgegen und erkundigte sich nach dem Preis.

»Das geht als kleines Willkommensgeschenk aufs Haus«, lächelte die Verkäuferin.

»Danke, das ist aber nett«, freute sich Lea und kam endlich auf den Punkt. »Kannten Sie eigentlich Axel Andersson und seine Frau Hilda?«

»Ja, die kannte ich sehr gut.«

Leas Herz machte einen freudigen Satz.

»Axel ist ja leider schon eine ganze Weile tot«, fuhr die Frau fort. Sie ließ sich auch nicht durch ihren Mann stören, der mit einem Arm voller Brote aus der Backstube kam und sie in dem Brotschrank hinter der Ladentheke einsortierte.

»Und Hilda ist damals weggezogen. Sie war eine sehr schöne Frau. Alle waren in sie verliebt, aber sie hat überhaupt nicht bemerkt, was für eine Wirkung sie auf die Männer hatte.«

»Ich bin Hildas Tochter.«

Lea spürte sofort, wie die Stimmung ganz plötzlich kippte. Der Mann und die Frau warfen sich einen schnellen Blick zu, das freundliche Lächeln auf dem Gesicht der Verkäuferin war wie weggewischt. Sie drehte Lea den Rücken zu und half dem Mann angelegentlich beim Einräumen der frischen Brote.

Vielleicht hätte sie es vorsichtiger anbringen sollen, aber jetzt war es zu spät. »Ich hatte keine Ahnung, dass meine Eltern hier gelebt haben.« Verzweiflung lag in Leas Stimme. »Es ist Zufall, dass ich hier bin. Können Sie mir vielleicht sagen, was damals passiert ist?«

Die Frau schaute sie nicht mehr an und ihre Stimme klang sehr reserviert. »Nein, kann ich leider nicht. Ich weiß nichts darüber. Eigentlich habe ich die beiden ja auch kaum gekannt.«

Lea war klar, dass sie hier nichts mehr erfahren würde. Aber dass es ein großes Geheimnis um Axel und Hilda Anderson gab, das hatte sie begriffen.

»Danke für den Kuchen«, sagte Lea kühl und verließ die Bäckerei.

Lea hätte gerne mit Johanna gesprochen, aber die war nicht da. Um ein wenig Klarheit in ihre wirren Gedanken zu bringen, machte sie einen langen Spaziergang mit Jette am Seeufer entlang. Zwischendurch versuchte sie Per anzurufen, doch auf seinem Handy meldete sich nur die Mailbox.

»Hallo, Per, hier ist Lea. Kannst du mich mal anrufen?« Lea wollte noch etwas sagen, doch Jette bellte plötzlich laut und lief los. Sie klappte das Handy zu, folgte der Hündin.

»Jette! Jette, komm her.«

Jette hörte nicht. Sie schoss den Weg entlang und verschwand hinter der Ecke eines Hauses.

Lea beeilte sich, um die Hündin nicht aus den Augen zu verlieren. Als sie ebenfalls um die Ecke kam, sah sie eine Reihe von Gewächshäusern. Mikael stand neben seinem Kleinlaster und wurde überschwänglich von Jette begrüßt.

Lea kam näher. »Hier bist du, du kleine Ausreißerin. Du bist wirklich schlimm.«

Erstaunt beobachtete Lea, dass Jette sich ganz dicht an Mikael drängte und nach mehr Streicheleinheiten verlangte. Normalerweise war Jette Fremden gegenüber zurückhaltend, und Mikael war ein Fremder für sie.

»Hier auf dem Land ist sie außer Rand und Band«, sagte sie. »In der Stadt ist sie der folgsamste Hund, den man sich vorstellen kann.«

»Ihr gefällt es eben hier. Wie dir doch auch.«

Lea ging in die Hocke, um Jette zu streicheln. Sie sagte nichts, doch Mikael sah ihr wahrscheinlich an, dass etwas nicht stimmte. Er beugte sich hinab und sah ihr prüfend ins Gesicht. »Oder hat sich daran etwas geändert?«

»Ich brauche dringend jemanden, mit dem ich reden kann. Ich habe da gerade etwas erfahren, was mich ganz schön durcheinanderbringt.« Bittend schaute sie ihn an. »Hast du ein bisschen Zeit für mich?«

Mikael war ganz ernst geworden. »Klar«, sagte er sofort. »Willst du Kaffee oder Tee?«

Seine fürsorgliche Art entlockte ihr ein Lächeln. Er brachte sie zu einer Sitzgruppe mit Blick auf den See. Danach verschwand er für ein paar Minuten im angrenzenden Bürotrakt. Als er wieder herauskam, hielt er ein Tablett in den Händen, auf dem zwei dampfende Becher und ein Teller mit leckerem Gebäck standen, was Jette sofort dazu veranlasste, ihn anzubetteln. Er lachte und gab ihr einen Keks.

»Für uns gibt es Eisenkrauttee«, sagte er, als er einen der dampfenden Becher vor Lea hinstellte. »Johanna sagt, der ist gut für alles. Magen, Nerven, Herz.« Er setzte sich zu ihr und blickte sie an. »Willst du mir sagen, was dich so durcheinanderbringt?«

Lea rührte in ihrem Tee. »Hast du schon mal was von Axel und Hilda Andersson gehört?«

Mikael, der seine Tasse gerade an die Lippen führte, hielt inne und stellte sie wieder ab. Er wirkte erschrocken, sagte aber kein Wort.

»Du hast sie gekannt«, Lea wusste seinen Blick sofort richtig zu deuten. »Du weißt, wer sie sind. Kannst du mir sagen, was damals passiert ist?«

»Gekannt ist zu viel gesagt«, wiegelte er ab. »Ich war damals erst sechs oder sieben Jahre alt. Wie kommst du jetzt auf die beiden?«

»Ich bin ihre Tochter.«

»Du bist Hildas Tochter?«, sagte er. »Bist du deshalb hier?«

»Nein, es ist reiner Zufall, dass ich hier gelandet bin. Manche Leute würden sagen, es ist Schicksal – weil nichts ohne Sinn geschieht.«

»Meine Mutter hat mir nie erzählt, dass wir hier gelebt haben. Ich wusste nicht einmal von dem Grab meines Vaters in Svenaholm. Ich will wissen, was damals passiert ist und wieso sie diese Zeit einfach ausgeblendet hat, als hätte es sie nie gegeben.«

Mikael wich ihrem Blick aus. »Das ist alles schon so lange her. Ich glaube nicht, dass sich noch jemand daran erinnern kann. Meinst du nicht, es wäre besser, die Vergangenheit ruhen zu lassen?«

Lea schüttelte enttäuscht den Kopf. »Du verstehst mich nicht. Es geht nicht nur um meine Eltern, es geht um mich.«

Lea dachte an Erik Lovands Verhalten. »Vielleicht hat dein Vater sie ja gekannt und deshalb so komisch reagiert«, überlegte sie laut.

»Was hat denn mein Vater damit zu tun?«, entgegnete Mikael ungewohnt heftig.

»Was weiß ich?« Lea zuckte mit den Schultern. Genau das waren die Fragen, die sie sich selber stellte.

Abrupt wechselte Mikael das Thema. »Ich habe völlig vergessen, dass ich noch zu einem Kunden muss. Tut mir leid. Soll ich dich nach Hause bringen?«

»Ja, dann fahr mich nach Hause«, sagte Lea leise und sehr verletzt. Sie spürte ganz deutlich, dass es nur eine Ausrede war und er sich einem weiteren Gespräch entziehen wollte.

Als Mikael vor Leas Haus anhielt, stand bereits Pers Wagen dort. Er war gerade damit beschäftigt, die beiden Fahrräder vom Heckträger seines Wagens zu lösen. Er hörte damit auf, als Lea aus dem Wagen seines Bruders stieg. Jette sprang hinter ihr ins Freie.

»Hallo, wie kommst du denn in Mikaels Auto?«, wollte Per wissen.

Mikael antwortete an ihrer Stelle. »Ihr Hund hatte sich verlaufen und ist zufällig bei mir gelandet.«

»Wie auch immer, dann muss ich euch wenigstens einander nicht mehr vorstellen«, sagte Per. Er nahm ein Rad herunter und stellte es vor Lea ab.

»Ich habe mir gedacht, wir machen morgen eine Radtour am Seeufer entlang. Das befriedigt deine Lust auf Natur und meine auf Action. Gute Idee?« Per wartete Leas Antwort erst gar nicht ab, sondern wandte sich gleich darauf seinem Bruder zu.

»Du könntest auch mitkommen, wäre gut für deine Kondition. Ich kann sofort anrufen und dir auch ein Rad besorgen.« Per hielt das Handy bereits in der Hand.

»Ich habe keine Zeit«, wiegelte Mikael hastig ab.

»Dann nimm sie dir«, meinte Per verständnislos, »wird dir echt guttun.« Er legte einen Arm um die Schulter seines Bruders und zwinkerte Lea verschmitzt zu. »Mikael ist ein echter Stubenhocker.«

Per wurde vom Klingeln seines Handys unterbrochen. »Ich muss los. Bis morgen«, sagte er nach einem kurzen Telefonat.

»Also dann«, verabschiedete sich auch Mikael. »Viel Spaß bei der Radtour.«

»Ich weiß gar nicht, ob ich da mitfahren will. Dein Bruder hat mich völlig überrumpelt.«

Mikael zog lächelnd die Schultern hoch. »So ist er eben. Ich bin sicher, es wird dir gefallen.« Dann ging auch er zu seinem Wagen und fuhr davon.

Traurig schaute Lea ihm nach.

Erik stand vor der Kommode, auf der sich ein Großteil der Familienerinnerungen befand. Pokale und Medaillen der Kinder. Souvenirs, die an besondere Ereignisse oder Reisen erinnerten. Dazwischen überall Fotos. Von ihm selbst und seiner Frau Miriam. Von den Kindern in jedem Alter. Als Babies, als Kleinkinder, beim ersten Schulbesuch. Danach gab es einen Bruch. Seit Miriams Tod waren keine neuen Fotos, keine Erinnerungsstücke mehr dazugekommen.

Erik atmete schwer. Mit einer Hand fasste er sich ans Herz. Zu den Erinnerungen, die ihn belasteten, gab es keine Fotos. Das war auch nicht nötig, sie hatten sich für alle Zeiten in ihm eingebrannt. Nie hatten sie ihn völlig losgelassen, aber in den vergangenen Jahren waren sie wenigstens ein wenig in den Hintergrund getreten. Das Erscheinen dieser Lea Matsson hatte alles wieder aufgewühlt. Plötzlich kam es ihm so vor, als wäre das alles erst gestern geschehen.

Als Erik aus dem Fenster schaute, sah er Johanna Lund durch den Park auf sein Haus zukommen. Er ging hinaus, um sie zu begrüßen.

»Verzeih, dass ich dich so überfalle. Ich weiß, du hasst das.«

Ganz dicht trat Johanna an ihn heran und schaute ihm in die Augen. »Willst du mir nicht sagen, was damals passiert ist?«

»Ich weiß nicht, wovon du redest.« Erik konnte ihren prüfenden Blick nicht länger ertragen. Er wandte sich ab und entfernte sich ein paar Schritte von ihr.

»Doch, das weißt du genau.« Johanna folgte ihm, brachte ihn dazu, sie wieder anzusehen. »Du hast Lea nicht abgelehnt, weil sie zu jung oder die Falsche für meine Praxis ist. Du wolltest, dass sie geht, weil ihre Eltern hier gelebt haben. Axel und Hilda Anderson.«

Jedes ihrer Worte brannte in ihm. Sie sollte aufhören, sollte ihn endlich in Ruhe lassen. Er ging ein paar Schritte tiefer in den Park hinein, doch Johanna folgte ihm.

»Die Leute reden schon darüber. Sie soll eine sehr schöne Frau gewesen sein.« Johanna hatte ihn eingeholt und stellte sich vor ihn. »Die Männer waren alle vernarrt in sie. Alle!«

Erik konnte es kaum mehr ertragen. Er wich ihrem zwingenden Blick aus. »Das geht dich nichts an. Du bist damals in Malmö gewesen.«

»Und du?«, hakte Johanna prompt nach. »Du warst verheiratet, Vater von zwei Kindern. Kann es sein, dass du das vergessen hattest, als du der schönen Hilda begegnet bist? Kann es sein, dass ...«

»Hör auf!«, fuhr Erik ihr aufgebracht ins Wort. »Das ist vorbei ... lange vorbei ...« Für Erik vermischten sich Vergangenheit und Gegenwart. »Ich habe doch gesagt, dass es nicht gut ist, wenn sie hierbleibt. Habe ich es nicht gesagt? Sie wird alles durcheinanderbringen.«

»Erik, hast du Leas Mutter geliebt?«

Die Frage kam so unvermittelt, dass Erik spontan nickte. »Sie war Mikaels Lehrerin und ich brachte ihn nach den Ferien zur Schule. Als ich sie zum ersten Mal sah, da war es mir, als würde mein Herz stehen bleiben. Sie war so ganz anders als Miriam. Unsere Ehe stand damals nicht zum Besten, und dann war da plötzlich diese Frau. Sie war so schön, so fröhlich. Wenn sie einen Raum betrat, schien er zu leuchten.«

»Aber sie war verheiratet«, sagte Johanna. »Hat sie dich geliebt?«

Eriks Blick wurde noch starrer. Er schüttelte den Kopf. »Sie hätte ihren Mann nie verlassen.«

Es war ihm unmöglich, noch länger über Hilda zu reden. Die Vergangenheit war ihm erneut so nahegekommen, dass er den gleichen Schmerz wie damals fühlte.

Er konnte Johannas Nähe nicht mehr ertragen, die diesen Schmerz erneut heraufbeschworen hatte und jetzt nicht lockerließ. Erik eilte davon. Weg, nur weg von hier. Doch ganz tief in seinem Inneren wusste er, dass er vor seinen Erinnerungen nicht flüchten konnte. Nicht vor dem, was er Johanna gesagt hatte, und erst recht nicht vor dem Schrecklichen, das er ihr verschwiegen hatte.

Lea verbrachte den Abend auf der Terrasse. Sie hatte sich wieder in ihre Wolldecke eingewickelt, hing ihren Gedanken nach.

Jette schien zu spüren, dass mit ihrem Frauchen etwas nicht stimmte. Sie verzichtete sogar darauf, durch ihre geliebte Wiese zu stromern, und leistete Lea stattdessen Gesellschaft. Leise stupste sie Lea mit der Nase an.

Lea beugte sich vor und streichelte ihren Hund, doch mit ihren Gedanken war sie weit weg. Was war damals vorgefallen in Svenaholm? Warum wollte niemand darüber reden?

Ganz besonders bedrückte es Lea auch, dass ihre Mutter nie etwas von ihrem Leben in Svenaholm erzählt hatte. Sie hatte Lea stets in dem Glauben gelassen, sie hätten immer schon in Stockholm gelebt.

Bis kurz vor Mitternacht blieb Lea auf der Terrasse sitzen. Selbst als sie im Bett lag, gelang es ihr nicht, all die drängenden Fragen beiseitezuschieben. Auch wenn sie sich selbst immer wieder sagte, dass sie durch Nachdenken keine Antworten finden würde. Die Antworten musste ihr jemand anderes geben, doch sobald sie sich danach erkundigte, stieß sie auf eine Mauer des Schweigens.

Per rief sie am nächsten Morgen an und bat sie, ihn mit dem Fahrrad in der Baumschule abzuholen. Sie hatte sich fast schon daran gewöhnt, dass er ihre keine Zeit zu einer Antwort ließ und einfach davon ausging, dass die gemeinsame Fahrradtour beschlossene Sache sei.

Vielleicht tat es ihr ja gut, einfach mal rauszukommen. Andererseits gefiel es Lea überhaupt nicht, wie Per über sie bestimmte. Mikael war da bestimmt ganz anders …

Schluss damit, ermahnte sie sich selbst. Sie dachte zu viel nach, und bevor sie damit nur wieder neue Probleme heraufbeschwören würde, machte sie lieber eine Radtour mit Per.

Es war ausgerechnet Mikael, den Lea zuerst auf dem Gelände der Baumschule antraf. Er stand vor dem Bürotrakt und untersuchte eine Reihe von kleinen Bäumchen, die auf der Ladefläche seines Kleinlasters standen. Ein Lächeln glitt über sein Gesicht, als er sie erblickte. »Hej, Lea. Per ist im Büro und telefoniert noch. Er kommt gleich.«

»Ich weiß gar nicht, ob das eine so gute Idee ist, wenn ich mitfahre.«

»Wieso? Das wäre doch toll mit Per und dir.«

Lea erstarrte. Mikael meinte mit dieser Bemerkung zweifellos nicht nur die Radtour. Sie hätte gerne entsprechend darauf geantwortet, wenn Per nicht gerade in diesem Moment aus dem Büro gekommen wäre. Er wirkte verärgert, auch wenn er Lea mit einem Lächeln und einem Kuss auf die Wange begrüßte.

»Aus unserer Radtour wird leider nichts.« Per wandte sich seinem Bruder zu. »Gunnarsson droht aus dem Vorvertrag auszusteigen, weil er ein billigeres Angebot hat. Ich muss sofort zu ihm. Tut mir leid«, wandte er sich wieder Lea zu, »aber der Auftrag ist sehr wichtig. Lass uns einfach morgen fahren, okay?«

Doch plötzlich wurde ihm klar, dass morgen Montag war und Lea in der Praxis arbeiten würde. Also machte er einen anderen Vorschlag. »Fahr du mit ihr«, sagte er zu Mikael. »Ja, das ist eine gute Idee. Ihr fahrt schon mal vor und ich komme nach.«

Lea hatte Mikaels Bemerkung über sie und Per noch nicht vergessen. Mit ihm wollte sie jetzt auf keinen Fall losfahren. »Ich brauche keinen Babysitter. Ich fahre alleine los und du kommst später nach.«

»Aber du kennst doch die Route gar nicht«, wandte Per ein.

»Aber ich habe eine Karte und die kann ich sogar lesen«, erwiderte Lea leicht verärgert. »Bis später.« Sie winkte den beiden Männern, die nebeneinanderstanden, zum Abschied zu. Per lächelte sie an, Mikaels ernster Blick war nicht zu deuten.

Mitten in Svenaholm breitete Lea die Karte aus und suchte nach der Radroute am Seeufer entlang. Allmählich begann sie sich auf den Ausflug zu freuen. Vielleicht lag es auch an der Wochenendstimmung um sie herum. Überall waren Leute, die auf der Straße entlangspazierten. Das Wasser hatte weiße Tupfen von den vielen Seglern, die den schönen Spätsommertag ausnutzen wollten.

Je weiter sie aus Svenaholm hinausfuhr, umso stiller wurde es. Nur noch das Gezwitscher der Vögel begleitete sie. Hin und wieder begegneten ihr andere Radfahrer, die sie freundlich grüßten.

Gegen Mittag erreichte Lea eine Stelle am See, die so atemberaubend schön war, dass sie eine Pause einlegte. Die Wiese war überzogen mit Wildblüten und zog sich bis zum Ufer hinunter. Unter dem schattenspendenden Laub der Bäume war es angenehm kühl. Das Licht brach sich auf der Wasseroberfläche. Der See lockte.

Lea war froh, dass sie in weiser Voraussicht ihren Badeanzug und ein Handtuch eingepackt hatte. Es war zwar kein Mensch weit und breit zu sehen, aber man konnte ja nie wissen.

Sie trug den Badeanzug unter ihrer Kleidung. Als sie in den See hineinlief, stockte ihr im ersten Moment der Atem. Das Wasser kam ihr unglaublich kalt vor. Nachdem sie eingetaucht war und ihr Körper sich darauf eingestellt hatte, empfand sie es als angenehm und erfrischend. Mit kräftigen Zügen schwamm sie hinaus, legte sich auf den Rücken und ließ sich treiben. Die Sonne schien ihr warm ins Gesicht.

Plötzlich hatte sie das Gefühl, beobachtet zu werden. Sie hob den Kopf. Am Ufer stand Mikael, der sich an Pers Rad lehnte. Er hob die Hand, winkte ihr zu.

Lea schwamm zurück. »Was machst du denn hier«, fragte sie ehrlich erstaunt, als sie das Ufer erreicht hatte.

Mikael hob das Handtuch vom Boden auf und reichte es ihr. »Ich habe mir Sorgen gemacht. Du kennst dich hier ja nicht so gut aus.«

»Bist du auch einer von denen, die glauben, Frauen können keine Karten lesen?«

»Nein, ich habe einfach nur gedacht, dass es gut ist, wenn ich ...« Er brach ab, hatte Angst, das Falsche zu sagen.

»Es ist schön, dass du da bist.« Lea meinte es genau so, wie sie es sagte. Ihre Blicke versanken ineinander und plötzlich war da wieder diese intensive Nähe, die Lea bereits am Abend empfunden hatte.

Ein Lächeln stahl sich in seine Augen. »Hast du Lust, ein paar Schritte zu gehen?«

Hinter ein paar Büschen zog Lea sich um. Sie ließ sich von Mikael führen. Offensichtlich hatte er ein ganz bestimmtes Ziel. Es ging ein wenig bergan und dann standen sie auf einer Art natürlicher Plattform aus massivem Stein. Eine dünne Grasschicht hatte sich darauf angesiedelt und eine einsame, windschiefe Lärche, wuchs zwischen den Felsen hervor. Der See breitete sich weit unter ihnen aus, umgeben von einem sanft hügeligen, bewaldeten Gürtel.

»Wie unglaublich schön das hier ist«, staunte Lea. Und wie schön, fügte sie in Gedanken hinzu, dass sie das in Mikaels Gesellschaft erleben durfte.

»Immer wenn ich Inspirationen für meine Entwürfe brauche, komme ich hierher«, sagte Mikael. »Hier ist alles perfekt, jedes Detail stimmt. Die Größen, die Proportionen. Das Verhältnis von Wasser und Land.« Er lachte leise. »Ich muss wirklich sagen, der Designer dieser Landschaft hatte was drauf.«

Lea schaute nachdenklich über den See. »Ich habe das Gefühl, ich kenne diesen Ort. Meine Mutter hatte auf ihrem Schreibtisch ein Foto von sich und meinem Vater. Es könnte hier aufgenommen worden sein. Sie sahen darauf so glücklich aus, so fröhlich, und dann hat meine Mutter diese Zeit hier einfach aus ihrem Gedächtnis gestrichen. Warum hat sie mir nichts davon erzählt?«

»Wahrscheinlich wollte sie nicht, dass alles wieder ...« Mikael verstummte, als hätte er bereits zu viel gesagt.

»Was alles wieder«, fragte Lea sofort nach. Sie spürte, dass Mikael mehr wusste, als er sagen wollte. »Was ist denn passiert«, bat sie eindringlich. »Sag mir doch, was du weißt, Mikael.«

Er fühlte sich sichtlich unbehaglich. »Ich war damals noch ein kleiner Junge«, sagte er ausweichend. »Ich kann mich nicht an alles erinnern. Ich weiß noch, dass deine Mutter schön war und sehr freundlich. Ich kann mich daran erinnern, dass sie wegging, nachdem dein Vater gestorben war. Konzentriere dich auf die Zukunft, Lea. Lebe dein Leben. Deine Eltern haben ihres gelebt.«

Wenn das hier nur alles so einfach wäre. »Vielleicht hast du ja recht.« Lea trat ein paar Schritte vor, blickte über den See. Dann wandte sie sich ihm wieder zu. »Es ist nur so, dass ich meiner Mutter immer vertraut habe. Auf einmal erfahre ich, dass sie mich belogen hat.«

Mikael kam zu ihr. »Ich kann ja verstehen, dass du dich fühlst, als würde dir der Boden unter den Füßen weggezogen. Aber das ist nicht so. Du bist viel stärker, als du glaubst. Du bist stark und lebendig, Lea.«

Lea lächelte, schaute ihn sekundenlang schweigend an. »Es ist schön, dass du hier bist«, sagte sie leise. »Du bist nicht nur hier, weil du dachtest, ich würde mich verfahren?«

Mikael lächelte leicht, schüttelte den Kopf. Stumm schaute er sie an. Ganz dicht trat Lea an ihn heran. Ihre Lippen berührten leicht seinen Mund. Sie spürte, dass er sie ebenso küssen wollte, wie sie sich nach seinem Kuss sehnte. Doch plötzlich zog er sich wieder zurück, entfernte sich ein paar Schritte von ihr. Er räusperte sich. »Zeit zum Essen.«

Sie sprachen nicht viel miteinander, während sie Vorbereitungen für ihr Lagerfeuer trafen. Das war auch nicht nötig, sie verstanden sich ohne Worte.

Sie sammelten Holz für das Feuer und Mikael zeigte ihr die Stelle, wo es essbare Pilze gab.

Später saßen sie am Aussichtspunkt und schauten über den See. Mikael hatte das Lagerfeuer angezündet, er hatte Fisch besorgt, den er nun über dem Feuer gar werden ließ.

Lea saß auf einem Stein und schaute ihm zu. Die Mittsommernachtssonne tat ein Übriges, um die ganz besondere Stimmung zu unterstreichen. Alles schimmerte in dunklen, ineinanderlaufenden Blautönen. Der See, die Ufer auf der gegenüberliegenden Seite. Die Luft war kühl und klar.

Er schaute auf, ihre Blicke trafen sich. Dann stand er auf, kam zu ihr und setzte sich neben sie auf den Stein. Das Feuer prasselte.

»Woran denkst du?«, fragte Lea leise.

Mikael antwortete nicht. Er lehnte sich zu ihr hinüber, bis seine Stirn ihre Stirn berührte, und legte einen Arm um ihre Schulter.

Es war schön. Lea wünschte sich, für immer so mit ihm hier sitzen zu können.

Früh am nächsten Morgen kamen sie wieder zurück. Sie trafen Johanna vor der Arztpraxis, die von ihrem morgendlichen Spaziergang mit Jette zurückkam. Sie hatte sich angeboten, die Hündin während Leas Radtour bei sich aufzunehmen.

Jette schoss auf Lea zu, bestand darauf, zuerst und ausgiebig begrüßt zu werden.

»Also dann«, verabschiedete sich Lea von Mikael. »Danke, dass du dich um mich gekümmert hast.« Sie dachte an die vergangene Nacht, als sie eng an Mikael gekuschelt eingeschlafen war. Es war nichts passiert zwischen ihnen und doch auch wieder eine ganze Menge. Lea wusste jetzt, dass sie ihn liebte. Eigentlich hatte sie es auch schon länger gewusst, aber sie hatte es nicht wahrhaben wollen. Seit der vergangenen Nacht gab es für sie keinen Zweifel mehr.

»Es war schön«, sagte er. »Schade, dass wir schon wieder hier sind.«

»Ja, schade.« Lea nickte, schaute ihn noch einmal lange an. Mikael lächelte, und dann fuhr er weg, ohne sie zu fragen, wann sie sich wiedersehen würden.

Lea war aufgeregt und traurig zugleich. Sie nahm das Körbchen mit den Pilzen vom Gepäckträger, die sie eigens für Johanna gesammelt hatte.

Johanna wartete lächelnd an der Treppe zur Praxis auf sie. »Wolltest du nicht eigentlich mit Per losfahren?«

»Er hatte einen wichtigen Termin.«

Johanna fragte nicht weiter nach. »Übrigens habe ich gute Neuigkeiten«, wechselte sie das Thema. »Wir haben am vierzehnten einen Termin beim Notar. Ich hoffe, es ist dir recht.«

Die beiden Frauen stiegen die Treppe zu Johannas Haus hoch.

»Wieso nicht?« Lea wandte sich zu Johanna um. »Oder denkst du, ich sollte einen Rückzieher machen?«

Johanna lachte und öffnete die Tür zur Küche, wo Lea das Körbchen mit den Pilzen auf den Tisch stellte. »Die ersten Pilze, die ich in meinem Leben gesammelt habe. Mikael kennt ganz tolle Plätze.«

»Er ist überhaupt ein toller Mann. Ganz anders als Per. Ernster, vielleicht gradliniger, aber ein bisschen zu verschlossen. Er gleicht seinem Vater, während Per eher seiner Mutter gleicht. An Mikael kommt man ebenso schwer heran wie an Erik«, Johanna lächelte wehmütig, dann sagte sie: »Ich habe übrigens mit ihm über deine Mutter gesprochen.«

Lea hielt aufgeregt den Atem an. »Und?«

»Er hat sie geliebt.«

War das die Erklärung für alles? Beantwortete das ihre Fragen. »Hat sie ihn auch geliebt?«, wollte Lea wissen. »Waren die beiden ein Paar?«

Johanna schüttelte den Kopf. »Sie hätte deinen Vater nie verlassen.«

Es war noch nicht vorbei. Noch waren nicht all ihre Fragen beantwortet. Da gab es noch so vieles, was sie wissen wollte, und es gab nur eine Person, die dazu die Antworten wusste. »Ich muss mit Erik Lovand reden. Er muss mir endlich sagen, was passiert ist.«

Mikael hielt an, als unterwegs das Handy klingelte. Per war am Apparat.

»Weißt du, wo mein Fahrrad ist.«

»Ja«, sagte Mikael gedehnt und ein wenig verlegen. »Ich habe es mir ausgeliehen. Ich bin Lea doch nachgefahren.«

»Aha«, hörte er seinen Bruder sagen. »Hast du mich gut vertreten?« Pers Stimme klang völlig arglos. Wahrscheinlich kam er nicht einmal auf die Idee, dass sein Bruder sich in die Frau verliebt hatte, die ihm selbst so gut gefiel. Mikael hoffte, dass Lea für Per nicht mehr war als all die anderen Frauen, an denen er kurzfristig Gefallen gefunden hatte.

»Eine tolle Frau, nicht wahr?«, sprach sein Bruder weiter. »Ich glaube, die ist es.«

Es versetzte Mikael einen Stich, das zu hören. Offensichtlich hatte Per sich zum ersten Mal ernsthaft verliebt, ausgerechnet in Lea …

Das Hausmädchen öffnete ihr die Tür, um ihr den Weg zum Wintergarten am Ende des Ganges zu weisen. Lea durchquerte ein Zimmer, in dem herrliche Antiquitäten standen. Die Ahnenbilder an der Wand gaben Auskunft über die Familiengeschichte.

Die Tür zum Wintergarten stand offen. Was Lea zuerst auffiel, waren die Modellsegelschiffe, die überall im Raum standen. Das passte zu dem imposanten Ausblick auf den See, den das große Fenster bot. Erik Lovand saß am Tisch vor dem Fenster und arbeitete an einem seiner Modellschiffe. Er bemerkte sie erst, als sie ihn ansprach.

»Herr Lovand.«

Erik Lovand sah auf, seine Miene erstarrte zu einer eisigen Maske.

»Entschuldigen Sie bitte, dass ich einfach so hier hereinplatze, aber es geht um mein Leben. Gott, wie das klingt.« Lea lachte nervös. »Aber ich glaube, Sie wissen, wovon ich spreche.«

»Von Ihren Eltern, die vor Jahren einmal hier gelebt haben«, sagte er kühl und wandte sich ab, als wäre das Gespräch für ihn damit beendet.

Lea ließ sich durch seine abweisende Haltung nicht abschrecken und kam näher. »Ich wusste es nicht. Ich wusste auch nicht, dass mein Vater hier auf dem Friedhof liegt. Meine Mutter hat es mir verschwiegen. Wissen Sie vielleicht, warum?«

Erik Lovand sagte kein Wort und beschäftigte sich weiter mit seiner Arbeit an dem Segelboot, als gäbe es für ihn nichts Wichtigeres auf der Welt.

»Sie haben Sie doch geliebt. Vielleicht wissen Sie mehr über sie als ich.«

Er hielt in seiner Arbeit inne, setzte seine Brille ab. »Dass man einen Menschen liebt, bedeutet unter Umständen gar nichts.«

»Wieso sagen Sie so etwas?«, fragte Lea mit erstickter Stimme. »Ich bin nicht hier, um Sie zu verurteilen. Ich bin hier, um mehr über meine Eltern zu erfahren. Meine Mutter hat mir immer das Bild einer glücklichen Familie gemalt. Vielleicht war sie ja gar nicht glücklich. Woher soll ich wissen, ob das nicht auch gelogen war. Vielleicht hat meine Mutter einen anderen Mann geliebt. Vielleicht hat sie Sie geliebt, Herr Lovand. Vielleicht bin ich auch gar nicht Axel Andersons Tochter, sondern ...«

Er hob ruckartig seinen Kopf. »Was für ein Blödsinn. Wie kommen Sie auf so eine Ungeheuerlichkeit?«

»Sie und meine Mutter waren doch ein Paar«, drängte Lea. Jetzt und hier wollte sie endlich die Wahrheit erfahren. Vorher würde sie nicht gehen.

Diesmal sah Erik Lovand ihr voll ins Gesicht. »Wieso fragen

Sie mich das eigentlich? Wieso gehen Sie nicht zu Ihrer Mutter und fragen sie?«

»Das würde ich ja gerne, aber es ist zu spät«, sagte Lea traurig. »Meine Mutter starb vor zehn Jahren bei einem Autounfall.«

Er holte tief Luft. Lea sah, dass diese Mitteilung ihn bis ins Mark traf. Er stand auf. Mit hängenden Schultern verließ er den Raum wie ein gebrochener Mann.

Als Johanna die neue Pflanze auf den Tresen der Rezeption stellte, sah sie das Blinken des Anrufbeantworters. Sie schaltete ihn ein und hörte kurz darauf Leas Stimme: »Hej, Johanna, hier ist Lea. Tut mir leid, aber ich habe einen Anruf aus dem Krankenhaus bekommen. Sie haben meinen Urlaub gestrichen und ich muss sofort zurück nach Stockholm, meinen Dienst antreten. Ich melde mich. Bis dann.«

Johanna zupfte nachdenklich an den Blättern der Pflanze und fragte sich, was wirklich hinter Leas plötzlicher Abreise steckte. Sie war nicht einmal mehr zurück zu ihrem Haus gekommen.

Johanna hatte den ganzen Vormittag in ihrem Sprechzimmer gesessen. Es wäre ihr aufgefallen, wenn Leas Wagen am Haus vorbeigefahren wäre.

Johanna dachte einen Augenblick nach und beschloss dann, in dem kleinen, roten Haus nach dem Rechten zu sehen. Nachzuschauen, ob Lea alle Fenster und die Tür abgeschlossen hatte, damit sie bei ihrer Rückkehr keine unangenehme Überraschung erleben würde.

Lea war erst ein paar Tage in Svenaholm, und schon jetzt hatte Johanna das Gefühl, dass sie ihr fehlte. Lea passte hierher. Oder mehr noch, sie gehörte nach Svenaholm.

An dem kleinen, roten Haus am See traf Johanna mit Mikael zusammen. Er klopfte gegen die Tür, rief mehrmals Leas Namen.

»Sie musste zurück nach Stockholm«, klärte Johanna ihn auf.

Mikael zuckte erschrocken zusammen. Sein Blick verriet eine ganze Menge von dem, was er empfand. »Kommt sie wieder?«, stieß er hervor.

Genau diese Frage hatte Johanna sich auch schon gestellt. Eigentlich war sie sicher, dass Lea zu ihrem Wort stand und keinen Rückzieher machen würde. Andererseits wusste Johanna nicht, was zwischen Lea und Erik Lovand vorgefallen war. Mikael gegenüber ließ sie sich von ihren eigenen Zweifeln nichts anmerken.

»Wieso sollte sie nicht wiederkommen? Wir sind uns einig. Am vierzehnten gehen wir zum Notar.«

Sie hätte gedacht, dass ihn diese Auskunft erleichtern würde, aber Mikael wirkte immer noch bedrückt.

»Stimmt etwas nicht, Mikael?«

»Vielleicht wäre es ja gut, wenn sie sich das noch einmal überlegt«, sagte er gedehnt.

Ganz dicht trat Johanna an ihn heran. Prüfend schaute sie ihm in die Augen. »Muss ich das jetzt verstehen?«

Mikael wollte ihr darauf keine Antwort geben. Vielleicht konnte er es auch nicht. »Das ist nicht so wichtig. Ich muss jetzt auch los.«

Johanna hielt ihn am Ärmel fest, als er gehen wollte. »Willst du sie so einfach deinem Bruder überlassen?«

»Wie bitte?« Überrascht starrte Mikael sie an, aber Johanna konnte er nichts vormachen.

»Ihr passt so gut zusammen. Du magst sie ... und wahrscheinlich sogar noch mehr als das. Das spürt man doch. Warum willst du sie dann so einfach gehen lassen?«

Ihr war, als stünde der junge Erik Lovand vor ihr. So musste er ausgesehen haben, als er an seiner unglücklichen Liebe zu Hilda litt. Mikael war seinem Vater wirklich unglaublich ähnlich. In jeder Hinsicht.

»Per hat sie zuerst getroffen«, stellte Mikael mit gequälter Miene klar. »Ich will ihm nicht in die Quere kommen.«

»Denkst du wirklich, sie würde mit deinem Bruder glücklich werden?«

»Es geht nicht um sie«, fuhr Mikael auf. »Es geht um meinen Bruder, und dem werde ich auf keinen Fall die Frau ausspannen.«

»Sag mal, willst du hier den Märtyrer spielen?« Johanna schüttelte verständnislos den Kopf.

»Ich bin kein Märtyrer. Ich will doch nur verhindern ...« Mikael brach ab. Er sah so verzweifelt aus, dass es ihr ins Herz schnitt.

»Ich will doch nur verhindern, dass es zur Katastrophe kommt«, brachte er den Satz zu Ende. Er wandte sich ab, wollte gehen, doch Johanna hielt ihn noch einmal zurück.

»Ich verstehe dich nicht. Wie kannst du die Frau, die du liebst, aufgeben, ohne um sie zu kämpfen.«

Diesmal war es Johanna, die ihn einfach stehen ließ. Mehr gab es nicht zu sagen, und wenn Mikael jetzt noch nicht begriffen hatte, was er verlieren würde, konnte ihm niemand helfen.

Um sie herum pulsierte das Leben. Sie hörte den Autolärm, die Stimmen der Passanten auf den Straßen. Von den Fenstern ihrer Wohnung aus schaute sie auf den Medborgaplatsen. Die Biergärten hatten um diese Jahreszeit noch geöffnet und wurden von Einheimischen wie Touristen gleichermaßen besucht.

Lea war wieder zu Hause, aber sie empfand es nicht so. Sie hatte bereits jetzt Sehnsucht nach Svenaholm, nach der Weite der Landschaft, dem See. Nach den Menschen dort, und ganz besonders nach einem Menschen ...

Auch Jette wirkte nicht wirklich glücklich in ihrer gewohnten Umgebung. Sie ließ die Ohren hängen und schlich zu ihrem Schlafplatz neben dem Sofa.

Lea wusste mit sich selbst nichts anzufangen. Ruhelos wanderte sie durch ihre Wohnung, blieb schließlich vor dem Dielenschrank stehen. Ganz oben stand ein Karton mit alten Fotos.

Lea nahm den Karton herunter und ging damit ins Wohnzimmer. Als sie den Deckel öffnete, blickte sie in ihr eigenes Gesicht. Damals war sie gerade vier oder fünf Jahre alt gewesen.

Lea nahm das nächste Foto heraus. Es zeigte ihre Eltern genau an dem Aussichtsplatz, an dem sie mit Mikael gewesen war. Die beiden sahen so glücklich miteinander aus.

Sie fühlte sich gestört, als ihr Handy klingelte. Also versuchte sie es zu überhören, doch der Anrufer war hartnäckig.

Lea stellte den Karton seufzend zur Seite und stand auf. Es war Per, der wissen wollte, wo sie war. »Wir waren für heute verabredet.«

Auch ihm tischte Lea ihre Lüge auf. »Ich musste dringend nach Stockholm. Es gab ein paar Ausfälle in der Klinik, und da haben sie mir meinen Urlaub gekürzt.«

»Hauptsache, du bist nicht wegen mir abgehauen. Ich hätte Lust, ein paar Tage mit dir zu verreisen. Wie wäre es mit einem Kurztrip auf die Malediven.«

So ging das nicht. »Hör mal, Per, du siehst da was falsch«, begann Lea. »Ich kann nicht mit dir wegfahren.«

»Schon gut, es geht dir zu schnell. Ich könnte ja zu dir kommen und wir reden über alles.«

Sie hatte mit Per nichts zu besprechen. Er war nett, sie mochte ihn, aber sie würde sich nie in ihn verlieben. So viel Mühe er sich auch gab. Außerdem glaubte Lea auch nicht, dass er sich ernsthaft in sie verliebt hatte. Wahrscheinlich weckte sie gerade dadurch seinen Jagdinstinkt, weil sie auf seine Annäherungsversuche nicht einging.

»Nein, jetzt nicht«, sagte Lea. »Ich muss arbeiten. Außerdem brauche ich auch ein bisschen Zeit für mich.«

»Okay«, gab er überraschend nach. »Aber bleib nicht zu lange. Bis dann.«

»Ja, bis dann«, verabschiedete sich Lea. Sie hatte das Handy kaum ausgeschaltet, da läutete es Sturm an ihrer Wohnungstür. Jette begann zu bellen.

»Pst!« Lea legte den Zeigefinger auf ihre Lippen, aber Jette dachte überhaupt nicht daran, leise zu sein. Laut bellend lief sie zur Tür. Lea folgte ihr. Es blieb ihr nichts anderes übrig, als die Tür zu öffnen.

Mikael stand vor ihr. Er lächelte sie an, in seinen Augen erkannte sie all das, was sie selber fühlte.

»In der Klinik wussten sie nichts davon, dass du arbeiten musst.«

»Und was willst du hier?«

Er lachte verlegen. »Kämpfen?«

Lea streckte die Arme nach ihm aus, zog ihn zu sich in die Wohnung. Jetzt zog auch er sie an sich, während sie sich ganz dicht an ihn schmiegte. In ihren Augen lag ein lockendes Leuchten.

Sein Mund war an ihren Schläfen, glitt über ihre Wangen zu ihren Lippen.

Lea hielt es nicht länger aus. Ganz fest umschlang sie ihn. Leicht öffnete sie die Lippen. Sie spürte seinen Mund auf dem ihren, seinen Körper dicht an ihrem und wusste, dass so alles gut und richtig war.

Es war das erste Mal, dass er das Grab des Mannes besuchte. Damals hatte er ihn gehasst. So sehr gehasst, dass …

Von diesem Gefühl war nichts mehr übrig geblieben, nur das Bewusstsein dieser schrecklichen Schuld, die seither auf ihm lastete. Erik Lovand wischte sich eine Träne aus den Augen. Er konnte Axel Anderson nicht einmal um Verzeihung bitten. Es war zu spät …

Johanna stand ganz plötzlich hinter ihm. Er hatte sie nicht kommen hören und zuckte erschrocken zusammen, als sie ihn ansprach.

»Das ist alles so lange her, Erik. Lass doch die alten Zeiten ruhen und versuche, dich wieder einmal am Leben zu erfreuen.«

»Ich habe vergessen, wie das geht. Wahrscheinlich habe ich das auch gar nicht verdient.«

»Jeder verdient das, Erik. Nur weil du einmal vor vielen Jahren das Falsche getan hast, bedeutet das doch nicht, dass du für den Rest deines Lebens unglücklich sein musst.«

Sie hatte doch keine Ahnung. Sie wusste doch nicht, welche Gefühle ihn seit damals quälten. Es war so schrecklich, dass er nicht einmal darüber reden konnte. Selbst nach diesen vielen Jahren war das Geschehen in der Erinnerung noch so unsagbar schmerzlich, dass es ihm auch jetzt wieder die Sprache verschlug.

Er konnte den Anblick von Axel Andersons Grab nicht mehr ertragen. Hastig wandte er sich ab und ging. Johanna folgte ihm, vor dem Friedhof holte sie ihn ein. »Ich würde dir gerne helfen. Wenn du mich lässt.«

Erik blieb stehen, wandte sich ihr zu, doch er schaute sie nicht an. »Du kennst mich nicht, Johanna. Wenn du mich kennen würdest, könntest du so etwas nicht sagen.«

Er ging weiter, aber Johanna ließ sich nicht abweisen. Sie

folgte ihm weiter. »Doch, ich würde das immer sagen. Egal, was geschehen ist. Weil wir jetzt hier sind, du und ich. Und weil ich glaube, dass wir noch einmal eine Chance bekommen.«

Erik blieb stehen und drehte sich zu ihr um. Diesmal schaute er sie an.

»Ich habe dich immer geliebt«, sagte Johanna leise. »Schon als junges Mädchen.«

Er sah die Angst in ihren Augen, erkannte den Mut, den sie für dieses Geständnis aufgebracht hatte. Bisher war sie immer nur die Ärztin, die Freundin der Familie gewesen. Jetzt sah Erik sie zum ersten Mal auch als Frau.

Er hatte sie nicht verdient, hatte ihre Liebe nicht verdient. Aber er konnte ihr auch nicht sagen, was in ihm vorging. Dazu fehlte ihm die Kraft. Er eilte weiter, und diesmal folgte Johanna ihm nicht mehr.

Draußen war es bereits dunkel. Nur die kleine Nachttischlampe neben dem Bett erhellte den Raum. Die Geräusche der nächtlichen Großstadt brandeten an das geöffnete Fenster.

Es war ein gutes Gefühl, neben ihm zu liegen. Seine nackte Haut an ihrer Haut zu spüren. Er hatte sich zu ihr hinübergebeugt. Seine Hand streichelte ihre Schulter.

»Ich hatte mich vom ersten Augenblick an in dich verliebt. Schon, als ich dir das Bäumchen vor das Auto knallte.«

Wahrscheinlich hatte auch sie sich da schon in ihn verliebt. Jedenfalls war Mikael ihr seit damals nicht mehr aus dem Kopf gegangen.

»Wieso hast du mich so lange warten lassen?«, wollte Lea wissen.

»Per ist mein Bruder. Ich wollte ihm nicht in die Quere kommen.«

Lea streichelte über seine nackte Brust. »Aber jetzt bist du hier. Wieso?«

»Vielleicht, weil ich glaube, dass ich dich mehr liebe als er.«

Lea kuschelte sich an ihn. »Ich bin froh, dass du gekommen bist.«

Ganz fest zog Mikael sie in die Arme. Seine Lippen suchten ihren Mund, seine Hände fuhren streichelnd über ihren Rücken. Lea stöhnte leise auf, erwiderte seinen leidenschaftlichen Kuss und gab sich völlig ihren Gefühlen hin. In diesem Moment gab es nur noch sie beide auf der Welt und sie bekamen nicht einmal mit, dass Leas Handy klingelte ...

»... das ist die Mailbox von Lea Matsson. Ich bin zurzeit nicht zu erreichen ...«

Mehrmals hatte er schon versucht, mit ihr zu sprechen. Jedes Mal hatte sich nur die Mailbox gemeldet. Erik Lovand wählte die Nummer ein weiteres Mal, doch als Per den Raum betrat, schaltete er das Telefon aus.

»Hej, Papa. Weißt du, wo sich Mikael herumtreibt? Ich muss endlich mit ihm über das Stadtpark-Projekt reden. Wir sollen bis Montag das Angebot überarbeitet haben und er ist nicht da.«

»Ich glaube, er wollte nach Stockholm fahren.«

Pers Augen verengten sich zu schmalen Schlitzen. »Ach? Und was macht er da?«

»Keine Ahnung.« Erik zuckte mit den Schultern. »Ich habe es nur von Pelle erfahren. Seit Mikael von der Radtour zurück ist, hatte ich noch keine Gelegenheit, mit ihm zu reden.«

Es war Per anzusehen, dass er sich über etwas schrecklich ärgerte. Doch Erik achtete nicht darauf, er hatte seine eigenen Probleme.

Es war gut und richtig, morgens neben ihm aufzuwachen. Es war vertraut und aufregend neu zugleich.

Mikael tat ihr gut. Lea freute sich auf die Zeit in Svenaholm. Auf ihre neue Arbeit, aber ganz besonders auch auf ihn. An diesem Morgen war sie sogar bereit, alles Vergangene endgültig ruhen zu lassen. Mikael hatte recht gehabt, als er sagte, ihre Eltern hätten ihr Leben gehabt und sie hätte ihres.

Lea deckte den Frühstückstisch, während Mikael mit Jette Gassi ging. Als er wiederkam, hatte er eine Tüte frischer Brötchen dabei.

Sie sprachen nicht über die Zukunft, nur der heutige Tag zählte.

Später wollte Lea ihm ihr Stockholm zeigen. Hand in Hand, ausgelassen wie die Kinder, liefen sie nach dem Frühstück nach draußen. Plötzlich stand Per vor ihnen. Sein Blick fiel auf ihre ineinander verschlungenen Hände. In seinem Gesicht spiegelte sich die Wut, die er empfand. Er ignorierte seinen Bruder völlig, schaute nur Lea an. »Kannst du mir sagen, was hier los ist?«, fragte er schneidend.

»Per, was machst du denn hier?« Lea hatte sich immer noch nicht von ihrer Überraschung erholt.

»Und was macht Mikael hier?«, stieß Per hervor. »Verdammt, Lea, ich wollte mit dir über uns reden. Aber kaum passt man einen Augenblick nicht auf, da übernimmt der eigene Bruder die Frau.« Per kam drohend einen Schritt näher.

Mikael wollte ihn besänftigen. »Hör zu, Per, lass mich erklären ...«

»Da gibt es nichts zu erklären«, schrie Per ihn an. Er packte seinen Bruder am Kragen, schüttelte ihn. »Hast du nicht kapiert, ich wollte sie heiraten. Jetzt kämpfe wenigstens um sie.«

Lea fuhr dazwischen. »Jetzt hört gefälligst auf. Ich gehöre keinem von euch beiden.«

»Lea hat recht, wir benehmen uns wirklich wie Vollidioten«, sagte Mikael.

Per ging sofort wieder auf seinen Bruder los. »Du benimmst dich wie ein Idiot«, sagte er und stieß Mikael heftig mit beiden Händen vor die Brust.

»Jetzt reicht es aber«, Mikaels Geduld war zu Ende. »Ich habe nicht gewusst, dass es dir so ernst ist mit ihr. Wenn ich das gewusst hätte ...« Mikael sprach nicht weiter, wandte sich einfach um und ging.

Lea war wie erstarrt. Dann lief sie ihm nach, hielt ihn am Arm fest. »Was wäre dann gewesen, Mikael?« Er versuchte sie abzuschütteln, doch Lea ließ nicht locker. »Was wäre dann gewesen?«, fragte sie noch einmal mit heiserer Stimme.

Betroffen und verzweifelt sah er sie an. »Per liebt dich. Ich werde mich nicht zwischen euch stellen.«

»Meinst du nicht, dass das meine Entscheidung ist?«, rief sie voller Erregung. »Ich bin doch keine Puppe, die ihr hin und her schieben könnt.«

»Lea, ich kann mich nur entschuldigen. Es tut mir wirklich leid, dass ich dich in diese Situation gebracht habe.« Mehr sagte er nicht. Er ging einfach weiter und ließ sie stehen.

Fassungslos starrte Lea ihm nach. Sie war so glücklich gewesen in den letzten Stunden, und jetzt war alles vorbei. Von einer Sekunde auf die nächste.

Der Schmerz tobte noch in ihr, als sie nach oben ging. Per folgte ihr unaufgefordert. Dabei war er der Mann, den sie jetzt am wenigsten um sich haben wollte.

»Wir könnten weggehen«, schlug er doch tatsächlich vor. »Ich hatte mal ein Angebot in Paris als Geschäftsführer eines Rosariums.«

Lea drehte sich zu ihm herum. »Per, du hast es immer noch nicht verstanden. Es gibt kein Wir. Ich mag dich als Freund, mehr aber auch nicht. Ich weiß auch nicht, wie du auf die Sache mit der Heirat gekommen bist.«

»Ich ehrlich gesagt auch nicht«, erwiderte Per mit einem zerknirschten Lächeln. Er ließ sich auf ihr Sofa fallen. »Ich war einfach so wütend auf Mikael. Da ist endlich mal eine Frau, die mir wirklich gefällt, und dann nimmt er sie mir weg.«

Lea setzte sich neben ihn und Per griff nach ihrer Hand. »Es war wahrscheinlich so etwas wie Torschlusspanik. Ich wollte mir die Chance nicht entgehen lassen, endlich mal in einer Beziehung das Richtige zu machen.«

Lea sagte nichts, entzog ihm aber vorsichtig ihre Hand. Sie spürte, dass Per sie forschend von der Seite anschaute.

»Liebst du ihn denn?«

Lea nickte.

Per lehnte sich zurück, verschränkte die Arme vor der Brust. »Du liebst meinen Bruder also wirklich.« Das klang so, als fiele es ihm immer noch schwer, zu glauben, dass eine Frau Mikael vorzog.

Lea schaute ihn an, nickte wieder nur. Plötzlich zog wieder dieses freche Grinsen über sein Gesicht. »He«, rief er. »Was hat er, was ich nicht habe. Ich bin sportlicher, jünger und witziger. Bist du sicher, dass du keinen Fehler machst?«

Per hatte es wieder einmal geschafft, sie zum Lachen zu bringen. Er war und blieb ein großer Junge, dem einfach niemand lange böse sein konnte. Sie stand auf und ging hinüber ans Fenster. Vor ihr lag Stockholm mit seiner ganzen Geschäftigkeit. Ein tiefblauer Himmel spannte sich über die Stadt.

»Ich weiß auch nicht«, sagte Lea leise. »Ich glaube nämlich nicht, dass Mikael und ich noch eine Chance haben.«

Er hatte die ganze Strecke nach Svenaholm in hohen Tempo und wie in Trance zurückgelegt. Es war ein Wunder, dass nichts passiert war.

Mikael stürmte in seiner Wohnung. Sein Blick irrte umher. Er stürzte zum Zeichentisch, riss den Plan für den Stadtpark in Strängnäs herunter, an dem er viele Stunden gearbeitet hatte. Mit wutverzerrtem Gesicht zerriss er das Papier, ohne dass es ihm Erleichterung brachte.

Es tat so weh, dass es kaum auszuhalten war. Er hatte sich Johannas Worte zu Herzen genommen und versucht, um Lea zu kämpfen. Er war so unsagbar glücklich gewesen, am vergangenen Abend, in der letzten Nacht. Er hatte tatsächlich geglaubt, dass alles gut gehen würde.

Aber dann war Per da gewesen. Er konnte doch nicht gegen seinen eigenen Bruder kämpfen. Egal, wie sehr er Lea liebte.

Mikael hatte gesehen, wozu ein Mann fähig sein konnte, der um die Frau kämpfte, die er liebte. Es war lange her, aber es hatte sich unauslöschlich in seine Erinnerung eingebrannt. Niemals würde er es zu einer solchen Katastrophe kommen lassen. Selbst wenn es bedeutete, dass er für den Rest seines Lebens unglücklich blieb.

Nach einer schlaflosen Nacht stand für Lea fest, dass sie nach wie vor Johannas Praxis übernehmen würde. Selbst wenn das bedeutete, dass sie Mikael hin und wieder sehen und der ganze Schmerz in ihr erneut aufflammen würde.

Am nächsten Morgen fuhr sie zurück nach Svenaholm und bemerkte sehr schnell, dass es noch schwerer war, als sie es sich vorgestellt hatte. Alles erinnerte sie an Mikael. Dort, der schmale Feldweg neben dem Bauernhof, wo er mit seinem Kleinlaster herausgeschossen war. Hier hatten sie sich kennengelernt.

Lea schluckte die Tränen hinunter. Auch wenn sie ihre große Liebe verloren hatte, so blieb ihr doch noch eine Menge Schönes. Ihre Arbeit, die Vorfreude auf die Praxis.

Jette, die neben ihr auf dem Beifahrersitz saß, winselte aufgeregt. Sie schien zu wissen, wo sie hinfuhren.

Wenigstens eine, die sich uneingeschränkt freut, dachte Lea.

Als sie das kleine, rote Haus am See erreichte, sprang Jette laut bellend aus dem Wagen. Sofort verschwand sie hinter dem Haus und lief zu ihrer geliebten Wiese.

Lea ließ die Hündin lächelnd gewähren und ging hoch zur Praxis. Als sie die Tür öffnete, verabschiedete sich Johanna gerade von einem Patienten.

»Hej, ich wollte nicht stören. Ich wollte nur sagen, dass ich wieder da bin.«

»Du störst nicht«, versicherte Johanna. »Markus wollte ohnehin gerade gehen.« Sie drückte ihrem Patienten ein Rezept in die Hand und wartete, bis er gegangen war, bevor sie sich fragend an Lea wandte.

»Wie war es in Stockholm? Hast du deine Entscheidung schon bereut?«

Lea schüttelte den Kopf und ging mit einem Karton an Johanna vorbei in deren Behandlungszimmer. Sie hatte bereits einige ihrer medizinischen Bücher und Fachzeitschriften eingepackt.

»Ich will hier arbeiten und leben«, sagte Lea im Vorbeigehen. »Ich habe das Gefühl, es ist kein Zufall, dass ich hier gelandet bin.« Sie setzte den schweren Karton auf dem Schreibtisch ab. »Irgendetwas ist doch damals gewesen, auch wenn keiner darüber reden will.«

Johanna war ihr gefolgt. »Und du bist sicher, dass du das herausfinden willst? Was ist, wenn es etwas Trauriges ist.«

Gestern war sie noch bereit gewesen, die Vergangenheit ruhen zu lassen. Aber gestern war gestern und heute war heute …

»Ich kann doch nicht so tun, als würde mich das alles kaltlassen. Weißt du, Johanna, ich will es einfach wissen.«

In den nächsten Tagen war Lea vollauf damit beschäftigt, sich in ihrem neuen Leben einzurichten. Sie kündigte ihre Wohnung in Stockholm und ihre Stelle im Krankenhaus. Sie hatte noch so viel Resturlaub, außerdem gab es einen potentiellen Bewerber für ihre Stelle, sodass auf die Einhaltung einer Kündigungsfrist nicht bestanden wurde.

Der Termin beim Notar war für Johanna und sie gleichermaßen aufregend. Für Johanna war es ein Lebensabschnitt, der zu Ende ging, während für Lea etwas Neues begann.

In den nächsten Tagen arbeitete Johanna noch zusammen mit ihr in der Praxis. So konnte sie Lea bei Fragen zur Seite stehen, und die Patienten würden sich allmählich daran gewöhnen können, dass es eine neue Ärztin in Svenaholm gab.

Mikael sah Lea in der ganzen Zeit nicht ein einziges Mal. Auch Per hatte sich rar gemacht, seit er wusste, dass sie seinen Bruder liebte. Nur über Johanna erfuhr sie, dass er tatsächlich zu seiner Reise auf die Malediven aufgebrochen war.

Lea machte sich keine großen Gedanken um ihn. Sie wusste, dass sie Per ganz bestimmt nicht das Herz gebrochen hatte.

Aber was war mit Mikael? Er hatte ihr doch gesagt, dass er sie liebte. Sie träumte jede Nacht von ihm. Auch wenn sie es nicht wollte, so drängten sich doch die schönen Stunden mit ihm immer wieder in ihr Gedächtnis. Die Ausflug am See, die unvergessliche Nacht in Stockholm …

Lea hielt es nicht mehr aus. Ein paar Tage dauerte der Kampf in ihrem Inneren noch, dann fuhr sie zur Baumschule.

Pelle kehrte gerade den Hof. Als Lea nach Mikael fragte, wies er auf eines der Gewächshäuser.

Wärme und betäubender Blumenduft raubten ihr im ersten Moment den Atem, als sie die Tür zum Gewächshaus öffnete. Mikael stand nur wenige Meter von ihr entfernt an einem der Hochbeete und topfte Setzlinge um. Er bemerkte sie erst, als sie näher trat. Er sagte kein Wort, seine Miene blieb undurchdringlich.

»Als du mir neulich gesagt hast, dass du mich mehr liebst als Per, war das die Wahrheit?«

»Lea, es tut mir leid. Ich hätte das nicht tun dürfen. Ich kann dich nur um Entschuldigung bitten.«

Es war nicht die Antwort, die Lea erwartet hatte. »Und wenn ich das nicht entschuldige«, fragte sie aufgebracht. Mikael täuschte Geschäftigkeit vor, indem er große Blumentöpfe von eine Seite auf die andere trug.

»Was ist denn mit dir los?«, rief Lea verzweifelt. »In Stockholm war doch alles gut zwischen uns.«

Mikael arbeitete weiter, bis Lea ihm erbost in die Arme griff. »Was bist du nur für ein Mensch. Du kannst doch nicht sagen, dass du mich liebst, und kaum taucht dein Bruder auf, verschwindest du.«

Auch Mikaels Stimme wurde jetzt lauter. »Hast du dir vielleicht mal überlegt, dass auch alles ganz anders gewesen sein könnte?«

»Ja, wie denn?« Verzweifelt starrte Lea ihn an.

Mikael zuckte mit den Schultern. Seine Stimme war jetzt ganz ruhig. »Vielleicht wollte ich Per ja nur eins auswischen.«

»Was soll das jetzt heißen?«, fragte Lea völlig verunsichert.

Mikael schaute sie nicht an. »Per hat mir letztes Jahr eine Frau ausgespannt, mit der ich gerade zusammenziehen wollte.«

Lea schüttelte den Kopf, immer wieder. Sie weigerte sich, das

Ungeheuerliche zu begreifen, was er ihr gerade gesagt hatte. »Du willst mir sagen, dass das alles nur eine Rache war? Nicht mehr als eine billige Rache?«

Jetzt schaute Mikael sie an, hielt ihrem Blick stand.

»Sag, dass das nicht wahr ist«, flüsterte Lea mit tränenerstickter Stimme. »Du bist nur mit mir ins Bett gegangen, um deinem Bruder eins auszuwischen.«

Lea schaute ihn an. Sie hoffte immer noch, dass das alles nicht so stimmte. Dass er endlich etwas sagte, doch Mikael blieb stumm.

Es war endgültig vorbei. Lea wandte sich um und ging hinaus. Sie gab sich alle Mühe, vor Mikael nicht die Beherrschung zu verlieren. Erst als sie im Wagen saß, ließ sie ihren Tränen freien Lauf. Mit einer Faust schlug sie auf das Lenkrad. Sie fühlte sich so verletzt, so gedemütigt. Warum nur war sie überhaupt hierhergekommen?

Es war kein Trost für sie, dass sie jetzt die Wahrheit wusste. Es tat nur noch mehr weh.

Pelle ging mit einem Blumentopf an Mikael vorbei. »Was soll denn das für eine Frau gewesen sein, die Per dir ausgespannt hat?«

»Kümmere dich um deine Angelegenheiten.« Mikael starrte den Jungen so finster an, dass Pelle es vorzog, ganz schnell das Weite zu suchen.

Mikael blieb eine ganze Weile vor dem Blumenbeet stehen. Seine Gedanken rasten, bis er es nicht mehr aushielt. Er eilte aus dem Gewächshaus, rannte einfach los.

Er wusste selbst nicht, wieso er plötzlich in seinem Elternhaus war. Seit jenem Tag in Stockholm hatte er sich hier nicht mehr blicken lassen. Er und sein Bruder waren sich aus dem Weg gegangen. Alles Geschäftliche hatten sie mühsam geregelt, indem sie sich schriftliche Nachrichten zukommen ließen.

Mikael schüttelte den Kopf. Was mache ich hier eigentlich, schoss es ihm durch den Kopf. Er wollte wieder gehen, doch da kam Per aus einem der Zimmer. Überrascht blickte er Mikael an.

»Dass du dich noch mal hierher traust.«

»Per, es tut mir leid. Ich muss mich entschuldigen.« Wenigstens die Sache mit seinem Bruder wollte er bereinigen. »Ich weiß wirklich nicht, was da in mich gefahren ist. Ich werde Svenaholm verlassen.«

Mit wenigen Schritten war Per bei ihm. Mit beiden Händen umfasste er seine Schultern. »Bist du jetzt vollkommen verrückt geworden? Lea liebt dich eben mehr als mich. Damit muss ich leben, auch wenn es schwerfällt.«

»Du hast ihr einen Heiratsantrag gemacht.«

»Den sie abgelehnt hat«, erwiderte Per unbekümmert. Er sah nicht so aus, als würde ihn das niederschmettern. »Jetzt bist du am Zug.«

Mikael starrte seinen Bruder fassungslos an. »Du liebst sie nicht wirklich«, stellte er fest.

Per zuckte gelangweilt mit den Schultern. »Wieso sollte ich. Sie liebt mich doch auch nicht.«

Hatte sein Bruder überhaupt verstanden, worum es hier ging? War das wieder nur eines seiner Spielchen. Er mochte das ja amüsant finden, aber war ihm auch klar, dass er zwei Menschen damit unglücklich gemacht hatte?

»Sag mal, hast du immer noch nicht begriffen, was Lea für eine tolle Frau ist«, brüllte Mikael ihn an. »Das ist doch kein Spiel.«

»He, sag mal, dich hat es ja voll erwischt.« Per umfasste mit beiden Händen den Nacken seines Bruders. Spielerisch drückte er ihn nach unten, begann mit ihm zu kämpfen, wie sie es als Kinder immer getan hatten. Für Per war wirklich alles nur ein Spiel, erkannte Mikael in diesem Moment. Er hatte alles zerstört, ohne mit der Wimper zu zucken. Das Einzige, was er seinem Bruder zugutehalten konnte, war die Tatsache, dass Per nicht in böser Absicht gehandelt hatte. Es war ihm einfach nicht klar, was er angerichtet hatte.

In diesem Moment kam Erik die Treppe hoch, sah Per, der Mikael immer noch umfasst hielt und nach unten zu drücken versuchte.

»Was ist denn hier los?«

Per ließ Mikael los, klopfte ihm freundschaftlich auf die Schulter. »Nur eine kleine Rangelei unter Brüdern.«

Erik sah nicht gut aus. Kleine Schweißtropfen bildeten sich auf seiner Stirn. Er atmete schwer, als er von einem zum anderen sah. »Diese Lea Matsson«, keuchte er. »Sie ist wie ihre Mutter. Sie bringt nur ... Ah«, sein Gesicht war schmerzverzerrt, er konnte nicht mehr sprechen. Mit einer Hand fasste er sich an seine Brust, dann brach er vor den Augen seiner entsetzen Söhne zusammen.

»... ich rufe sofort den Notarzt«, sagte Gudrun in den Hörer, als Lea in die Praxis kam. Gudrun drückte auf die Taste, doch bevor sie eine Nummer wählte, sagte sie zu Lea: »Gut, dass Sie da sind. Erik Lovand ist zusammengebrochen. Fahren Sie hin?«

»Ja, natürlich«, sagte Lea sofort. Was immer es auch zwischen ihr und den Lovands gab, es war zweitrangig angesichts eines medizinischen Notfalls.

»Ich rufe dann schon mal den Notarzt.« Gudrun wählte bereits die Nummer. »Aber der braucht eine Weile, bis er da ist.«

Mikael und Per waren bei Erik Lovand, als Lea eintraf.

»Lea«, sagte Mikael überrascht.

Lea ignorierte ihn. Sie setzte sich zu Erik Lovand auf die Sofakante und fühlte nach seinem Puls. Er öffnete die Augen, aber Lea war sich nicht sicher, ob er sie wahrnahm.

»Wie geht es Ihnen?«, sprach sie ihn an. »Haben Sie Schmerzen?«

»Wo ist Johanna?«, keuchte Erik Lovand.

»Ich weiß es nicht.« Lea nahm das Stethoskop aus ihrem Bereitschaftskoffer und knöpfte Erik Lovands Hemd auf. »Keine Sorge«, beruhigend lächelte sie ihm zu. »Ich habe das schon öfter gemacht. Außerdem kommt gleich auch der Notarzt.«

Das Herz des Patienten schlug schwach und unregelmäßig. Lea konnte nicht warten, bis der Notarzt da war. Sie erkundigte sich, ob Erik Lovand Medikamente nahm, und als er das verneinte, verabreichte sie ihm eine Infusion.

Langsam ging Lea am Wasser entlang. Jette folgte ihr. Die Hündin war außergewöhnlich folgsam, als ob sie spürte, dass es ihrem Frauchen nicht besonders gut ging.

Dieser Tag hatte es in sich gehabt. Zuerst die Auseinandersetzung mir Mikael, anschließend der Zusammenbruch seines Vaters. Sie hatte gespürt, dass Mikael seinen Blick keinen Moment von ihr abgewandt hatte, während sie seinen Vater untersuchte. Es war ihr nicht möglich gewesen, ihn anzusehen. Sie hatte seine Gegenwart auch so schmerzlich genug gespürt.

Lea dehnte ihren Spaziergang nicht allzu lange aus. Sie wollte nachsehen, ob Johanna inzwischen wieder zu Hause war.

Es war für Johanna ein Schock gewesen, als sie erfahren hatte, dass Erik Lovand zusammengebrochen war. Sie wollte sofort zu ihm. Als Lea ihr anbot, sie ins Krankenhaus zu fahren, hatte

Johanna das abgelehnt. Sie müsse einen Moment alleine sein, hatte sie gesagt.

Lea hatte das akzeptiert, obwohl sie Johanna in diesem Zustand nur ungern alleine fahren ließ. Aber jetzt war es Zeit, nach ihr zu schauen.

Durch die Praxis betrat sie den privaten Teil des Hauses. Johanna lag in ihrem Wohnzimmer auf dem Sofa. Ihr Gesicht war blass. Lea sah sofort, dass sie geweint hatte. »Hej«, sagte sie.

Johanna setzte sich auf, wischte sich über die Augen. »Ich war im Krankenhaus. Er hatte einen Angina-Pectoris-Anfall.«

»Das hatte ich schon vermutet. Und wie geht es ihm?« Lea setzte sich neben Johanna.

»Den Umständen entsprechend«, sagte Johanna. »Die Ärzte haben ihn durchgecheckt und jetzt will er unbedingt wieder nach Hause. Du kennst ihn ja inzwischen. Wenn er sich etwas in den Kopf setzt ...«

»Und wie geht es dir?«, fragte Lea behutsam und griff nach Johannas Hand.

Johanna schüttelte den Kopf. Ihre Augen füllten sich mit Tränen. »Nicht so gut. Wenn ich ihn verlieren würde ... Ich kann mir das gar nicht vorstellen.«

Lea ließ Johanna in Ruhe. Es war wichtig für sie, sich alles von der Seele zu reden.

»Ich habe alles falsch gemacht«, sagte Johanna leise. »Ich habe immer nur gewartet. Aus Stolz, weil ich den ersten Schritt nicht machen wollte und weil ich dachte, er müsse doch wissen, dass ich ihn liebe. Darüber sind die Jahre vergangen.« Johanna starrte auf den Boden. Plötzlich hob sie den Kopf, schaute Lea eindringlich an. »Pass auf, dass dir das nicht auch passiert.«

Lea spürte eine starke Zuneigung für Johanna. Was immer auch sonst in Svenaholm passiert war, die Freundschaft zu Johanna mochte sie nicht mehr missen.

»Mikael hat zu mir gesagt, dass er nur mit mir ins Bett gegangen ist, um seinen Bruder zu bestrafen.«

Ungläubig schaute Johanna sie an. »Was? Das hat Mikael gesagt?«

Lea nickte, spürte wieder den tiefen Schmerz in sich, den Mikael ihr zugefügt hatte.

»Und das glaubst du?«, sagte Johanna mit einem vorwurfsvollen Unterton.

Lea zuckte mit den Schultern. Sie wusste einfach nicht mehr, was sie glauben sollte und was nicht.

Der Arzt prüfte die Einstellung des Infusionsgerätes, dann nickte er Mikael zu. »So, jetzt schläft er erst einmal.«

»Wann wird er wieder aufwachen?«, fragte Mikael.

»In ein paar Stunden.« Der Arzt nickte ihm freundlich zu und ging aus dem Zimmer.

Mikael betrachtete seinen Vater nachdenklich. Dann zog er sich einen Stuhl heran und setzte sich zu ihm ans Bett. Er verbarg sein Gesicht in beiden Händen.

»Du hast uns damals alle unglücklich gemacht«, sagte er leise. »Ich wollte auf keinen Fall, dass sich so etwas wiederholt. Eine Frau zwischen zwei Männern, das kann einfach nicht gut gehen. Ich habe damals alles gesehen. Mein Gott, Papa, ich weiß, wohin das führt.«

»Was hast du gesehen?«, vernahm er die brüchige Stimme seines Vaters.

Erschrocken hob Mikael den Kopf. Sein Vater schlief nicht. Er hatte die Augen weit geöffnet und starrte ihn an.

»Bist du auf dem Boot gewesen? Damals in dieser Nacht, auf Axels Boot?«

»Ja«, nickte Mikael.

Ein tiefes Stöhnen entrang sich Eriks Brust. Es war ihm anzusehen, wie sehr ihn die Erkenntnis belastete, dass sein Sohn alles mitbekommen hatte.

»Axel wollte zum Angeln«, fuhr Mikael fort, »und ich wollte mit. Aber als ich zum Boot kam, warst du schon da. Ich habe mich versteckt und gehört, wie ihr euch angeschrien habt. Du warst so wütend.« Das Entsetzen, das Mikael als Kind empfunden haben musste, spiegelte sich jetzt auf seinem Gesicht wider. »Ich bin ganz leise davongeschlichen und nach Hause gelaufen. Am nächsten Tag ...« Mikael brach ab. Sekundenlang war es still.

»Am nächsten Tag war Axel tot«, beendete Erik schließlich den Satz seines Sohnes.

Die Erinnerung übermannte Mikael. Endlich sprach er die Frage aus, die ihn die ganzen Jahre über gequält hatte. »Hast du Axel Anderson umgebracht?«

»Mein Gott, nein«, stieß Erik erschüttert hervor. »Axel Anderson lebte noch, als ich sein Boot verließ.« Erik war aufgewühlt. Die Aufregung setzte ihm zu. Seine Brust hob und senkte sich, er atmete schwer. »Du hast die ganzen Jahre geglaubt, ich hätte Axel Anderson getötet? Wieso hast du niemals darüber geredet? Mein Gott, Mikael, die ganzen Jahre hast du das mit dir herumgetragen?«

»Was sollte ich denn glauben? Ich hatte euren schrecklichen Streit mitangehört und am nächsten Tag war er tot. Aber ich konnte mit niemandem darüber reden. Ich hatte Angst, dich zu verlieren«, sagte Mikael leise.

»Ja, ich hatte diesen Streit mit Axel Anderson, aber als ich ihn verließ, lebte er noch.«

»Was war passiert?«, fragte Mikael.

»Die polizeilichen Untersuchungen haben ergeben, dass Axel Anderson den Hafen verlassen wollte. Vielleicht ließ ihn der Streit ja einfach nicht los, und er wollte auf dem offenen Meer wieder einen klaren Kopf bekommen. Es war böig an diesem Morgen. Eine dieser unerwarteten Böen muss das Segel erfasst haben, als er dabei war, es zu setzen. Als es herumfuhr, hat der Baum ihn getroffen – er muss auf der Stelle tot gewesen sein.«

Erik schloss verzweifelt die Augen. »Ich habe mir immer die Schuld daran gegeben. Sicher hätte er konzentrierter gearbeitet, wenn es diesen Streit zwischen uns nicht gegeben hätte. Vielleicht wäre dieser Unfall nie passiert. Dieser Streit hat so viel zerstört, und erst jetzt wird mir klar, dass ich auch dein Leben ruiniert habe. Kannst du mir je verzeihen?«

Mikael hatte endlich ausgesprochen, was er seit seiner Kindheit mit sich herumtrug. Es war, als würde eine schwere Last von seiner Seele genommen. Er drückte die Hand seines Vaters. Alles würde wieder gut werden zwischen ihnen.

Lea wusste nicht, dass Mikael gerade erst das Krankenhaus verlassen hatte, als sie nach kurzem Anklopfen Erik Lovands Zimmer betrat.

Er wandte den Kopf, lächelte. Zum ersten Mal schlug ihr keine Feindseligkeit entgegen.

»Wie geht es Ihnen?«, fragte Lea.

»Es geht mir besser. Die Ärzte haben gesagt, das wäre eine Warnung gewesen und ich müsste mein Leben ändern.«

»Das kann ich nicht beurteilen.« Lea trat einen Schritt näher. »Aber es freut mich, dass es Ihnen besser geht. Man hat mir gesagt, dass ich Mikael hier finde.«

Erik Lovand schaute sie schweigend an.

»Ich werde ihn schon finden.« Lea wandte sich ab und wollte hinausgehen.

»Lea«, rief Erik Lovand.

Lea stand schon an der Tür. Sie wandte sich um.

»Ich muss Ihnen etwas sagen ...«

Mikael war vom Krankenhaus aus zuerst zum Friedhof gefahren. Eine ganze Weile stand er vor Axel Andersons Grab. Ebenso wie sein Vater hatte auch er bisher nie den Mut gehabt, hierherzukommen. Die ganzen Jahre über hatte er geglaubt, dass er ein Verbrechen gedeckt hatte.

Es war jedoch nur ein schrecklicher, ein tragischer Unfall gewesen. Er hatte nie mit jemanden darüber gesprochen, aus lauter Angst, dass der eigene Vater ins Gefängnis kommen würde. Endlich musste er nicht mehr mit dem Gefühl leben, dass sein Vater ein Mörder ist.

Mikael war sich im Klaren darüber, dass sein Vater sich trotzdem schuldig fühlte. Dass er diese Schuld sein ganzes Leben mit sich herumtragen würde, aber er selbst konnte nun endlich die Geister der Vergangenheit ruhen lassen.

Nach dem Besuch auf dem Friedhof fuhr er sofort zu Lea. Er musste sie sehen, musste mit ihr reden. Im Laufschritt eilte er zur Tür und hieb mit beiden Fäusten dagegen. »Lea! Lea, mach auf!«

Sie war nicht da. Enttäuscht ging er zurück zu seinem Wagen. Er wollte gerade einsteigen, als sie mit ihrem Cabrio vorfuhr.

»Ich muss mit dir reden«, sagte er, als sie aus dem Wagen stieg.

»Ich war bei deinem Vater«, sagte Lea zur gleichen Zeit.

Mikael hatte noch nicht richtig registriert, was sie gesagt hatte. »Ich hätte beinahe einen Riesenfehler gemacht.«

Lea lächelte. »Dein Vater hat mir alles erzählt.«

Sie hatten sich so viel zu sagen, brauchten die Nähe des anderen. Lea und Mikael gingen am Ufer entlang. Die Sonne stand bereits tief am Himmel und schickte einen silbernen Streifen über den See. Leise plätscherte das Wasser gegen das Ufer, in den Bäumen sang eine Amsel ihr einsames Abendlied.

Lea fühlte sich eins mit der Umgebung. Sie gehörte hierhin – und sie gehörte zu Mikael.

Sie empfand so viel Mitleid mit ihm, als er ihr von damals erzählte. Von dem Unfall auf dem Boot ihres Vaters, von den quälenden Gedanken daran, dass sein Vater möglicherweise ein Mörder war. Und sie verstand seine Angst davor, dass so etwas noch einmal geschehen könnte.

»Mein ganzes Leben lang hatte ich Angst, in eine solche Eifersuchtssituation zu kommen. Dass sich so etwas wiederholen könnte.«

Lea begriff jetzt, was in ihm vorgegangen war. »Deshalb hast du mir auch erzählt, dass du dich nur aus Rache an deinem Bruder mit mir eingelassen hast. Du hast in Stockholm eine Prügelei mit Per um jeden Preis verhindern wollen, weil du dachtest, es könnte etwas ebenso Schreckliches passieren wie damals mit deinem Vater.«

»Das Leben von vielen Menschen ist damals zerstört worden.« Per lachte bitter. »Im Namen der Liebe. Dein Vater war tot, und deine Mutter stand alleine da.«

»Aber sie hat es geschafft, einen neuen Anfang zu machen.« Später einmal würde Lea ihm von ihrer Zeit mit ihrer Mutter in Stockholm erzählen. Trotz allem, was Hilda durchgemacht hatte, war sie keine verbitterte, unglückliche Frau gewesen. Sie hatte Lea nie spüren lassen, dass es eine schreckliche Tragödie in ihrem Leben gegeben hatte, und ihr eine glückliche Kindheit geboten.

Mikael war mit seinen Gedanken noch immer bei den Ereignissen der Vergangenheit, die sich mit der Gegenwart verwoben hatten. »Als ich mich da in Stockholm beinahe geprügelt hätte ... Ich hatte plötzlich wieder diese Bilder auf dem Boot im Kopf, hörte wieder die aufgebrachten Stimmen unserer Väter. Als dein Vater am nächsten Morgen tot aufgefunden wurde, war nichts mehr so wie vorher.«

»Es war ein Unfall«, sagte Lea, »ein furchtbarer Unfall.«

Lea blieb stehen, schaute über den See. »Es macht mich sehr traurig, dass ich meinen Vater nie kennengelernt habe. Ich wünschte, meine Mutter hätte mir erzählt, was damals passiert ist. Aber ich muss wohl akzeptieren, dass sie Svenaholm und alles, was hier geschah, einfach vergessen wollte.«

Mikael trat ganz dicht an sie heran, legte einen Arm um ihre Schulter. »Wahrscheinlich wollte sie dich nur schützen, dich nicht mit ihren eigenen Erinnerungen belasten. Ich kann das nur zu gut verstehen, denn seit damals war immer die Befürchtung in mir, dass Liebe nur schrecklich enden kann.«

»Und jetzt?«, fragte Lea leise.

Er umfasste ihr Gesicht mit beiden Händen. »Jetzt weiß ich es besser. Ich liebe dich, Lea. Ich liebe dich mehr, als ich mir je hätte vorstellen können, einen Menschen zu lieben. Könntest du dir vorstellen, bei mir zu bleiben.«

Sie konnte sich nicht vorstellen, jemals wieder ohne ihn zu sein. »Ja«, hauchte Lea leise und schmiegte sich in seine Arme.

Ganz fest war seine Umarmung und endlich küsste er sie, lange und zärtlich.

Gartenarbeit war für Johanna immer noch die beste Möglichkeit, einen klaren Kopf zu bekommen. Sie hatte Erik zweimal im Krankenhaus besucht, aber er hatte sich nicht mehr bei ihr gemeldet, seit er wieder zu Hause war.

Sie hatte alles getan, was in ihrer Macht stand. Sie hatte ihm gestanden, dass sie ihn liebte. Sie hatte ihm zur Seite gestanden, als es ihm schlecht ging, und sie hatte ihm deutlich zu verstehen gegeben, dass sie seine Schuldgefühle verstand. Wahrscheinlich hätte sie an seiner Stelle nicht anders empfunden.

Inzwischen wusste auch Johanna, was damals geschehen war, und es hatte sie sehr betroffen gemacht. Endlich verstand sie, was Vater und Sohn all die Jahre mit sich herumgetragen hatten.

Für Mikael war es glücklicherweise ausgestanden, aber Erik würde lernen müssen, das zu verarbeiten, was geschehen war, und nicht mehr einfach nur wegzuschauen. Sie konnte nur hoffen, dass er sich irgendwann selbst verzeihen konnte.

Johanna war sich allerdings nicht sicher, ob es Lea gelingen würde, Erik Lovand je unbefangen gegenüberzutreten.

Ich würde ihm gerne helfen, dachte Johanna. Aber wenn Erik sich nicht helfen lassen wollte, konnte sie auch nichts tun. Wenn er sich nicht mehr bei ihr meldete, würde sie auch das akzeptieren müssen.

Es war schwer, aber Johanna war fest entschlossen, ihr Leben neu anzupacken. Zu zweit wäre es schöner gewesen, aber sie würde auch alleine die Welt bereisen. Ein Stück von Erik würde ohnehin immer bei ihr sein, denn er besaß einen festen Platz in ihrem Herzen.

Johanna kehrte mit dem Rechen das Gras zusammen. Oft würde sie den Rasen in diesem Jahr nicht mehr schneiden müssen und im nächsten Jahr einen Gärtner damit beauftragen.

Johanna sah auf, als ein Wagen vorfuhr. Per saß am Steuer. Er blieb sitzen, als sein Vater ausstieg.

Es war Johanna nicht bewusst, wie sehr ihr Gesicht ihre Freude spiegelte. »Erik!« Sie ging ihm entgegen. »Geht es dir gut?«

»Ich soll mich schonen und ab morgen in die Reha. Aber ich glaube, es geht mir gut.«

»Das freut mich«, sagte Johanna herzlich.

»Ich ... äh ... wollte dich etwas fragen«, begann er vorsichtig. »Diese Reise mit der transsibirischen Eisenbahn ... hast du die schon gebucht?«

Johanna schüttelte den Kopf. »Nein, noch nicht. Ich wollte warten, bis Lea sich richtig eingearbeitet hat.«

Erik umfasste ihre Schultern mit beiden Händen. »Könntest du sie nicht noch ein wenig verschieben, bis ich wieder ganz fit bin?«

Johanna war im ersten Moment sprachlos. »Ich freue mich«, brach es dann aus ihr heraus. »Du weißt gar nicht, wie glücklich du mich machst.«

Erik nahm sie in die Arme, drückte sie an sich. »Ich habe wohl alles falsch gemacht«, sagte er.

Johanna löste sich aus seinen Armen, schaute ihn an. »Vieles, ja«, bestätigte sie und schüttelte gleich darauf den Kopf. »Aber nicht alles.«

Erik zog sie wieder in seine Arme. Er schaute ihr tief in die Augen, und endlich wurde wahr, wovon Johanna so viele Jahre geträumt hatte. Erik küsste sie mit einer Leidenschaft, die viel größer war, als sie es sich je vorgestellt hatte. Gar nicht mehr loslassen wollte er sie.

Die beiden merkten nicht, dass Per ebenfalls aus dem Wagen gestiegen war, bis er rief: »Na, na, nicht so stürmisch, Papa. Denk an dein Herz.«

»Aber das tu ich ja«, lachte Erik. Dabei hielt er Johanna immer noch fest umschlungen. »Außerdem habe ich eine Ärztin, die auf mich aufpasst.«

Eng umschlungen kamen Mikael und Lea vom See zurück. Jette lief vorweg. Sie war ebenso glücklich wie ihr Frauchen und sprang mit allen vieren gleichzeitig in die Luft.

Lea blieb stehen, als sie Erik Lovand sah. Sie hatte ihn nicht mehr gesehen, seit er im Krankenhaus so schonungslos ehrlich zu ihr gewesen war. Die ganze Zeit über hatte sie sich gefragt, wie es für sie sein würde, ihm wieder zu begegnen.

Da war nichts als Mitleid in ihr. Kein Hass, nicht einmal ein leichter Groll. Sie konnte nur ahnen, wie unglücklich er in den vergangenen Jahren gewesen war. Mit der unerfüllten Liebe zu einer Frau, die nie zu ihm gehört hatte, und mit der Schuld, die er sich an dem Unfall ihres Vaters gab.

Erik kam ihnen langsam entgegen. Lea erkannte die Unsicherheit in seinen Augen. »Was ich noch sagen wollte, Lea. Herzlich willkommen in Svenaholm, und in meiner Familie.« Zögernd streckte er ihr die Hand entgegen, atmete erleichtert auf, als Lea sie ergriff. »Danke«, sagte sie leise.

Johanna kam dazu. Erik legte einen Arm um ihre Schulter und drückte sie fest an sich, doch sein Blick war weiter auf Lea gerichtet. »Ich wünsche euch von Herzen, dass ihr miteinander glücklich werdet.«

»Das werden wir«, nickte Mikael. Immer noch lag Spannung in der Luft, bis Per aus dem Hintergrund rief: »Zwei glückliche Paare, ein glücklicher Hund … Und was wird aus mir?« Er stand ein wenig abseits, hatte beide Hände in die Hosentasche gesteckt, und auf seinem Gesicht lag wieder dieses freche Grinsen, dem sich niemand entziehen konnte.

Mikael griff nach Leas Hand und führte sie hinunter zum Landungssteg. Kleine, silbrige Wellen glitten über die Oberfläche des Sees, der von der warmen Herbstsonne beschienen wurde.

»Unglaublich, beinahe hätte ich dich für immer verloren.« Mikael mochte sie gar nicht mehr loslassen.

Lea lachte ihn zärtlich an. »Warst du es nicht, der zu mir gesagt hat, ich soll nicht an die Vergangenheit, sondern an die Zukunft denken?«

»Du hast recht«, sagte er. »Lass uns in die Zukunft blicken. In unsere gemeinsame Zukunft.« Ganz nah kam sein Gesicht dem ihren, und dann küsste er sie.

Rezepte

Sjärgårds Småkakor
SCHÄRENPLÄTZCHEN

ZUTATEN:

150 g Margarine
0,1 l Zucker
75 g ganze Nüsse
0,3 l Weizenmehl
½ TL Backpulver

ZUBEREITUNG:

Fett und Zucker schaumig rühren. Gehackte Nüsse, Mehl und Backpulver zugeben. Einige Zeit kalt stellen. Dann zwischen Butterbrotpapier dünn ausrollen. Die Plätzchen mit einem Wellenschneider ausschneiden und in 15 Minuten bei 175° backen.

Kärnmjölkkaka
BUTTERMILCHKUCHEN

ZUTATEN:

4 Eier
3 Tassen Zucker
2 Tassen Buttermilch
4 Tassen Mehl
1 Päckchen Vanillezucker
1 Päckchen Backpulver
2 Becher Schlagsahne
2 påse gehobelte Mandeln oder Kokosraspeln

ZUBEREITUNG:

Alle Zutaten zu einem glatten Teig verrühren und auf ein mit Backpapier ausgelegtes Backblech gießen. Die Mandeln auf dem Teig verteilen und bei 200° C (180° C Umluft) 20–25 Minuten goldgelb backen.
Nach dem Backen ofenheiß mit der Sahne begießen, sodass sich der Kuchen komplett vollsaugen kann.

Julskinka
WEIHNACHTSSCHINKEN

ZUTATEN:

2–6 kg gepökelter Schinken, mit oder ohne Knochen
1 Ei
3 EL Senf
1 TL Zucker
2–3 EL Semmelbrösel

ZUBEREITUNG:
Den Schinken mit kaltem Wasser abspülen. In Alufolie wickeln. Bratenthermometer an der dicksten Stelle des Schinkens einstechen. Den Schinken im Ofen bei 175° C backen, bis das Thermometer nach 50–70 Minuten pro kg Schinken 72–75° C anzeigt.
Die Schwarte abschneiden. Den Schinken mit der Mischung aus Ei, Senf und Zucker bestreichen und die Semmelbrösel darüberstreuen.
Den Schinken im Ofen etwa 10–15 Minuten bei 200° C überbacken, bis er schön goldbraun und knusprig ist.
Dazu Apfelmus, Senf, Rotkohl und Salzkartoffeln servieren.

Kaffebröd
ZIMTWECKEN À LA KARLSSON VOM DACH

ZUTATEN:

400 g Weizenmehl
125 g Butter
2 EL Butter
50 g Zucker
150–200 ml Milch
3 Eier
1 Päckchen Trockenhefe
Salz, Zimt
Kardamom
Hagelzucker

ZUBEREITUNG:

Mehl mit der Trockenhefe vermischen. Zucker und lauwarme Milch hinzufügen und verkneten. 30 Minuten gehen lassen. Die Butter zerlassen und hinzufügen. Ebenso Eier, Salz und das restliche Mehl. Erneut 30 Minuten gehen lassen. Den Teig auf einem gemehlten Brett weich kneten. Dann den Teig in 20 gleich große Stücke teilen.
2 EL Butter mit Zucker und Zimt vermischen. Mit dem Gemisch die Teigstücke füllen. Diese auf einem eingefetteten Blech erneut 30–45 Minuten gehen lassen.
Die Wecken mit Eigelb bestreichen, mit Hagelzucker und Kardamom bestreuen.
Backzeit: 5–10 min. bei 250 Grad (vorheizen)

Nässelsoppa
BRENNNESSELSUPPE

Nässelsoppa ist eine schwedische Frühlingsspezialität und wird traditionell um die Pfingstzeit gegessen.

ZUTATEN:

1 kg junge, frisch gepflückte Brennnesseln
3 EL Butter
1 l Gemüsebrühe
3 EL Speisestärke
4 EL Crème fraîche
Salz
Pfeffer

ZUBEREITUNG:

Brennnesselblätter von den Stängeln abzupfen und waschen. Butter in einem großen Topf erhitzen. Die tropfnassen Brennnesselblätter dazugeben und dünsten bis sie zusammengefallen sind. Gemüsebrühe dazugeben und 15 Minuten köcheln lassen. Die Suppe pürieren.
Speisestärke mit etwas Wasser verrühren, zu der Suppe geben. Die Suppe noch einmal aufkochen lassen. Mit Salz und Pfeffer abschmecken.
Vor dem Servieren einen EL Crème fraîche dazugeben.

Nöttårta Stockholm
NUSSKUCHEN STOCKHOLM

ZUTATEN:

6 Eier
250 g Zucker
1 Päckchen Vanillezucker
400 g gemahlene Nüsse
2 gehäufte EL Semmelmehl
2 gestrichene TL Backpulver
Puderzucker zum Bestäuben

ZUBEREITUNG:

Eier, Zucker und Vanillezucker schaumig rühren. Nüsse, Semmelmehl und Backpulver dazugeben und alles gut verrühren. Eine Kastenform mit Backpapier auslegen und den Teig einfüllen.
Bei 175° C ca. 1 Stunde backen.
Nach dem Backen auf ein Rost stürzen und abkühlen lassen.
Vor dem Servieren mit Puderzucker bestäuben.

Svensk laxlåda
SCHWEDISCHER LACHSAUFLAUF

ZUTATEN:

800 g Lachs
1 EL Zitronensaft
500 g frischer Spinat
2 Becher Crème fraîche
1 kleine Dose Tomatenmark
1 Prise Zucker
1 EL gehackter Dill
Salz
Pfeffer

ZUBEREITUNG:

Den Fisch mit kaltem Wasser abwaschen. Zitronensaft darüberträufeln. Salzen und pfeffern.
Den Spinat waschen und die einzelnen Blätter abzupfen. Kurz erhitzen, bis der der Spinat zusammenfällt. In eine große Auflaufform geben, etwas Salz und Pfeffer hinzugeben.
Den Lachs mit der Haut nach unten auf den Spinat legen.
Crème fraîche, Tomatenmark, Dill und etwas Zucker in einer Schüssel verrühren. Mit Salz und Pfeffer abschmecken. Das Ganze über den Lachs geben.
Bei 200° C 25 Minuten im vorgeheizten Ofen überbacken.

Skära Kyssar
UNSCHULDIGE KÜSSE

ZUTATEN:

240 g Puderzucker
5–7 Tropfen Pfefferminzöl
1–3 Tropfen rote Speisefarbe
25–50 g dunkle Blockschokolade
60 ml Wasser
¼ TL Essigessenz

ZUBEREITUNG:

Wasser, Essigessenz und Zucker kochen, bis es die Fadenprobe besteht (Daumen und Zeigefinger in kaltes Wasser tauchen, einen Tropfen der Zuckerlösung aufnehmen, die Finger auseinander bewegen. Die Zuckerlösung sollte feine Fäden ziehen).
Die Zuckerlösung in eine Schüssel geben, nach dem Erkalten das Pfefferminzöl dazugeben. Die Masse mit einer Gabel verrühren, bis sie geschmeidig und fest ist. Im Wasserbad weiterrühren, bis die Mischung dickflüssig wird.
Mit einem Teelöffel kleine »Hügel« auf gefettetes Papier setzen. Nach Geschmack einen Teil der Masse mit Speisefarbe rosa färben. Nach dem Erkalten mit geschmolzener Blockschokolade verzieren.

Svensk sommarsoppa med lax
SCHWEDISCHE SOMMERSUPPE MIT LACHS

ZUTATEN:

3 Kartoffeln
1 Stange Lauch
2 EL Butter
¾ l Wasser
1 Würfel Rinderbrühe
200 g Seelachsfilet
100 ml süße Sahne
3 EL gehackte Petersilie

ZUBEREITUNG:

Kartoffeln waschen, schälen, würfeln.
Lauch waschen, putzen, in Scheiben schneiden und in Butter anbraten.
Kartoffelwürfel und Wasser dazugeben, aufkochen. Brühwürfel darin auflösen. 10 Minuten kochen, dann leicht pürieren.
Seelachsfilet in Würfel schneiden, in die Suppe geben, fünf Minuten gar ziehen lassen. Mit süßer Sahne verfeinern.
Vor dem Servieren mit der Petersilie bestreuen.

Våfflor
SAHNEWAFFELN

ZUTATEN:

2 Eier
1 EL Zucker
160 g Mehl
80 g Butter
¼ l saure Sahne
1 Vanilleschote
1 Prise Salz

ZUBEREITUNG:

Die Vanilleschote aufschneiden und ausschaben, die Eier trennen. Butter, Zucker, Vanille und die Eigelb schaumig rühren. Das Salz, die saure Sahne und das gesiebte Mehl dazugeben. Das Eiweiß steif schlagen und dann vorsichtig unter den Teig rühren. In das vorgeheizte Waffeleisen geben und einige Minuten backen. Mit Marmelade oder Puderzucker servieren.

Pyttipanna
BRATKARTOFFELN MIT ROTER BETE, SALZGURKE UND MEERRETTICH

ZUTATEN:

600 g »Pyttipanna«, schwedisches Bratkartoffelgericht
90 g eingelegte Rote Bete in Scheiben
4 Salzgurken
20 g Butter
1 Rettich

ZUBEREITUNG:

Pyttipanna mit der Butter in der Bratpfanne oder im Ofen braten. Auf vier Teller verteilen. Die Salzgurken der Länge nach in Scheiben schneiden, Rote-Bete-Scheiben zu kleinen Häufchen anrichten. Mit dem geschälten und geriebenen Meerrettich bestreuen.

Älgstek med äppelklivor i kantarellsåas
ELCHBRATEN MIT APFELHÄLFTEN IN PFIFFERLINGSAUCE

ZUTATEN:

600 g Elchbraten
2 Äpfel
1 EL grob zerstoßene Wacholderbeeren
60 g Vogelbeer-Gelee
300 ml Kalbsfond
1 TL schwarzer Pfeffer
300 ml Schlagsahne
1 TL Salz

600 g Kartoffeln, groß
20 g Butter
50 g Butter
500 g Pfifferlinge
1 EL Paniermehl
2 Schalotten
Salz und Pfeffer
Weizenmehl

ZUBEREITUNG:

Braten mit Wacholderbeeren, Salz und Pfeffer einreiben. Im Ofen bei 175° C bis zu einer Innentemperatur von max. 60° C braten.

Kartoffeln schälen und Scheiben nicht ganz durchschneiden (Tipp: Die Kartoffel während des Schneidens auf einen Holzlöffel legen, sodass die untere Seite ganz bleibt). Paniermehl und Butterflöckchen über die Kartoffeln streuen und im Backofen bei 225° C ca. 40 Minuten backen.

Pfifferlinge mit gehackten Zwiebeln in Butter anbraten. Weizenmehl darüberpudern und mit Sahne und Jus ablöschen. Einmal aufkochen lassen und mit Salz und Pfeffer abschmecken.

Äpfel vierteln und entkernen. In etwas Butter sautieren und Vogelbeergelee dazugeben.

Abschließend den Elchbraten in Scheiben schneiden und servieren.

Matjessill på potatis
MATJESHERING AUF KARTOFFELN

ZUTATEN:

4 Matjesfilets
250 g Kartoffeln
1 Zwiebel
100 g Butter
2 dl saure Sahne
1 Bund Schnittlauch
Salz
Weißer Pfeffer

ZUBEREITUNG:

Kartoffeln und Zwiebeln schälen und in dünne Scheiben schneiden. Die Butter zerlassen und mit der Zwiebel-Kartoffelmischung vermengen. Vier runde Fladen aus der Kartoffelmasse formen und flach drücken. Die Fladen bei starker Hitze braten, bis die Ränder goldbraun sind, dann wenden und von der anderen Seite fertig braten. Anschließend auf die Teller verteilen. Die Matjesfilets abtropfen lassen und auf die Kartoffelfladen legen. Zum Abschluss die saure Sahne darauf verteilen und mit fein gehacktem Schnittlauch bestreuen.

Matjessill med Gräddfil
MATJES MIT SAUERRAHM

ZUTATEN:

2–3 Matjesfilets
0,2 l Sauerrahm
0,05 l Mayonnaise
1 Glas roter Kaviar von grober Körnung (100 g)
1 kleine rote Zwiebel, fein gehackt
0,05–0,1 l Porree, gehackt
0,05 l fein gehackter Dill
4 hart gekochte Eier
6–7 kleine gekochte Kartoffeln
Petersilie zum Garnieren

ZUBEREITUNG:

Matjes in Stücke und Kartoffeln in Scheiben schneiden. Matjes und Kartoffeln mischen und 1–2 Stunden im Kühlschrank stehen lassen. Sauerrahm, Mayonnaise, Kaviar, rote Zwiebel, Porree und Dill verrühren. Matjesmischung dazugeben und umrühren. 2–3 gehackte Eier vorsichtig unterheben. Mit Eihälften und Petersilie garnieren.

Ättikströmming
ESSIGSTRÖMLING

ZUTATEN:

20 kleine Strömlingsfilets
0,075 l Essigessenz (12%)
0,25–0,30 l Wasser
0,05 l Zucker
4 Nelkenpfefferkörner
1 Lorbeerblatt
Salz
2 EL Butter oder Margarine
1 Sträußchen Dill, gehackt (0,1 l)
1 rote Zwiebel, in Scheiben geschnitten

ZUBEREITUNG:

Essigessenz und Wasser aufkochen, Zucker, Nelkenpfeffer und Lorbeerblatt zugeben. Strömlingsfilets abspülen und Rückenflossen entfernen. Fleischseiten salzen und reichlich mit Dill bestreuen. Anschließend Filets zusammenklappen und in Butter goldbraun braten. Strömling, rote Zwiebel und Dill in einer Schüssel aufeinanderschichten und mit Essigmarinade begießen. Über Nacht kaltstellen.

Ägg med Majonnäs och Räkor
EIER MIT MAYONNAISE UND KRABBEN

ZUTATEN:

4 Eier
1 EL Mayonnaise
1 EL Crème fraîche
16 geschälte Krabben
Salz, Pfeffer, Cayennepfeffer

ZUBEREITUNG:

Eier hart kochen. Erkalten lassen, schälen und in zwei Hälften schneiden. Das Eigelb herausnehmen und in einer Schüssel mit Mayonnaise und Crème fraîche zu einer geschmeidigen Masse verrühren. Mit den Gewürzen abschmecken und die Masse in die Eihälften zurücklegen. Mit den Krabben garnieren.

Gravad Strömming
GRAVED STRÖMLING

ZUTATEN:

20 Strömlingsfilets
1 TL französischer Senf
1 TL grob gestoßener weißer Pfeffer
1 EL Salz
0,15 l Weißweinessig
0,1–0,2 l Speiseöl
1 Sträußchen Dill, fein gehackt

ZUBEREITUNG:

Filets abspülen und Haut abziehen. Aus den Gewürzen, dem Weißweinessig und dem Speiseöl eine Marinade anrühren. Marinade, Strömling und Dill abwechselnd schichten. Die oberste Schicht sollte aus Dill bestehen. Anschließend 12–24 Stunden kalt stellen.

Fisk-Pastej
FISCHPASTETE

ZUTATEN:

1 Packung Blätterteig
500–750 g Fischfilet (Dorsch, Schellfisch, Goldbarsch)
¼ l Fischsud
⅛ l Weißwein
100 g Champignons
500 g frische Muscheln oder Dosenmuscheln
100 g Krabben
1 EL Mehl
1 Eidotter
40 g Butter
3 EL süße Sahne
Salz, Pfeffer

ZUBEREITUNG:

Die Fischfilets säubern, mit Zitronensaft beträufeln, salzen. Fischsud zubereiten, aufkochen lassen, den Weißwein zufügen und die Fischfilets darin garen. Champignons putzen, in Scheiben schneiden, in wenig Butter dünsten. Gekochte und ausgelöste Muscheln nur in Butter erhitzen, mit Mehl überpudern und mit Fischsud auffüllen. 8–12 Minuten leicht köcheln lassen. Dann den zerteilten Fisch und die Krabben zufügen, abschmecken, zuletzt mit Eidotter und Sahne verfeinern. In den Blätterteig-Pasteten, die im Ofen vorgewärmt werden, servieren.

Smörgåstårta
BUTTERBROT-TORTE

ZUTATEN:

12 Scheiben Toastbrot
250 g Magerquark
350 g Mayonnaise
300 ml Schlagsahne
1 Dose Thunfisch
300 g gekochter Schinken
500 g geschälte Krabben
3 hartgekochte Eier
1 Bund Dill

ZUBEREITUNG:

Schlagsahne steif schlagen, mit Quark und Mayonnaise vermischen. Ein Drittel des Gemischs mit dem klein geschnittenen Thunfisch vermischen, das zweite Drittel mit dem klein geschnittenen Schinken, das letzte Drittel zur Seite stellen.
Nun eine Scheibe Toastbrot mit der Thunfisch-Masse bestreichen und mit einer weiteren Scheibe Toastbrot bedecken. Auf diese Scheibe nun etwas Schinken-Masse streichen und diese wiederum mit einer Scheibe Toastbrot bedecken. Anschließend alle Seiten mit der aufbewahrten Sahne-Masse bestreichen und die Tårta kaltstellen.
Dies solange wiederholen, bis alle Toastbrotscheiben aufgebraucht sind.

Kurz vor dem Servieren werden die Smörgåstårta mit den Krabben, dem Dill und den in Viertel geschnittenen Eiern garniert.

Inga Lindström:
Collectionen auf DVD:
Herzerwärmende Liebesgeschichten
aus dem romantischen Schweden!
Ab 09.02.2009
im Handel erhältlich
Collection 4
Inga Lindström
Collection 4: 88697 38011 9
Collection 1: 82876 80776 9
Collection 2: 88697 06366 9
Collection 3: 88697 18444 9
universum film
universumfilm.de